Chasse Ste Catherine
Convent
M.S. Cathaterine Chapelle
Der Berg Sinai
M Sinai
Der B: Oreb
quarante Martyrs
M Oreb
Convent de Ste Catherine

Der Berg Sinai
M Sinai
Der B: Oreb
M Oreb
Convent de
S te Catherine

A E
& I

# La Biblia bastarda

Autores Españoles e Iberoamericanos

Mario Tascón
Fernando Tascón

# La Biblia bastarda

Planeta

Diagonal, 662-664, 08034 Barcelona (España)
www.editorial.planeta.es
www.planetadelibros.com

Guardas:
*Monte Sinaí y el convento de Santa Catalina*, grabado del libro *Der Berg Sinai* 1719, de Allain Manesson Mallet, Antiquariat Reinhold Berg e.K.
Portada de *La Voz* nº 4068, martes 9 de enero de 1934. Colección particular AESA.

Ilustraciones de interior:
Cabecera de *La Voz* nº 4068, martes 9 de enero de 1934. Colección particular AESA.
Cruz Ortodoxa: © Carles Salom.
Esquela de Francisco Pérez: Archivo del autor
Extracto del *Daily Express*, Londres, 29 de diciembre de 1933.

Primera edición: abril de 2013
Depósito legal: B. 6.039-2013
ISBN 978-84-08-11225-9
Composición: Fotocomposición gama, sl
Impresión y encuadernación: Rotativas de Estella, S. L.
Printed in Spain - Impreso en España

El papel utilizado para la impresión de este libro es cien por cien libre de cloro y está calificado como **papel ecológico**

*Dedicado a Emilio Ruiz*

LA VOZ

Redacción y Administración Calle de Larra, 8. Madrid. Diario independiente de la noche fundado por D. Nicolás M. Urgoiti en 1920. Precio: 10 céntimos. Año XV. N.º 4.068. Martes 9 enero 1934.

*Madrid, 9 de enero de 1934*
Diario *La Voz*, de la portada.

INGLATERRA:

# EL ÉXITO DEL CÓDEX SINAITICUS

A pesar del frío y de la niebla, todos estos días hay una cola nutrida delante del Museo Británico. A nadie llama la atención las colas londinenses. Los ocho millones de habitantes tienen que adaptarse a la capacidad de la ciudad, y como se trata de habitantes civilizados, se adaptan ordenadamente, colocándose en rigurosa fila uno detrás de otro.

La cola es una necesidad inevitable que según algunos ingleses es además muy útil, porque así como en los campos de deporte se ejercitan los músculos, en las colas se ejercita la paciencia.

Enero es precisamente el mes de las colas. Además de las que se forman habitualmente delante de teatros y cinemas, en este mes se puede decir que delante de cada tienda hay una cola más o menos larga, según la categoría del negocio. Enero es el mes de los saldos, y la gente ordenada se provee de gangas para todo el año, a cambio de esperar muchas horas leyendo una novela o contemplando las acrobacias de los artistas callejeros.

Sin embargo, la cola más original de todas es la del Museo Británico. No es original por las personas que la componen, ya que éstas son hombres y mujeres corrientes, sino por el fin que persigue. Los hombres y mujeres que esperan de pie a pesar del frío y de la niebla no persiguen un gabán de pieles barato ni un traje por libra y media. Quieren únicamente contemplar durante unos segundos un manuscrito amarillento y depositar unas monedas para ayudar a cubrir las cien mil libras esterlinas que ha costado esta Biblia del siglo IV, el famoso Códex Sinaiticus.

El Museo Británico ha comprado al gobierno soviético dicho documento, que viene a enriquecer considerablemente su biblioteca, quizá la mejor del mundo. Y el público londinense agradece esta compra. Unos, porque comprenden la importancia del documento; otros, porque lo ven muy amarillo y deducen por esto que debe de ser muy antiguo.

Gran parte de los que hacen cola para contemplar el documento son muy distintos de los asiduos del Museo Británico, de esos estudiantes e intelectuales de las cinco partes del mundo que a la hora de comer se acercan disimuladamente a una de las fuentes que hay en el patio de entrada y con el vasito de aluminio sujeto a una cadena engañan al estómago durante unas horas más. Entre los de la cola hay comerciantes, madres de familia, señoras de sociedad, mecanógrafas y toda clase de patriotas.

Según ha dicho uno de los directores del museo, el famoso manuscrito está teniendo un gran éxito, y ya se ha cubierto buena parte de las cien mil libras. Y es que entre la «gente bien» ya no se pregunta: «¿Has visto a Marta Eggerth en la película X?», sino «¿Has visto el Códex Sinaiticus en el Museo Británico?».

IRENE DE FALCÓN (corresponsal en Londres)

# CAPÍTULO 1

## LA CARTA (MADRID, ENERO DE 1934)

Un insoportable chirrido procedente del sótano anunció que la rotativa estaba a punto de atascarse. El estruendo que provocó la máquina al pararse dio paso a un silencio salpicado por el siseo de los latiguillos sueltos y las gruesas maldiciones proferidas por los operarios. Como siempre sucedía cuando fallaba algo, el jefe de talleres se asomó por la escalera y, sin terminar de subir a la sala de redacción, dictaminó quién había sido el culpable mientras se limpiaba los dedos en una madeja de fibras.

—Esta vez ha sido el alcalde —comentó Leandro Sorriba, a la vez que arreciaba en su frotar de manos desde el penúltimo escalón—. Os lo tengo dicho: o el señor don Pedro Rico adelgaza unos cuantos kilos, o no pasa entre los rodillos. También os lo advertí cuando pusisteis en la portada a la Crawford con el escote abierto y la pechuga al aire: los cilindros no son capaces de aplanar tanta voluptuosidad. Fijaos: con el monstruo del lago Ness sí que pueden; aunque tenga forma de serpentín, lo planchan, ¡pero esas curvas...!

Los del «tendido de los sastres», los redactores de deportes y de tauromaquia, los que nunca pagaban entradas para los espectáculos, formaban un animado corrillo vespertino en el que los de la fiesta nacional hablaban de fútbol y los del fútbol pontificaban sobre toros; eso sin despreciar cualquier otro comentario crítico sobre la actualidad política o, por supuesto, sobre términos tan sugerentes como «voluptuosidad».

—¡Eh, amigo! —dijo Rufino Pérez, el especialista taurino, dirigiéndose al jefe de talleres—. Ya imaginábamos que tú eras más proclive a la Mae West, sabíamos que te enloquece lo raquítica que está; pero a mí dame buenos tocinos, aunque se me indigesten como a la rotativa. Si quieres, quédate tú con la Bette Davis esa que has arrancado del almanaque para guardarla en el cajón. ¡Que te hemos visto, Leandro!

—Oye, no te equivoques —respondió el aludido—. Esa foto representa para mí algo sagrado, intocable... En realidad, la conservo porque es el vivo retrato de la Virgen de mi pueblo, esculpida en pleno éxtasis. Sólo le faltan la corona y el manto que le bordaron en oro las beatas para sacarla el día de la fiesta.

—Sí, le falta el manto, la mantilla, la blusa, la falda, el corsé... ¡Vaya con la Virgen de tu pueblo, a ver si me la presentas, que yo también quiero verla en éxtasis!

—¡Rufino, un respeto, que te vas a ganar una plaza en el infierno y un par de correazos! —terminó Leandro con una sonrisa pícara.

Los demás les rieron la gracia y siguieron con su tertulia. Transcurrida media competición balompédica y recién estrenado el año 1934, tocaba hacer sesudos análisis sobre las evoluciones del Arenas de Getxo y sus escasas opciones de permanecer en Primera División. Cuando estaban a punto de hablar del diestro mexicano Armillita y de la posibilidad de que volviese triunfal a España después de reconquistar los ruedos americanos, regresó a la redacción el fragor de la maquinaria y, con él, la rutina. El monótono runrún mecánico volvió a convertirse en el fondo sonoro de aquellas conversaciones cuyo único propósito era el remoloneo. Los periodistas de *La Voz*, a esas horas de una tarde de enero, intentaban apurar la calefacción de los locales durante el mayor tiempo posible y, de paso, no llegar a casa demasiado pronto para, de ese modo, no tener que dar explicaciones cuando otro día volvieran a llegar tarde por motivos menos justificables.

Y entonces sucedió. Si el repentino silencio provocado por la avería no había despertado el menor sobresalto entre aquella partida de redactores que parecían estar a la espera de una incierta orden de evacuación, el resonar de la apertura de la puerta del despacho del redactor jefe tuvo efectos turbulentos. El jefe de los periodistas llevaba un rato rugiendo por las constantes averías de los talleres. Maldecía desde su habitáculo para lamentar el infortunio que se cernía sobre aquella desdichada máquina, pero en realidad su repentina aparición en la redacción tenía otro motivo, lo que de manera inconsciente puso a los reporteros en guardia.

—¿Alguno de los presentes sabe inglés? —preguntó, dejando atrás la vibración de los cristales biselados que chocaban contra los junquillos de la puerta, recién cerrada de manera violenta.

Puesto que sólo le respondió el silbido de la máquina subterránea, el reclutamiento prosiguió.

—A ver, ¿me queréis decir que ningún redactor de este insigne periódico conoce la lengua de Faulkner, al que no os cansáis de citar, o de Gloria Swanson, a la que no dejáis de dedicar libidinosas miradas, o de los astros del *ring*, o de los inventores del *football* y su *match*, su *corner*...? Pero si hasta se podría afirmar que esto es el *Times* venido a menos. Mucha cultura anglosajona, mucha gaita escocesa, y ahora que necesito traducir una simple carta, no encuentro un voluntario. Ni siquiera busco un verdadero truchimán, sólo un apaño.

Lo había vuelto a hacer. Para disgusto de los allí reunidos, el jefe había utilizado una de esas palabras que nadie había oído jamás y que sólo podían entenderse como un modo de hacer méritos para dar el definitivo salto del vulgar *La Voz*, en el que trabajaba, al erudito *El Sol*, el periódico matutino del piso de arriba. Dentro de la misma empresa editorial, *El Sol* era el que más pagaba y el que menos recaudaba, el que renunciaba al menudeo de los episodios cotidianos para dedicarse con esmero al fino análisis de la política, a la elucubración intelectual y a la recensión artística. *La Voz*, sin embargo, era un periódico vespertino que complementaba tanta fruslería con artículos más directos, editoriales agresivos, sucesos, deportes, toros, fotografías, y en el que se plasmaban los problemas de la calle. Uno, el de arriba, buscaba que lo leyeran con las primeras luces del día; el otro, el de abajo, se conformaba con los temblorosos fotones que desprendían las farolas lastimeras de la noche. Eran el matrimonio perfecto de cónyuges irreconciliables.

El jefe, que siempre aspiró a ser uno de los selectos mandamases de la planta superior, buscaba un colaborador, pero con el paso de los años los periodistas se hacían expertos en el arte de escurrir el bulto. Un gesto inapropiado en esos momentos de alistamiento podía convertirse en un castigo atroz, como solía considerarse el trabajo extra en la mayor parte de las organizaciones. Emilio Ruiz, que había permanecido ajeno a la escena desde el parapeto que le proporcionaba su mesa, negó con la cabeza.

—Yo sólo sé decir las horas y los nombres ficticios de algunas *vedettes*, de tanto llamarlas por teléfono —se excusó.

Y así, por el burladero, se fueron yendo uno detrás de otro hasta que el bueno de Abelardo González, el destripalibros que nunca decía ni media palabra, se atrevió a musitar una explicación que más parecía una excusa que un intento de agradar al superior.

—Yo sé inglés, jefe, pero de andar por casa —dijo.

—Pues no tengo intención de que vaya usted mucho más lejos. Sáltese lo de «estimados señores» y vaya al grano —le respondió, mientras le acercaba el papel que empuñaba en la mano izquierda.

Fue en ese momento cuando Emilio Ruiz, que había conseguido mantenerse al margen de la situación, tuvo al jefe ante su mesa y observó que la hoja que aferraba semienrollada en el puño lucía el relieve de un membrete. Ese nimio detalle le dio muy mala espina, porque nadie personalizaba así su papelería a no ser que tuviese dinero y vanidad suficientes para permitirse tal ostentación. Y el sobre, que viajaba en la otra mano, venía con matasellos del servicio aéreo, algo que, a su juicio, sólo podía presagiar un bombardeo. Demasiadas complicaciones para la hora que era. En realidad, él se había quedado allí esperando el momento en que el periódico quedase despejado para dedicarle una nueva intentona a Visi, la secretaria que atendía en la puerta. No había que ser demasiado perspicaz para darse cuenta de que su novio, un viajante de jabones de probada labia, había dejado de venir a buscarla hacía varias semanas, lo que le abría a Emilio unas apasionantes perspectivas. De hecho, se asomó por la puerta para comprobar que ella aún seguía en su puesto. Para entonces, González ya se había leído media carta y, antes de terminarla, comenzó a interpretar su contenido.

—Es de una librería de Londres: Maggs Bross. Nos piden que seamos más cuidadosos con lo que publicamos...

—¡Claro, González! —le espetó con sorna el jefe—, a ver si ahora nos van a descubrir los ingleses que el periódico sale de milagro. ¡Como si en la prensa de este país no tuviésemos bastante con las amenazas de la censura, los cierres, las suspensiones, los secuestros, las intervenciones... Sólo nos faltaba una flemática advertencia inglesa!

Abelardo González volvió a agachar la mirada para posarla sobre el papel. Entonces la rotativa alcanzó la velocidad de crucero y a los pocos segundos era un tren desbocado en medio de un túnel. El traductor ocasional se vio obligado a hablar más fuerte, tan fuerte como no recordaba haberlo hecho nunca. Ruiz escuchaba sin demasiado interés y vio cómo los del corrillo del fondo comenzaron a ponerse los abrigos y los sombreros respondiendo al tácito juego diario de «sarasa el último».

—Se refieren a una información que publicamos. Por lo visto no citamos a esta librería, que tuvo un... —el traductor ocasional dudó mientras buscaba una interpretación adecuada— un papel... primordial en la compra de un libro... —volvió a buscar palabras ajustadas al original, aunque esta vez no parecía encontrarlas—, ¡coño!, pues claro que se trataba de un libro importante, ¡como que era la Biblia!

¿La Biblia?, se preguntó Emilio. Hasta esa antigua revelación divina le parecía que había dejado de ser relevante en la sociedad, pero le sorprendió oír su nombre en aquella congregación de gentes de poca fe. El jefe reculó a la vez que adoptaba una pose pensativa.

—¿Será posible? ¿Qué os parece? Que no citamos a los archifamosos mercachifles de libros de Londres, que no hemos tenido la deferencia de ponerles un anuncio gratis en nuestro humilde periodicucho. ¡No te jode! —fue su avinagrada despedida, antes de regresar a su despacho entre un nuevo estrépito de vidrios cimbreantes al cerrar la puerta.

Pasado el vendaval, Emilio creyó recordar una crónica que podría dar sentido a aquella escena: la que había publicado hacía algunos días la corresponsal Irene de Falcón sobre la llegada a Londres de una Biblia del siglo IV que había despertado gran expectación. Comentaba Irene que el gobierno inglés se la había comprado a los rusos a cambio de una millonada, y que esperaba recuperar el dinero gracias a los donativos de los visitantes del Museo Británico, una colecta cuyos resultados no estaban todavía garantizados. Sí, algo así decía aquella crónica. Y, entonces, ¿a qué venía tanto revuelo, si ni siquiera habían recaudado el dinero? Los ingleses le parecieron a Emilio demasiado tiquismiquis para sus cosas.

Mientras intentaba completar mentalmente aquella descripción que hizo Irene de Falcón de las largas colas de londinenses que esperaban ver la Biblia en el sacrosanto Museo Británico, el censor llegó a la redacción. Poco le importaba a aquel hombre, desmesuradamente alto y corpulento pero de ademanes inofensivos, lo que se cocía allí redacción. Lo suyo era revisar las planchas por si encontraba alguna noticia inoportuna que fuese necesario «tachar» antes de que se deslizase sobre el papel. El resultado de su monótono trabajo era una censura «blanca», un espacio sin letras en medio del periódico que, en el fondo, proporcionaba más impacto en el lector que la propia noticia que había desaparecido.

—O sea, que los hermanos Marx... —dijo intencionadamente el periodista taurino— quieren que contemos a nuestros lectores que existen. Pues si esperan vender un libro por estos pagos, van aviados —bromeó.

—No te pases —le reconvino Emilio Ruiz, que empezaba a inquietarse ante la posibilidad de perder de vista a la recepcionista—. Libros se venden, aunque sea a plazos. Esto os puede sonar a chufla, pero estamos hablando del Códex Sinaiticus, ¿a que dicho así parece más pomposo? Se trata de un documento de gran valor, según contaba Irene el otro día.

Ante ese comentario, el funcionario puso cara de verdadero censor y repartió miradas inquisitoriales entre los periodistas. Llevaba meses ensayando cada mañana ese gesto penetrante, la mirada de la amenaza, la expresión del poder que en cualquier momento podía administrar a su antojo para hacer desaparecer informaciones sobre los monárquicos, sobre los comunistas, sobre los desmanes de la izquierda, sobre aquello que tanto gustaba de leer la gente que nunca se conformaba con la cartelera de teatros y la información bursátil. Y, por fin, esa expresión le había salido, por lo que se propuso sostenerla un rato.

—¿A qué libro os estáis refiriendo? —preguntó.

—Tranquilo, Marcial, se trata de unos libreros británicos que reclamaban no sé qué sobre esa Biblia. No te preocupes, no vamos a publicar nada sobre el tema. De hecho, la carta ya está en la papelera; es decir, el asunto queda archivado —dijo Ruiz mientras se ajustaba la corbata, y a continuación se levantó en busca de su trinchera y su bufanda blanca.

—Bien, pues si no os importa me quedaré un rato por aquí hasta que pueda hojear el primer ejemplar del periódico, a ver si todo está en orden.

—No te esfuerces demasiado, que esto no es un libelo revolucionario. No te vamos a dar ni la más mínima oportunidad de justificar tu puesto. Es una lástima, pero ve pensando en otro trabajo porque el de tachar noticias se agota —bromeó Emilio, a modo de despedida.

Desde su puesto en la recepción, Visi combinaba coquetas despedidas a los más perezosos de *La Voz* con halagüeños saludos a los más madrugadores de *El Sol*. Ella era la puerta giratoria del periodismo que nunca duerme. A su lado, su amiga Juani, la telefonista, intentaba apaciguar a un suscriptor de provincias cansado de que el periódico le llegase demasiado tarde.

—Usted no se preocupe, la Liga la va a ganar el Madrid, se entere usted el martes o el miércoles siguiente —le decía Juani mientras intercambiaba cables en aquel gran panel agujereado que servía para comunicar las voces de las personas con las orejas correspondientes.

Juani tapó el micrófono con la mano derecha y con la otra hizo gestos a Ruiz para que se acercase.

—Emilio —le susurró mientras seguía escuchando por el auricular—, a ver si un día de éstos me invitas al baile, que he oído verdaderas maravillas sobre el movimiento de tus tobillos.

—Habladurías. El único paso de baile que practico es el *agarrao*, y no sé si tú estarás preparada para una experiencia tan indecorosa.

En realidad, él sólo quería escabullirse de las redes de la Juani porque de todos en la redacción era sabido que su único fin en la vida era encontrar un buen novio y contraer matrimonio con él en la capilla del Cristo de Medinaceli, al que toda su familia rendía devoción. El periodista pensó en la sobria e inmóvil pose vertical que suponía una ceremonia así y concluyó que, a su edad, eran preferibles posiciones más dadas a la horizontalidad y al movimiento, si era posible.

—Seré tuyo algún día, Juani; cuando me consigas una conferencia con el alcalde de Nueva York para preguntarle por su nueva amante. A ver si así me facilitas el salto a la redacción de Internacional, que hoy he descubierto que no domino el inglés.

—A mí, con tal de que domines el fox-trot, te pongo una conferencia hasta con el gran emperador de Japón. Tú llévame al baile del Círculo Mercantil, que tengo un amigo con mano en la puerta que nos puede colar.

—No me tientes, bonita, que me llevas por el camino de la perdición... De la perdición conyugal, se sobrentiende —terminó Emilio con una sonrisa complaciente.

Al ver que Juani volvía a concentrarse en su llamada y que el auricular la obligaba a aislarse de su entorno, Emilio se colocó ante el mostrador de Visi y se quedó mirando el caracol de cabello negro que oscilaba suspendido sobre su frente, el único reducto insurgente de una melena apresada por un elegante moño. Al periodista le pareció muy atractiva.

—Que no se entere tu amiga, pero a ti te llevo al baile cuando te apetezca —le confesó.

—De los bailes que tú frecuentas, yo huyo.

—Pues no sabes lo que te pierdes —apostilló el periodista, que comenzó a sentir mordisqueado su orgullo.

—Por lo que me han dicho, no gran cosa.

La joven daba patentes muestras de conocer las armas defensivas del arte del cortejo, pero Emilio no claudicó.

—Algún día no podrás vivir sin mí. Dile a tu novio que hoy haces horas extras y vámonos al Capitol a ver una de amor.

—No, que en la oscuridad soy muy vulnerable —le tentó ella con picardía—, pero no ha estado mal el intento; si utilizas esas lisonjas con la Juani, puede que acabe en tu regazo.

—Sería agraviarte, ¡volver de rodillas a buscarte tras dejar roto el corazón de tu amiga!

—¡Anda, caradura! —le recriminó Visi mientras salía del mostrador para atender a unos recién llegados.

Lo cierto era que a Visi no le desagradaban ni el carácter ni el físico de Emilio. Aunque no era una hermosura, sí daba la talla para que cualquiera de sus hermanas, muy dadas al celestineo, le considerasen «un hombre apuesto y limpio». Pero esas dos cualidades, unidas al aroma a perfumes masculinos que desprendía, solían acarrear más problemas sentimentales a las damas que los feos y desaseados.

Convencido de que no había más tela que cortar, el redactor dio por terminada aquella misión exploratoria en territorio femenino. Ya tendría otra oportunidad. Tal vez lo de la desaparición del viajante de jabones era un bulo alimentado por sus compañeros, tan propensos a las hablillas cuando se trataba de los novios de las demás. Para una turba de reporteros en constante celo, los novios de las jóvenes bonitas se dividían en dos únicas categorías: los que no cumplían con ellas y los que las iban a dejar. O sea, que el camino siempre estaba abierto, tan sólo era necesario apartar alguna maleza.

Emilio había olvidado su libreta en la redacción. Volvió para recogerla, pero desde la distancia advirtió que una extraña forma se había situado en la esquina más lejana. Las luces comenzaban a perder terreno y no podía distinguir en qué consistía aquella masa humanoide encorvada, aunque cuando se levantó, se dio cuenta de que se trataba del censor. Y estaba hurgando en la papelera. Cada vez con más claridad, Emilio pudo ver que Marcial intentaba alisar un folio que acababa de recoger del cesto de los papeles. No cabía duda: aquélla era la carta que el jefe había tirado. Pero ¿qué interés podría tener esa misiva para un funcionario del gobierno cuya única rutina consistía en eliminar cualquier rastro de aquello que los prohombres del país consideraban «nocivo para el republicanismo y sus nobles fines»? El censor dobló el papel y se lo metió en el bolsillo del abrigo. No había visto a Emilio, por lo que éste siguió aproximándose hasta que el saludo se hizo inevitable.

—Marcial, ¿todavía por aquí?

—Sí —respondió sobresaltado. La mirada inquisidora de antes se había trastocado en una expresión de disimulo—. Es que me había dejado el paraguas allí, en la papelera, y con la aguanieve que ha estado cayendo esta tarde, será mejor no olvidarlo.

—Ya —le contestó Emilio—. Además, aquí siempre habrá una mano necesitada dispuesta a «descuidar» el paraguas de otro; o sea, que procura agarrarlo con fuerza.

Mientras Marcial comenzaba a descender por la escalera en dirección a la rotativa, Emilio se seguía preguntando por qué el censor había cogido aquel papel. ¿Para qué querría la carta un hombre tan gris?

En medio de estas cavilaciones apareció Carrerilla, tan oportuno como siempre. Miguelito *Carrerilla* era el mejor voceador de periódicos del centro de Madrid. Sus hazañas eran muy renombradas entre los compañeros del gremio. Había conseguido colocar veinte manos de veinticinco ejemplares en una sola tarde, y sin el atractivo que suponía el lucimiento en portada de alguna señorita espléndida, como era costumbre del diario. Aquella mañana se había celebrado Consejo de Ministros y las prosaicas declaraciones de los gobernantes habían empujado a las «bellezas de Europa» fuera de la portada. Carrerilla tenía una habilidad genial para mejorar los titulares del periódico cada vez que salía a las calles a pregonarlos. Era capaz de convertir a los protagonistas del momento político en personajes de novela, de transformar una vulgar pendencia en el más disputado combate del Price, de dar consuelo al aficionado del equipo perdedor con la excusa del mal arbitraje o de prometer el disfrute de una película de estreno cuando en realidad sólo se ofrecía un fotograma sin demasiada definición. Ése era Carrerilla en acción, un chico que tan sólo presentaba una traba para ser el mejor en su género: los trece años que acababa de cumplir y que le impedían ser asalariado. Tenía que conformarse con trabajar a comisión por cada mano vendida, como hacían otros buscavidas de Madrid, la mayoría de menos fiar.

—Carrerilla, te tengo dicho que en invierno vengas de largo. Esos pantalones cortos son para el verano —le reprendió Emilio, adoptando un aire de hermano mayor.

—Emilio, ya sabes que con las piernas al aire corro sin hacerme rozaduras y que, además, yo nunca tengo frío.

Sabía perfectamente lo que Carrerilla pretendía en realidad al exhibir las rodillas: era un intento medio inconsciente de superar su cojera. Sólo mostrando al mundo aquel defecto se sentía bien. Una mala caída cuando intentaba viajar de balde en el tope del tranvía le había partido el peroné izquierdo. «¡Llévenlo a la Casa de Socorro, que alguien llame un taxi!», gritaban algunas señoras, apiadadas de la cara lívida del chiquillo, que se resistía a hacer la menor mueca de dolor. Pero un transeúnte, arrastrado por la buena voluntad en lugar del sano juicio, lo entablilló de mala manera y lo subió al carro de un botijero al que dio un duro con el encargo de que llevase al niño hasta un curandero próximo. Allí se completó el estropicio. Al día siguiente, cuando enviaron a Emilio a cubrir el suceso, se acercó al humilde barrio de Carrerilla para conocer su versión de lo ocurrido y se hicieron amigos hasta donde pueden serlo un muchachito que por entonces acababa de cumplir once años y un hombre que casi podría ser su padre. En el fondo, el más joven era un dechado de experiencias callejeras y el curtido periodista solía comportarse como un chiquillo; o sea, que ambas existencias confluían en algún punto. Emilio le prometió buscarle un trabajo en cuanto se recuperase y ahí estaba ahora, esforzándose cada día para no defraudar a su bienhechor.

Cuando Emilio se sobrepuso a aquellos desagradables recuerdos sobre el episodio del tranvía, llamó a Carrerilla, que ya corría hacia el sótano por si comenzaban a salir de la plegadora los primeros periódicos recién hechos.

—Miguelito, ven aquí.

—Emilio..., ¿no es ya la hora de irte?

—Sí, pero escucha: tengo un encargo para ti. Marcial, el censor, está todavía dentro. No creo que tarde en salir. Necesito que lo sigas y que me cuentes adónde va esta noche. Por los periódicos no te preocupes, yo te pago los que queden sin vender.

—Vale, voy a ser su sombra.

A pesar de las instrucciones, Carrerilla cogió una mano de diarios por si acaso lograse colocarla en el camino de vuelta. A los pocos minutos, Marcial, que al chiquillo le parecía la viva imagen del púgil Primo Carnera, abandonaba el edificio tras despedirse lacónicamente de Visi.

En la escalera de entrada, Carrerilla miró al cielo y observó cómo se disipaba la primera bocanada de su propio vaho bajo un lienzo parduzco y desapacible. De las guirnaldas de carámbanos que había colgados de los aleros manaban frías gotas que iban en busca de algún cogote desprevenido o, si no acertaban, del suelo adoquinado de la calle de Larra. El chiquillo esperó a que Marcial ganase alguna distancia para comenzar a caminar. A los pocos metros, la gente que iba y venía por la calle de Fuencarral se convirtió en el camuflaje perfecto. El muchacho esquivaba el desfile de abrigos y gabanes intentando no perder de vista a aquel gigante que, aunque no aparentaba tener prisa, andaba con decisión. Al alcanzar la Gran Vía, vio a algunos de sus compañeros voceadores intentando captar la atención de los posibles simpatizantes de la prensa de partido. En la esquina que compartía a diario con otros vendedores empezaba a oírse el coro descompasado de nombres de políticos, de artistas de Hollywood, de campeones de frontón y de asesinos afamados, cada uno investido de sus hazañas o tropelías. Esperó junto a un quiosco hasta que Marcial cruzó la calle y después lo hizo él. En ese momento, el trole del tranvía que se aproximaba soltó un carraspeo seco y una descarga de chispas iluminó el empedrado. Carrerilla dio un involuntario brinco hacia atrás. Él no tenía miedo a nada, salvo a los tranvías, que prefería ver pasar a cierta distancia.

Ya del otro lado de la calle, el olor a café recién hecho y las conversaciones superficiales que procedían del interior de un bar le robaron la atención durante unos instantes. Al volver de nuevo la vista al frente, el gigantón ya enfilaba la calle de la Montera. Aquella mole desgarbada reaparecía al ritmo de los haces luminosos de los faroles. «Luz cenital, la que aplasta», recordó Miguelito, que siempre escuchaba con atención las lecciones improvisadas de Alfonso, el maestro de la fotografía que retrataba Madrid para *La Voz*; pero no le dio la impresión de que aquel hombretón se dejase aplastar por un haz de luz.

Por fin, en la Puerta del Sol, Marcial se acercó al Ministerio de la Gobernación, cuyas respetables dimensiones no desentonaban con el conjunto elegante y equilibrado de la plaza, aunque parecía algo más tieso y castrense. Allí se detuvo para comprobar el contenido de sus bolsillos. Entonces Miguelito observó movimiento de señorones en las puertas del café de Pombo, a la entrada de la calle de Carretas. Seguro que estaban por allí algunos de los «doctores» que pululaban por *El Sol*, los que animaban las tertulias más selectas de la capital. Los compañeros de *La Voz* hablaban muy mal de aquel «café de los cagones», en el que las diarreas eran frecuentes debido a algunos brebajes elaborados con dudosos ingredientes. Sin embargo, Emilio le había relatado que las víctimas de las descomposiciones frecuentaban las tabernas de calle abajo, donde trabajaban las señoritas de las ligas ajustadas al muslo, siempre prestas a transmitir alguna dolencia a los clientes, fuese de carácter nervioso, venéreo o estomacal. Y todo por el mismo precio.

El censor volvió a desplegar la carta y, cerciorado de que aquello era lo que necesitaba, se identificó ante los guardias. Carrerilla lo vio desaparecer puertas adentro, difuminado entre otra bocanada de vaho que subía ante sus ojos. Los caballos de los guardias también resoplaban vapor mientras bailaban pasos laterales de claqué sobre el suelo satinado.

Carrerilla se detuvo unos instantes, pero su compromiso con Emilio disipó cualquier tipo de duda y, fajo de periódicos en mano, se aproximó a las puertas del ministerio con intención de colarse. Cuando un policía le dio el alto, el niño se hizo más niño para camelárselo.

—Tengo el recado de traer periódicos al ministro, ¿puedo entrar?

—¡Un momento, mozalbete! Quédate donde estás, que voy a preguntar.

—Oiga, no soy un delincuente, dejo los periódicos en el mostrador y me marcho. Por lo visto se trata de un encargo personal del señor ministro, que necesita leer algo que publicamos hoy. Es lo que me han dicho en *La Voz*.

—Si no te importa, se los llevo yo.

—Ya, y que mañana me despidan por no haber hecho bien mi trabajo. Sea usted comprensivo, tengo mis instrucciones.

—Está bien, pero te acompaño.

El policía hizo una señal a su pareja, palpó los periódicos, cacheó al muchacho y lo abrazó por los hombros mientras caminaban hacia el interior.

En el mostrador, delante de ellos pero mucho más arriba, estaba la cabeza de Marcial, que daba explicaciones al ordenanza.

—Necesito hacerle llegar este papel al ministro; si puede ser, en persona.

—Lo sentimos, pero no sabemos si hoy volverá. Además, hay que pedir audiencia —respondió el funcionario, con gesto desdeñoso.

—Pues déjeme un sobre y certifíqueme por escrito que lo he entregado —insistió el censor.

—Oiga, no estamos aquí para hacer de carteros.

—Mire, en realidad es un asunto del máximo interés para el señor Rico Avello. Es muy importante que le haga llegar este papel.

—Está bien —cedió el ordenanza ante la posibilidad de que su negativa acabase en una bronca del ministro si en realidad se trataba de un asunto tan relevante como decía aquel hombre—, métalo en este sobre.

Marcial lo cogió, garabateó unas palabras en el anverso e introdujo con cuidado la carta de los libreros británicos antes de pedir que lacrasen la solapa.

—Entonces, ¿no me da el certificado?

—No se preocupe, hombre, entregaré la carta al secretario personal del ministro en cuanto lo vea —fue la última respuesta del funcionario antes de dejar el sobre en una bandeja metálica.

En ese momento, al empleado del ministerio se le escapó una ojeada indiscreta que le permitió leer lo que aquel hombretón acababa de escribir con una caligrafía descuidada: «Alto secreto.» Sería por su estatura, pensó. La segunda línea decía «Aleph».

Carrerilla no había perdido detalle de aquel diálogo. Como era su turno, anunció que dejaba un periódico para el ministro y otro para su secretario.

—Son gratis, gentileza de la casa —añadió para hacerse el inocente. Sin más, salió con el policía al encuentro del barullo madrileño.

Misión cumplida. Después de la apresurada caminata, agradeció que su perseguido no hubiese elegido un destino más alejado, pues no estaba la noche para paseos. El viento trajo remolinos de culebras congeladas que se colaron por las perneras de su gastado pantaloncillo de paño.

De regreso, el pequeño Miguel se dedicó a ofrecer a voces el periódico a aquellos con los que se cruzaba. Se sabía adentrado en territorio enemigo desde que había abandonado Fuencarral, sus confluencias y la acera izquierda de la Gran Vía. No estaba en las calles que tenía asignadas ni en el puesto que constituía su hábitat, pero la rapidez con la que había llegado hasta la Puerta del Sol —cuyo reloj le había proporcionado la hora a base de campanadas agudas y certeras— le garantizaba algunos minutos de ventaja sobre sus compañeros, que estarían saliendo en ese momento del periódico. No creía que el inspector de vendedores de *La Voz* estuviese ya de servicio y tampoco pensaba estrujarle demasiado la cartera a Emilio, a quien aquel encargo tan sólo le costaría una pequeña propina. Al llegar a la Gran Vía se topó de nuevo con su amigo periodista, que le habló desde detrás de su bufanda blanca.

—Carrerilla, ¿ya estás de vuelta?

—Sí, Emilio —contestó agitado—, y no te vas a creer lo que ha hecho el censor.

—Venga, dispara, no me tengas en ascuas.

—Ha ido al Ministerio de la Gobernación.

¡Nada menos que a Gobernación, «la sede de las porras»! Allí residía el verdadero poder republicano —con el permiso del Ejército y de la Iglesia—, los que mandaban en policías, en guardias, en vigilantes y en todo aquel que portase una pistola de forma legal. A Emilio le pareció un destino muy importante para una carta tan intrascendente.

—¿Y qué ha hecho? —acertó a preguntar.

—Habló con un señor que le dio un sobre.

¡Movimiento de sobres! Aquello le gustaba a Emilio: en Madrid todo se podía conseguir gracias a un sobre debidamente acolchado con billetes.

—Y, entonces, Marcial metió en el sobre un papel que llevaba en el bolsillo y se lo devolvió para que se lo diese al ministro.

—¿A Rico Avello?

La intriga se volvió entonces confusión. ¿Para qué querría la carta de los ingleses un ministro que, según los chismorreos de las Cortes, estaba a punto de abandonar su puesto para hacerse cargo del Alto Comisariado del protectorado marroquí? Aquel hombre de confianza del presidente Lerroux le parecía al periodista una mera pieza de recambio dentro de un gobierno precario de derechas «que intentaba reconducir el país por la senda del orden decimonónico», como denunciaban diariamente sus opositores. Extrañado, al redactor se le ocurrió que el verdadero interés podría estar oculto en el texto de la carta. Tal vez se tratase de un mensaje cifrado por los servicios secretos del emperador Jorge V. Acaso fuese la invitación al gobierno español para que entrara a formar parte de una alianza internacional contra la Rusia revolucionaria, o puede que contuviese alguna advertencia en clave sobre un golpe de Estado venidero. Ojalá hubiera recogido él mismo la carta, porque quizá habría sido su pasaporte al éxito periodístico, pero ahora ya era tarde.

—Ten, para los periódicos —le dijo al chico mientras sacaba algunas monedas de su bolsillo.

—Gracias, pero éstos te los perdono. Me gusta hacer de espía.

Una tropa de guardias de Asalto tapizó las paredes del recibidor del Ministerio de la Gobernación. El ministro estaba a punto de llegar. Cuando entró, blindado por una generosa escolta, dio las buenas tardes y pasó ante el mostrador con más prisas que boato. El secretario intentaba seguir sus pasos arrastrando en la mano derecha una voluminosa cartera de piel que bien merecía una carretilla para poderla trasladar detrás de un ministro tan veloz.

—¡Señor secretario! Acaban de dejar un par de recados —le advirtió el ordenanza.

—¿A estas horas? Veamos qué es eso tan urgente... Como comprenderá, se hace tarde.

—Mire: dos ejemplares de *La Voz.* Por lo visto los ha encargado el señor ministro, y esta carta la ha traído un censor.

El secretario intentó elevar la cartera hasta el mostrador para liberar su mano derecha, pero no pudo levantarla. Tras posarla en el suelo con resignación, revisó en primer lugar el sobre y se fijó en la leyenda que había escrito Marcial.

—¡Me cago en la puta!

Sin abrirlo, corrió por el pasillo por donde acababa de desaparecer su superior mientras sus acompañantes recogían apresuradamente la cartera y los periódicos.

—¡Don Manuel! Hay noticias de Aleph.

—¿De qué? —preguntó extrañado Rico Avello mientras se giraba hacia el secretario.

—De la Biblia rusa.

El aspecto afable del ministro se mudó en un semblante turbado.

—¡Rápido, vamos a mi despacho! Hay que abrir un expediente... Y llame a casa: hoy saldremos tarde.

## CAPÍTULO 2

—

## EL CÓDICE
## (MONTE SINAÍ, 1859)

En la oscuridad, Constantino von Tischendorf alzó el cigarrillo con la mano hasta alinearlo entre su rostro y una distante zarza. Una ráfaga de viento hizo crepitar la brasa, lo que le permitió recrear mejor la escena de la Biblia en la que, allí mismo, Dios se manifestó a Moisés en forma de fuego. A esa hora comenzaban a repicar las campanas de metal y madera del monasterio ortodoxo de Santa Catalina, en el monte Sinaí. De repente, algo que rozó su pierna le sobresaltó. Se trataba tan sólo de uno de los muchos gatos que deambulaban por allí en busca de alimento. Era la noche despejada, pero sin luna, del viernes 4 de febrero de 1859.

No había podido dormir nada y fumar al fresco le ayudaba a sobrellevar la vigilia y a contener las emociones mientras miraba hacia el adarve de las murallas que protegían el monasterio. Permanecía sentado en la escalera de madera que daba acceso a la celda donde se suponía que tenía que estar durmiendo. Iluminó su reloj de bolsillo con la débil luz de la lumbre del cigarrillo. Marcaba las cuatro y media de la madrugada. Para calmar la ansiedad rezó y dio gracias a Dios por haberle ayudado a volver allí por tercera vez, por haberle elegido. El sueño de cualquier historiador cristiano era poder viajar en el tiempo y ser testigo de la vida del hijo de Dios en la Tierra, para luego volver al presente y contársela a los demás. A él le habían concedido una oportunidad similar: conocería sus enseñanzas sin alteraciones a través del testimonio escrito de los apóstoles más cercanos a los tiempos en los que Jesús vivió entre los hombres.

En su primera visita a aquellos Santos Lugares en busca de las Biblias más antiguas, hacía ya quince años, se presentó con una pequeña caravana, compuesta por un traductor y tres sirvientes, ante las faldas de las altivas murallas del santuario egipcio. Dado que todas las puertas estaban selladas por razones de seguridad, y mientras sus acompañantes acampaban en las cercanías, le subieron en un cajón de madera colgado de un torno. No existía otra forma de penetrar en semejante mole de piedra. Era necesario superar aquellos veinte metros de ascenso, siempre acompañados por algún golpe de la caja contra el muro, sonoros quejidos de la madera del artefacto y el inquietante rechinar de aquella soga casi umbilical. Los beduinos que hacían girar el mecanismo también le ayudaron a bajarse de aquel ingenio allí mismo, enfrente de donde se encontraba ahora. Para evitar la entrada de intrusos en la comunidad, sólo se podía acceder así, de uno en uno, dentro de aquel endeble arcón. Como demostración de humildad, el pasajero confiaba su vida en las manos y la fuerza de cuatro árabes que hacían girar una rueda mediante la que una soga elevaba al visitante hasta lo alto de la muralla.

Aquella primera vez, en la misma biblioteca a la que se encaminaba ahora casi a tientas, Dios le envió una señal al dirigir su mirada hacia unos documentos deteriorados que había en una canasta de mimbre. Se detuvo para observarlos con atención y, de ese modo, rescató del fuego en el último segundo varios pergaminos del Antiguo Testamento que iban camino de la chimenea. Se lo había dicho el monje: todo lo que estaba en los cestos se usaba como combustible para encender la leña. Encontrarlos momentos antes de que fueran pasto de las llamas había sido, sin duda, una providencial intervención del Altísimo. La comunidad de hermanos fue muy generosa con él: le cedieron 43 de las 129 hojas que había salvado de convertirse en ceniza.

De vuelta a Leipzig, su ciudad natal, se ganó el reconocimiento internacional gracias a la publicación de un libro sobre aquel descubrimiento. Nunca contó, ni a sus colaboradores más cercanos, el lugar exacto del que procedía aquel material. En la tranquilidad de su universidad, donde disponía de más medios, fue corroborando lo que sospechaba: aquellas hojas quizá formaban parte de la Biblia más antigua jamás conocida. Pero para asegurarse necesitaba volver al monasterio del Sinaí y buscar el resto de aquel libro que podía constituir el testimonio más remoto de la palabra divina. Años después regresó en una segunda ocasión, pero no encontró nada. Ahora, a la tercera, había sido la vencida.

Mientras apuraba su cigarrillo volvió a imaginar el sagrado episodio de Moisés y la zarza ardiente, miles de años atrás. La revelación tuvo lugar a pocos metros de donde se encontraba, en lo que ahora era el interior de la antigua ermita de Santa Elena, anexa al edificio principal: el Katholikón o iglesia de Santa Catalina, que, al igual que la muralla, fue construido mediante grandes bloques de granito. Las puertas de madera, con más de mil años de antigüedad, estaban coronadas por una inscripción: «Ésta es la puerta del Señor, los vencedores entrarán por ella.»

Constantino se sabía la Biblia de memoria. La frase correspondía a los Salmos 117, 20. Durante una décima de segundo estuvo tentado de atravesar el dintel, pero se corrigió. Ni la soberbia ni la vanidad eran propias de él, y mucho menos en la tierra sagrada del Señor en la que incluso debería caminar descalzo, como el propio Moisés, para mostrar su reverencia.

La falta de sueño empezaba a tener efectos en su organismo: el cuerpo quería desperezarse constantemente y el párpado derecho comenzó a palpitar. El Sinaí era una masa gigante tras él. De noche sólo se intuía la presencia de aquel monte bajo cuya custodia la fortaleza había sobrevivido a otomanos, a cruzados y al mismísimo Napoleón.

A Constantino, la escena histórica que acababa de vivir hacía pocas horas le martilleaba incesantemente la cabeza y mantenía todavía agitado su corazón: Macarius, el monje tesorero que se encargaba de las compras y del avituallamiento en Santa Catalina, le había querido enseñar, orgulloso, el libro que usaba en su celda personal para rezar. Volvían de un paseo por la falda del monte en el que hablaron de las lecturas de los textos sagrados.

—Me han entusiasmado las ediciones del Nuevo Testamento en griego que ha traído usted al monasterio como regalo. Yo también he leído una Septuaginta. Me gustaría mostrársela; seguro que le gustará —le había comentado.

Von Tischendorf sabía perfectamente qué era la Septuaginta: la versión de la Biblia utilizada por las comunidades cristianas primitivas, cuyo nombre se debía a que habían sido setenta los eruditos que la habían traducido al griego.

El sol se ponía tras la montaña de Dios. Se acercaban al monasterio con las cimas todavía iluminadas por la intensa luz roja del atardecer. En esa ocasión, accedieron por una de las puertas de la muralla, que estaba abierta. El torno y el ascensor no se usaban ya con tanta frecuencia. Recorrieron los patios y subieron la escalera de madera que daba acceso a las estancias privadas de los monjes. Cruzaron el corredor y entraron en la habitación del hermano con una leve inclinación de sus cabezas para atravesar la pequeña puerta sin golpearse.

—Espere un segundo, Von Tischendorf, siéntese delante de esa mesita y descanse un poco. Nos hemos dado una buena caminata. Voy a encender una lámpara. Aquí dentro tengo mi Biblia.

El monje se dirigió al fondo de la estancia, abrió la puerta de un armario pequeño y desvencijado, se agachó y sacó de su interior un pesado montón de pergaminos envueltos en un lienzo de seda roja. Macarius acercó con cuidado el grueso paquete a la mesa en la que estaba el estudioso alemán y lo puso encima. Constantino, sin saber todavía lo que iba a encontrarse, destapó poco a poco las hojas separando la tela mientras sus manos, anticipando las emociones posteriores, empezaban a sudar.

Abrió los ojos como nunca al reconocer aquella tipografía grande y roja, carente de espacios entre las palabras. Sin duda, aquellos pergaminos tenían el mismo origen que los que había encontrado en su primera visita. Estuvo a punto de pellizcarse por si se trataba de un sueño. No quería parpadear. Nervioso, volvió a revisar el conjunto. No sólo estaban las 86 hojas que no se pudo llevar en su expedición anterior, había muchas más. Aquel tesoro tenía un total de 347 folios sumando los 43 que se había llevado hacía años a su universidad. No los había localizado en la biblioteca porque aquel monje los utilizaba para rezar en privado.

¡En un oscuro rincón de la pequeña celda del más humilde de los hermanos se ocultaba la palabra de Dios manuscrita en la más antigua de las Biblias conservadas hasta el momento! Allí le había estado esperando todos esos años. No la habían robado, ni había servido para encender el horno de pan.

Von Tischendorf trataba de contener las lágrimas y la emoción. No quería que el monje notara su sobrevenida impaciencia, pero ansiaba volver a tocar aquel material, leer aquellas palabras. Quizá la primera vez que vio sus páginas, quince años antes, exteriorizó demasiado su entusiasmo ante la importancia del descubrimiento y eso había hecho que los monjes no le dejasen llevarse la totalidad de los pergaminos. Tal vez había sido esa misma expresión ansiosa, impropia de un investigador, la que había provocado que en su siguiente viaje no encontrara nada. No podía dejar que eso le volviera a ocurrir.

Las hojas sueltas que había encontrado en su primera estadía, las que Cirilo, el viejo bibliotecario de Santa Catalina, había menospreciado, eran la avanzadilla de aquel prodigio que, por fin, acababa de encontrar. Llevaba una semana en el monasterio y, cuando estaba a punto de irse, aparecían así, de la forma más natural, en el lugar más inesperado. Allí, entre sus manos, estaba completo el Nuevo Testamento y gran parte del Antiguo. Podía ser un descubrimiento trascendental en la historia de la humanidad. Si su cálculo era correcto, había sido escrita en el año 350, justo a medio camino entre Cristo y Mahoma. Dicho de otra forma, era un siglo más antigua que el Códice Alejandrino, fuente hasta ese momento de las Biblias de la época.

Tras pedir la aquiescencia del monje, volvió a envolver los manuscritos en la tela roja y se los llevó a su habitación, en la que, alumbrado por la minúscula llama de su lámpara de aceite, apenas podía hacer otra cosa que estudiar los pergaminos, desperdigados encima de la pequeña mesa. Leía sin parar y no podía dejar de pensar en algunos versículos de una de las páginas en las que se había detenido con más detalle: el final del Evangelio de san Marcos. Llevaba estudiando los textos sagrados desde que era niño y podía recitarlos de memoria. Aquel Testamento prometía estar lleno de sorpresas, de descubrimientos inesperados, como la Epístola de san Bernabé, que ya no se incluía en las Biblias depuradas por los concilios. Sin embargo, los antiguos cristianos —que consideraban al santo como uno de los discípulos de Cristo, aunque tan sólo había sido el ayudante de san Pablo— la reconocían como parte del Nuevo Testamento. Hacía siglos que nadie sabía con exactitud qué contenía, ya que no se conservaba una copia completa. Y ahora él la tenía delante.

Saltaba de capítulo en capítulo, de versículo en versículo, de libro en libro, mientras, uno tras otro, pasaban por su cerebro los caracteres unciales. Localizó de nuevo entre los pliegos el último pasaje de san Marcos que ya en la primera y rápida hojeada le había llamado la atención:

> Y cuando hubo pasado el sábado, María Magdalena y María, la madre de Santiago, y Salomé compraron especias aromáticas para venir a ungirle.
>
> Y muy temprano en la mañana del primer día de la semana, vinieron al sepulcro a la salida del sol.
>
> Y se dijeron entre sí: «¿Quién nos ayudará a mover la piedra de la puerta del sepulcro?»
>
> Y cuando miraron, vieron que la piedra aunque era muy grande había sido removida.
>
> Y entrando en el sepulcro, vieron a un joven sentado en el lado derecho, vestido con una túnica larga y blanca, y se atemorizaron.
>
> Y él les dijo: «No os asustéis. Buscáis a Jesús, el que fue crucificado; ha resucitado, no está aquí. He aquí el lugar en donde le pusieron.
>
> »Pero id y decid a sus discípulos, sobre todo a Pedro, que Él va delante de vosotros a Galilea: allí le veréis, como os dijo.»

Y salieron rápidamente, huyendo del sepulcro, porque temblaban y estaban asustadas: no dijeron nada a nadie, porque tenían miedo.

Acababa así. ¡Qué extraño! Según la Biblia entonces admitida por el Vaticano y todas las Iglesias ortodoxas, faltaba el fragmento final de aquel evangelio. Tal vez hubiese zonas incompletas, pero parecía que el Nuevo Testamento estaba íntegro. Tenía que seguir buscando entre las páginas, quizá desordenadas por el monje. Demasiadas emociones, demasiadas novedades para la primera noche en compañía de su anhelado hallazgo.

Había dejado la Sagrada Escritura en su habitación. El frío nocturno del desierto comenzaba a asentar su rastro de hielo en alguno de los tejados y también en sus manos. Von Tischendorf acababa su segundo cigarro mientras esperaba que le abrieran la biblioteca. Empezaban a encenderse algunas luces y se oían ruidos diferentes a los provocados por los gatos. Los barbudos monjes, tocados con sus *skufias,* esos altos sombreros con la parte superior plana que los hacían parecer más espigados, empezaban a salir de las dependencias conventuales. Los beduinos, que realizaban todo tipo de labores de servicio en el monasterio, también emprendían su jornada. Von Tischendorf regresó a su habitación, apiló todas las hojas y las volvió a envolver antes de dirigirse con ellas a la estancia monacal que guardaba una de las colecciones de manuscritos más antiguas e importantes del mundo. Allí trabajaría más a gusto.

Cirilo, el encargado de custodiar los libros del monasterio, se acercó en seguida para abrir la estancia y miró de reojo el abultado paquete que portaba el invitado.

—Gracia y paz, profesor. ¡Cómo ha madrugado! ¿Era eso lo que buscaba?

—¡Sin duda! Éstos son los manuscritos que llevo una semana intentando encontrar. ¡Qué digo una semana, media vida! Se trata de la Biblia griega por la que me he desvivido desde que apareció aquel centenar de hojas hace años en esta bibliotcca, algo de lo que usted, padre, fue testigo. Es la misma que encontré ayer completa en la celda más humilde. Macarius la utilizaba para rezar en su habitación. Por eso no estaba en la biblioteca. No he podido dormir, imagínese, llevo toda la noche leyendo. Yo creo que nuestro Señor nos ha querido revelar de nuevo su voz aquí, en su monasterio tantas veces bendito. Donde entregó a Moisés las Tablas de la Ley, ahora nos da a nosotros argumentos contra sus enemigos. Creo que cuando Macarius, el modesto y sencillo tesorero del convento, me acercó los pergaminos, envueltos en este paño rojo, Dios sonreía.

—Doctor Von Tischendorf, no conviene exagerar. Tal vez esos Sagrados Textos contengan la palabra del Altísimo, pero puede que no representen todo lo que usted imagina —especuló Cirilo.

—Estoy seguro, hermano. Cuando uno lleva tanto tiempo buscando algo, sabe que ha encontrado lo que anhela con sólo percibir un olor como el de estas pieles. El zar de Rusia, que como sabe ha financiado generosamente mi viaje, estará muy satisfecho con el monasterio cuando vea lo que hay aquí. La cristiandad entera recordará siempre el nombre de Santa Catalina y seguro que su alteza imperial lo sabrá recompensar como se merece.

Cirilo, que ya no escuchaba, abrió las puertas de madera que daban acceso a la biblioteca y empezó a encender alguna lámpara mientras Constantino se dirigía hacia el escritorio. Dejó el paquete con el códice, volvió a descubrir el paño rojo que lo enfundaba y se enfrascó de nuevo en su lectura. Muy despacio, sus dedos iban pasando las hojas con la parsimonia de quien quiere paladear cada línea, cada párrafo. Habían transcurrido demasiados años en pos de un tesoro así como para devorar ahora, en pocos minutos, el placer de lo encontrado. Las páginas crujían al pasar. A pesar de que las primeras estaban en un estado de conservación algo precario, el resto del códice se conservaba impecable. ¡Qué bendición, el clima seco de aquella tierra! Pergaminos que tenían mil quinientos años parecían más consistentes que las hojas de papel contemporáneas.

Fuera estaba a punto de empezar un nuevo amanecer carmesí, como ocurría cada día en aquella Tierra Santa. A medida que pasaban las horas, la biblioteca se inundaba del olor al pan que cada viernes preparaban los monjes, ayudados por los beduinos. Mientras, iban apareciendo ante los ojos del biblista los libros canónicos que componían el Nuevo Testamento, además de una importante porción del Antiguo.

Constantino se recreaba en el tacto de cada página que pasaba. Eran tersas y resistentes. Las habían elaborado a conciencia, arrancando la piel a cada res sacrificada y luego el vello para conformar aquel resistente material. Se estiraban por las dos caras y, con polvos de piedra pómez, se terminaban de pulir. La tinta y las plumas de ganso de los escribas se habían encargado de la dichosa composición de letras: líneas y líneas sin espacios entre las palabras, en *scriptio continua*, sin signos de puntuación. Las unciales mayúsculas eran preciosas, como las de otros manuscritos griegos y latinos de la época. Se trataba de una escritura de formas suaves y firmes, adecuadas para aquel soporte: un pergamino de primera calidad. Leía en voz alta porque aquéllos eran textos para que los declamaran los monjes, no estaban pensados para los lectores solitarios que recitaban en silencio. Con la poca luz que iluminaba la estancia le costaba ver los detalles, incluso a través de la lupa, pero las letras tenían grandes proporciones y la certeza seguía haciéndose sitio en su mente. Los textos sagrados estaban llenos de anotaciones de los escribas. Aquello era un tesoro religioso, pero también histórico y artístico.

No había duda: él, Constantino von Tischendorf, hijo de un médico sajón, teólogo, lingüista y estudioso de la palabra del Señor, había encontrado la versión completa más antigua del Nuevo Testamento y buena parte del Antiguo. Si así era, se trataría del documento más excepcional con el que contaba a partir de este momento el cristianismo para demostrar que la historia sagrada era real, que lo que creían desde hacía siglos estaba documentado en fechas bien cercanas a la época en la que Cristo moró entre los hombres.

En honor del lugar reverendísimo en que se hallaba se descalzó, se arrodilló y, agradecido, prometió a Dios que bautizaría aquel libro como Códex Sinaiticus, para mayor gloria de aquel monte bendito en el que tantas cosas Él había dado a sus hijos. Se volvió a sentar y siguió absorto en su lectura. En aquel instante entraban por las ventanas los primeros rayos escarlatas de la alborada.

# CAPÍTULO 3

—

## EL MARCHANTE

Emilio Ruiz regresaba a casa con la urgencia que le pedía el frío de Madrid. Andar le permitía desentumecer los pies, que, después del largo trayecto de Fuencarral, se empeñaban en desviarse hacia el café Comercial. Podría haber escogido otros lugares de peor reputación y un poco más alejados, como los de la barriada de Chamberí, de donde muchas madrugadas había vuelto confundido por la desorientación que le provocaba la tercera copa y las posteriores, pero no era fin de semana y al día siguiente le esperaba una nueva jornada de pesado trabajo en el diario. Concluyó que, efectivamente, le vendría bien un frugal tentempié en el Comercial.

Una vez dentro, notó que su apetito se debatía entre cenar un plato combinado o unos aperitivos sobrantes del mediodía cuyos aceites refritos le resultaban extrañamente tentadores. También sopesó la posibilidad de llevarse al gaznate un chocolate caliente y embadurnar en él aquellos churros mañaneros que parecían ya material arqueológico, pero finalmente optó por un café a secas. Si aquel brebaje quería vengarse de él con alguna hora de vigilia, ya mataría el tiempo leyendo. En caso de optar por alguna de las otras alternativas, lo más probable habría sido que las pesadillas volviesen a apoderarse de su habitación.

Pagó la cuenta, dejó el platillo sobre la barra y, taza en mano, sorteó algunas de las brillantes columnas del local hasta llegar a los ventanales. Desde allí, sin quererlo, mostró a los presentes la pictórica estampa de «periodista de espaldas contemplando la glorieta de Bilbao en una noche glacial». Tras de sí había despreciado, entre sobrios saludos, algunas reuniones que en otro momento podrían haberle resultado atractivas, pero aquella noche se le antojaban de peor digestión que las grasientas viandas que acogían las vitrinas de la barra. Mientras veía pasar a los últimos obreros que se zambullían en la boca del metro, el redactor presagió una semana de malas artes entre los compañeros de las redacciones de sucesos de otras publicaciones, los que también acudirían a la Dirección General de Seguridad en busca de los partes de atropellos, asaltos, explosiones, tiroteos y pendencias callejeras. La lucha diaria por la exclusiva tenía un precio y, en su especialidad, ese coste consistía en estar convencido de que sus colegas, algunos de ellos de estrecha amistad, le traicionarían a diario y que él les correspondería con idéntica moneda. Aunque muchos creían que su oficio se regía por honrados procedimientos deontológicos, Emilio había descubierto que la información no se lograba siguiendo los conductos oficiales, ni siquiera sobornando al policía a base de copas de anís. La noticia apasionante, la revelación que multiplicaría las ventas del periódico, llegaba al día siguiente de haberte topado con el funcionario intachable, aquel ejemplo de probidad cristiana a los ojos de su santa esposa, saliendo despeinado del *meublé* en el que frecuentaba a su joven amante. A partir de ese momento era tuyo, y con él, sus secretos. Así funcionaba el negocio periodístico, y a Emilio

Ruiz se le daban bien las irrupciones repentinas e indiscretas en los lugares más insospechados.

A esas horas de la noche, con unos sorbos de café negro recién llegados al estómago, decidió que ya había cenado bastante y enfiló el camino hacia su casa. Aunque tenía llaves, prefirió llamar al timbre para que doña Patro, la casera, creyese que controlaba sus horarios y costumbres. Sólo bajo esa figurada supervisión podía funcionar aquel gran patio formado por las traseras de cuatro edificios del centro de Madrid. Doña Patro, que vivía en la planta baja, se asomó con una manta al cuello que tenía asida con ambas manos.

—Hombre, el que faltaba. Por fin tengo todo el ganado acorralado.

—Patrocinio, no me riñas, que alguno llegará más tarde o se habrá escapado hace rato de esta cárcel que tan estrictamente regenta mi alcaidesa favorita.

A Emilio le encantaba compartir confianzas con doña Patro, una mujer de armas tomar. Durante sus primeros veintitrés años de vida, aquella dama gozó de los privilegios de una familia noble, pero durante los veintitrés siguientes fue perdiendo tierras y posesiones hasta que a Patrocinio de Villaportazgo, que aún conservaba en algún cajón los títulos que adornaban sus muchos y raros apellidos, no le quedaron más que dos edificios de Madrid que constituían la mitad de una corrala del siglo pasado. Siguiendo los deseos de su marido, fallecido hacía tiempo, los convirtió en casas de huéspedes para poder subsistir con dignidad. También le quedaba un hijo revolucionario, Luis, con el que no sabía qué hacer, y una belleza natural que Emilio atribuía a un pasado jalonado de ancestros que utilizaron su poder para conquistar a mujeres engañadizas de gran hermosura. Sin duda, aquel porte tenía mayor relación genética con una campesina lozana que con un envarado aristócrata. Su vestimenta combinaba el riguroso luto que exigía la alcurnia con algún toque chic que le pedía el cuerpo, como aquel lazo de raso negro que rodeaba su cuello.

—¿Has cenado? —preguntó al recién llegado.

—Pues sí: una ración de tortilla de patatas ahí, en el Comercial —mintió Emilio.

—A saber con qué huevos harán las tortillas de los bares. ¿Tú has visto alguna vez una gallina en alguno de esos cafés?

—Y una casa de fieras completa, con serpientes y cocodrilos incluidos; si yo te contase... —reconoció.

Doña Patro guardó los impertinentes en el bolsillo de la chaqueta. Sus movimientos delataban una refinada educación, aliada con un carácter blindado por las desgracias sobrevenidas.

—Tampoco pienses que te iba a cobrar por la cena. Tengo por aquí unas sobras y no creo que mi Luis las quiera para mañana.

—Gracias, Patrocinio, pero lo que necesito ahora es dormir. Saluda a tu hijo de mi parte.

—Espera, Emilio —le dijo la mujer mientras miraba a ambos lados en busca de escuchas entrometidas—, tendrías que ayudarme. Ya sabes que el chico es anarquista y a mí eso no me importa demasiado. A los de alto linaje poco nos pueden quitar después de una república, digo yo. Pero últimamente viene a casa con bombas —añadió con los ojos muy abiertos.

—¿Bombas?

—Como lo oyes. Trae unas bolsas y se nota que dentro hay algo esférico y muy pesado. —Entrelazó ambas manos, como si sujetase algo desde abajo—. Luego baja corriendo a las carboneras y sube de vacío, de eso estoy segura.

—Serán sandías —presumió Emilio.

Entonces se dio cuenta de que había soltado una majadería que no casaba en absoluto con el calendario. Una sandía en Madrid en esa época del año sólo podría venir en avión desde alejadas latitudes, si es que allí se cultivaban.

—Pídele una, son muy diuréticas —continuó, con el vano ánimo de dar consuelo.

—Emilio, que yo no me caí del guindo ayer. Las lleva a la carbonera porque sabe que tengo pánico a las ratas y no voy a entrar allí. Seguro que tiene un arsenal escondido.

—No te preocupes, ya lo investigaré.

Emilio atravesó el portal. En el patio interior se cruzó con Telmo, el poeta maldito, el hijo literario de los «fatalistas letones entenebrecidos», una corriente experimental de corte hermético de la que nadie con mediana formación había oído hablar; ni siquiera en la *Revista de Occidente*, tal como en cierta ocasión le confirmaron algunos compañeros que trabajaban allí. Por eso constituía una corriente secreta, se decía Emilio, porque no la conocían más que los iniciados y los vecinos de aquella manzana.

—Telmo, no salgas al fresco de la noche, que te puede dar algo —le recomendó Emilio, de buen corazón.

—Ofende al poeta aquel que piensa que hay frío capaz de calar sus cueros. Un siervo de Prometeo jamás se enfría porque hierve en su interior el magma de los arrebatos. Dejaré aquí mi capote y mis calcetines, tan superfluos, pues —le contestó, campanudo, aquel sujeto de inagotable capacidad para sorprender.

Cuando hizo el ademán de quitarse el largo capote, Emilio le aconsejó que se lo dejase puesto. En el barrio rumoreaban que Telmo, al que nunca vieron —ni siquiera en verano— desprovisto de su sagrada prenda de abrigo, deambulaba en realidad sin otro ropaje que aquella capa que ocultaba su figura de la cabeza a los pies. El aspecto espigado, la barbita sin bigotes y los ojos de besugo le hacían parecer lo que era: un ser inclasificable del que no se conocía oficio ni dedicación, más allá de la supuesta faceta versificadora, aún por demostrar.

—A ver si un día te decides a escribirme un poema. Lo necesito para una chica del periódico a la que quiero conquistar, pero se me resiste.

—¿Lo quieres de efectos hipnóticos, letárgicos, narcóticos o somníferos?

—Hombre, si se puede elegir, yo preferiría que estuviese despierta.

—Entonces, ¡de efecto *sucumbítico*! ¡Caerá derramada sobre tus ascuas!

—Más o menos es lo que se busca, digo yo.

—Mas te advierto, amigo mío, que tardará años, tal vez siglos, en surtir efecto.

—No te preocupes, de momento ése es el camino que llevo. Por probar...

Aquel neologismo tan sugestivo que había pronunciado el poeta le recordó otra palabra que le había rondado ese mismo día: «sinaítico». Junto a ella, volvieron a su cabeza los episodios de la redacción y lo que le había contado su amigo Carrerilla sobre el intrigante comportamiento del censor. Podría cavilar un rato más, pero ya había llegado a casa tras dejar atrás el laberinto de corredores y escaleras exteriores, un verdadero castillo de naipes que daba acceso a las viviendas y permitía encuentros frecuentes a sus ocupantes. Patrocinio había aprovechado las pausas de Emilio y, en pago por la futura vigilancia de su hijo, había colocado a los pies de la cama una plancha ardiente envuelta en amorosos trapos blancos. Alrededor de la cama que presidía la estancia, convivían una mesa sencilla con su par de sillitas, una butaca, un armario semivacío y un galán de noche en el que se apilaban las prendas de abrigo como capas de una cebolla. Era una habitación simple, pero espaciosa, limpia y con derecho a un baño compartido con otro vecino con cuyos horarios no coincidía. En resumen, sobre todo cuando aquella plancha empezó a aliviarle los sabañones, un paraíso.

Durmió bien, a pesar del café.

Emilio Ruiz volvió al periódico un poco antes de lo acostumbrado. Quería encontrarse con el Olimpo de intelectuales de la «planta noble» para preguntarles sobre la librería inglesa y sobre aquella Biblia tan preciada cuya denominación en latín sólo podía estar al alcance de los sabiondos de *El Sol*. Muchos ya se habían ido, pero se topó con De los Ríos, un fiel republicano que solía escribir «a favor», sin más contemplaciones ni remilgos sobre «a favor de quién», sin preocuparle si un día publicaba su trabajo en el diario matutino y otro en el vespertino. Un zascandil, en fin.

—¿Por casualidad no tendrás a algún compañero que sepa de historia antigua? —comenzó Emilio su interrogatorio.

—¿Cómo de antigua? —le respondió el colega, como si tuviese un dispensador de historiadores expertos en cada período del devenir humano.

—No lo sé. Es sobre la Biblia.

—¡Ufff! Biblias hay muchas —le desanimó—. Y depende de quién las catalogue.

—El Códex Sinaiticus, se llama.

—Ni idea, pero viene del Sinaí, seguro.

—¡Coño con el descubrimiento! Por favor, sólo quiero saber si queda alguno de los doctos escritores que disimulan la negritud de vuestra tinta con sus incontables saberes —añadió Emilio con sonoridad guasona.

—Tranquilo, no te sulfures. Ahora que lo dices: cuando yo escribía aquella columna costumbrista..., ¿te acuerdas?

—¿«Crónicas de un madroño»?

—Eso es, pues durante mucho tiempo la columna se cerraba con un anuncio pequeñísimo, un modulito barato, casi ruin. Ahora que has hablado de un códex, me has recordado aquel reclamo: era de una casa de antigüedades de la calle Velázquez, decía que compraba de todo: «Libros antiguos, raros, códices curiosos y agotados» —recitó De los Ríos, que lo estaba dejando claro: era uno de esos articulistas presumidos que se leía sus creaciones hasta el final, incluido el anuncio—. Pero aquí no habrá nadie que sepa de Biblias, sólo quedan los de los departamentos de sucesos, de teatro... Vamos, de los tuyos.

Emilio bajó la escalera maldiciendo aquella equiparación que acababa de escuchar, pero se le ocurrió que acaso entre «los suyos» pudiese encontrar algo que le fuese de ayuda. Si Irene de Falcón había escrito el artículo que despertó la suspicacia de los libreros, tal vez sería capaz de informarle de algo más. Por fin en la recepción, saludó a Visi con una mirada llena de intenciones, pocas de ellas confesables.

—Hola, Visi. ¡Qué bien te sienta una noche sin tu novio!

—¿Y tú qué sabes de mi novio?

—Lo necesario y lo más adecuado para aquello que me propongo: no lo conozco de nada.

Pero ni con ésas. Visi siguió leyendo su revista. Emilio se aproximó a Juani para hacerle un encargo.

—¿Ves como por fin ha llegado el día en que requiero tus favores? Necesito que me pongas una conferencia con Irene de Falcón. Es para pedirle algo personal —aclaró, para evitar demasiadas preguntas.

—¿Con Londres? —preguntó extrañada la telefonista.

—Sí, con Londres, si no ha cambiado de plaza.

—Vete a aquel teléfono del fondo y espera, que te paso.

Emilio obedeció y se situó al lado del teléfono de pared, pero el aparato no sonaba, así que volvió al encuentro de Juani.

—No responde —fue la única explicación de la telefonista.

—Bien, pues sigue intentándolo y, cuando la tengas, me avisas. ¿Lo harás por mí? —le pidió mientras le dedicaba un gesto zalamero.

—¿Y tú qué harás por mí a cambio?

—Te recompensaré como mereces. La catedral de San Isidro se va a quedar pequeña para la ceremonia. La oficiará el cardenal Segura, al que pediré reconciliarse con la República para tan excepcional ocasión, y también haré volver al rey Alfonso para que ejerza como testigo, aunque sea esposado y escoltado por la Guardia Republicana.

—Pero... ¿serás demonio?

—Tú avísame cuando sepas de Irene, guapa.

Ese día no había recados para Emilio. Por extraño que resultase, no habían explotado artefactos en Madrid, no habían degollado a nadie y los vehículos parecían haberse puesto de acuerdo para esquivar a los incautos viandantes; o sea, que decidió acudir en busca de aquella casa de antigüedades que recordaba su compañero de *El Sol*.

Si en un mañana remoto los arqueólogos decidiesen hurgar bajo los sedimentos de una antigua ciudad llamada Madrid, se encontrarían con un verdadero tesoro de quincalla sepultado a la altura de aquel comercio de compraventa de la calle de Velázquez. A la vista de la incontable colección de relojes que Emilio tenía a su alrededor, los investigadores venideros pensarían que hubo un día en que a los madrileños les sobró el tiempo y decidieron desprenderse de cualquier indicador de su medida. Los había de bolsillo, con cadena y sin ella, de pulsera de cuero o de metal. Parecía un muestrario de todos los tipos de aleaciones con los que se hubiera experimentado hasta entonces. El polvo acumulado sobre ellos y el evidente descuido del comerciante al depositarlos en aquellas vitrinas incrustadas en los mostradores igualaban su aspecto y su valor. Las paredes y los anaqueles se reservaban para sus hermanos mayores: los de mesa, de péndola, musicales, despertadores o de cuco. A poco que se revolviese, sería posible encontrar en la tienda ejemplares de arena o clepsidras, igual de abigarrados y sucios. Todos los relojes marcaban momentos dispares, sus manecillas establecían diferentes ángulos o se superponían, aunque en el fondo decían la misma hora: aquella en que se había detenido la respuesta al último giro de cuerda que les dieron sus antiguos propietarios. Pero cualquier observador, por negligente que fuese, no habría podido resistirse a echar un vistazo a otros artilugios que, para aquellos arqueólogos venideros, constituirían una soberbia fuente de documentación sobre usos y costumbres del ser humano desde el período neolítico hasta la edad contemporánea. Un yelmo abollado, un saxofón artrítico, un fuelle en el chasis o una bacinilla decorada con arreglo a un cuestionable estilo Luis XV eran sólo algunos de aquellos cacharros cuya única misión en la Tierra era la de intentar apiadar a un recién llegado que se los quisiera llevar consigo, como los canes inservibles que esperan el sacrificio en la perrera municipal. El establecimiento no tenía rótulo, aunque en una mercería vecina, donde le habían precisado la ubicación del local, también le facilitaron el nombre y la nacionalidad del marchante: el holandés Juan Van Raders.

—¿Está especializado usted en objetos de valor histórico? —dijo Emilio a Van Raders, un hombre de pequeña estatura cuyo cabello rojizo era el único elemento respetado por el paso del tiempo tanto en su busto como en el resto de aquella extraña sala.

—Antiguos lienzos, tallas, orfebrería preciosa, armas militares, imaginería religiosa... ¿Cuál es su necesidad? —preguntó el anciano mercader.

—Busco libros, ¿los vende?

—Casi lo he dejado. Para eso están las librerías. Las hay a millares que ofrecen ejemplares de ocasión. Yo prefiero no trabajar con ellos porque se deterioran en seguida. Además, a la menor chispa... —Intentó imitar las llamas mediante el movimiento desordenado de todos sus dedos—. ¿No estará pasando usted por algún apuro económico? Ese reloj que lleva en la muñeca podría interesarme. Si tiene algún motivo para empeñarlo le podría entregar una respetable suma de dinero.

—No, no me interesa dejar nada. Sólo quería saber si podría conseguir información sobre ediciones antiguas de libros religiosos.

Las pelusas rojas que el comerciante lucía a modo de cejas se elevaron muy por encima de las redondas gafas.

—Si se trata de piezas catalogadas, puede que haya algo —comenzó a explicarse el marchante—. En fin, comprenderá usted que estos asuntos son muy delicados desde la perspectiva legal. A veces, uno desconoce la procedencia de los ejemplares que llegan hasta aquí.

—Se trata de una Biblia.

—Buena elección, aunque no encontrará ese tipo de obras en esta tienda.

—¿Y dónde puedo hacerlo?

—Puede que en mi domicilio haya algo, puede que no. En todo caso estamos hablando de una mercancía muy particular —insistía el anciano, con voz cada vez más misteriosa—. Mire, en este local sólo tengo una parte de mi muestrario, hay otras muchas piezas verdaderamente valiosas que guardo en mi casa y que ni siquiera he inventariado. Si quiere, pásese por allí esta misma noche —le indicó, mientras le entregaba una manoseada tarjeta de visita—. Revisaremos mis existencias y, si no aparece algo que le sirva, buscaremos la forma de encontrarlo a través de mis contactos. Entiendo que no será necesario pedirle la máxima discreción...

—Por mi parte, la tiene —respondió Emilio.

—Una última cosa, ¿puedo saber de qué Biblia se trata?

—Si no le importa, le daré más datos esta noche.

Emilio había aprendido hacía tiempo variados métodos para salir de las encerronas y muchos de ellos dependían de guardarse alguna carta hasta el final. Mientras abandonaba aquel pudridero del tiempo, miró hacia su propia muñeca, el lugar que normalmente ocupaba su inseparable Quillet, para comprobar si seguía atado a él o si había decidido quedarse dentro. Tras cerciorarse de que permanecía en su sitio, agradeció que no le hubiese abandonado para ingresar en un cementerio que, como mucho, le reservaría una de las fosas comunes del mostrador.

El marchante esperó un par de minutos acariciando el teléfono de baquelita negra, un aparato que, aunque no estaba camuflado intencionadamente, se confundía en el paisaje de aquel peregrino lugar. Buscó un número en la libreta que sacó de un cajón, deslizó el disco cinco veces con su dedo índice y esperó.

—Soy Van Raders. Encantado de saludarle después de tanto tiempo. Tal vez le interese saberlo: un hombre acaba de estar aquí preguntando por una Biblia antigua. Habrá visto la prensa de estos días. Creo que alguien se está acercando —fue el inicio de su breve conversación.

Al entrar de nuevo en *La Voz,* Emilio no tardó ni un segundo en preguntarle a Juani por la corresponsal en Londres.

—¿Sabemos algo de Irene?

—Nada, pero ¿lo de la catedral sigue en pie? Estoy dispuesta a renunciar a la basílica de Medinaceli por ti. Si hay que hacer un esfuerzo y conformarse con la de San Isidro, se hace.

—Oye, mona, que san Isidro es el patrón de la ciudad, venéramelo un poquito.

—Sí, pero nada que ver con el Nazareno de mis oraciones, con esa mirada afligida... Se parece a mí, que vivo en pena a causa de tus desaires.

—Ya, pero sin noticias de Irene no hay casorio. Otra vez será, Juani.

Emilio acudió en busca del redactor jefe. Tras llamar a la puerta con reservas, por si el golpeteo provocaba alguna mala contestación, oyó su voz.

—Sí...

—Hola, jefe —saludó, mientras abría la puerta y se detenía en el umbral—. Me preguntaba si podría decirme cómo localizar a Irene de Falcón. No la encuentro en su domicilio de Londres.

—¿Ha pasado algo que se me haya escapado? —preguntó desde su mesa.

—No, nada que deba preocuparle. Hoy se ha registrado un accidente con un tranvía inglés, de esos con remolque e imperial cubierta. Quería que Irene se enterase de si se siguen usando en Londres.

—Pues no tengo la menor idea de dónde puede estar ni ganas de perquirir su paradero.

El reportero dio media vuelta convencido de que, si un día el jefe no conseguía el puesto en *El Sol* de sus anhelos gracias a aquellas reliquias léxicas, al menos le permitirían confeccionar crucigramas en algún periódico de provincias. En ese momento, se cruzó con su compañero Joaquín, un especialista en escuchar conversaciones ajenas por si de ellas pudiera desprenderse algo que fuese de su provecho.

—Si no encuentras a Irene, puedes ir a buscar a su marido.

—¿Quién es su marido?

—César Falcón, el escritor. Suele recalar por el Círculo de Bellas Artes.

Concluida una nueva jornada de trabajo y después de otra de sus cenas inconsistentes y engañabobos, Emilio llamó al timbre del sobrio caserón engastado entre las populosas casas de la calle de Pelayo. Tuvo la sensación de que estaban tardando demasiado tiempo en abrir, aunque tal vez sólo fuese su zozobra la que ralentizaba la espera. Finalmente, creyó intuir un vistazo esquivo a través de la mirilla, y las dos hojas de la puerta se abrieron a la vez que los brazos de Van Raders las arrastraban hacia dentro, atrayendo con ellas una avalancha de aire helado.

—Le esperaba —fue el saludo del anciano pelirrojo, que se colocó frente a él, como cerrándole el paso.

—Y aquí estoy, tal como habíamos quedado. ¿Tiene tiempo ahora para atenderme?

—Sí, aunque le ruego que seamos sigilosos: mi mujer duerme arriba —dijo con una voz más inquieta que la de por la mañana. Tal vez los relojes moribundos surtían efectos tranquilizantes en él, mientras que aquel cumplidor carillón que tenía detrás le provocaba un nerviosismo irreprimible.

Van Raders seguía de pie, frente al reportero, como en un duelo en el que uno de los dos participantes, ahora paralizados, tenía que disparar primero.

—Me había comentado que buscaba usted información sobre una Biblia, ¿quiere decirme ya de cuál se trata?

—El Códex Sinaiticus. La Biblia más antigua del mundo.

El nerviosismo terminó por brotar a través de los dedos del anciano, que comenzaron a temblar. Su voz tampoco era capaz de mantener la compostura.

—¡El Sinaiticus...! Como imaginará, no lo tengo. Ya me gustaría a mí, pero esa maravilla está en el Museo Británico.

—Claro, aunque ¿no dispondrá de alguna otra Biblia que me pueda servir de ejemplo, de algún estudio sobre ese libro...?

—¡Le he dicho que no está aquí, y no tengo mucho más que añadir!

Su cortante respuesta dejó en el aire un segundo de silencio que se interrumpió con la llegada de un casi inapreciable ruido procedente del interior, como de muebles que se movían.

—De acuerdo, entonces me iré —anunció Emilio.

—¡No, no es necesario que se vaya! —repuso Van Raders, que parecía repentinamente interesado en contar con su compañía—. ¿No le sirven otros artículos? —insistía mientras miraba de reojo hacia dentro—. Tengo unas preciosas máscaras recién traídas de África, tallas de piedra precolombinas, mobiliario modernista, unos valiosos cuadros barrocos que han adornado los más respetados santuarios del país... Le puedo asegurar que no hay museo en Madrid que no envidiaría mis fondos.

—En realidad, yo no soy amante del arte —se disculpó el redactor—. Sólo buscaba datos sobre ese libro por ciertos motivos que no vienen al caso. Si me dice usted que no está, me marcho y quédese con ese bazar que me ofrece —insistió, cada vez más escamado ante la extraña actitud del marchante, que ahora parecía empeñado en convertirse en un anfitrión hospitalario.

El viejo hizo un nuevo intento, cada vez más apoderado por aquella inexplicable impaciencia.

—¿Y un café? ¿No le apetece un café? ¡Licor, mejor una copa de licor!

—Nada, lo siento. Ayer por la noche dejé el café y anteanoche el alcohol, aunque ahora pienso que debería haber empezado por las mujeres, así serían las primeras a la hora de recaer.

El comentario desencadenó una mirada de estupor del vendedor, que seguía mirando hacia atrás en busca de algo que parecía intuir puertas adentro. El periodista dio media vuelta y salió al encuentro de un sopapo de frío que le obligó a ajustarse la corbata, dar una vuelta más a la bufanda y alzar los cuellos de su gabardina. No había pasado ni un minuto cuando vislumbró, en la siguiente esquina, la luz medio apagada de un bar que parecía a punto de cerrar. En busca de algún bocado más con el que completar su desordenada alimentación nocturna, aceleró el paso. Las fachadas le devolvieron el eco del golpeteo de sus propias suelas. Cuando se detuvo para cruzar la última calle, se oyó una detonación tan potente como seca. Miró hacia atrás. En su vida no había escuchado muchos disparos, y la mayoría de ellos habían sonado en medio de la luz del día, cuando el ruido del ambiente diluye los matices, o en la confusión de los tumultos ciudadanos, pero aquel estampido no podía ser otra cosa que eso: un disparo.

Emilio Ruiz se atrevió a volver a la casa de Van Raders para ver qué había pasado. Comenzó a regresar con cautela, intentando evitar ahora el ruido de sus zapatos contra el suelo. La puerta del casón del anciano se abrió de golpe y la luz que afloró del interior le permitió distinguir el contorno de un hombre que escapaba a la carrera. No le pareció prudente acercarse más, sólo tuvo tiempo para darse cuenta de que corría peligro.

—¡Auxilio! ¡A mí los guardias! —chilló una aterrada voz de mujer que se oyó de fondo—. ¡Han matado a mi marido!

Si eran correctos los cálculos mentales que hizo el reportero, basados en la distancia que le separaba de la casa y en la potencia del estallido sonoro, aquella voz de socorro correspondía a la señora de Van Raders y él acababa de estar situado en la escena de un asesinato, frente a la víctima, justo antes de que lo mataran. Consciente de que debía salir de allí pitando, se giró, se subió la bufanda hasta colocársela entre los lóbulos de las orejas y su nariz, y así, embozado, pasó frente al bar de la esquina, donde una mujer que terminaba de fregar los suelos lo miró con curiosidad.

## CAPÍTULO 4

## EL MONASTERIO DE SANTA CATALINA

Constantino se despertó sobresaltado la mañana del sábado, más tarde de lo que debía. Se había quedado dormido encima de las hojas en las que escribía después de pasar todo el viernes trabajando sin parar hasta la madrugada en la silenciosa biblioteca del padre Cirilo. Dormir era un pecado en aquellas circunstancias. Había dedicado la mayoría de las horas a transcribir la ignota Epístola de Bernabé. Von Tischendorf tenía delante una copia de los veintidós capítulos completos y a través de su mirada desfilaban frases que ningún cristiano había visto desde hacía siglos. Allí, en aquellas letras rojas, Bernabé contaba a los primeros creyentes que el Altísimo no quiere sacrificios, que es suficiente con un corazón arrepentido. Y también era muy distinto lo que anunciaba a sus hermanos acerca de la opinión de Dios sobre qué animales se deben comer y cuáles no. El Señor no prohíbe, como pensaban los judíos, la carne de los considerados impuros: lo que realmente exige es la renuncia a los pecados simbolizados por esas bestias.

Quedaban, por tanto, anulados aquellos contundentes versículos del Levítico:

> Y de las aves, éstas tendréis en abominación y no se comerán: el águila, el quebrantahuesos, el azor, la gallinaza, el milano según su especie, todo cuervo según su especie, el avestruz, la lechuza, la gaviota, el gavilán según su especie, el búho, el somormujo, el ibis, el calamón, el pelícano, el buitre, la cigüeña, la garza según su especie, la abubilla y el murciélago.

Lo importante era no cometer los pecados que representaban aquellos pájaros.

Había llenado de notas su cuaderno. Tenía que comprobarlas con calma. Además de buscar la parte incompleta del Evangelio de san Marcos, la caligrafía del tramo final de texto de san Juan estaba repleta de indicios que le hacían sospechar que allí había intervenido otro escriba diferente cuyos trazos no se correspondían con los de los anteriores.

El versículo 25 del capítulo 21 rezaba así: «Hay además otras muchas cosas que hizo Jesús. Si se escribieran una por una, pienso que ni el mundo bastaría para contener los libros que se necesitarían.» Pero aquello tenía todo el aspecto de ser un añadido más moderno. Quizá un nuevo amanuense aprovechó un hueco porque le parecía que las cosas contadas por su predecesor en los renglones anteriores resultaban insuficientes. ¿O sería simplemente un cambio del monje copista porque alguno había fallecido o se había puesto enfermo? Necesitaba verlo todo con calma, comprobar la integridad de las hojas y su orden, aplicar métodos más científicos, y eso no podía hacerlo encima de aquellos escritorios de madera, apenas alumbrados por luces de velas y aceite, y sin más ayuda técnica que una lupa de viaje.

Su cabeza, cansada, se debatía entre el sueño y la vigilia. Con el paso de las horas y al entornar los ojos, sobre las murallas del monasterio comenzaron a aparecer cigüeñas que volaban portando en sus picos letras griegas de oro. Una lechuza ululaba escondida en el interior de una zarza de la que brotaban lenguas de fuego, y varias gaviotas picoteaban las esquinas de una hoja del Nuevo Testamento. El agotamiento le vencía, pero dejarse arrastrar sería un signo de flaqueza. Un gavilán sobrevolaba el minarete con las Tablas de la Ley a lomos. Necesitaba dormir.

El tañer de la campana para el rezo le despertó de nuevo. Por la luz y el sonido debían de ser ya las nueve de la mañana. No sabía muy bien a qué hora le había podido la modorra, aunque seguro que había sido muy tarde. Recogió las hojas originales, de las que había conseguido transcribir la epístola en su totalidad. Las miró orgulloso tras ordenarlas. Se levantó, salió de la biblioteca y se dirigió hacia el refectorio para ver si podía desayunar algo.

El comedor de los monjes era una sala oblonga con una mesa comunal de madera, larga y estrecha, fabricada en Corfú en el siglo XVII y tallada con ángeles y flores de estilo rococó. En el techo, unas pinturas simbolizaban la hospitalidad de Abraham. De la pared colgaba un enorme lienzo que representaba el Juicio Final.

El profesor no tardó en localizar un cuenco de leche de cabra y un pedazo de pan con forma de torta redonda y dura que igual servía de cuchara, de plato o incluso de alimento si el comensal conseguía ablandarla sumergiéndola en el tazón. A esas horas de la mañana, tan sobrio sustento le supo a gloria. Sentado y pensativo, se preguntaba cómo convencer a los monjes de que tenía que sacar de allí el códice. Entonces decidió dar un paseo por el monasterio. El viento de las jornadas anteriores había cesado. Hacía un día espléndido y apacible, pero su espíritu seguía inquieto. No disponía de demasiado tiempo para quedarse, y además aquellas estancias no eran el lugar más adecuado para trabajar de la forma que deseaba. Se sintió obligado a convencer al abad y a los monjes de que, para avanzar en su transcripción, habría de irse a El Cairo con la Biblia griega.

Paseando por el recinto llegó hasta la trasera de la iglesia principal. Justo enfrente, sobre una pared, estaba el matorral donde se había originado todo aquello: la zarza ardiente, una de las historias bíblicas más conocidas por cualquier cristiano, fuera católico u ortodoxo.

> [...] y llegó Moisés al Horeb, la montaña de Dios. El ángel de Yahveh se le apareció en forma de llama de fuego, en medio de una zarza. Vio que el arbusto estaba ardiendo, pero que no se consumía. Dijo pues Moisés: «Voy para ver este extraño caso: por qué no se consume la zarza.» Cuando vio Yahveh que Moisés se acercaba para mirar, le llamó de en medio de la zarza, diciendo: «Moisés, Moisés.» Él respondió: «Heme aquí.» Le dijo: «No te acerques aquí; quita las sandalias de tus pies, porque el lugar en el que estás es tierra sagrada.» Y añadió: «Yo soy el Dios de tu padre, el Dios de Abraham, el Dios de Isaac y el Dios de Jacob.» Moisés se cubrió el rostro porque temía ver a Dios.

Pasaron muchos siglos desde que el Todopoderoso se manifestó hasta que santa Elena, la madre del emperador romano Constantino, mandó construir una capilla en aquel mismo lugar. Los monjes aseguraban que el arbusto que ahora se encontraba a unos metros del emplazamiento original era el mismo que había ardido ante los ojos del profeta. Antiguamente, muchos de los que allí llegaban huyendo de las persecuciones se refugiaban en las cuevas de las cercanías del monte Sinaí, donde a menudo los forajidos los atacaban. Una pequeña ermita no parecía suficiente para proteger a aquellas primeras comunidades de ascetas en un territorio árido que llevaba siglos habitado sólo por algunos eremitas. En el año 520, el emperador Justiniano I encargó a su arquitecto Stephanos de Aila la construcción de un monasterio rodeado de una fortaleza para proteger a los cristianos de los asaltos de bandidos y maleantes. El recinto amurallado parecía inexpugnable, pero, según las leyendas, Justiniano mandó matar al diseñador una vez acabada la obra porque, desde las elevaciones de los alrededores, el cenobio estaba al alcance de cualquier tipo de proyectil. De esa forma sólo podía servir como refugio contra asaltos rápidos, pero nunca ante un asedio prolongado. El nombre de Santa Catalina fue posterior. Decía la tradición que en el siglo IX los monjes encontraron los restos de esa mártir decapitada en la cumbre de uno de los montes cercanos al Sinaí, adonde los ángeles los habían trasladado. Primero fue la iglesia, luego el monasterio con su muralla, más tarde el nuevo nombre inspirado por los restos de una santa. Y todo alrededor de aquel modesto matorral.

Constantino von Tischendorf alzó la mano tras santiguarse para tocar las ramas que colgaban de la pared. Le impresionaba el áspero tacto de la planta, que parecía poder inflamarse en cualquier momento. Siguió evocando la historia de aquel lugar sagrado para las principales religiones.

De frente apareció caminando Cirilo, que se dirigió hacia él.

—Buen día nos dé el Señor. Acariciar esas hojas es conmovedor, ¿verdad? ¿Le ha dado tiempo a leer ese pasaje en la Biblia que encontró ayer? Esa mata que usted toca sigue siendo la zarza primigenia del libro del Éxodo, en el Antiguo Testamento. Hace siglos la trasplantaron tan sólo unos metros para poder construir la capilla original.

—Llevo toda la noche leyendo, pero he dedicado más atención al Nuevo Testamento. La verdad es que esta fortaleza está repleta de historias, si bien lo que más me ha impresionado siempre es la paz de la que llevan siglos disfrutando, sin ningún ataque ni expolio significativo, sobre todo si tenemos en cuenta la comprometida situación del enclave, rodeado de musulmanes y en medio de rutas de saqueadores y ejércitos en plena conquista.

—Pocas personas ajenas a este desierto lo saben, pero lo cierto es que nosotros contamos con un salvoconducto especial. Los súbditos de Alá tienen prohibido atacar este monasterio y a sus monjes.

—No entiendo qué monarca o autoridad egipcia ha podido otorgarles semejante privilegio y por qué lo han respetado los posibles atacantes —comentó, extrañado, el biblista.

—Hay uno al que ellos respetan tanto como nosotros a Jesús: el propio Mahoma. Él fue quien nos extendió su bendición y esa garantía manuscrita.

—Hermano, eso parece una leyenda que no creo que tenga fuerza suficiente como para que sus seguidores la acaten, sobre todo si el premio por no hacerlo son los tesoros y las posesiones que podrían obtener.

—Peor es el castigo del infierno para quien incumple los designios divinos. Igual que este monasterio guarda Biblias y documentos de la cristiandad, también conserva entre sus credenciales una carta de garantías que el mismísimo Mahoma escribió de su puño y letra después de que nuestra comunidad lo protegió en una ocasión dentro de estas murallas. Ningún creyente del islam se atrevería a desobedecerla.

Von Tischendorf no salía de su asombro ante tantas novedades.

—Se la enseñaré cuando vuelva usted a la biblioteca, ya que es allí donde se guarda una copia. De todas formas, si tiene interés se la adelanto traducida porque la conozco de memoria.

Y Cirilo empezó a declamar:

—«Esto es un mensaje de Muhammad ibn Abd Allah como un pacto con aquellos que adoptan la cristiandad, cercanos y lejanos: estamos con ellos.

»En verdad, yo, mis servidores, mis ayudantes y mis seguidores los defendemos, porque los cristianos son mis ciudadanos y, ¡por Alá!, yo protesto contra todo lo que los incomode.

»No se les debe coaccionar en nada.

»Ni sus jueces deben ser cesados en sus trabajos ni sus monjes expulsados de sus monasterios.

»Nadie debe destruir una casa de esa religión, dañarla o llevar algo de ella a las casas musulmanas.

»Si cualquiera hiciese algo de esto, rompería un pacto de Dios y desobedecería a su Profeta. En verdad, ellos son mis aliados y tienen mi carta de protección contra todo lo que odian.

»Nadie debe forzarlos a viajar u obligarlos a combatir.

»Los musulmanes deben luchar para protegerlos.

»Si una cristiana se casa con un musulmán, debe ser con su consentimiento. No debe evitarse que acuda a su iglesia a rezar.

»Sus templos deben ser respetados. No debe impedirse que los reparen ni negar la sacralidad de sus ceremonias religiosas.

»Nadie en la nación musulmana debe desobedecer este pacto hasta el día del Juicio Final.»

—Ciertamente, un contenido notable y llamativo que contrasta con lo que cristianos y musulmanes piensan hoy en día los unos de los otros —reconoció el alemán—. Ahora entiendo mejor su estrecha y longeva relación con los beduinos y con el resto de los vecinos de la zona.

—Ya sabe, profesor, que hay que acudir a los documentos originales para saber la verdad de cualquier historia, para evitar que el tiempo y los hombres la distorsionen. ¿No es eso lo que usted intenta hacer con los manuscritos que acaba de encontrar?

—Sí, algo así. Quiero mostrar al mundo que la Biblia cristiana es un documento ajustado a las creencias originales, y especialmente hacérselo ver a muchos que ahora afirman que lo que estudiamos no son otra cosa que patrañas inventadas por los Padres de la Iglesia. Convendría también que se divulgara este documento del Profeta que me acaba de recitar. Que la gente lo conociera ayudaría a una mejor comprensión entre ambas religiones. Dejarles ese testimonio fue un importante regalo.

—Lo sabemos y, en agradecimiento, la comunidad erigió en el interior del recinto una mezquita cuyo minarete, ese que ve usted enfrente, se aprecia en la distancia al lado del campanario. Santa Catalina es uno de los lugares más respetados y que más tesoros artísticos ha logrado conservar intactos a lo largo de la historia. Siempre han existido personas importantes que nos han amparado, como en la actualidad el propio zar de Rusia, que le ha enviado aquí. El mismo Napoleón, hace no tantos años, puso bajo su protección personal este antiguo monasterio cuando sus tropas llegaron a Egipto. El general francés Kléber mandó desde El Cairo a dos arqueólogos para estudiar la construcción. Se lo encontraron en uno de sus momentos de mayor decadencia: sólo seis monjes lo habitaban y el muro este se hallaba completamente destruido. El militar ordenó reparar la pared con bloques de granito exactamente iguales a los que se habían ido derrumbando después de sufrir unas fuertes inundaciones poco habituales en el desierto.

—Es cierto, esa parte parece mucho más reciente. Coincidirá conmigo de todas maneras en que mantenerse en esta zona del mundo sin haber sufrido daños importantes durante más de mil quinientos años es un milagro. Que sus iconos, sus pinturas y, sobre todo, sus libros permanezcan casi intactos es aún más inexplicable, a juicio de un europeo recién llegado. Gracias por la confidencia.

—No hay de qué. Le dejo que prosiga su caminata. Que Dios le guarde.

El paseo le llevó hasta una de las murallas, desde donde Von Tischendorf pudo otear a los beduinos Yabaliya mientras trabajaban en los jardines de extramuros. Seguramente, aquella abnegada comunidad de servidores del monasterio que vivía en los alrededores de Santa Catalina había sido tan importante en la protección del recinto como la propia orden del profeta. No en vano era ruda gente de la montaña que descendía de forma directa de una guardia de doscientos soldados que el emperador bizantino Justiniano, sabedor de que un monasterio no se salvaguardaba sólo con muros, había reclutado en las cercanías del mar Negro y en el propio Egipto. Aquel grupo de familias vivía en perfecta simbiosis con los monjes desde hacía mucho más de un milenio. Musulmanes y cristianos mezclados en un monte sagrado para ambas religiones. Desde el camino de ronda de la muralla, observaba embelesado la precisión de los trabajos de jardinería en los huertos exteriores del monasterio, donde cultivaban albaricoques, damascos o dátiles para abastecer las necesidades de aquellas gentes y de los hermanos. Allí abajo, algo más alejado, estaba también el camino que llegaba hasta el desfiladero desde el que se elevaba Santa Catalina y que tendría que devolverle pronto a El Cairo, pero ¿cómo hacer para llevarse de allí la Biblia, un tesoro que, de momento, sólo él conocía? Ya había dado órdenes al traductor y a Sheik, el jefe de los tres beduinos que tenía a su servicio, para que prepararan su regreso el lunes día 7.

Tenía que sacar como fuera aquellas Letras Divinas del monasterio que las custodiaba desde hacía quince siglos, ya que las estancias monacales no eran el lugar adecuado para estudiar el códice. Le quedaban menos de veinticuatro horas para pensar y poner en marcha una estrategia.

# CAPÍTULO 5

—

# CUCHILLAS DE AFEITAR

Emilio Ruiz se encontró sobre su mesa el mismo equilibrio entre el orden y el caos con el que la había dejado la noche anterior, antes de acudir a casa de Van Raders y meterse en un embrollo de consecuencias imprevisibles. No podía negar que se encontraba inquieto ante la posibilidad de que alguien le pudiese situar en aquel lugar y a aquella hora fatídicos. En combate contra el efecto del café concentrado con el que había desayunado, intentó tranquilizarse y salió en busca del marido de Irene, la única persona a su alcance para ayudarle a localizarla.

Al estirar el cuello para alcanzar con la vista el final de la Gran Vía, la bufanda le produjo un leve escozor que le recordó la necesidad de cambiar su última hoja de afeitar, fatigada de tanto recibir filo y temple a base de frotarla contra el interior de un vaso de cristal. Los meses como aprendiz en una barbería del barrio de Arapiles habían enseñado a Emilio cómo aprovechar al máximo la herramienta, pero las hojas de recambio de las maquinillas actuales no tenían el mismo comportamiento que aquellas perennes navajas barberas con las que se hizo célebre entre la clientela. Su reputación, labrada a base de esmerados rasurados que reconfortaba con paños humedecidos en agua tibia, le hizo merecedor de un primer empleo. Allí descubrió que un hombre con una navaja al cuello se vuelve locuaz. No podía precisar si aquellos torrentes de conversación provenían del miedo a sufrir un tajo o de la ridícula sensación de verse en un espejo con los pies colgando, cubierto con un mandil y a merced de un principiante mal pagado. Fuera cual fuese el motivo real, la verborrea empezó a manifestarse cuando Emilio reveló a los clientes su afición por el Athletic de Bilbao. Desde aquel día, los más rendidos madridistas hablaban maravillas de «los leones de San Mamés», de su empuje en la línea media y de su garra mortífera en la delantera. Si en algún momento decrecía esa sobrevenida reverencia por el Bilbao, Emilio les propinaba un intencionado amago de corte en la mejilla que venía seguido por el regreso de las más devotas alabanzas a los rojiblancos. Y eso que el fútbol no le interesaba demasiado, pero entre penalti y penalti los clientes también le confiaban otros chismes de más sustancia. Allí fue donde comenzó a aprender el valor de las revelaciones, a desbrozar el rumor hasta descubrir qué había de verdad bajo el envoltorio, a sentirse como una meretriz en la que los clientes buscaban íntima confesión, aunque el estipendio pactado sólo correspondiese a la entrega profesional.

El Círculo de Bellas Artes, aquel edificio del fondo al que pretendía llegar, le parecía inspirado en algún escenario teatral de vanguardia. De no haberlo visitado antes, habría pensado que se trataba de un decorado instalado por el ayuntamiento con el fin de embellecer el Madrid de ladrillo y azulejo que comenzaba a parecer una antigualla destinada al Rastro. Más que construida desde los cimientos, parecía que hubiesen erigido aquella singular edificación mediante el ensamblaje de enormes piezas suspendidas desde grúas y desplazadas después por brazos mecánicos hasta que todo había encajado. Los madrileños lo consideraban un rascacielos, pero su estatura no alcanzaba ni siquiera a acariciar la panza celestial. Más allá de su altura real, el semblante moderno procedía de la proporcionada combinación de volúmenes y de un aire piramidal con tendencia a huir del suelo. Aunque no era tan alto como las prominentes moles de la Quinta Avenida, a Emilio no le habría extrañado que en cualquier momento se hubiese precipitado desde la cúspide una lluvia de orondos ricachones en busca de un descalabro final con el que aliviar la ruina provocada por el *crash* bursátil. Aquella fachada era su Madrid más neoyorquino. Era un galán de Cinelandia, vestido de frac y con chistera de hule, que estaba empeñado en hacer migas con todos aquellos chulapones de gorra, chaleco y clavel que flanqueaban las calles en casi perfecta formación.

La cafetería del Círculo albergaba una sociedad pluricelular. Cada mesa, cada rincón, cada *chaise longue* o conjunto de sillas sobrantes daban cabida a una tertulia bien delimitada. Pero hasta en este rudimentario sistema de organización humana había clases. No eran la misma cosa los consolidados corrillos del fondo, donde recalaba lo más florido del pensamiento y la literatura, que las reuniones que no disponían de plaza fija, más inestables, bohemias y con poca ganancia que dejar en la caja registradora. Esperaba encontrarse por allí a algunos de los literatos que, con aspiraciones políticas mal camufladas, afilaban cada día sus lanzas en las cabeceras periodísticas de Madrid, pero había escasos rostros célebres detrás de las humeantes pipas y los no menos ardientes cafelitos que nunca conocieron a su hermana: la segunda ronda. Finalmente, cuando se sintió rodeado de suficientes escritores como para abastecer de género la Biblioteca de Pérgamo durante siglos, creyó reconocer a

César Falcón. Sus facciones amerindias y su magnetismo al hablar dejaban pocas dudas, pero, por si acaso, se aproximó para preguntar.

—¿Don César Falcón?

—De arriba abajo, incluso sentado —respondió, sonriente.

—¿Le importaría atenderme un instante? No le robaré mucho tiempo.

—El tiempo no se puede robar. Corre tan endiablado que, cuando algunos bandoleros de la vida intentamos capturarlo, sólo intuimos su ya antañona estela —dijo aquel personaje mientras abandonaba a sus contertulios y buscaba con la vista un lugar apartado en el que charlar con el recién llegado—. Por el aspecto, usted no es escritor, pero sí periodista, ¿verdad?

—Sí, señor. Discúlpeme, no me había presentado. Emilio Ruiz, de *La Voz*.

—¿No vendrá a ofrecerme alguna posibilidad de colaborar con su diario? En estos momentos, mis ideas no están muy en consonancia con los acontecimientos. Por lo que se ve, el marxismo en el que maduran mis escritos no ha alcanzado en España suficiente audiencia, pero si quiere algo más ajustado al uso de su periódico...

—No, don César. Estoy buscando a su esposa.

—¿A Irene?

—Sí. La he llamado repetidas veces a Londres, pero en ese teléfono no soy capaz de encontrarla a ninguna hora del día. Espero que este comentario no le resulte sospechoso u ofensivo.

—Al contrario, yo no pregunto jamás por sus movimientos. ¡Qué libérrima mujer, ja, ja! ¡Qué encanto!

—Pues, siendo así, deme al menos alguna pista sobre dónde podría localizarla.

—Le diré dos lugares en los que recala a diario: la chocolatería de Omar por la mañana, y el café Lyon por la tarde.

—¿Aquí, en Madrid?

El criollo sonrió de nuevo.

—Usted no es precisamente un retoño recién destetado en el oficio. ¿Lleva mucho tiempo en esto?

—Depende, si el tiempo corre a la velocidad que usted dice, tal vez no sea tanto.

Falcón recibió la reflexión de buen grado.

—Amigo... ¿Ruiz, dijo que se llamaba? Irene y yo establecimos nuestra residencia en Londres, pero vamos y venimos muy a menudo, y no siempre juntos. A veces volvemos a España por pura necesidad económica, otras regresamos a Inglaterra para arreglar nuestras cosas.

—Y entonces, cuando está en Madrid, ¿quién escribe sus crónicas desde allí?

—¿Desde Londres? ¡Querrá decir desde la chocolatería de Omar! Nada más opuesto, por cierto, a los salones de té.

Emilio no daba crédito a lo que estaba escuchando, pero Falcón le aclaró que se trataba de una estrategia común entre corresponsales en el extranjero que él mismo había practicado con sus artículos para *El Sol*. Cuando venían a España, se traían «en conserva» unos cuantos trabajos para los próximos días, componían sus piezas periodísticas a base de crónicas publicadas por la prensa internacional o simplemente las escribía el corresponsal de otro medio y se las hacían llegar. Luego las pagaban, claro.

El redactor se preguntó cuántas de aquellas crónicas del extranjero tan bien presentadas a diario se escribían en realidad desde el lugar de los hechos. Imaginó un Madrid repleto de bares llenos de periodistas y de recortes de prensa sobre la mesa con los que unos se permitían reconstruir las revueltas callejeras parisinas como si estuviesen presenciándolas desde la colina de Montmartre, mientras que otros osaban contar el aterrizaje de un autogiro en Manchester cual si el revoloteo de sus hélices les hubiese arrancado el sombrero. A raíz de tales abstracciones, el reportero acudió a una de las máximas que regían su proceder profesional:

—Al final, y muy a mi pesar, voy a terminar teniendo razón: en realidad, el periodismo sólo es una forma, más elegante que otras, de colarse sin pagar en algunos sitios.

—Ja, ja, tampoco se hace siempre así —le consoló Falcón, al verlo tan aturdido—. Pero, sí, llevamos aquí un par de semanas y alguna cosa habrá escrito «desde Londres».

—Pues entonces tendré que hablar con ella personalmente. ¿Me puede decir cómo encontrarla?

—Ya le he participado un par de sitios en los que recala, además de nuestra casa. No se preocupe, dígame usted dónde y cuándo, y ella acudirá.

—Mañana, a las doce del mediodía. Si esa chocolatería está céntrica, me pasaré por allí.

—No mucho, camino de Ciudad Lineal, pero tome usted el metro, que le llevará cerca. A las doce, entonces. ¿Le puedo preguntar qué quiere de Irene?

—Pero ¿no se trataba de una libérrima mujer?

—¡Ja, ja..., y que lo diga! Se sorprenderá usted. Entonces, ¿no me lo va a contar? —perseveró.

—Es sobre una Biblia que han vendido los rusos —dijo Emilio, pensando que la aparición de Rusia en sus palabras provocaría que el escritor se sintiera más intrigado.

—Ah, si está buscando Biblias no creo que haya acudido usted al lugar más indicado. Si le interesan, aún conservamos algunos ejemplares de la primera edición de *El Capital* en inglés. Le advierto que no hay tantas diferencias entre un libro y otro: ambos son mercancía para alimentar las ilusiones de los desheredados.

—Visto de esta forma, usted sería algo así como un obispo de don Carlos Marx.

—¡Ja, ja! Sí, claro, pero a Irene de monja no la veo.

Dejó sentado a Falcón allí donde lo había encontrado, adorado por sus compañeros de mesa cual si se tratase de un rey inca rodeado por su cortejo de súbditos elegidos. Tuvo la impresión de que el escritor estaba informando a aquel coro de admiradores de los motivos que lo habían llevado hasta allí.

En la acera, Carlos Gastado, compañero del diario *Luz*, el rotativo madrileño que le estaba ganando terreno a *La Voz*, miraba el edificio.

—No sabía que frecuentabas estos ambientes. ¿Vienes a menudo por aquí? —se interesó Emilio.

—Habría que derribarlo —respondió su colega, sin apartar la mirada.

Emilio recordó que *Luz* había dedicado sus últimos ejemplares a abonar una campaña de desprestigio de las recientes creaciones urbanas nacidas en la capital. Aquella serie de artículos se titulaba «Por un Madrid menos feo» y todo el mundo —literatos, políticos, artistas, arquitectos y desocupados en general— vertía las más furibundas críticas contra estatuas ecuestres, bustos, calles y edificaciones que no resultaban de su agrado. Basándose en esa premisa, promovida nada menos que por don Ramón María del Valle-Inclán en un artículo demoledor —nunca mejor dicho—, *Luz* había convocado una consulta popular sobre las obras humanas más despreciables de una villa que contaba con el mayor número de críticos gratuitos por fanega que jamás se hubiese reunido en un mismo propósito. Carlos Gastado se había sumado a la causa, por lo que se veía.

—Siento contradecirte, pero a mí me complace encontrármelo. Me produce cierta sensación de esperanza entre tanta techumbre de teja romana y tanta buhardilla destartalada —le confesó Emilio.

—¡Vamos, es un cachivache! ¡Cuánta pólvora se desperdicia hoy en Madrid con menos motivo!

—Pues a mí lo único que me sobraba de Madrid eran algunas iglesias, y otros me han hecho el trabajo.

Aquella conversación comenzaba a adentrarse en una terminología belicosa que a Emilio le provocaba repelús, así que se despidió.

Cuando se alejaba del Círculo, se giró para verlo de nuevo. Tan futurista le parecía que por un momento imaginó a los viandantes que bajaban a la carrera por la Gran Vía adentrándose apelotonados por las puertas del edificio para, una vez en su interior, introducirse en una cristalina cápsula de lanzamiento que saldría despedida de la torre en busca de la estratosfera. La planta baja también engulliría a aquellos automóviles que venían correteando hacia la calle de Alcalá. Desde allí, el Círculo los devolvería a la civilización mediante pasarelas elevadas que les permitirían viajar hasta otros inmuebles de igual porte. Los autobuses, sin embargo, volarían suspendidos por aerostatos y saldrían desde la azotea a planear sobre la plaza de la Cibeles como abejorros extraviados. Lamentaba no haber sido ilustrador, porque era capaz de ver con claridad imágenes como aquéllas, pero de su lápiz nunca pudo sacar nada más que letras, raspaduras de madera y algunos giros malabares entre los dedos.

Siguió su caminar, embelesado en aquellas visiones, cuando se dio cuenta de que se encontraba ya a las puertas del palacio de las Comunicaciones, una creación pretenciosa, una obra de repostería de barrio que algún indocumentado se empeñaba en atribuir al mismo artista que esbozó su admirado Círculo. A Emilio, aquella doble paternidad le parecía imposible, aunque lo dijese el ayuntamiento y su coro de arquitectos municipales. Por allí, por la plaza, buscó la hilera de tenderetes en la que se podía conseguir cualquier artículo, siempre que no fuese de curso legal y mientras los «porritas» no llegasen para pedir permisos. Entre puestos de especias que en realidad ocultaban estupefacientes, panoplias de herramientas que escondían armas, montoneras de ropa interior que camuflaban escasas piezas en buen uso y algún reventa de entradas que se hacía el longuis, el periodista dio con el vendedor alemán de hojas de afeitar. Desconocía si la procedencia germana de aquel buhonero era cierta o si los lugareños se la atribuían por la buena calidad de los artículos que ofrecía, pero la verdad era que sus cuchillas de acero inoxidable resultaban mucho más duraderas y menos dadas al orín que otras obtenidas en comercios de la mejor reputación.

—Así que el barbero de mayor destreza de Madrid se rinde de nuevo ante la tecnología diseñada para el afeitado del hombre moderno —dijo el alemán, mientras buscaba en su maletín—. ¡Qué tiempos aquellos, cuando me comprabas asentadores, brochas y tazones para el jabón! ¿Ya no recurres a tu dócil navaja?

—El pulso ya no es el mismo. ¿Tienes algo más que ofrecerme? Me refiero a algo de contrabando, claro.

—Unas revistas sicalípticas, pero son para el público infantil, y un frasco de hierbas afrodisíacas traídas de la India.

—¿Las has probado?

—¡Si alguna me diese la menor oportunidad...!

—Pues sin probar no compro, no vaya a ser que acaben siendo laxantes o algo peor.

—Si así fuese, al menos tendrían algún efecto. Sería cuestión de cambiar el anuncio y pregonar sus virtudes licuefacientes. Toma, tus cuchillas. También están sin probar, por si te interesa saberlo. Son dos pesetas.

—¡Hazme precio! Soy cliente habitual.

—Y yo un comerciante honrado, ¡no te digo!

Ni una cosa ni la otra eran ciertas del todo, o sea, que el trato se cerró cordialmente en una peseta y media. Allí, en medio de la plaza, parecía observar la transacción la mismísima diosa Cibeles, desde su carruaje mal aparcado.

Aún estaba a tiempo de pasar por la Dirección General de Seguridad, en la calle de Victor Hugo, y recoger los partes de los sucesos del día anterior para ver qué había de utilidad para el periódico, aunque en seguida se hizo a la idea de que uno de los informes policiales tendría que referirse necesariamente a la muerte de Van Raders. Al menos, el privilegio de tener acceso al resumen de lo ocurrido le daría ventaja si algún indicio o testigo pudiese salpicarle a él.

Los guardias lo pararon a la puerta. Mostró su placa de periodista, luego su carnet, pero nones. Observó entonces que varios de sus colegas charlaban en un rincón, apoyados en la fachada, y se aproximó para preguntarles a qué se debía aquel tapón.

—¿Qué pasa? ¿Estamos acusados de algo?

—Alguien ha dado las órdenes —le respondió el compañero del diario *Informaciones*—. Hay una alerta porque han descubierto un complot para matar al ministro, pero no sabemos nada más. Para colmo, el Tortas traía una charrasca escondida en el abrigo.

—Ya os he dicho que no estaba escondida —aclaró el aludido—, es una «albaceteña» que uso para la merienda. El jamón de casa empieza a estar demasiado seco y hay que despedazarlo bien. Ya os traeré un poco algún día para que lo probéis.

—Mejor reparte el tabaco —propuso el de *Informaciones*—. ¿No llevarás también un cartucho de dinamita para encender los cigarrillos?

—¡Pues vamos listos! —lamentó Emilio—. No creo que nos vayan a traer los partes aquí. Y del complot contra el ministro, ¿no se sabe nada más?

—No dicen ni pío. Fíjate, el pobre está a punto de abandonar la poltrona y aun así le querían dar matarile —comentó otro de los compañeros.

Emilio volvió a dirigirse a los guardias, que se estaban ganando a pulso un puesto de estatua conmemorativa a las puertas de aquel zaguán.

—Hagan venir al director o al subdirector —les rogó—. Tenemos que entrar a trabajar.

Aquellos hombres seguían respirando bajo las gorras de plato. Su aliento constituía la única muestra perceptible de que se trataba de seres vivos. Por fin, el subdirector entreabrió la puerta de entrada y mandó pasar a los periodistas.

—A ver, de uno en uno y minuciosamente registrados —ordenó a los guardias.

—Don Julián, que ya somos como de la casa —le dijo el Tortas.

—Por eso precisamente, porque en esta casa desaparecen cosas cada día y me da que se trata de alguien de dentro. Y tú ya me explicarás lo de la navaja, que la tenemos requisada. Le vamos a sacar las huellas.

—A ver si las de los pies, que me corto las uñas con ella —respondió el periodista.

—¡Animal! —fue el calificativo menos grueso que le dedicaron sus compañeros.

El subdirector les pidió que se sentasen en una pequeña sala en la que todos los días «les daba de comer». Cual si se tratase de raciones de pienso, dispersaba los informes entre los redactores para que tomasen las notas que considerasen oportunas. No era raro que alguno de ellos intentase sisar los partes de contenido más tremebundo para evitar que llegasen a manos de sus compañeros, de modo que el subdirector los contaba mentalmente mientras hacía el reparto. Ese día, el menú estaba compuesto de algunos asaltos, la detención de tres maleantes, un par de sentencias del Tribunal de Urgencia referentes a disturbios callejeros y la misteriosa muerte de un marchante con una arma de fuego antigua. Emilio Ruiz dejó que los documentos corriesen de mano en mano a la espera de que el correspondiente a la muerte del anticuario alcanzase la suya.

—Don Julián, y del complot para acabar con Rico Avello, ¿no nos cuenta nada? —preguntó uno de los congregados.

—Sólo hay algunos indicios. No son lo suficientemente fiables como para construir una noticia. Ustedes son profesionales, no querrán que sus lectores se conformen con chismorreos que luego tendrán que desmentir.

—Pero ¿quiénes son los sospechosos?, ¿monárquicos?, ¿anarquistas?, ¿comunistas?, ¿fascistas?, ¿delincuentes comunes?...

—Les he dicho que no hay más que algunos endebles indicios, ni siquiera hemos podido tomar declaración a los sospechosos. Puede que todo esto se quede en nada. Les pediría que no se les ocurra la infeliz idea de publicarlo.

El parte de la muerte de Van Raders llegó por fin hasta Emilio. Era una copia en papel carbón con escaso respeto a los márgenes de las casillas. Antes de devolverlo a la ronda, tuvo tiempo para leer algunos detalles sin levantar demasiadas suspicacias.

El nombre, la dirección y la filiación del interfecto ya los conocía. El hecho de que la muerte se hubiese producido por efecto de un disparo de pistola se lo figuraba. Había tan sólo orificio de entrada en la fosa temporal derecha, lo que hacía suponer, a la espera de la autopsia, que la bala se quedó alojada en la masa cerebral. Le sorprendió que el disparo procediese de una arma del siglo anterior: una diminuta Remington Double-Derringer con cachas de madreperla, algo que, a juicio de los policías asignados al caso, apuntaba a la hipótesis de que el anciano hubiese elegido una de sus reliquias en venta para quitarse de en medio en algún arrebato de desesperación o angustia que lo hubiese abocado al suicidio. Cabía contemplar esa posibilidad, ya que no se había echado en falta ningún objeto valioso, pero el testimonio de la esposa era relevante para sostener la tesis del asesinato, puesto que oyó ruidos en casa y escuchó a su marido manteniendo una conversación con algún invitado. Cuando Emilio comenzaba a sentirse aliviado por no aparecer en aquel oficinesco relato policial, reparó en que el último párrafo hablaba de la mujer que, desde un bar, había visto pasar por allí a un señor joven con bufanda y gabardina. Desgraciadamente para el periodista, nadie había visto al hombre cuya silueta salió escopetada del edificio justo después del tiro.

Emilio se fue con el titular preparado: «La policía descubre a tiempo un complot para matar al ministro de la Gobernación.» Lo mejor sería el antetítulo, esa corona que había perfeccionado con el paso de los años hasta el punto de ser más aclaratoria que el propio texto en el que se informaba de la noticia. En él, presidiendo las demás letras, pondría: «Está vivito y coleando.» Lo primero, porque la policía había conseguido abortar la conspiración, y lo segundo, porque resultaba muy expresivo a la hora de hablar de un ministro que estaba a punto de dejar el cargo: «coleando» como las truchas cuando salen del río prendidas de un anzuelo para acabar en la cesta que será su ataúd. Suponía que muchos de sus lectores ni se fijarían en la ocurrencia, pero seguro que sus jefes sí. Esa providencial intentona de liquidar a un hombre del gobierno le permitiría además relegar el fallecimiento de Van Raders a un segundo plano. Cuanto menos escándalo en torno a esa turbia muerte, mejor para él.

Miró a su alrededor y etiquetó a sus compañeros con cada uno de los titulares que encabezarían sus respectivas noticias de mañana. Uno le pareció tan ramplón como «El ministro, a salvo», otro respondía a «Los revolucionarios de siempre intentan convertir en mártir de la República a Rico Avello», el de más allá tenía cara de «La ejemplar eficacia policial impide a los terroristas tirotear al ministro de Gobernación» y el de la estilográfica, duro de mollera, escribiría «Asaltan un comercio y se llevan una tinaja de aceite». Vamos, que ninguno diría mentira ni se atendría a la verdad, pero todos cumplirían dignamente con el papel asignado por sus lectores.

Doña Patro había salido a hacer la compra. Luis, sin embargo, ya había regresado de su trabajo en una fábrica de refrescos. A Emilio, que el hijo de Patrocinio manejase medidas y probetas, aunque fuese para conseguir meros efectos espumosos, le parecía una peligrosa invitación al estallido de algo.

—Vengo a verte porque tienes a tu madre muy preocupada —advirtió a aquel joven que no se había quitado el mono ni la gorra flexible, a pesar de adoptar ya una actitud hogareña, sentado en una silla de la cocina.

—¿Mi madre? Ésa ya nació preocupada.

—Luis, que nos conocemos desde que te afeité el primer bigotito. Que te hayas hecho anarquista no te da derecho...

—¡Joder, lo que me faltaba, un padre en casa! —bufó—. Nunca he estado seguro de haberlo tenido y ahora viene Emilio a hacerse con el puesto.

—Escucha, insensato. No me voy a andar con especulaciones sobre paternidades que no son de mi incumbencia. Todos en la corrala conocen tus inclinaciones políticas...

—Perdón, ¿has dicho políticas? Yo desprecio ese concepto. Los políticos no son capaces de dar solución a unos problemas que se han enquistado en esta sociedad. Son los primeros que sobran en esta desdichada manada humana llamada España, una recua predestinada a vivir bajo el sometimiento cruel de su yugo histórico.

—A mí no me vengas con el discurso del domingo y explícame lo de las bombas que escondes en la bodega —le cortó en seco.

Luis se replegó. Aunque sospechaba que aquella vecindad espiaba todos sus movimientos, las actividades subterráneas debían permanecer en secreto. Ésas eran las órdenes recibidas.

—Te diré una cosa. —Emilio continuó con su rapapolvo—: No quiero ser yo el periodista que venga a informar de que un polvorín oculto en una carbonera ha destrozado esta pacífica casa de Madrid. Y mucho menos que tenga que venir otro a informar porque a mí me pille dentro.

—Sólo son aparatos de «gimnasia revolucionaria».

—¡Pues que los guarde el entrenador en su puta casa! —reaccionó Emilio sin miramientos—. Si esto sigue así, se lo cuento a tu madre para que te eche a la calle a mendigar.

—Yo mendigo libertad, también para ti, Emilio, aunque no lo creas.

—Me parece que no creo en nada que a ti te preocupe. Dedícate a tu trabajo y hazte persona, que un día heredarás esta casa y no sabrás ni qué hacer con ella.

—¿Propiedad privada?, ¡propiedad volada! —sentenció Luis, desafiante, a la vez que unía y separaba los puños, como empujados por la fuerza invisible de una detonación.

—Me cagaría en tus ancestros si no respetase tanto a tu madre. Intenta dejarla vivir en paz.

—¡La paz, para los muertos!

—¡Y ahora me cago en las consignas! —concluyó un Emilio harto de hablar con aquella pared que sólo contestaba con pintadas.

Ya en el portal, el periodista se detuvo ante un cartelito que alguien había clavado con una chincheta:

> Hermanos comuneros: En vista de los reiterados cortes del suministro acuífero de estas viviendas, debidos sin duda al descuido patronal, unido al desgobierno municipal, os emplazo a una HUELGA DE PAGO DE RENTAS a partir del próximo mes. Sin agua no hay siquiera pan; sin pan sólo nos quedan miseria y más opresión. ¡Rebélate!

Lo firmaba el Movimiento Anarcosindicalista Obrero de Chamberí, o sea, el hijo de su madre, Dios la guardase de sus maquinaciones.

El periódico era un cruce constante de personas sin rumbo aunque, en algunos momentos, los periodistas confluían en la redacción, los tipógrafos ante sus cajas de letras, los jefes en los despachos y los colaboradores mariposeaban en busca de conversación. Ese orden repentino en el mundo fue el que permitió a Emilio percatarse de que había un papel en su mesa que antes no estaba allí.

—Vaya, tenemos el día de papelitos —murmuró para sí.

Los bordes rasgados desvelaban la precipitación con la que había actuado el autor de aquella nota. Con mala caligrafía se leía: «Ten cuidado. Te buscan.»

Aquellas dos frases le provocaron una subida de tensión, o lo que fuese aquel repentino rubor que se adueñó de sus mejillas. Sólo recordaba un episodio que podía desencadenar una advertencia así: la misteriosa muerte del anticuario. Ni amores desaconsejables, ni deudas, ni cohechos..., hasta había dejado de visitar el Shanghái, aquel viscoso fumadero de opio en el que, aunque no las mató, sí logró entumecer algunas penas antiguas. Ten cuidado, pero ¿con qué o con quién?

—Joaquín, ¿has visto quién ha dejado este papel en mi escritorio? ¿Ha venido alguien a verme?

—No, aquí sólo estamos los de costumbre. No he visto a nadie extraño.

El problema era que para Joaquín, visitante diario de palacio para recibir noticia directa del presidente, todo el mundo era próximo, o al menos conocido.

—Ahora que lo dices..., sí —reparó de repente—, vino el alemán. Traería algún encargo para alguien.

—¿El que vende cuchillas?

—Bueno, te diré que a mí me vende preservativos ingleses de látex —dijo, colocando su mano ante la boca para amortiguar y dirigir la voz hacia su interlocutor—, pero hay que tener cuidado con ellos: viajan en el mismo bolsillo que las cuchillas.

Emilio ya no prestaba atención. Sopesó la posibilidad de ir en busca del vendedor para que le explicase lo de la nota, pero sería difícil localizar a un ambulante que, como su propio oficio obligaba, cambiaba cada día de plaza o de calle. Eso, con la dificultad añadida de habérselo encontrado algunas horas antes, lo que aumentaba las probabilidades de no volver a verlo hasta dentro de una semana, en el mismo sitio.

Lo de escribir la noticia sobre el complot contra Rico Avello fue coser y cantar, pero tener que relatar un suceso que uno mismo había estado a punto de presenciar constituía una tarea mucho más delicada en la que tuvo que poner toda su profesionalidad para evitar cualquier desliz que pudiera desvelar que él disponía de datos que la policía desconocía. Finalmente, hizo lo que pudo para que su teclear convirtiera el cadáver del caserón de la calle Pelayo en un suicida chiflado.

Cuando hubo escrito sus noticias, y con la sensación de que no había sido demasiado infiel a sus lectores, se asomó a las puertas del periódico para disfrutar del aire nocturno. Dos sombreros con el ala volcada hacia el rostro escondían el semblante de los ocupantes de aquel automóvil que comenzó a desplazarse en busca del siguiente cruce, en el que desapareció como si se tratase de la fuga de una pareja furtiva de enamorados a la que hubiesen descubierto poniendo a prueba las ballestas del coche.

## CAPÍTULO 6

## LA VERDAD

Von Tischendorf volvió el domingo a la biblioteca para leer un rato más. Sacó de la estantería el paquete, lo depositó en la mesa, abrió la tela roja y desenvolvió las hojas con cuidado.

Había separado una pequeña nota que encontró la noche anterior en un pliegue de la seda. Era un papel moderno, reciente, con un breve texto que parecía ruso, «Правда: 'альфа' и 'омега'», al que inicialmente no había dado excesiva importancia, atareado como estaba en descubrir qué contenía el códice. Al observarlo al contraluz de una lámpara descubrió que tenía un estampado casi imperceptible: una cruz ortodoxa de tres travesaños. Los papeles de buena calidad solían contar con una marca impresa al agua que identificaba a sus fabricantes o a sus dueños. El tradicional símbolo de ocho brazos tenía cruzados tres listones sobre el tablón vertical. El superior recordaba al rótulo que Pilatos mandó colocar en la cruz de Cristo con la inscripción «Jesús Nazareno, rey de los judíos». El de en medio servía, como el de la mayoría de las cruces, para representar el lugar en el que estaban las manos y brazos del Señor. El inferior era el más singular porque estaba inclinado: la parte que se elevaba hacia el cielo señalaba el camino que había tomado el ladrón bueno, compañero de crucifixión, mientras que la mitad que señalaba hacia abajo, en dirección al infierno, marcaba el destino del ladrón que no se había arrepentido. Era el signo más común y extendido de la Iglesia ortodoxa, a la que pertenecía el cenobio. En cualquier caso, un papel con marca de agua no era un papel cualquiera, y su origen debía de esconder algún significado relevante. En el monasterio no había visto ninguno así, ni siquiera entre los destinados a las autorizaciones. Aquél era un lugar demasiado humilde como para permitirse un material tan refinado.

Aunque seguía sin querer alertar a los hermanos, le podía la curiosidad. ¿De dónde habría salido aquella nota? ¿Sería de los propios monjes, o la habrían dejado allí otras personas que habían visto recientemente el códice? ¿La cruz sólo indicaba que era un papel oficial de la Iglesia ortodoxa o entrañaba otra lectura?

Llevado por su perfeccionismo, Von Tischendorf terminó otorgando la misma importancia a aquella nota que a las de los escribas originales que habían copiado el códice o a las de aquellos otros que habían realizado anotaciones en las hojas a lo largo de los siglos. Cualquier pista era importante para el estudio de una obra como aquélla. Quería saber todo lo posible sobre su trayectoria; y un apunte, aunque fuera reciente, era el cabo de un hilo del que tirar. Necesitaba a alguien que le pudiese traducir los caracteres cirílicos lo antes posible. Para empezar, debería preguntar al monje tesorero del convento que le había facilitado el libro. Tal vez la nota fuese suya.

Se levantó, apiló las hojas y las volvió a envolver en la tela. Guardó en el bolsillo el papel con la inscripción, apagó la lámpara y se dirigió a la puerta. Al abrirla, el viento la empujó con fuerza. La sujetó y cerró detrás de sí, sosteniendo firmemente el pomo hasta asegurarla para que no entrara más aire del debido. Se dirigió hacia los corrales, donde se encontró con Macarius, que daba de comer a unas cabras.

—Gracia y paz, Von Tischendorf —le saludó afable—. ¿Qué tal va con su lectura de la Biblia?

—Gracia y paz, hermano. Estoy leyendo mucho y he encontrado algo sobre lo que me gustaría preguntarle por si puede darme un poco de luz.

—Dígame, ¿en qué puedo ayudarle?

—Entre los pliegues de la tela y las hojas del manuscrito —buscó en el bolsillo— he encontrado este papel. ¿Sabe qué puede ser?

Macarius dudó un segundo. Miró discretamente hacia la puerta antes de contestar en voz baja.

—Yo soy un pobre monje, profesor. No creo que le sea de ninguna ayuda.

—No querría incomodarle. Usted ha sido la señal del Señor para que yo encontrara en Santa Catalina uno de los documentos más importantes de la cristiandad. Nada está más lejos de mi intención que molestarle, pero pensé que la nota podría ser suya y quería devolvérsela.

Macarius alargó la mano y cogió el papel para observarlo. Miró al trasluz y, más seguro, pero sin decir nada, se lo devolvió.

—¿Es suyo? —insistió Von Tischendorf.

—No. No es mío. Puede ser de cualquiera que leyera la Biblia. Algún apunte de un estudioso... Me gustaría no tener que hablar de ello, señor Von Tischendorf, porque yo sólo entiendo de mis cabras y de las compras que hago para el convento. Prefiero no confundirle con teorías que no tienen base. Esta comunidad es sencilla, pero como bien sabe, desde Justiniano a Napoleón, todo el mundo ha mostrado interés por nuestros tesoros, especialmente por los iconos y los libros. Usted no es la primera persona que pregunta por esa Biblia. Cualquiera hubiera podido dejarse un papel en el que estuviese haciendo anotaciones.

—Pero convendrá conmigo en que todo esto es muy extraño. La pasada semana, cuando yo buscaba el códice, Cirilo, el bibliotecario, creía que se había perdido y no sabía nada de su paradero. Era como si se hubiera desvanecido, pero de repente, de la forma más natural, usted me lo mostró; cosa que, por supuesto, le agradezco.

—Ya sabe, Constantino, que en un monasterio cada cual tiene una función que cumplir, con la que sirve a Dios y a su Iglesia. Cirilo ha envejecido. Ya era mayor cuando usted llegó aquí por primera vez. No se acordaría de que yo lo tenía, no le entendería... ¡Vaya usted a saber! Hágame caso: dé gracias al Señor por haber encontrado lo que buscaba y no se pierda en pequeños detalles que no tienen importancia.

—Pero, y le aseguro que no quiero importunarle, usted me acaba de decir que prefiere no hablar de ello y ahora, además, me asegura que no tiene importancia. No lo entiendo, hermano Macarius: o es importante, o no lo es —insistió el estudioso.

—Siento no poder explicarme mejor, Dios no me llamó por el camino de la oratoria. Seguro que no es tan relevante. No me tome la palabra, ya que sólo soy un monje que aprendió a leer en este convento. Será una nota olvidada por cualquiera de quienes han leído el libro en los últimos años. Usted tiene la Biblia que vino a buscar, olvídese del resto.

—¿Sabe qué dice esa anotación?

—No. Parece ruso.

Von Tischendorf se dio cuenta de que por aquella senda no había mucho recorrido, ya que el religioso ocultaba algo sobre lo que no estaba dispuesto a hablar. Cambió de tema para consultarle acerca del asunto que le tenía más preocupado antes de que la conversación se enquistase y le llevara a un callejón sin salida, además de granjearle un enemigo allí donde hasta ahora había tenido un cómplice.

—Hermano Macarius, como sabe vengo en nombre del zar Alejandro II, al que me gustaría llevarle, a modo de presente, este códice que hemos hallado. Así podremos divulgar a toda la humanidad la verdad de Jesucristo y los documentos históricos que la avalan en estos tiempos de dudas sobre nuestra Biblia. Me ayudaría saber cómo podría recompensarle a usted y al monasterio si accedieran a regalar el libro con el fin que le he dicho. Su majestad sería muy generoso con Santa Catalina.

—Querido profesor, si esas páginas son tan valiosas como usted dice, deberían seguir siendo propiedad del monasterio. No se pueden compensar con dinero ni regalos. Creo que ya tienen un buen dueño que ha sabido custodiarlas durante siglos. ¿Por qué tal cosa debería cambiar? —preguntó Macarius, receloso.

—Están usted y la hermandad en su derecho, pero le pediría que pensara en la importancia de difundir este descubrimiento. Los enemigos de la cristiandad acechan, empeñados en querer demostrar que Jesucristo ni siquiera existió, que la Biblia es una colección de antiguas historias distorsionadas por el tiempo. Los manuscritos que hemos encontrado demostrarán que no es así, que las Escrituras que nos legaron profetas y evangelistas son un relato cierto de la vida de Dios en la Tierra y de las desventuras del pueblo de Israel. Yo no puedo trabajar aquí sin materiales, sin ayuda. Necesitaría llevarme el escrito a un lugar con más medios, aunque sea como un préstamo. ¡Ayúdeme a hacerlo! —le rogó.

—Es usted una buena persona, Von Tischendorf. Muchos en esta casa le han conocido durante sus estancias anteriores y admiran lo que ha hecho por propagar la historia de la Biblia. Tiene usted mi palabra de que, si es con esos fines, le apoyaré para que el monasterio le preste el libro mientras usted hace sus gestiones y trabajos. Pero no es sólo mi decisión; han de compartirla el resto de los monjes.

El viento derribó un caldero y las cabras se asustaron. Macarius se apresuró a ponerlo en su sitio y a asegurar las ventanas para calmar al ganado.

—Tengo mucho trabajo y debo proseguir con él. Lea las Escrituras, escuche y admire la palabra de Dios y olvídese de la de los hombres.

Macarius se dio la vuelta y siguió colocando hierba en los pesebres. Von Tischendorf se encaminó a la biblioteca cubriéndose la cabeza con el brazo para resguardarse. El viento soplaba tan fuerte que levantaba remolinos de arena. Se sentía un poco más tranquilo al ver que Macarius había entendido su objetivo. Esperaba su apoyo para poder llevarse el libro.

Al llegar encontró al anciano Cirilo en la segunda habitación; estaba sentado ordenando unos manuscritos.

—Hermano, ¿tiene usted un minuto para hablar?

—Señor Von Tischendorf, ya sabe que lo que sobra en este monasterio es tiempo. —Sonrió complaciente—. ¿Busca confesión un hombre rodeado de Biblias, o sólo una plática?

—No es confesión, pero en la confianza que nos profesamos, la que hemos alimentado con tanto tiempo de cartas cruzadas, la que nos ayudó a encontrar hace años aquel primer conjunto de manuscritos de una Biblia que hoy ha llegado completa a nuestro poder, me gustaría que contestara con sinceridad a unas preguntas que me asaltan.

—No dé más rodeos, querido Constantino. Le he ayudado en todo lo que he podido desde que el Señor nos uniera en 1844, cuando encontramos juntos esas primeras hojas. Siempre he contestado a sus inquietudes. ¿Puede haber algo por lo que no me haya preguntado todavía?

—Llevábamos una semana buscando la Biblia sin que apareciera rastro de ella por ningún sitio. De repente, a un par de días de mi marcha, llega a mis manos de la manera más inocente e inesperada, tras ofrecerme el tesorero del convento leer un texto en griego que guardaba en su celda. Pasada la emoción de lo descubierto, las cosas se me hacen cada vez más extrañas. ¿Cómo es que no sabía usted que un libro de tamaño valor estaba en esa celda? ¿Por qué ningún otro de los monjes, conocedores de mis investigaciones, me alertó de que esa Biblia seguía entre estas paredes? ¿Por qué aparece en el último momento y llega a mí sin ningún obstáculo?

—Constantino, parece usted insinuar que escondo algo, y no es así. Le conté la historia, hasta donde sabía, en su anterior visita, y se la repetí hace unos días cuando llegó de nuevo a este humilde monasterio.

El monje se enderezó todo lo que le permitían sus vértebras para proseguir el relato.

—Años atrás, cuando usted y yo hallamos el primer grupo de manuscritos y me hizo ver su importancia, el monasterio fue muy generoso con su investigación y su descubrimiento. Le regalamos cuarenta y tres páginas, y nosotros conservamos las ochenta y seis restantes. Cuando se fue, todos los monjes empezamos a buscar por el recinto el resto del códice, y el sacristán, Skevophylax Vitalios, en un desván, entre el polvo de unos cuantos muebles antiguos de la iglesia, encontró otro fajo con todo lo que faltaba de aquellas Sagradas Escrituras. Eran el doble de hojas de las que aparecieron en la biblioteca, cubiertas por la misma tela roja que ahora protege el conjunto. Skevophylax me pidió las que nos habíamos quedado y, tras incorporarlas a las que acababan de aparecer, las ordenó todas. El hermano fue muy crítico con nosotros porque pensaba que aquellos textos sagrados tenían que estar en el monasterio en su totalidad. Quizá también se sintió culpable porque en el fondo habían estado en gran parte bajo su custodia sin saberlo. En cualquier caso, decidimos comunicarle al patriarca de Jerusalén lo que habíamos encontrado y también que un extranjero, usted, conocía la existencia de parte del códice. Es más, le informamos de que le habíamos regalado un importante número de hojas.

—Y siempre se lo he agradecido. Ya sabe que publiqué mis investigaciones y entregué el material a la universidad. Mi único objetivo siempre ha sido que todo el mundo pueda estudiar el manuscrito para mayor gloria de Dios.

—Lo sé, profesor —admitió Cirilo—. No es un reproche; al contrario, sólo recordaba las explicaciones que dimos en su momento. Pero, como le he dicho, a partir de entonces el libro desapareció de mi vista y nunca más estuvo en esta biblioteca. Incluso cuando al año de su partida hicimos un inventario general, ayudados por el obispo Porfirio, estas Sagradas Escrituras no figuraron en la lista. Alguna vez que le pregunté a Skevophylax me dijo que no me preocupara, ya que el Señor cuidaría de que el códice estuviese en el lugar adecuado. Yo siempre imaginé que había llegado a manos del patriarca y que se encontraría en Jerusalén o en Constantinopla. En ocasiones también pensé que nuestro sacristán lo habría camuflado entre los estantes de la iglesia. De todo esto hace ya muchos años, entienda que mi memoria no es la misma. Ya no soy capaz de distinguir lo que vi de lo que hablé o me contaron. Se hará usted mayor y lo comprenderá.

—Bastante hace, hermano Cirilo, bastante hace —afirmó Von Tischendorf con gesto comprensivo—. Pero, como le dije, Skevophylax no ha querido ni siquiera hablar conmigo. Incluso se excusa diciendo que no me entiende bien. Yo creo que no me perdona que me llevara aquellas hojas.

—Póngase en su lugar. Él cree que se trata de un tesoro muy valioso que debería permanecer en el monasterio o, en su defecto, en algún lugar seguro, custodiado por fieles a la Iglesia ortodoxa. Desde luego, no en una universidad extranjera. Es comprensible, es quien se dedica a vigilar el tesoro compuesto por los numerosos regalos que nos han donado los devotos: desde cinturones griegos de seda a candelabros de oro y plata, pasando por el cáliz que nos entregó Carlos VI de Francia, el Bienamado, antes de que enloqueciera. Comprenderá que un hombre cuya principal misión es la custodia sea el mayor enemigo de que algo salga fuera de estos muros. Es su cometido, como lo es el mío conservar los libros o el suyo encontrar las Biblias más antiguas y dar a conocer su contenido. Pero, volviendo al paradero del códex, recuerde que en su segunda visita, cuando usted y yo lo volvimos a buscar, sólo encontramos parte de una hoja usada para forrar otro libro, nada más. No había rastro en el monasterio y en los últimos años yo no había tenido ninguna otra noticia. Le aseguro que ayer me sorprendí tanto como usted cuando lo vi de nuevo. No contaba con que estuviera en esta casa, y mucho menos en la celda de Macarius, aunque, bien pensado, tampoco es tan extraño: éste es un monasterio que alberga miles de libros, y qué mejor lugar para que uno se pierda o lo escondan que junto a otros de sus iguales.

Von Tischendorf rebuscó en el bolsillo y sacó la nota.

—He encontrado en el códice este papel escrito en ruso. ¿Sabe qué es?, ¿qué dice?

—Déjeme ver.

Cirilo cogió de la mesa una lupa y acercó el papel a sus ojos.

—«Правда: 'альфа' и 'омега'.» Son caracteres cirílicos, pero con palabras griegas, algo como «Verdad: alfa y omega» —le aclaró mientras intentaba enfocar su vista en el papel—. Fíjese: en hebreo, la palabra «verdad», *Emet*, tenía en su interior la primera y última letra de ese alfabeto, Aleph y Tav, que son equivalentes a alfa y omega, pero en cambio *aletheia*, la palabra griega correspondiente a «verdad», perdió algo de la belleza de la idea hebrea porque ya no contenía la omega, la última letra de su alfabeto.

—¿«Verdad»...? ¡Qué curioso! —murmuró Von Tischendorf—. Observe: el papel tiene también como marca de agua una cruz ortodoxa de tres travesaños. ¿Sabe de dónde ha podido salir?

—Mis ojos no son capaces ya de ver esos timbres ni con una lente, pero los papeles con ese tipo de seña los suelen usar los miembros del Santo Sínodo de Rusia.

—¿Y han tenido muchas visitas de rusos en los últimos años? —preguntó Von Tischendorf, intrigado.

—Siempre hay rusos por aquí, pero los que se interesan por los pergaminos en arameo, griego o árabe son muy pocos. Ahora recorren más estas tierras ingleses y franceses que buscan tesoros. Pero... ¡un momento! ¡Se lo acabo de decir sin darme cuenta! Poco tiempo después de su marcha, tras su primera estancia en Santa Catalina, nos visitó el obispo Porfirio Uspensky, de la diócesis de Kiev, con otros monjes, de eso hará más de diez años. Creo que Skevophylax, que por entonces era muy joven, tuvo mucho que ver con aquella visita. Uspensky catalogó los libros de nuestra biblioteca por primera vez. Hizo un trabajo metódico y excepcional, y nos ayudó a ordenar mejor el material. Ese papel podría ser del mismo tipo que el que usaron para el inventario de publicaciones. Espere un segundo, voy a buscar unas notas que conservo.

Cirilo se dirigió a una estantería, abrió un cajón y comenzó a rebuscar. Si lo que recordaba ahora era cierto, significaba que otras personas habían analizado el códice, pero ¿quién era ese obispo?, ¿qué papel había desempeñado en todo aquello? El bibliotecario volvió con unos documentos.

—Compruébelo usted mismo. ¿Tienen estos legajos la misma marca de agua?

Von Tischendorf acercó una de las hojas a la luz de la ventana. Efectivamente, allí estaba la cruz ortodoxa.

—Hermano Cirilo, ¡es la misma!

—Entonces ya sabemos que la nota puede ser del obispo Porfirio o de alguien de su comitiva. ¡Qué extraño! El códice no está en el catálogo de la biblioteca que preparó durante los meses que estuvo aquí. Siempre pensé que no lo había llegado a ver.

—Pues parece que no sólo lo vio, sino que tomó notas.

Von Tischendorf se dio cuenta de que el cansancio vencía los ojos del anciano y prefirió despedirse. Ya volvería a preguntarle si lo necesitaba.

—Gracias de nuevo por su ayuda.

—Dé las gracias a Dios, Von Tischendorf, no a los hombres. Me ausentaré un rato. Necesito descansar.

Cuando Cirilo hacía ademán de abandonar la estancia, el investigador se giró para preguntar algo más.

—Una última cosa. Como sabe, parto dentro de unas horas hacia El Cairo. Me gustaría llevarme el códice para trabajar allí con más comodidad y mejores herramientas. Quiero copiarlo y prepararlo para mostrárselo al zar. Necesitaré que los hermanos del monasterio me den su permiso. ¿Puedo contar con usted?

—Profesor, para que un libro tan importante salga del monasterio no sólo requerirá mi aprobación, que la tiene, necesita usted el consentimiento de todos los hermanos, sin excepción. En caso de que exista la más mínima discrepancia, el abad-arzobispo deberá darle su específico beneplácito.

Von Tischendorf empezaba a sentirse en un callejón sin salida y no le quedaba tiempo. Cirilo y Macarius lo apoyarían y aprobarían el préstamo del códice. Ellos podrían influir en el resto de los monjes, pero sólo con que Skevophylax se opusiera, la Biblia no saldría de allí. Prefería intentar convencerlo antes de jugársela a una única carta: la incierta autorización del abad.

Se acercó hasta la iglesia en busca del monje y lo encontró en el nártex, la zona previa en el interior de la basílica, donde limpiaba las gotas de cera que salpicaban unas estanterías, justo debajo de un bello icono de santa Catalina. El sacristán miró de reojo a Von Tischendorf, pero no lo saludó, sino que siguió embebido en sus tareas.

—Hermano... —murmuró el estudioso.

El monje se levantó. No tenía otro adorno encima de la sotana que una cruz de madera que le colgaba en el pecho con un cordón grueso. Lo miró con unos ojos negros que sobresalían entre las arrugas del rostro.

—Dígame, profesor.

Von Tischendorf sabía antes de empezar que aquella conversación era tiempo perdido, pero tenía que intentar convencerle.

—No voy a andarme con rodeos. Para el trabajo que me gustaría hacer necesitaría que me dejaran el códice en préstamo para trasladarlo a El Cairo, donde tendría ayuda y mejores instrumentos para copiarlo. Sé que a usted nunca le ha gustado que alguien ajeno a la Iglesia ortodoxa tenga relación estrecha con el código, pero me gustaría pedirle su permiso para llevármelo. Apreciaría que el bien superior que pretendo con mis investigaciones fuera suficiente para merecer su confianza. Sabe que discurren tiempos difíciles para la Iglesia, para la verdad y para la palabra del Señor. He centrado mi vida en el estudio de los textos más antiguos del relato bíblico. He recorrido los principales archivos de la cristiandad y, al final, he encontrado aquí, en Santa Catalina, el libro más importante de todos cuantos he visto. Es mi obligación revelarlo, con la ayuda de Dios, a las civilizaciones de Oriente y Occidente. Es la misión que me encomendó su majestad el zar de todas las Rusias y para ello le ruego que me ayude, que me permita sacar de aquí el libro hasta que termine de copiarlo. Es más, ¡se lo imploro! Necesito el apoyo de todos los hermanos para poder hacerlo y por eso demando el suyo.

—Profesor, nunca debió salir ningún papel de esa Biblia de nuestro monasterio. Eso ya ocurrió una vez y no volverá a suceder, salvo que el propio Señor lo ordene. ¡No voy a permitirlo! —zanjó la cuestión con vehemencia.

—Parece que usted y yo no nos entenderemos nunca. Puede que sea más sencillo convencer al abad de mis intenciones. Voy a visitarle para solicitar su venia. Discúlpeme por interrumpirle. Siento no haber conseguido que mis argumentos le convenzan y espero que no dude de mi buena fe.

Skevophylax hizo una mueca que pareció una especie de sonrisa y aseveró, cortante:

—Yo no dudo de la buena fe de nadie, pero esta vez llega usted tarde: el abad ha salido esta madrugada hacia El Cairo. Por lo visto, algo urgente le reclamaba. Creo que el códice se quedará en Santa Catalina.

Von Tischendorf se despidió casi sin mirar y abandonó la iglesia, desasosegado pero firme en sus propósitos. Atravesó la ciudadela y se dirigió hacia la puerta de las murallas. Salió del monasterio y llegó hasta donde estaban los tres árabes que le habían llevado hasta allí. Habían acabado su oración de la tarde y estaban tomando café en una tienda con otros beduinos de los que vivían en las cercanías del convento. Ordenó al que ejercía como guía:

—Sheik, dispón todo lo necesario porque nos iremos hacia El Cairo dentro de unas horas, al amanecer a más tardar, incluso antes de que salga el sol.

—Está todo listo, podemos salir cuando desee, *sayyid* —respondió.

—Entonces será antes del alba. A las tres arrancaremos nuestra caravana para regresar a la ciudad. Tenemos que cubrir el trayecto en cinco días.

—*Sayyid,* lo intentaremos, pero sabe que se tardan siete jornadas.

—Escúchame bien, Sheik: o llegamos allí antes del próximo domingo, o todo nuestro viaje habrá sido en vano si el abad se va de la capital antes de que me encuentre con él y me otorgue su venia para volver a recuperar el códice, que de momento ha de quedarse en la abadía —le apremió el profesor.

—Como ordene —asintió Sheik.

—Por cierto, he observado que ni vosotros ni el resto de los beduinos de esta comunidad rezáis en la mezquita que tiene la fortaleza en su interior, ¿obedece esto a algún motivo que yo desconozca?

—Profesor, ese templo no podemos utilizarlo para el culto porque no está orientado hacia La Meca.

Von Tischendorf, pensativo, no contestó. Imaginó que los monjes habían construido el edificio religioso para que el minarete se viera en la lejanía y así engañar a los enemigos, pero sin ninguna intención real de que aquel lugar se usara para otra cosa que conseguir una defensa visual tan eficaz como los propios muros. Tener la carta de Mahoma constituía un salvoconducto excepcional, pero la mezquita, situada al lado de la iglesia, pregonaba al viento que aquel sitio tenía la protección de Alá y de Dios. La de ambos, por si fuese necesaria.

Echó mano de su bolsa de tabaco para prepararse un cigarro y se topó con la nota. La volvió a mirar: «Правда: 'альфа' и 'омега'.» Verdad: alfa y omega, el principio y el fin.

# CAPÍTULO 7

## CORRESPONSAL EN LONDRES

Cuando escuchó el timbre del teléfono de la pared, lo descolgó con tanta precipitación que se golpeó con el aparato en la nariz mientras sonaba una voz.

—Emilio...

—Sí, soy yo —respondió, oprimiendo sus fosas nasales con la mano.

—Aquí Juani. ¿Por qué me hablas como si fueses el ratón Mickey?

—Es que se me corta la respiración cuando escucho tu voz, prenda.

—Te paso una llamada.

—¿Es Irene?

—Si lo fuese, ya me estaría cobrando la recompensa.

No hubo transición con la siguiente voz que escuchó.

—Emilio, soy Gisbert.

Vicente Gisbert, el inspector de la policía que tantos levantamientos de cadáveres había compartido con el periodista, sólo llamaba cuando tenía algo que ofrecer. Si tenía que pedir, se presentaba en persona.

—Vicente, ¿no me llamarás por lo de la conspiración para asesinar al ministro? No me vendría mal contar con algún detalle más.

—No. Oye, ¿qué te pasa en la voz?, ¿seguro que eres Emilio?

—Pues claro, el mismo Emilio al que conociste delante de un monumental daiquiri servido entre malas compañías.

El santo y seña funcionó.

—Vale. Escucha con atención. Estos días hay jaleo en la universidad. Ya sabes: los de la Federación Universitaria Española, la FUE, han recibido varias visitas violentas de los agitadores de la Falange y andan a hostia limpia.

—Sí. Ayer publicamos los incidentes en la Facultad de Medicina de San Carlos.

—Pues, chico, ponte en marcha porque allí mismo ha aparecido un joven de la FUE muerto, con dos disparos y un golpe en el cráneo.

Emilio comenzó a hacer girar el lápiz entre sus dedos, desde el índice al meñique, ida y vuelta, como un bastón de *majorette*.

—¿A que ya estás dándole vueltas al lapicero? —dijo la voz del policía, lo que llevó al reportero a sospechar que aquel teléfono contenía también un cinematógrafo oculto—. ¿A que te gusta el asunto? Yo voy para allá, nos vemos.

Los adioses se dijeron con el teléfono ya colgado. El redactor comprobó que llevaba encima todo lo necesario: un cuadernillo de papel y el lápiz, al que ya se le había pasado el mareo. Tras una rápida revisión sanitaria de su nariz por parte de Juani, salió a la calle adornado con un pedazo de esparadrapo que no curaría el pequeño rasguño, pero al menos serviría para cumplir las verdaderas intenciones de su incansable pretendiente: hacer menos atractivo al periodista a los ojos de las muchas lagartas que lo rondaban.

Varios guardias de Asalto intentaban evitar que la muchedumbre agolpada en la calle de Atocha atravesase la invisible línea de seguridad que había establecido el capitán. Era evidente que habían desalojado previamente la Facultad de Medicina porque nadie fisgaba desde sus ventanas. Dos policías y el inspector observaban el cuerpo de un muchacho que yacía boca abajo sobre el suelo, con las piernas abiertas y las manos bajo el tórax. La sangre había dejado de manar de los dos orificios visibles en su espalda, pero no de la cabeza, que estaba literalmente abierta. El cabello corto, bañado en humores de tono oscuro, recordaba la piel de un toro en plena suerte de banderillas.

El periodista mostró su placa de prensa al guardia y, en esta ocasión, obtuvo mejores resultados que en la Dirección de Seguridad.

—He avisado a Alfonso, el fotógrafo, ¿ha venido? —inquirió, dirigiéndose a Gisbert.

—Sí, ya me debéis una, y bien gorda. Oye, ¿qué te ha pasado en la nariz? Vas a perder el olfato periodístico.

Emilio se esperaba esa gracia, aunque no tan pronto.

—Pues no sé si estaré perdiendo el olfato, pero al entrar en la calle de Izquierdo ya me ha llegado tu olor a chinchón —le soltó al inspector, a quien su rango le permitía vestir «de paisano», algo que, a juicio de Emilio, cumplía con celo aquel hombre de vulgar chaqueta de pana gris y sombrero lleno de brillos de puro desgaste.

—¿Hubo alborotos? —preguntó al policía.

—¿Alborotos? Los hubo, como cada día —contestó Vicente Gisbert—. Por lo visto, los de Falange Española venían con la intención de quemar las banderas de la FUE. Varios estudiantes les plantaron cara en la calle y empezaron a darse golpes.

—Ya me imagino, y entonces se oyeron dos disparos y...

—No, ahí te equivocas, Emilio. Los tiros sonaron cuando llegó la caballería —le aclaró Vicente mientras señalaba discretamente a la Guardia de Asalto.

El redactor se percató de que aquello era muy extraño. Si tenían intención de causar alguna víctima, los falangistas descargarían su artillería antes de que llegasen las fuerzas del orden para poder escapar. Aquellos descerebrados eran expertos en disparar rápido, pero también en salir corriendo antes de que los descubrieran.

—Sí, a mí también me parece raro —admitió Emilio al ver que el policía se había quedado pensando.

—Y además de los dos disparos por la espalda... —continuó el inspector.

—Le sacudieron en la cabeza con ese adoquín, no me digas más.

El cubo irregular de granito también esperaba al juez tirado en el suelo.

—Sí, es uno de los que arrancaron del empedrado para lanzárselos entre ellos. ¡Munición callejera! —exclamó Gisbert, que estaba aprendiendo con rapidez la jerga de los levantiscos.

—¡Qué bestia! —fue la única cosa que Emilio supo añadir al conocer la rústica puntilla que asestó el asesino—. ¿Ha aparecido la pistola?

—No, pero es una siete milímetros, más o menos. Tenemos las cápsulas.

—¿Y quién es el joven?

—¡Qué más da! Un estudiante de Medicina.

Emilio comenzaba a pensar que no daba igual. La forma de morir, los disparos por la espalda cuando ya estaban allí los agentes a caballo y la decisión de rematarlo a base de adoquinazos le empezaban a parecer una muerte por encargo, o al menos intencionada, más que un episodio fortuito ocurrido en medio de una algarada.

—Cuando te enteres, me lo cuentas —dijo para acabar—. Regreso al periódico para ir escribiendo algo. Me he pedido la portada, a ver si esta vez no me la levanta algún ministro con sus monsergas.

Mientras subía por la calle de Atocha, Emilio redactó mentalmente el titular, «Muere un joven de la FUE en un altercado estudiantil», y el antetítulo, «Otra esperanzadora carrera truncada por las balas». Lo siguiente que se le vino a la mente no fue el subtítulo, sino una pregunta: ¿y si el asesino fuese uno de los guardias? En ese caso, todo lo demás encajaría. Antes de volver a la redacción, pensó que la excusa de estar en el escenario del crimen le permitiría hurtar un par de horas al trabajo para acudir al encuentro de Irene.

Ella esperaba sentada en la barra de la bulliciosa chocolatería de Omar, donde nadie había conocido nunca al tal Omar ni se recordaba que hubiesen servido el menor sorbo de chocolate, aunque ésas eran insignificantes objeciones en un local que conjugaba el calor de varios infernillos y el trato amable de una familia que había ido creciendo a base del abandono de hogares de indecible miseria. Abuelos, padres, hijos, suegros, tíos, cuñados y parentela de las más variadas edades y procedencias llegaron buscando en aquel negocio una forma de sustento a medida que perdían sus empleos en las fábricas o abandonaban el pueblo atraídos por el espejismo del Madrid teatrero y derrochón. En aquel bar sobraba mano de obra y faltaban clientes, según las cuentas de Irene, pero la subsistencia familiar estaba garantizada en una microestructura económica que a ella siempre le pareció de lo más colectivista. Las angostas ventanas le permitían atisbar la calle, a la espera de que apareciese el hombre del que le había hablado su marido.

No le resultó difícil reconocer a un periodista en el recién llegado. Era una gabardina trinchera de color crema entre tanto gabán de ocasión.

—Emilio, ¿verdad?

Un beso al aire en cada mejilla fue la respuesta a aquella resplandeciente sonrisa desplegada bajo una larga nariz que proporcionaba singular soporte a dos ojos tan abiertos como avispados. Aquella joven sería capaz de acomodarse con simpática entereza a cualquier entorno, por exótico o adverso que fuese, le dijo su intuición masculina.

—Compañera, me alegro mucho de conocerte por fin. A través de las crónicas, uno nunca se hace a la idea de cómo es quien las escribe.

—Lo mismo digo —repuso ella—, tienes más aspecto de representante del mundo del espectáculo que de redactor de sucesos. Para eso hay que ser más taciturno, más descuidado; pero tú, tan bien afeitado y tan repeinado..., eres periodista porque no has querido ser otra cosa.

—Ya he sido alguna otra cosa antes, aunque no creo que despierte tu interés. Por cierto, has de saber que tu marido es todo un personaje. Ha sido un placer conocerlo —dijo Emilio, para dejar claras sus honestas intenciones, que de momento lo eran.

—Ya me ha contado. Tú también le has hecho mucha gracia. Dice que eras el único de los presentes en el Círculo capaz de mimetizarse con el ambiente sin necesidad de haber firmado una novela fracasada o un panegírico sobre la República.

Aquel comentario fue todo un halago para Emilio.

—Pero, en realidad, quería verte a ti y, aunque te parezca absurdo o peliculero, te rogaría que fueses discreta sobre el contenido de esta conversación —le avisó el reportero.

—¡Mmm! Un misterio, ¡con lo que a mí me gustan!

La sonrisa permanecía inquebrantable en su rostro.

—Sí. Algún día, cuando logre componer algunas piezas, te lo podré revelar, supongo. Quería saber qué me puedes decir sobre el Códice Sinaítico, el libro llegado a Londres desde Rusia sobre el que escribiste una crónica en la que hablabas de las largas hileras de curiosos que acudían a verlo.

—Antes de que sigas preguntando, yo no estaba en Londres.

—¿La escribiste desde aquí?

—Entre compañeros, mejor que no haya mentiras. No se lo dirás a los jefes, ¿verdad?

—Si los jefes conociesen todas nuestras artimañas, se darían cuenta de que dirigen una casa de novelas de segunda mano en lugar de un periódico.

Las comisuras de los labios de Irene ascendieron un grado, pero aún tenía mucho más recorrido, según los cálculos de Emilio, el dibujante frustrado.

—Pues venga, sin secretos. Yo estaba en Londres cuando llegó el códice, pero tuve que venir a Madrid de inmediato. La historia sobre aquella multitudinaria expresión de fervor por el libro me la contó una amiga que es periodista en el *Daily Express*. Eché una ojeada en el quiosco a las crónicas de los periódicos británicos, me aprendí algunos datos de memoria, los aderecé un poco..., pero yo no he visto esa Biblia en mi vida.

Un niño con la cara muy sucia les preguntó qué querían tomar.

—Un café —pidió Irene.

—Otro para mí. Parece que las malas costumbres periodísticas no se pierden con los años en el extranjero.

—Aquí lo hacen muy rico. Tuestan los granos en esos infernillos, por eso huele tan bien. Un primo de los dueños se los trae desde Galicia. Suele venir a Madrid con un camión cargado de pescados y mariscos para los hoteles del centro. El género lo adquiere en el puerto de Vigo, ese del que salen tantos ciudadanos españoles en busca de fortuna en ultramar. ¿Y qué nos devuelve América a cambio? Granos de café y algún escritor perseguido, como mi César. ¿Te puedo ayudar en algo más?

—Puede que sí. Sé que has estudiado con muchos de los sabios del momento...

—En el Colegio Alemán, para más señas.

—Sé que has trabajado con don Santiago Ramón y Cajal...

—Una eminencia, no te quepa duda.

—También sé que mantienes estrechos contactos con escritores y poetas, y que tus derroteros actuales miran más bien hacia Moscú y hacia muchas revoluciones pendientes en Europa...

—Buen trabajo de investigación, pero déjame preguntarte: ¿a qué viene tanto interés por ese libro?

—La verdad es que todavía no estoy seguro, pero había pensado que, si conoces a tanta gente de talla, tal vez alguno podría ayudarme.

—En fin, ya que esto parece un campeonato de sinceridad, te diré la verdad: alguien más me ha preguntado por el código del Sinaí.

Emilio se sintió tan estupefacto como consolado. Al menos no era el único que buscaba información sobre el dichoso libro.

—¿Se puede saber quién ha sido? —preguntó con cuidado, sabiendo que aquella mujer podría acogerse a las pamplinas de la ética profesional, al secreto de sus actividades políticas o a la simple ausencia de ganas de revelarle algo.

—Sí, claro, un sacerdote jesuita —le soltó sin más.

—Pero ¿no los había disuelto la República?

—Como orden religiosa, sí.

—Ya, claro. Si hubiese que disolverlos individualmente, sería necesario mucho ácido —comentó Emilio con gesto cáustico.

—En realidad siguen funcionando en España como pueden —continuó Irene—. Gracias a sus tentáculos internacionales son capaces de mantener ciertas directrices comunes. Nunca subestimes a un clérigo cabreado.

—¿Y por qué preguntaba por el libro?

—Sé que la Iglesia no estaba muy contenta por la presentación en público de esa Biblia. La verdad es que no estoy segura de lo que quería el jesuita. Sólo preguntaba por el códice, como tú. Me lo presentó el cura de mi barrio, un joven al que estoy intentando convencer de que deje la sotana y se enfunde la guerrera soviética, pero sin grandes resultados por el momento.

—¿Y podrías localizarlo de nuevo? —siguió preguntando Emilio.

—¿Al jesuita? Sí, en misa. Ya no puede seguir oficiando en el convento de la calle de Isabel, la Casa Profesa. Recordarás que la convirtieron en falla valenciana cuando las quemas de iglesias, pero continúa administrando los sacramentos en una parroquia que no está demasiado lejos de aquí. Como ya imaginarás, lo hace en secreto. Si las autoridades descubriesen a un jesuita ejerciendo su ministerio... Pero dime: ¿qué pasa con ese libro? Ya sabrás que todo lo que venga de Rusia me interesa sobremanera.

—¿Que qué pasa con el libro? La verdad es que no tengo ni la menor idea. Sólo sé que de repente ha aparecido en mi vida y no hay forma de quitármelo de encima.

—¿Te tomas otro café y me cuentas si hemos conseguido infiltrarnos en la sociedad madrileña? —preguntó Irene, a sabiendas de que el periodista intuiría que esa primera persona del plural era en realidad la Internacional Comunista y sus ramificaciones en España.

—No acepto sobornos —bromeó Emilio—, te lo cuento gratis. Por lo que sabemos, han descubierto las sublevaciones que habéis instigado en Francia y en Austria y las abortarán antes de que prosperen.

—A base de cientos de camaradas abatidos, una vez más.

—¿Y en España haréis lo mismo? ¿Habrá revolución?

—Si te parece poca revolución haber despachado a un rey y haber dejado las cosas en manos de los burgueses...

—Pues a la vista de los efectos, sí, me parece poco.

—Entonces sólo te queda esperar a que nos den la orden y pongamos la maquinaria en marcha.

—Eso asusta.

—Lo que de verdad asusta es que nos quedemos quietos —dijo en un tono grave que no casaba con su expresión risueña—. Si no se mueven los nuestros, se removerán los cadáveres, ya sabes: los militares descontentos, los terratenientes expropiados... Eso sí que es de temer.

El niño correteaba febril tras una escurridiza pelota de cartón. Irene le explicó a Emilio que la suciedad de su cara no provenía de los braseros ni de la cocina de la habitación contigua, donde se preparaba un cocido diario de sota, caballo y rey para los obreros del entorno. Aquel chavalete, sus hermanos y sus primos salían temprano cada mañana en busca de carbonilla. Recogían los restos de la hulla, del lignito, del coque, de los ovoides rotos y de cualquier otro residuo combustible que se hubiese desprendido de las camionetas de reparto o de sus nodrizas, es decir, de los camiones y trenes que alimentaban el horno de Madrid. Participaban en una competición despiadada con otros clanes familiares que también intentaban recoger las sobras, pero generalmente ganaban ellos, que eran más y actuaban coordinados en fraternal pillaje. Con medio saco de menudo de carbón y otra mitad de aquella carbonilla lograban un par de días confortables en el bar.

—¿Me dices cuál es la parroquia donde puedo encontrar al cura? —preguntó Emilio.

—Tengo mala memoria para los santos, pero creo que es la de Nuestra Madre del Dolor, si no la han quemado ya. Allí residen los terciarios capuchinos.

—Pero tú me hablas de un jesuita, ¿no?

—Un jesuita que se camufla entre colegas para seguir dando, a su manera, la batalla. Técnicas de guerrilla. En situaciones de emergencia, se aprenden de prisa.

—Irene, ha sido un placer conocerte. Aún recuerdo el día en que vi tu rostro por primera vez. Era tu foto; en *La Voz* te presentaban como la «activa, resuelta e inteligentísima» corresponsal de Londres. Se quedaron cortos.

—¿Siempre tratas así a las mujeres?

—Generalmente, sólo a las solteras.

—Pues gracias por hacer una excepción, en los ambientes que me rodean no son corrientes los piropos.

—Dale recuerdos a César y dile que, cuando regrese al Círculo, seguiré sin haber escrito una novela.

—¡Salud, camarada! —lo despidió, con un gesto entre afable y cómplice.

Emilio salió, pero la sonrisa de Irene siguió iluminando aquel bar de techos altos y horas anchas. La compañera periodista —tal vez debería pensar en ella como la camarada De Falcón— dedicaba ahora sus monerías al niño de la cara de carbón. El contraste entre la rutilante dentadura de la joven y el hollín que tiznaba los pómulos del pequeño llevó a Emilio a trasladar mentalmente aquella escena al cinema, en blanco y negro.

La boca de metro más cercana no lo era tanto, pero Emilio consultó su reloj y estimó que disponía de tiempo suficiente para descartar el autobús y caminar un rato hasta la próxima estación, oreando las ideas antes de tomar el tren que le llevase, bajo tierra, al trabajo. O sea, que un sacerdote jesuita había preguntado a Irene por el Sinaítico, se repetía, sin comprender qué pintaban otros buscadores en aquella historia. De la Compañía de Jesús sólo conocía los avatares políticos y su negativa a someterse al régimen republicano. De las congregaciones católicas en general no conservaba precisamente un grato recuerdo. Había pasado varios años como «interno» en un colegio de frailes, cuando sus padres se empeñaron en malgastar los escasos caudales familiares en convertirlo en un proyecto de seminarista. Por suerte, su carácter contestatario y ciertos ignominiosos secretos que sólo los alumnos mayores se atrevían a mencionar le hicieron fugarse a Madrid. Allí recaló con algunas nociones de latín, de historia y de trigonometría, y con una corrección gramatical y una limpieza ortográfica impecables a las que también colaboró la obsesiva lectura de algunas novelas que los curas perseguían como a ratones que estuviesen royendo los sesos de los alumnos. Esas asignaturas, junto a las maldades que se aprenden entre hombrecitos separados de la vida real durante años, sirvieron para retacar los huecos de su maleta.

Pasadas las horas de mayor trajín, el metro de Madrid desprendía olor a aceite y los silencios alicatados eran más poderosos que las voces de los ya escasos viajeros. El ferrocarril subterráneo constituía un invernadero de mendigos que buscaban limosna con las espaldas vencidas sobre paredes sudorosas. Esa tripa cableada constituía el único refugio templado que la contemporaneidad brindaba a los desempleados y a los míseros indigentes que intentaban conseguir unos céntimos mediante los más variados e insólitos métodos. Era así hasta que llegaban los guardias con la ley de vagos grabada en sus porras. Durante la espera, Emilio se fijó en uno de aquellos hombres estigmatizados por la miseria urbana con la misma vehemencia con la que a otros les agraciaba la lotería o les sonreían los negocios especulativos. Una manta de cuadros azules, que aparentaba dar cobijo a tantos insectos como bolas de pelusa, era la única protección de aquel anciano, que se lo quedó mirando fijamente con unos ojos hundidos por los años y seguramente por alguna enfermedad relacionada con la desnutrición. El resto era barba ganada por las canas.

—¿Quieres saber tu futuro? —le preguntó a Emilio.

—Sólo si lo puedo cambiar...

—Pides demasiado, ésa no está entre mis habilidades.

—¿Cuánto me pides por la faena?

—Cinco céntimos.

—¿Y qué haces?

—Escruto el iris ocular, interpreto los posos... En tu caso, será lo primero, a no ser que invites a un café y podamos ver qué dejas en el fondo de la taza.

—Venga, ponte con el iris —aceptó Emilio, con la intención de acabar lo antes posible y llegar al trabajo a una hora respetable.

De los pliegues de aquella manta raída surgieron dos manos. Con una de ellas, el hombre sostenía un monóculo que colocó entre su ojo derecho y el ojo izquierdo de Emilio.

—Mira hacia mañana —le pidió mientras buscaba el enfoque.

El periodista no sabía dónde quedaba mañana, pero dejó la vista perdida, más allá de las paredes de aquel andén, tal vez en las profundidades del túnel.

—Has estado con una mujer —fue la primera, en la frente.

—Sí, pero nada clandestino, sólo de charla —se apresuró a aclarar Emilio.

—Ella no tiene lo que buscas —añadió el mendigo mientras hacía pequeños movimientos circulares con aquella lente alrededor de la pupila de su cliente—. Aquello que persigues lo encontrarás en otra —continuó.

—¿Ves algo de un libro? —preguntó Emilio, algo incómodo.

—Veo letras, pero tal vez sea por tu trabajo. ¿Son letras lo que estás buscando?

—Creo que sí.

—Son extrañas, no como las de un periódico que también puedo ver. No sé leerlas. La tinta de esas letras...

—¿Qué le pasa?

—¡No es tinta! ¡Es cieno de los cementerios, lodo del sacramental!

Emilio trató de alejarse de aquel cristal, que parecía saber demasiado, pero el hombre se encaramó todavía más sobre él.

—Calma, yo sólo digo lo que veo —añadió el adivino tratando de sosegar a Emilio, a la vez que volvía a girar el monóculo, ahora ante el otro ojo del periodista.

—La mujer... tendrás que buscarla si quieres restañar su aura. Tú tienes esa potestad, te la han transmitido...

Emilio sacudió la cabeza para quitarse de encima aquella lupa y escabullirse del hombre sabelotodo, que volvió a camuflar en la manta sus manos con los cinco céntimos recién llegados. En ese momento paró el tren. A los pocos segundos, se llevó al redactor y, con él, la primera ración de futuro de compra y venta.

Emilio descendió sin aglomeraciones en la estación de la glorieta de Bilbao. A otra hora habría salido del tren como de una tolva, pero ahora el ambiente era pacífico. Un mendigo con las piernas amputadas de raíz se le acercó enérgico, impulsado desde el suelo por sus manos, que le permitían avanzar con un curioso y vivo balanceo.

—¿Quieres que te eche las cartas? Sólo son quince céntimos.

—No, gracias. Nunca he confiado en tener mucho futuro, pero creo que por hoy ya he tenido bastante.

El mendigo ya había extraído una baraja mugrienta del bolsillo de su chaqueta, del que también asomaban unas inexplicables alpargatas con suela de esparto. Comenzó a abrir el mazo en forma de abanico.

—¡Hombre de Dios, cambia de baraja! Si te cortas con una de esas espadas, te mueres de gangrena —le recomendó Emilio.

—Amigo, no es tan fácil encontrar una baraja en Madrid. ¡No tienes ni idea de cómo están las cosas!

En medio de tanto episodio esotérico, el periodista había vuelto a ocupar su cuerpo y ya volvía a mandar sobre su voluntad.

—Ah, ¿sí?, ¿por qué? —preguntó, pensando en que allí podía haber un reportaje.

—Los que juegan en los «prohibidos» se las llevan todas. Ni las dejan salir de los almacenes. Madrid está desabastecido de naipes por culpa de los casinos ilegales. Para colmo se ha puesto de moda la baraja republicana. Las imprentas han cambiado los moldes. ¿La has visto?

—¿Cuál?, ¿la de los reyes decapitados?

—No, ésa es la francesa, me refiero a una en la que la sota lleva un gorro frigio y los caballos son de la Guardia Presidencial. A mí no me sirve para la cartomancia.

—Mira, no pierdas más tiempo conmigo. Además, llegaré tarde al trabajo.

—¿Qué tal esa mujer?

—¿Qué mujer? —contestó Emilio, confuso.

—La que vienes de ver.

Desde luego, si aquel desgraciado hubiese estado en la chocolatería, no le habría pasado inadvertido. Nadie había podido husmear en su conversación con Irene, y mucho menos aquella colección de mendigos de los andenes soterrados de Madrid. Emilio se agachó para ponerse a la altura de su interlocutor y amedrentarlo.

—Oye, supongo que has oído hablar del inspector Gisbert, pues resulta que me debe tantos favores que podría pedirle que te desmantele el negocio de las cartas y te requise la recaudación cuando me diese la gana. O sea, que explícate: ¿cómo sabes de dónde vengo?

El pordiosero se achantó.

—¡No me compliques la vida, por favor! Sólo es un truco. Fíjate en ti: un hombre que está a media mañana en una estación de metro no se dirige precisamente a trabajar. Moverse bajo tierra te protege de las miradas indiscretas. Si además vienes tan bien vestido, si los zapatos están lustrosos, será porque has estado rondando a una hembra o irás en su busca. Medio Madrid lo hace, ¡tú sólo eres uno más!

—¿Y sabes si también me veré con un cura?

—¿Lo tuyo es vicio? —respondió el menesteroso, muy socarrón.

—¿Y un libro?, ¿se me nota que lo estoy buscando?

—Eso podría ser, pero si no veo quince céntimos, no me inspiro. ¿Te echo las cartas o no?

Indudablemente, este sacacuartos era tan buen observador como el anciano del monóculo, pero el reportero consideró mejor gastados los primeros cinco céntimos, un precio por el que había obtenido algo más de intriga. El tullido subió la escalera empujado por sus manos, que había enfundado en las alpargatas. Los guardias se aproximaban desde el otro extremo en busca de algún indigente al que echar el guante.

Emilio salió de allí antes de que apareciese otro adivino. Cuando ya perdía de vista la boca de la estación, se volvió y creyó ver al lisiado charlando con un hombre de su misma altura. De inmediato dedujo que no se trataba de otro ser humano cortado por la mitad, sino de un sujeto que, agachado, escuchaba lo que le estaba contando el supuesto cartomante, a quien, sin quererlo, el reportero acababa de revelarle información sobre su entrevista con Irene y sus intenciones de encontrarse con un sacerdote y hallar un libro.

—Hola, Emilio.

Visi le hizo una seña casi imperceptible con las cejas, que dirigió hacia los cuatro jóvenes reunidos en una esquina del recibidor del periódico. El redactor se acercó a ellos con semblante amistoso.

—¿Me buscáis? Soy Emilio Ruiz.

—Sí, señor Ruiz. Nos han dicho que aquí podríamos encontrarlo.

—Y aquí estoy. ¿Qué se os antoja?

—Somos estudiantes de Medicina, ¿sabe?, compañeros de Ramón Panal, el joven al que...

—¡Ah, el muchacho al que abatieron esta mañana a las puertas de vuestra facultad! —añadió Emilio, en un lenguaje que le pareció lo bastante periodístico para denotar que se había interesado por el caso desde una perspectiva estrictamente profesional.

—Nos han dicho que esta mañana estuvo usted por allí. Sólo queremos saber qué ha pasado. Era un muchacho sensacional.

—Que lo fuese no os ayudará mucho. Generalmente, cuando alguien se muere, su ataúd queda atiborrado de encomios. Las alabanzas son consustanciales al muerto.

—Pero es que Ramón lo era..., un tío estupendo, formal... —dijo el que parecía más joven—. Y, además, no pertenecía a la FUE.

Esa afirmación diluyó todos los tópicos anteriores. Que no estuviese afiliado a la organización que buscaban los falangistas era un dato más que relevante.

—Simpatizaba con nosotros, pero tampoco era enemigo de los chicos de las juventudes monárquicas, o de los comunistas...

—O sea, que pensáis que no fue la Falange la que le metió dos tiros.

—No lo sabemos. Los falangistas se presentan cada poco en nuestras instalaciones y habían amenazado con volver armados con pistolas..., pero yo creo que Ramón no estaba entre sus objetivos. Lo debieron de confundir con otro.

—Y ahora tenéis miedo de que vengan a buscar al otro y de que en realidad ese otro sea alguno de vosotros —replicó Emilio, que no creía en valores como la solidaridad juvenil.

—No, sólo queremos que atrapen al asesino y lo lleven ante el Tribunal de Urgencia. Ramón lo merece. Él ni siquiera pediría venganza si su muerte hubiera sido fortuita.

A Emilio le dio la impresión de que en la Facultad de Medicina de San Carlos debían de practicar frecuentes trepanaciones de cerebro entre alumnos voluntarios. No se podía ser tan inocente.

—Además —siguió el estudiante—, si un asunto así queda en manos de las autoridades policiales, puede que nadie llegue hasta el final. Ya sabe que prefieren tapar a un muerto que agitarlo ante la sociedad para que se convierta en motivo de nuevos disturbios. Señor Ruiz, si no se fía de nosotros, vaya a la Residencia de Estudiantes a preguntar por él. Allí le podrán confirmar que ese chico jamás se metió en un lío.

—Pues para uno en que se mete... —dijo Emilio, sin darse cuenta de lo inapropiado de su comentario—. En fin, yo confío en que la policía hará bien su labor.

Se observaron entre ellos y Emilio también los repasó a todos con la mirada. Aunque bajo aquellos sanos aspectos había, sin duda, agitadores universitarios algo dinamiteros, no tenían pinta de que las fuerzas del orden los persiguieran. Por fin, el que no había hablado se dispuso a intervenir.

—La policía sólo quiere cazar izquierdistas. Desde que han cambiado las cosas en el gobierno, parece que los de Falange Española actúan con total impunidad. ¡Como si ellos no propugnasen un motín social de irreparables consecuencias!

Estaba claro, aquél era el ideólogo de la FUE de San Carlos.

—El problema es que yo soy un simple redactor de sucesos —intentó aclararles Emilio.

—Usted es la última esperanza de la justicia.

—Justicia y esperanza son dos señoras que no se ven muy a menudo —sentenció el redactor antes de prometerles interesarse por el caso y acompañarlos hasta la puerta.

Algunos metros más allá, un coche comenzó a desplazarse hacia atrás, como queriendo apartarse de su vista. Cuando Emilio salió para despedirse, el automóvil estaba ya enderezando el rumbo en la perpendicular calle de Sagasta.

Desde el teléfono de redacción, el reportero empezó a dar volteretas al lapicero entre sus dedos mientras esperaba la llamada que le había pedido a Juani.

—Gisbert... —dijo al descolgar.

—¡Hombre, Emilio! ¿Ya has preparado esa columna?

—No es una columna, son tres, pero todavía no son capaces de sostener una información consistente. ¿Tienes algo más sobre el caso?

—Al pobre muchacho le han hecho la autopsia. Han participado sus profesores; o sea, que es un informe irrevocable.

—¿Y qué dice?

—Nada nuevo: dos disparos por la espalda, uno de ellos mortal de necesidad, y una pedrada en la cabeza, propinada de cerca, cuando estaba ya en el suelo.

—Y de sus afiliaciones, ¿qué se sabe?

—Poca cosa. Está limpio como una patena.

Un chico «limpio» y una muerte sucia, aquello prometía cada vez más.

—¿Y los testigos?

—Los compañeros no pueden aportar demasiado. Dicen que todo fue muy confuso. Salieron corriendo cuando los falangistas los persiguieron. El tal Ramón Panal se quedó un poco rezagado, pero también corría. Entonces llegó el pelotón de guardias y, según cuentan, casi lo patearon porque ya estaba en el suelo.

—Ya. Sigue atento al caso. Tengo la impresión de que detrás de todo esto se oculta algo gordo.

—Joder, Emilio. Yo te digo que esto tan sólo es resultado de la agitación callejera. El chico estaba donde no debía cuando no debía. Quizá lo confundieron con otro estudiante, pero nada más.

—Hazme caso, Vicente. Aquí hay gato encerrado y ha empezado a arañar la caja. ¿Has hablado con sus padres, con alguien de la familia que nos pueda contar algo más del chaval?

—Su padre es médico en Cádiz, muy afamado, por lo visto. Llegará hoy, pero sólo para llevarse el cadáver. No sabemos que tenga más familia o allegados en Madrid.

—Pues habrá que buscarlos. Los compañeros le tenían mucho aprecio. Seguro que hay alguien que nos puede decir más.

—Emilio, eres un poco trapisondista, ¿no te parece?

—Ojalá.

Una vez más, las despedidas se cruzaron con los teléfonos desconectados.

Cuando Carrerilla llegó, el redactor dejó de escribir aquel absurdo asalto a un colmado del que dos ladrones habían conseguido llevarse varios fardos de unto que no quisieron soltar cuando comenzó la persecución policial. Tanto peso suspendido de las manos sólo podía acabar en captura. Emilio pensó que podrían haber elegido cualquier otro género más valioso y ligero, pero, afortunadamente para él, desconocía la mecánica del hambre que impulsaba a muchos madrileños a estrenarse como delincuentes en fechorías tan descabelladas como aquélla.

—Carrerilla, ¿cómo se llaman esos coches americanos, los de la General Motors?

Miguelito dedicaba una vieja caja de botas a guardar recortes del periódico con las fotos de los vehículos que enloquecían a los españoles. Los pegaba en las fichas que le regalaban en la redacción y los clasificaba por marcas y modelos. Soñaba con poder conducir algún día uno de aquellos Renault Primaquatre descapotables para sortear con él los tranvías del paseo de la Castellana, a los que sacaría la lengua, excepto cuando lloviese y se viese obligado a desplegar la capota. Entonces les haría un corte de mangas.

—Buick, Oldsmobile, Cadillac...

—Coño, te los sabes de carrerilla —le interrumpió Emilio sin ánimo de hacer un chiste malo con el sobrenombre del chiquillo. Carrerilla, que no se había parado a pensar en lo que le decía su amigo, continuó con el rosario de marcas que tantas veces había repetido en silencio, como si se tratase de un sortilegio que le acercase a la posesión de alguno de ellos.

—... La Salle, Pontiac, Chevrolet...

—¡Chevrolet! ¡Eso es, un Chevrolet! —exclamó el periodista.

—¿Cuál, el de dos tiempos o el de cuatro? —preguntó el niño, con la ilusión de quien participa en un concurso radiofónico y se puede llevar un premio.

—De momento, será el de dos: apareció ayer por primera vez y creo que el que acabo de ver era el mismo... Ahora, ven conmigo, te invito a unas aceitunas que te van a dar energía para recorrer Madrid entero, ida y vuelta.

—Pero rellenas, ¿eh? —reclamó Carrerilla mientras cambiaba de mano el fajo de periódicos que pensaba vender en cuanto saliese del bar, o mejor, en el mismo bar.

Visi se los quedó mirando. Mientras salían por la puerta, se preguntó adónde irían aquellos dos mocosos.

## CAPÍTULO 8

## EL CAIRO

Dos niños cairotas, negros como el chocolate, esparcían el agua de sus cántaros por la polvorienta calle Ibrahim Pasha. Destacaban entre el resto de los transeúntes porque iban muy elegantes: pantalones bombachos que les llegaban por debajo de las rodillas, una ancha faja decorativa atada al vientre, camisas de seda blanca cubiertas con brillantes chalecos amarillos y gorros también blancos que se ajustaban a sus cabezas. Caminaban delante de la banda de música que en ese momento desfilaba al son de marchas militares enfrente de la terraza del distinguido hotel Shepheard. Von Tischendorf y el resto de los huéspedes agradecían la labor de aquellos chicos, ya que con el agua evitaban que todo se llenara de polvo al paso firme de las botas de los intérpretes.

La verja metálica que servía de linde entre la calle y el establecimiento era la verdadera frontera entre Oriente y Occidente: quien subía los diez peldaños del porche entraba en Europa, y aquel que los bajaba se sumergía de nuevo en El Cairo árabe.

La zona era un jolgorio de trompetas y tambores que se mezclaban con los gritos de los dueños de los asnos de alquiler que anunciaban sus ofertas: «¡Un burro todo el día, quince piastras, tres chelines! ¡Todo el día!» Aquél era un precio muy inferior a la libra que costaba un coche de caballos con conductor y traductor, sesenta chelines si quien lo alquilaba era cliente del hotel. La escena callejera se completaba con la presencia de vendedores ambulantes de agua con sus aljibes al hombro, malabaristas, pordioseros, mujeres que llevaban jarros sobre sus cabezas... Una riada humana que ese día se detenía al paso de la caravana musical.

Mientras, por detrás, elevados un metro sobre la calzada gracias a la terraza del hotel, estaban los turistas occidentales. Disfrutaban del espectáculo tranquilos, sentados en sillas de madera y mimbre, tumbonas, sillones de lectura, mecedoras y cualquier otro tipo de mueble que les permitiera estar cómodos. Eran los habitantes de aquella elitista superficie donde el lujo se situaba a la suficiente distancia y altura del lumpen como para no mezclarse con él. Desde su plataforma podían mirar y escuchar los espectáculos callejeros expuestos a los juegos de sol y sombra que proporcionaba el alto pórtico metálico, combinado con las palmeras plantadas alrededor de la terraza y en los jardines contiguos. Hombres de negocios, inválidos en busca de un lugar seco en el que invernar, ingenieros, militares, entusiastas cazadores de cocodrilos, diplomáticos, egiptólogos, algunos aventureros y vendedores: todo tipo de forasteros que llenaban las habitaciones, la terraza y los comedores del hotel fundado por el inglés Samuel Shepheard pocos años atrás, prácticamente cuando Von Tischendorf realizó su primer viaje a Egipto. El servicio estaba formado por cocineros franceses e ítalo-alemanes, amas de llaves suizas, músicos británicos y camareros egipcios o sudaneses. El Shepheard era una isla de lujo en aquella caótica ciudad, un rincón occidental incrustado en el misterioso Oriente. Se había convertido en el lugar para ver y que te vieran en la capital egipcia.

Von Tischendorf madrugó para desayunar en el famoso comedor del establecimiento antes de su cita con el abad-arzobispo del monasterio del Sinaí, Agathangelos. Los fogones estaban en manos de un cocinero tan italiano en la imaginación de sus recetas y en su labia como su nombre, y tan centroeuropeo en la precisión de los horarios como su apellido: Luigi Steinschneider, al que Von Tischendorf solía saludar para poder hablar un rato en alemán. El desayuno de esa mañana había consistido en huevos con beicon, patatas fritas, tortitas de queso y patata, algo de fiambre, frutas y café. Satisfecho por el menú, el profesor salió al exterior y se sentó en la terraza.

Desde allí, mientras tomaba un vaso de agua en una mesa, vio acercarse al abad, tal como habían quedado. Era la segunda vez que se encontraban en la ciudad. Hacía apenas dos semanas, nada más llegar de nuevo a El Cairo, Von Tischendorf logró convencer al religioso de la importancia de trasladar allí las hojas de la Biblia y obtuvo su permiso para poder recoger el códice del monasterio. Sheik, el jefe de su equipo de beduinos, había vuelto de inmediato por la misma ruta que acababan de transitar con el objetivo de traerlo a la capital. Desde la noche anterior sabía por un mensaje que el códex se alojaba ya en el templo que la comunidad de monjes de Santa Catalina tenía en la ciudad, como habían acordado. Sólo le faltaba ahora pactar las condiciones en que le iban a permitir trabajar con él.

Agathangelos llegó a la terraza ataviado de negro, con su capa, su sotana y el característico klobuk, el singular sombrero cubierto de un velo que caía sobre los hombros y espalda, y que señalaba la alta posición del religioso. Iba acompañado de otros dos monjes con capas de rayas marrones y beis que cubrían sus hábitos blancos. El alemán se levantó para saludar.

—Buenos días, reverendísimo padre, gracias por acercarse a verme.

—Gracia y paz, Von Tischendorf. Siempre es bueno tener una excusa para visitar la terraza del Shepheard. Aquí es donde circulan todas las noticias, verdaderas y falsas, sobre este país, su presente y su futuro. Y siempre hay algún espectáculo que uno no encuentra más que en este barrio. ¿Le gustan estas bandas musicales que tocan para los turistas? Son canciones europeas, le traerán recuerdos.

—Me los traen, su beatitud, precisamente estaba pensando en unas letras que acabo de enviar a mi esposa sobre lo diferente que es la gente en estos pagos. Siéntense, por favor, y tomen algo conmigo.

El arzobispo fue el único que se sentó, mientras los otros dos hermanos que le acompañaban se quedaron de pie contemplando el pasacalle. El biblista hizo un gesto a uno de los camareros, un hombre negro vestido con una chaquetilla roja y un pequeño sombrero turco, para que le sirviera más agua.

—Señor Von Tischendorf, como ya sabrá, su guía beduino, Sheik, llegó ayer por la noche a El Cairo. Ha tardado sólo doce días en ir hasta el Sinaí y volver. No he conocido un viaje más rápido en mi vida. Debería usted agradecérselo. Ha traído con él la Biblia griega que tanto desea.

—Le he prometido a Sheik una buena recompensa por su celeridad. Le considero un buen sirviente y amigo, además de ser, como ha demostrado, el que mejor conoce la ruta hasta el monte sagrado.

El religioso, ya acomodado, comenzó a explicar sus intenciones.

—Querido Von Tischendorf, he pensado que le vamos a permitir trabajar con el libro de la siguiente forma: podrá recoger cada vez ocho hojas para copiar que le entregará el sacristán del Metokion, nuestra iglesia-embajada de El Cairo. Cuando acabe con ellas y las devuelva, le entregaremos otras ocho. Mientras, la Biblia estará custodiada por los hermanos en nuestra capilla de esta ciudad. Si acepta estas condiciones, tiene usted toda la libertad del mundo para empezar a trabajar con la transcripción.

—Muchas gracias, excelentísimo. Comenzaré mañana mismo. He buscado a otros dos compatriotas que dominan la lengua griega, un médico y su auxiliar, para que me ayuden. Yo creo que, después de unos tres o cuatro meses trabajando a destajo, habremos acabado la copia.

—Y, permítame la curiosidad, ¿qué intuye que será lo más importante que puede encontrar en su estudio?

—Eminencia, yo confío en corroborar aquello en lo que los cristianos creemos a través del documento más cercano a los tiempos en que vivió nuestro Señor. Si así fuese, como espero, muchas bocas que hoy cuestionan la veracidad de nuestra historia sagrada tendrían que callar.

—Que Dios le escuche. Estoy seguro, señor Von Tischendorf, de que hará usted un buen trabajo. Ahora he de irme, ya que otros asuntos urgentes nos reclaman, como creo que sabe. Es muy probable que tenga que desplazarme a Constantinopla en los próximos días. La elección de mi superior, el nuevo arzobispo de la iglesia del Sinaí, a la que pertenece nuestro monasterio, está resultando compleja. Será usted bienvenido en nuestra casa, donde le esperan sus primeras hojas, aunque me han dicho que ya consiguió copiar la Epístola de Bernabé en Santa Catalina.

—Así es, pero me gustaría volver a hacerlo con tranquilidad y medios más apropiados. En cualquier caso, tengo por delante más de cien mil líneas de texto a las que quisiera añadir todas las notas que los copistas y estudiosos han ido dejando en el libro a lo largo de los siglos.

—Lo dicho entonces: será usted bienvenido en nuestra iglesia cuanto antes para empezar esa tarea. Si no le veo, mucha suerte con su trabajo, profesor. Yo le bendigo. Que Dios también le bendiga y le guarde.

Von Tischendorf observó cómo el abad y los dos hermanos se iban, sorteando a vendedores, a mendigos, incluso a un encantador de serpientes, que llamaban la atención de los huéspedes del hotel con la pretensión de que alguna rupia se escapara de sus bolsillos en pago por unos minutos de entretenimiento exótico o por alguna compra de artesanía. Vendían su mercancía por un precio que, aun siendo más de veinte veces superior al usual, a los extranjeros les parecía una ganga. Se detuvieron un momento delante del árbol de Kléber, donde un estudiante sirio había asesinado al general napoleónico. El profesor recordó que se trataba de otro de los muchos personajes ilustres en la lista de protectores de Santa Catalina: aquel militar que había ayudado a la comunidad ortodoxa a reparar la muralla del monasterio enviando al Sinaí a obreros, soldados y arqueólogos. Los monjes siempre le habían estado agradecidos. Tras un minuto rezando delante del árbol, los religiosos se santiguaron y, ajenos al resto de las ofertas de los vendedores ambulantes, desaparecieron entre el gentío pocos metros más allá.

En ese momento, Luigi, el cocinero, se acercó a la mesa del profesor con su ayudante, que le seguía a un par de pasos de distancia.

—*Guten Morgen*, Luigi. ¡Cuántos días sin verte! Siempre son un placer tus desayunos cuando uno ha pasado tanto tiempo en el desierto.

—Es usted muy amable, señor Von Tischendorf. Me han avisado los camareros de que nos visitaba de nuevo y he querido saludarle. ¿Qué tal le fueron sus asuntos por el sur de Egipto?

—Estupendamente, Luigi. Todo en orden. Regresé ya hace unos días. ¿Hay novedades con ese famoso canal que quieren construir en Suez? El hotel está repleto de huéspedes. Se diría que ya estuviese abierta esa nueva vía marítima y que hubiesen llegado a la vez todos los barcos del mar Rojo y del Mediterráneo y hubiesen desembarcado sus tripulaciones. ¡No va usted a parar de preparar huevos con beicon y café!

—Deben de estar a punto de comenzar la obra, Von Tischendorf. Cada vez arriban a El Cairo más ingenieros y obreros franceses y de otras partes. Dicen que están trayendo a miles de trabajadores de todo Egipto para empezar las excavaciones. Hablan de comenzar esta primavera. Este país está de moda.

Luigi hizo un gesto a su acompañante para que se aproximase.

—Por cierto, quiero presentarle a mi ayudante, un español, Francisco Pérez. Le conté que lo conocía y que era usted ahora un emisario de su majestad el zar Alejandro II de todas las Rusias. Está empeñado en servir en la corte de San Petersburgo y quiere saber si le puede orientar. Disculpe mi atrevimiento, pero me gustaría recomendárselo, es una persona de fiar y el mejor asistente que he tenido. En el peor de los casos, si no puede ayudarle, al menos lo conocerá y si algún día yo ya no estoy por aquí, cuando él sea el jefe de esta cocina y usted retorne por estos lares, Francisco seguirá tratándole a cuerpo de rey en este comedor. Es el inventor de esas tortitas de queso y patata que ha tomado usted. Me ha parecido buena idea que se conozcan.

—Cualquiera es bienvenido si llega de tu parte. Cuénteme algo sobre usted, señor Pérez. ¿Por qué quiere irse a Rusia cuando todo el mundo viene a Egipto?

Francisco Pérez era un hombre joven no demasiado alto. Su cabello rubio emparentaba con unos ojos azul celta que brillaban y se movían con viveza, como si absorbieran todos los detalles de lo que pasaba a su alrededor. Ataviado con un impecable delantal blanco, sus modales resultaban elegantes.

—Es un placer, señor Von Tischendorf, y gracias por escucharme —se presentó el español—. Tengo treinta años y hablo varios idiomas: portugués, francés, griego y, por supuesto, español. Además, ahora estoy aprendiendo ruso y alemán. Me gustan los hoteles, adoro trabajar en ellos y, aunque estoy encantado con mi oficio de cocinero, me gustaría cambiar por un tiempo este calor asfixiante por el frío del norte. He visto imágenes en algunos de los diarios sobre la corte rusa y creo que ése es mi destino.

—¿Busca usted aventuras, señor Pérez? Porque para eso este país es uno de los mejores, no necesita moverse.

—No soy un aventurero, señor —puntualizó el cocinero—. Mi superior, Steinschneider, puede darle fe de mi dedicación al trabajo y a los clientes. Nunca ha habido una queja, sino al contrario. Me esfuerzo de sol a sol con una sonrisa. Los clientes me aprecian porque puedo hablar con casi todos ellos con fluidez y los ayudo a navegar en esta exótica ciudad tan difícil de comprender para el extranjero. —Su mirada se evadió durante unos instantes—. Tengo un hijo de diez años en España al que no veo desde hace ya cuatro. Dispongo de algunos ahorros y me gustaría volver a mi país, preocuparme por los asuntos de mi familia, ver si todo sigue en orden e irme con ellos al norte de Europa para que ese niño logre otra educación y vea mundo, como su padre. Usted no conoce la mísera vida en las aldeas de mi patria, nada tiene que ver con El Cairo ni con Alemania o con Rusia.

Von Tischendorf comenzaba a dar muestras de aprobación ante la voluntad de Pérez, que siguió explicándose.

—Me gustaría servir en una corte, aprender otros idiomas y costumbres. Además, aunque mis padres y mis abuelos eran católicos, mis viajes hicieron que abrazara la fe ortodoxa y eso me lleva a buscar países en los que mi alma está más tranquila, rodeada de mis hermanos. Luigi dice que usted tiene muy buenas relaciones con la corte rusa. Si le pareciera adecuado, sólo necesitaría una carta de presentación para cuando me vaya.

—Me gustaría ayudarle, Francisco, pero poco puedo hacer, porque mi influencia no va más allá de la misión que tengo encomendada: mejorar la Biblioteca Imperial de su majestad.

—Si me ayuda, puedo trabajar a su servicio para resarcirle.

Von Tischendorf dudó un segundo.

—¿Ha dicho que sabe usted griego, Francisco? —le preguntó.

—Cuando era muy joven, durante mi estancia en Grecia, estudié en un seminario en Corfú. Los padres me instruyeron con ahínco, además de convertirme a sus creencias. Conozco perfectamente los textos sagrados. En algún momento llegué a pensar en tomar los hábitos, pero mi personalidad me impedía echar raíces. En la propia Corfú fui *maître* de un balneario durante dos años. Señor, ¡soy capaz de leer los clásicos en griego con fluidez! También le puede pedir mis referencias al vicecónsul español en El Cairo, don Bernardo Lescura. Algunas veces traduzco escritos para nuestra legación diplomática en Egipto y le ayudo con los textos legales en griego.

—Y, con tanta actividad, ¿le queda alguna hora libre en la cocina de Luigi? —dijo el alemán, dirigiendo una mirada cómplice al cocinero.

—Pocas, pero una vez que acabemos de recoger las comidas puedo dedicar la tarde a trabajar para usted, antes de empezar el turno de las cenas. No me importaría hacerlo. ¡Póngame a prueba! —replicó con tesón.

—De acuerdo. Le pagaré cuatro libras al mes si me ayuda con un trabajo en el que también participarán dos profesores alemanes. Venga a verme mañana después del almuerzo al hotel Las Pirámides. Las dietas del zar no alcanzan para alojarme en el Shepheard —añadió Constantino, sonriendo—. Si hace su trabajo con diligencia, prometo entregarle una carta de recomendación para el ministro ruso de Cultura, que es quien me ayudó a organizar mi expedición. Tenga la seguridad de que al menos la leerá.

A Francisco se le iluminó la cara gracias a aquella pequeña rendija que se acababa de abrir para organizar su viaje a Rusia.

—Gracias, profesor. No se arrepentirá. Gracias, Luigi, eres un gran amigo.

—Los españoles son unos testarudos, Von Tischendorf —dijo Luigi—, por eso estoy seguro de que Francisco acabará sirviendo a la Gran Duquesa en el Palacio de Invierno.

El alemán se levantó y extendió su mano a los dos cocineros.

—Vayan con Dios y sigan preparando estos desayunos: son los mejores de El Cairo. Francisco, mañana nos vemos. *Auf Wiedersehen*, Luigi.

Von Tischendorf recogió su periódico, pagó el agua y abandonó la terraza. Bajó la escalera de entrada al Shepheard para toparse con varios vendedores y dueños de burros que ofrecían sus servicios para llevarle a donde quisiera. Pasó al lado de un francés con traje y bombín que, acompañado de una elegante señora, preguntaba cómo llegar al mercado de esclavos. Caminando por las calles de El Cairo, se dirigió a su modesto hotel para prepararlo todo antes de ir a recoger sus primeras ocho hojas del Código Sinaítico. Los misterios de aquella Biblia iban a empezar a desvelarse pronto.

## CAPÍTULO 9

—

## LA BIBLIOTECARIA

—Si viene a buscar una provisión de perdón o un simple consuelo para su alma, hable con el padre Gustavo, que es el titular y quien decide cuál de nosotros administra y en qué medida.

—Perdón, padre... —respondió Emilio, a la espera de un nombre de pila.

—Padre Miguel Ángel —dijo aquel sacerdote que seguía de espaldas.

El cura estaba ante una pequeña ventana por la que se colaba la luz de invierno. Estaba trabajando sobre una pila de papeles bajo los que costaba ver las patas de una mesa de escritorio.

—Es usted el representante de la Compañía de Jesús en esta parroquia, ¿verdad?

En aquello de las sotanas había, como en otras indumentarias, diferentes cortes y estilos adaptados al gusto del caballero, pero Emilio, en cualquiera de sus manifestaciones, las consideraba como una prenda diseñada para morirse dentro sin haber sabido qué había pasado fuera. La del cura que le había recibido en la puerta era la clásica, la que convertía al hombre, si no era demasiado magro, en párroco de barrio ávido de donativos. Sin embargo, el del jesuita era un hábito menos convencional, con un abundante vuelo de faldón facilitado por varios frunces al final de la espalda y ajustado al torso mediante una larga hilera de botones forrados de raso. Era una sotana *dernier cri* sobre un cuerpo excesivamente alimentado. El alzacuello no variaba: siempre era el mismo precinto, y su función consistía en impedir que los secretos saliesen limpios a través de la garganta.

—Pues sí, yo soy el jesuita —contestó por fin, mientras se giraba hacia el recién llegado—. Le resultará extraño encontrarme así, con la vestimenta talar. Las autoridades nos obligan a vestir de civiles, pero a mí me resulta una irreverencia estar en la casa del Señor sin mostrarle los debidos respetos. No busca confesión ni consejo, entonces.

—Puede que en otro momento intente procurarme la salvación, pero mientras me dedico en cuerpo y alma a lo contrario, lo único que pretendo encontrar es algo de información. Soy periodista; de *La Voz*, ¿sabe?

—¡Ah!, tal vez le sorprenda conocer que utilizo su periódico para tener noticia de lo que pasa en el extranjero. De este país no hace falta saber demasiados detalles. La mayor parte son descorazonadores.

Emilio dudó sobre la sinceridad del cura, pero era cierto que aquella casa parroquial que compartía con el tal padre Gustavo contenía abundantes cúmulos de periódicos y revistas del más variado pelaje.

—Mire, mire usted a su alrededor si no me cree, don... —dijo el jesuita, también a la espera de un nombre.

—Emilio, Emilio Ruiz.

—Todo esto que ve son periódicos, muchos en otros idiomas. Cuando tu propia patria te ha repudiado, buscas la verdad en la interpretación lejana, desprovista de tanto estruendo.

—¿Y qué es lo que ha encontrado?

—La misma confusión que nos rodea, pero con diferentes acentos. En Alemania, ya sabrá, también nos persiguen; en Rusia nos avasallan; en Italia, en las costillas que guardan el mismísimo corazón de nuestra misión terrenal, nos quieren reventar a base de bombas... Pero, en fin, el Maestro también fue un represaliado, un fugitivo... Sólo hay que saber leer las Escrituras.

—Precisamente quería preguntarle por eso, por la Biblia —aprovechó Emilio la disertación.

—¿La Biblia? ¿También la han censurado los de la República?

—No, que yo sepa, aunque tampoco sería de extrañar, si nos atenemos al gusto que le han tomado a intervenir publicaciones. Vayamos al grano: querría saber si me puede aportar alguna información sobre el Códice Sinaítico.

—¡Ah, el Códice Sinaítico, el también llamado Código Sinaítico, Códex Sinaiticus e incluso Aleph...! —exclamó aquel cura con un tono misterioso que parecía buscar más respuestas que preguntas.

Se retiró los lentes, tal vez seguro de que no iba a necesitar fijar sus ojos en un texto que no estaba a su alcance. Lo que iba a decir se lo sabía de memoria.

—Ya me gustaría poder darle información de primera mano, pero poco sé —comenzó a relatar—. Creo que está en Londres, exhibido en público como un vulgar ladrón al que hubieran reducido y apresado por la fuerza. Fíjese usted, una pieza de un valor espiritual inabarcable se ve ahora convertida en mera mercancía por ingleses y rusos, esos simples aprendices de apóstatas. Los primeros se quedaron a medio camino de la herejía, y los segundos derivaron en completo anatema... Según he visto en la prensa, los británicos han pagado cien mil libras esterlinas, ¡unos cuatro millones de pesetas! ¿Qué le habría costado al gobierno español o a cualquier otro con unas mínimas luces hacerse con un documento así? La palabra de Dios no tiene precio.

Emilio dudó que ningún gobierno, que no fuese el estrafalario Gabinete británico, estuviese dispuesto a pagar una suma tan extraordinaria por un ejemplar de la Biblia, aunque viniese autografiado por los mismísimos evangelistas y contuviese unas fibras de la Sábana Santa a modo de suplemento devocional para sus lectores.

—Pero ¿qué tiene de especial?

—¿El Códex Sinaiticus? ¡Es la Biblia más antigua de cuantas están a nuestro alcance! La podríamos considerar como la madre de todas las que se han copiado después, en ausencia de originales más vetustos u otras reproducciones anteriores conocidas.

El cura se había puesto en pie y, un tanto nervioso, comenzó a moverse entre los muebles de aquella habitación. Embutido en su sotana, se desplazaba como un peón de negras movido por unas invisibles ruedecillas en su base. Aunque no se apreciaban las pisadas ni el doblar de las articulaciones, aquello no era levitar, era el movimiento alocado de un juguete de cuerda. Emilio, también de pie, intentaba seguirlo con la mirada y con el oído.

—¿A qué responde su interés por el códex, si se puede saber? Ya imaginará que mi delicada situación social me obliga a ser suspicaz respecto a las intenciones de las personas que acuden a mí, aunque parezcan bienintencionadas, como es su caso —preguntó el sacerdote.

—¿Que a qué se debe mi interés? Tal vez a que todo aquel a quien pregunto intenta eludir una respuesta clara. Unos correligionarios suyos de la Compañía me han dicho que usted me podría ayudar —mintió el redactor, pensando que si venía de parte de otro jesuita no despertaría sospechas sobre Irene ni habría más preguntas sobre el origen de su inquietud.

—*Quod dare non possis, verbis promittere noli* —continuó el sacerdote, y Emilio entendió lo que decía gracias a los rudimentos de latín que le había proporcionado un fraile en sus tiempos colegiales—. Tampoco vaya a pensar que yo soy un erudito en la materia, pero le diré que, para nosotros, ese libro es muy importante. Demuestra, en primer lugar, que las Sagradas Escrituras no son una invención novelada ni una ficción reescrita: es la pura verdad llegada hasta hoy a través de copias o, como mucho, de traducciones respetuosas. Se trata, por el momento, de la única prueba de que cualquiera de esas Biblias que ve usted por ahí —oteó las estanterías de alrededor, sin éxito— son hijas del original. Han pasado dos mil años, pero la primera piedra en que se asentó este edificio sigue siendo la misma, aunque...

Emilio esperó, como buen periodista, a que completase aquella intrigante y prometedora partícula concesiva.

—Aunque hay algunos detalles... —siguió—. En fin, los concilios siempre han sido recios en sus determinaciones, pero ¿han sido acertados...? La iluminación divina a veces sufre apagones...

—¿A qué se refiere? —inquirió Emilio después de que el cura se detuvo de repente, como si le hubieran fallado los resortes ocultos bajo la sotana.

Sentado y más tranquilo, el clérigo comenzó a acariciarse la piel del cráneo, en la que sólo permanecía en pie un atolón de pelo rubio que dibujaba una tonsura natural. La calva, al igual que la tez de su oronda cara, era suave y delicada, como pulimentada con piedras volcánicas. La cadencia de la voz, en la que hasta entonces Emilio no había reparado, era la de un alumno de seminario que quiere alcanzar la categoría de obispo a los ojos de sus mentores. Desmembraba las frases y las revestía de una solemnidad no siempre merecida por el contenido.

—Me refiero a que esa copia de la Biblia, traducida del hebreo al griego hace dieciséis siglos, recoge algunos pasajes que han cambiado mucho con el paso del tiempo.

—¿Por ejemplo?

—Le podría contar que en ella aparecen algunos libros que hoy no figuran entre los reunidos en la versión oficial. Y luego está el asunto de la Ascensión...

—¿De Jesús? —preguntó Emilio, fantaseando sobre la posibilidad de que Dios hecho carne no hubiese subido al cielo por sus artes milagrosas, sino ayudado por un zepelín o un aeroplano. El hijo de Dios en manos de Julio Verne.

—La Ascensión, tras la resurrección del Maestro, no aparece en ese Nuevo Testamento más que en el libro de los Hechos, de Lucas. En los otros, los que todos estudiamos y los curas leemos en misa, Él se va, pero no nos dicen adónde ni por qué medios.

La cosa se ponía aún más propensa a la inventiva. Si Jesucristo no subió a los cielos a su debido tiempo, tal vez aprovecharía el don divino de la eternidad para permanecer aún hoy en este arrabal mundano. ¿Y quién sería en la actualidad el Redentor? A Emilio se le pasaron por la cabeza varios de los vigentes líderes mundiales. Reyes y emperadores no podían serlo, debido a su tendencia al amancebamiento pecaminoso y a sus opulentas debilidades; presidentes republicanos tampoco, porque sus sermones eran poco convincentes y sus buenos propósitos solían caducar precipitadamente. ¿Y los mesiánicos Hitler, Mussolini o Stalin...? Era mejor no seguir hurgando.

—O sea —prosiguió el sacerdote—, que si alguien pretendiese desvirtuar nuestro corpus, podría aprovechar esas... distorsiones. Pero oiga, amigo periodista, aún no me ha dicho a qué responde su interés por el Códice Sinaítico. No me estará ocultando nada, ¿verdad?

—No, en absoluto —intentó explicar Emilio—. Yo me dedico al mundo del reportaje y me pareció interesante recopilar algunos datos. A lo mejor puedo publicar media página dedicada a la historia del códice y a sus contenidos, aprovechando su llegada a Londres... A pesar de los esfuerzos laicistas de las autoridades, éste es un país de profunda tradición católica, no lo negaré. Podría componer un relato, un artículo entre histórico y actual...

—¿Sin ni siquiera haberlo visto? —le preguntó el cura con desprecio, como si para opinar sobre Charlot fuese necesario conocer a Charles Chaplin en persona, según lo entendía Emilio, aunque no se atrevió a decirlo en alto.

—Hombre, un viaje a Londres... no me lo puedo permitir...

—La contemplación, la presencia del hombre ante la obra de arte original, en este caso ante la obra eterna de Dios, sería lo más aconsejable; pero incluso puede encontrar usted un sucedáneo que tal vez le convenga.

—No me pida que me lea la Biblia. Llevo más de treinta años en este mundo y, de momento, no he logrado acabarla. No sé si dispondré de tiempo y tesón suficientes, al menos en lo que me queda de vida corpórea.

—No, sólo le pido que la examine, que la toque si puede para que vea que hay algo espiritual en ella. Nada más que eso. Existe una copia del códice, una de las que el zar ruso Alejandro II ordenó reproducir para las principales bibliotecas del mundo. Está en la Biblioteca Nacional. Al menos, allí me la encontré hace años. Seguirá acumulando polvo en el sótano. No creo que haya tenido muchas más consultas en este país de descreídos, hipócritas y renegados.

Emilio se dio cuenta de que no sabría establecer qué proporción de cada una de esas tres lacras le correspondía, pero todas estaban presentes en su praxis vital muy por encima de las tres virtudes teologales.

—¿Cree usted que me permitirán verla?

—Antiguamente yo podría haberle servido de recomendación, pero tal y como están las cosas... Inténtelo; en el fondo, sólo es un facsímil. Esa copia está impresa en papel, ¿sabe?, mientras que el original se escribió sobre *vellum.*

—¿Y qué es el *vellum*?

—La vitela, la piel de un animal sacrificado, desprovista de pelo, pulida y lustrada hasta que se convierte en una lámina delicadísima... Las más importantes páginas de la historia de la humanidad han quedado impresas sobre ese material.

Emilio no pudo evitarlo y sus ojos se dirigieron de nuevo hacia la calva del cura, donde encontraron una buena porción de *vellum.* Su experiencia al pie del sillón de la barbería le permitió hacerse una idea clara de cómo se podría obtener una película tan refinada, una vez retirado el pelo, por medio de insistentes masajes y ungüentos. El periodista se preguntó por qué el jesuita hablaba con desprecio de un facsímil de papel cuando en realidad, ya fuera una copia fotograbada o manuscrita, debería ser tan respetuosa como la que se tradujo del hebreo al griego: un duplicado, en cualquier caso. No parecía que el cura fuese a sincerarse más, de modo que le prometió ir en busca del facsímil para satisfacer esa invitación al encuentro con el libro de sus preocupaciones.

—Lamento no poder ayudarle en mayor medida. Sólo le pediría que me tenga informado sobre su reportaje.

—Lo haré. Muchas gracias, páter.

La cabeza del redactor hizo una reverencia casi imperceptible que le delató. Sus tiempos como proyecto de seminarista terminaron venciendo a su espíritu seglar y se dejaron ver en ese gesto innecesario que el cura supo interpretar.

—Usted tiene dudas —aventuró el jesuita—. No me refiero a la Biblia en sí, sino a las promesas de vida eterna que contiene. ¡Despéjelas!

—El problema, don Miguel Ángel, es que no veo a Dios. El que me visita con insistencia es el diablo, con quien mantengo ya una estrecha y consolidada relación. No necesita tanta letra para convencerme de que sea su compañero.

—No es usted el único, si le sirve de consuelo. Sin el demonio no entenderíamos la inconmensurable bondad del Señor. Cuando vuelva a escucharlo, sencillamente cierre las puertas.

—Ya lo hago, pero se queda dentro. Y a veces invita a pasar a alguien más.

—¿Está seguro de que no quiere confesarse?

—¿Está seguro de que tendría arrestos para escuchar lo que le diría?

—Tal vez yo no, pero Él sí —añadió, elevando las pupilas.

—Sólo hágame un favor. Si se encuentra al de arriba, dígale que estaría interesado en hacerle una interviú, sin confesionario ni cura de por medio y siempre que no sea necesario dejar abandonado aquí abajo mi cuerpo, claro.

A la entrada, don Gustavo seguía esperando a que acabara aquella reunión para poder pasar. Emilio dijo adiós y comenzó a preguntarse si realmente había merecido la pena verse con el jesuita. Los datos que le había aportado podría haberlos encontrado en algún libro sobre historia de la religión. En ningún momento dejó entrever cuál era su verdadero interés sobre el código, si bien Emilio tampoco se había sincerado sobre el suyo. Su experiencia profesional le decía que el cura se había quedado más intrigado que él.

La hora de presentarse en el trabajo se acercaba, pero tenía tiempo para acercarse a la Biblioteca Nacional y pedir permiso para ver el facsímil del código. Tal vez le diese alguna clave sobre el interés que despertaba el original.

La biblioteca era un edificio que sufría la enfermedad del crecimiento de los huesos. Para constituir el albergue de tanto saber, se había quedado un poco chata. Parecía un viejo cuartel al que hubieran adosado una portada acorde con su función. Otros inmuebles del entorno habían terminado dando el estirón para sobresalir de esas dos plantas en que se condensaba todo el legado escrito del país, pero Emilio recordó que lo que buscaba estaba bajo tierra, según le había revelado el padre Miguel Ángel. A lo mejor era hacia abajo hacia donde crecía aquella biblioteca, como los boniatos.

El descansado ascenso por la escalinata estuvo jalonado por la pétrea indiferencia de insignes escritores y mecenas. A todos los habían protegido del frío con gruesas togas y capisayos, excepto al más grande de los presentes, Cervantes, a quien un cruel escultor había obligado a conformarse *ad eternum* con el fino abrigo de unas medias; es decir, tratado como una cabaretera condenada a formar parte del cuerpo de coristas de la segunda fila, la de las espaldas pegadas al escenario.

El amplio vestíbulo que se abría al público invitaba a entrar en un segundo espacio iluminado desde un gran lucernario y revestido de mármol, como los evacuatorios finos. Allí se producía el reparto de visitantes mediante escaleras laterales que conducían hacia la planta superior, donde dos mostradores atrincheraban a sendos grupos de mujeres aparentemente muy atareadas en sus mesas. Tras mirar a ambos lados, Emilio se dejó llevar por su instinto —no el investigador en este caso, sino otro impulso más profundo y menos pudoroso— a la hora de localizar a quien le pudiese ayudar en su consulta. La morena de la derecha parecía una artista de cine, con el pelo a lo *garçon* y los labios pintados por un niño que quiso dibujar un corazón.

—Me gustaría ver un libro. ¿Es posible?

—¿Es usted socio? ¿Tiene el carnet?

—No, soy periodista —se describió Emilio, con la esperanza de que su oficio le diese acceso a la biblioteca y, de paso, dejase deslumbrada a semejante belleza como la que permanecía allí sentada con las piernas cruzadas, más pendiente del perfil curvado de sus uñas que de los libros y legajos que unos pesados pisapapeles tenían aprisionados sobre la mesa.

—Lo siento, hay que inscribirse.

—Sólo será un momento, señorita.

El «señorita» se le escapó, quiso decir «bonita».

—Le digo que lo siento. Rellene una ficha de socio y le haremos un carnet. Dentro de un par de días estará listo.

Por fin, la joven levantó su mirada hasta donde se lo permitieron unas pestañas que ascendían como visillos perezosos. Después de observar al recién llegado, que se había puesto su mejor máscara de corderito degollado, dijo con un leve desdén.

—Está bien, preguntaré si puede.

Pero no tardó en volver con una respuesta que parecía venir implícita en la oscilación desproporcionada de sus caderas.

—No, no se puede.

Emilio se retiró unos metros y se detuvo a pensar cómo conseguiría atravesar aquella barrera burocrática. Una mujer mayor, enfundada en una bata y armada con una gran escoba, pasó a su lado.

—Si busca algo raro, pregúntele a María, es la que sabe dónde se guardan aquí las cosas —le recomendó.

—¿Y quién es María?

—La del fondo, la única que trabaja y limpia su escritorio al terminar.

Mientras se dirigía hacia el final de las hileras de mesas, se percató de que dejaba atrás las sonrisas y cuchicheos de aquella mesnada de mujeres, acostumbradas a atender a sabios engreídos con levita cargados de legajos, pero que casi nunca recibían a periodistas en gabardina y con americana de cheviot. El cabello rubio y ondulado de la tal María, sólo a medio domesticar, enmarcaba un rostro bien trazado y una expresión nada superficial, aunque de difícil interpretación. A medida que se acercaba, ella lo miraba de reojo, como quien espera una mala noticia. Emilio quiso sacar ventaja.

—María, ¿verdad?

—Sí, ¿quién se lo ha dicho?

—Está grabado en bajorrelieve a la entrada: «Si necesita algo especial, pregunte por María.»

A la chica le resultó grata la ocurrencia, tal vez porque era la verdad. Emilio no se detuvo esta vez en halagos.

—Necesito ver un libro... un tanto especial, ¿me puede ayudar?

—A ver, dígame de qué se trata.

—Un facsímil del Códice Sinaítico.

María frunció una ceja mientras alargaba el cuello, como si no hubiese oído bien. Se acercó a su interlocutor mientras le miraba a los ojos con atención.

—¿Cómo ha dicho?

—Una copia del Código Sinaítico. Si quiere, se lo digo en latín, a lo mejor lo tienen archivado así.

—No, no es necesario —respondió la joven, que parecía no dar crédito a las palabras del de la gabardina—. Perdone mi sorpresa. Aquí viene mucho investigador pomposo en busca de cosas raras, pero lo suyo es una proeza.

Ahora el extrañado era Emilio.

—Entonces, ¿sabe de qué libro le hablo?

—Sí, algo sé: la copia que envió aquí el zar de Rusia. He oído hablar de esa historia. ¿Y qué pretende hacer con él?

—Sólo verlo, me lo han recomendado.

—¿Para el periódico?

Emilio se quedó desconcertado. Las murmuraciones femeninas no sólo eran capaces de saltar de mesa en mesa, igual que las conexiones cerebrales que habían valido un Nobel a don Santiago Ramón y Cajal. Podían incluso salvar la gran distancia existente entre los dos mostradores con una velocidad y una precisión dignas de estudio histológico.

—¿Ya le han dicho que soy informador de prensa?

—No, nadie me ha dicho nada —dijo, muy puesta—, me lo ha parecido.

—Menos mal, hace poco me confundieron con un representante del mundo del espectáculo.

—Eso es porque va muy peinado.

—Justo, por eso mismo —elogió Emilio la capacidad de observación de María.

—Pues no sé si desanimarle. El Código Sinaítico debe de estar en una de las bodegas de acceso restringido. No es fácil llegar hasta él.

Emilio le dedicó media sonrisa, cual si las cámaras de acceso restringido fuesen para él una vía pública que recorría a diario sin cortapisas.

—Va a necesitar algún permiso especial. ¿Tiene acreditación de investigador, de catedrático...?

La media sonrisa se transformó en media decepción.

—Pues si no la tiene...

—Pero trabajo en *La Voz,* estoy investigando.

—No creo que eso cuele. Voy a hablar con el jefe. ¿Me da su nombre?

—Anda, ¿no lo ha adivinado ya?

—¿Está grabado en bajorrelieve en algún sitio, como el mío? Déjese de entretenimientos de salón, que tengo mucho que hacer.

—Perdón, soy Emilio, Emilio Ruiz.

—Pues, Emilio Ruiz, espere aquí sentado hasta que vuelva.

El vestidito verde, muy formal, se puso en pie. La extensión textil era más de la necesaria para cubrir un cuerpo de mujer delgado y esbelto, de manera que sus formas sólo podían intuirse. Aun así, la figura ofrecía la suficiente información para agradar a Emilio, que apreció lo bien combinados que resultaban el tono de aquel vestido y el de la cabellera. Y lo bien que le sentaba aquel pelo a los ojos grises. Y lo mejor que le quedaban los ojos a aquellos labios delgados que no se prodigaban en sonrisas, pero decían mucho, aunque estuviesen cerrados. Estuvo a punto de dar gracias a Dios por aquella mezcla de rasgos genéticos, pero prefirió atribuirlos al salteado de guisantes de Mendel. Estaba claro que María no quería ser la imitación cañí de una actriz de cine, como muchas de sus compañeras. Era una chica con carácter propio: la que su madre le habría recomendado para enderezar los pasos errados.

—Mire, le presento a don Liberto, es mi jefe —fueron las palabras que acompañaron a María en su regreso.

Con una corbata que parecía diseñada para pasar inadvertido en funerales y velatorios, el tal Liberto no traía buenas noticias.

—Me ha contado María su intención de ver el Códice Sinaítico. Lo siento, pero eso no es posible si no está usted acreditado por algún centro de investigación o alguna universidad.

—Pero, don Liberto, sólo se trata de un trabajo periodístico. Quiero escribir un artículo sobre ese libro...

—¡Le he dicho que no! —añadió cortante—. El acceso a determinadas piezas no es libre, ni debe serlo. Se podrían deteriorar, podrían acabar en manos inadecuadas.

—Oiga, que a mí lo último que se me ocurriría es robar un libro. Y menos una copia.

—Pues empiece a estudiar, consiga una cátedra, prepare una tesis, hágase investigador y le permitiré verlo.

—Esta República está a medio hacer. ¡Un permiso para ver un triste libro! ¡Con los Borbones no pasaba esto! —soltó Emilio, en tono quisquilloso y burlón, buscando su última oportunidad.

Pero lamentablemente no estuvo muy acertado: había dado con un monárquico recalcitrante que permanecía de jefe en una institución oficial republicana. Un caso raro. Don Liberto estaba visiblemente ofendido.

—¡Oiga! ¿Acaso cree usted que los Borbones le darían autorización para entrar aquí como Pedro por su casa? De hecho, ese libro que busca está aquí gracias a ellos y a su indiscutible celo. Se lo regaló la corte rusa a la realeza española. ¡Así se hacían las cosas, no como ahora, que todo se compra y se vende al mejor postor!

Emilio advirtió que el asunto se le estaba yendo de las manos y, además, estaba abochornando a María, que había buscado refugio de nuevo en su mesa, donde ordenaba papeles entre los que colocaba pequeñas fichas.

—Siento haberle molestado. Ya me voy. Gracias.

Antes de llegar al pasillo, giró la cabeza para dedicar un gesto de agradecimiento a María, que apretó los labios y encogió los hombros como diciendo: «Qué se le va a hacer.»

De camino hacia *La Voz*, Emilio comenzó a hacer recuento de los logros obtenidos en sus últimas indagaciones y se sintió decaído. O había perdido la pericia al preguntar, o estaba ante un misterio que todos se empeñaban en amurallar, lo que le hizo sentirse inmediatamente animado a proseguir, por pura cabezonería.

La calle de Génova estaba animada. Las gentes de Madrid gustaban de callejear incluso cuando las temperaturas invitaban a resguardarse. O puede que en casa hiciese aún más frío que al aire libre. La voz de una cerillera pregonando mechas fue la excusa que le hizo girar la cabeza lo bastante para ver un abrigo marrón cruzado de solapas anchas, terminado en sombrero, doblando la esquina que él acababa de dejar atrás. Ese hombre le estaba siguiendo y parecía aproximarse, según le revelaba el rabillo del ojo y el cristal de algún escaparate con el que se cruzó. No quiso mirar atrás ni tenía interés por esperar a saber qué embajada traía aquel tipo de envergadura y aspecto poco amigables. Se detuvo ante una guarnicionería para intentar cerciorarse de que realmente venía a por él. Pocos segundos después cayó en la cuenta de que aquellos artículos —las sillas para montar, los bocados para el animal, los estribos o las riendas— no pertenecían a su mundo mientras no inventasen el periodista a caballo, algo que su perseguidor podría deducir de inmediato, a pocas luces que tuviese. Con miedo a que el del abrigo se diese cuenta de lo sospechoso de aquella parada, se giró e, instintivamente, se dispuso a cruzar la calle. A mitad de la calzada, dejó tras de sí un tranvía que circulaba exhausto cuesta arriba. Al segundo, un autobús que bajaba la misma pendiente se le puso enfrente. Cuando estuvo a tiro, saltó hacia la plataforma de entrada del autobús y se aferró a una barandilla para no perder el equilibrio. Mientras se acomodaba dentro vio con claridad el rostro de quien le seguía, que permanecía con la vista prendida del tranvía, tal vez pensando que se llevaba con él a su presa. Aquella cara no le dijo nada. Puede que tan sólo se estuviese obsesionando con el automóvil que le acechaba desde hacía unos días.

Ya en el periódico, centrado en sus tareas, le dieron el recado de que Gisbert le estaba esperando.

—Únicamente quería saber si podemos quedar cuando termines. Tengo una investigación en marcha en un casino ilegal que se ha montado en la calle del Pez, pero no puedo ir solo para no despertar sospechas.

—Eso, y piensas que un policía y un periodista despiertan menos suspicacias que un policía solo.

—Venga, Emilio, que te estás echando a perder con tanta formalidad.

—Lo que me estoy echando son algunos años encima. Tengo tantos como el siglo. Ya no estoy para trotes.

—Pero no le vas a decir que no a una partidita, unas copitas... Y, si la cosa se nos da bien y nos hacemos con unos caudales, nos vamos de putas, ¡de las caras!

—Joder, Vicente, que tienes señora.

—¡Y tan señora que es que ni me rechista!

—Va a terminar fugándose con el cartero, o con ese militar que vive encima.

—¡En el piso de encima, querrás decir! ¡Habla con propiedad! —le reconvino el policía.

—Tranquilo, Vicente, que no iba con segundas...

—Bueno, entonces, ¿hacemos una incursión por los bajos fondos?

—Venga, hecho —consintió Emilio, resignado—. Pero nada de peleas ni de putas.

—Te lo prometo —asintió el policía mientras cruzaba los dedos de su mano derecha en el interior del agujereado forro de raso de su bolsillo. Era consciente de que la palabra que le ofrecía a Emilio tenía tan poco valor como gran parte de los billetes que circularían de noche por aquel casino.

—Por cierto, Vicente, ¿habéis interrogado a los falangistas?

—¿A los falangistas? Sí, claro, pero no han aportado gran cosa. Dicen que no fueron ellos, que no saben ni quién era aquel chico. Si llegan a pillar a alguno de los de la FUE lo despellejan, pero el estudiante no estaba entre sus objetivos. Seguro que mienten.

—Seguro... —musitó Emilio, sin mucha convicción.

—Además —continuó el inspector—, resulta difícil obtener información de esa tropa. En seguida se presenta allí su abogado. ¡No te puedes imaginar de quién se trata!

—¿De quién?

—¡Primo de Rivera!

—¿El de la espada? —se interesó Emilio, recordando el retrato del militar que había gobernado el país con mano tan férrea como ancha—. Pero ¿no había muerto?

—No, rediós, el dictador no. Su hijo, José Antonio Primo de Rivera, el jefe de esos fascistas.

Vicente Gisbert movió lentamente la cabeza con cara de relamido. Para él, la persona a la que acababa de mencionar había perdido toda su relevancia política y social. A continuación, el inspector miró hacia la puerta, que quedaba a espaldas de Emilio. Éste creyó vislumbrar en los ojos del policía una expresión de gula mal disimulada.

—¿Qué miras? —preguntó el periodista.

—Emilio... —dijo desde atrás una voz de mujer.

Se giró y se encontró de frente con María, la chica rubia de la biblioteca, aunque más abrigada y menos secretaria.

Que un periodista fuese a la Biblioteca Nacional a buscar una Biblia podría parecer absurdo, pero que una oficinista de la Biblioteca Nacional fuese en busca de un periodista resultaba una carambola más endiablada aún.

—¿Tiene un momento? —le pidió.

—Claro, María.

Gisbert se marchó intentando que la chica no lo viese durante el repliegue y señalando su reloj con el dedo mientras le recordaba a Emilio con la boca muy abierta, pero sin emitir sonido alguno, que «¡a las ocho!». Estaba claro que el policía temía que la señorita estropease sus planes nocturnos; aunque, por otro lado, aquella joven le parecía una razón poderosa para que su amigo lo abandonase a su suerte. Él mismo estaría dispuesto a dejar a su sufrida esposa por una mujer tan enigmática.

# CAPÍTULO 10

—

# LA DUDA

Resultaba extraño comprobar cómo las cosas podían ir mal y bien a la vez. Habían pasado dos meses y los trabajos de los tres germanos y el español marchaban a buen ritmo, pero la transcripción del texto estaba sacando a la luz algunas informaciones inesperadas. Trabajaban en una habitación con un gran ventanal que el profesor tenía alquilada en el hotel Las Pirámides. Los alemanes hacían turnos alternativos de mañana y tarde. Francisco acudía siempre a la hora de la siesta y permanecía allí hasta las cinco. Entonces volvía al Shepheard a preparar las cenas. Aquellas escasas horas diarias, a las que había que añadir su dedicación el día de descanso semanal de la cocina, y las enseñanzas del biblista habían sido suficientes para que aquel políglota aprendiz de chef apreciase el valor histórico y doctrinal del código.

El libro estaba escrito sobre un pergamino de gran calidad, cortado en páginas casi cuadradas de 38 centímetros de lado. La mayor parte del texto estaba compuesto en cuatro columnas. Sin embargo, los libros poéticos —Job, Salmos, Proverbios, Eclesiastés y Cantares— estaban escritos a dos columnas de 48 líneas por página y las epístolas católicas tenían 47 líneas. Los caracteres unciales estaban muy bien formados, sin acentos ni remates, excepto algunos apóstrofos y puntos finales. Según las estimaciones de Von Tischendorf, los escribas rellenaban de tinta sus plumas cada línea y media. El profesor estaba convencido de que habían sido cuatro personas diferentes las que lo habían elaborado. Con el paso de los días, las ciento diez mil líneas estaban ya casi copiadas mientras el alemán comprobaba pacientemente, una a una, las más de doce mil notas que los traductores y posteriores custodios habían añadido.

Avanzaba la primavera y subía la temperatura. En breve se haría más complicado reproducir los textos de las Sagradas Escrituras sin que el sudor de las manos o las incontrolables gotas caídas desde la frente deterioraran las copias, o aún peor, los originales. Pero lo que se elevaba de verdad era el nivel de preocupación de Von Tischendorf, al que le habían sobrevenido importantes inquietudes. La primera era que, a pesar de sus sucesivas peticiones, los monjes no parecían muy convencidos de ampliar el permiso concedido para copiar el Códice Sinaítico para que se lo pudiera llevar a Rusia. Ése era el destino que ya tenían asignado el resto de las obras antiguas griegas que había ido adquiriendo con el propósito de incrementar los fondos de la Biblioteca de San Petersburgo en honor del zar Alejandro II, su protector, y que ahora se iban acumulando en los baúles de la habitación que había convertido en estudio. La segunda, no menos crucial para sus intenciones, tenía que ver con que seguían apareciendo importantes variaciones en la Biblia griega con respecto a la que las Iglesias mantenían entonces como texto indiscutible.

Von Tischendorf se quedó mirando por la ventana hacia el horizonte, donde se podían apreciar los contornos de las tres pirámides. Su principal desvelo era también su decepción. En el Códice Sinaítico, entre otros descubrimientos desconcertantes, no aparecía ninguna frase de los evangelistas que indicara que Jesucristo había ascendido a los cielos. Eso significaba que los versículos que en las Biblias posteriores relataban ese episodio eran una simple y llana manipulación: se habían añadido sin el menor escrúpulo. Lo que por su parte comenzó como un intento de demostrar que los textos sagrados se ajustaban a la verdad de la historia estaba convirtiéndose en el descubrimiento de una gran mentira, en una demostración de cómo los hombres podían haber tergiversado la palabra de Dios a lo largo del tiempo. Cuando encontró aquel códice, Von Tischendorf no pudo imaginar que en sus escritos no estuvieran los pasajes que relataban uno de los principales milagros bíblicos en los que creían ciegamente millones de personas.

El Evangelio según san Lucas, el que el mundo cristiano llevaba siglos leyendo, rezaba en su tramo final: «Y aconteció que, bendiciéndolos, se separó de ellos, y fue llevado arriba al cielo.»

Pero en aquel pergamino sólo decía: «Y aconteció que, bendiciéndolos, se separó de ellos.»

¿Quién y por qué añadió después la frase «y fue llevado arriba al cielo»? Los cristianos siempre habían creído en la glorificación de Jesús de Nazaret al subir a la morada celeste, el lugar donde estaba Dios y en el que, al ascender, el Hijo había sido investido de la divinidad del Padre.

A medida que avanzaba con la transcripción, Von Tischendorf era más consciente de que podía estar introduciendo en un laberinto a la Iglesia, a toda la cristiandad. Además, que al acabar Lucas se hubiera añadido una frase podía considerarse una nimiedad comparado con lo que ocurría en el Evangelio de san Marcos, al que la imaginación, siendo benévolo, pero sobre todo la mano de alguien había añadido no ya un enunciado, sino más de diez versículos nuevos que no aparecían en los pergaminos del códice. Miró su propia Biblia, con la que rezaba todas las noches, y la abrió por el final de Marcos esperando haberse equivocado en su lectura; pero, por más que se empeñara en abrir una y otra vez el libro sagrado, aquel texto no acababa en el capítulo 16, versículo 8, como sucedía en el códice que estaba transcribiendo. Alguien, con gran vena literaria y una intencionalidad bien diferente de la original, había añadido mucho más. Todos estos versos clásicos no estaban allí:

> Habiendo resucitado Jesús por la mañana, el primer día de la semana, se apareció primero a María Magdalena, de quien había echado siete demonios.
>
> Yendo ella, lo hizo saber a los que habían estado con él, que estaban tristes y llorando.
>
> Ellos, cuando oyeron que vivía, y que había sido visto por ella, no lo creyeron.
>
> Pero después apareció en otra forma a dos de ellos que iban de camino, yendo al campo.
>
> Ellos fueron y lo hicieron saber a los otros; y ni aun a ellos creyeron.
>
> Finalmente se apareció a los once mismos, estando ellos sentados a la mesa, y les reprochó su incredulidad y dureza de corazón, porque no habían creído a los que le habían visto resucitado.
>
> Y les dijo: «Id por todo el mundo y predicad el evangelio a toda criatura.
>
> »El que creyere y fuere bautizado, será salvo; mas el que no creyere, será condenado.
>
> »Y estas señales seguirán a los que creen: en mi nombre echarán fuera demonios; hablarán nuevas lenguas;
>
> »tomarán en las manos serpientes, y si bebieren cosa mortífera, no les hará daño; sobre los enfermos pondrán sus manos, y sanarán.»

Y el Señor, después que les habló, fue recibido arriba en el cielo, y se sentó a la diestra de Dios.

Y ellos, saliendo, predicaron en todas partes, ayudándoles el Señor y confirmando la palabra con las señales que la seguían. Amén.

Cuando encontró la Biblia y se percató de la elipsis, pensó que esa parte se había traspapelado, pero ahora, después de haber ordenado todas las páginas, pudo comprobar que san Marcos nunca había escrito nada que tuviera que ver con la Ascensión de Jesucristo a los cielos. Von Tischendorf se enfrentaba a un trascendental dilema: hacer públicas sus averiguaciones significaría admitir que la Sagrada Escritura había sido retocada, supondría entregar munición documental a los enemigos de Cristo. Ocultarlas e incluso destruirlas, como pensó muchas veces, ayudaría a sostener la fe en Dios, pero chocaría contra su ética de estudioso e historiador y, por qué no reconocerlo, con el orgullo de convertirse en la persona a la que la historia tendría que seguir citando durante cientos de años. Significaría renunciar a la inmortalidad del descubridor. Pero aquellos escribas que habían transcrito el códice eran tozudos y quisieron dejarlo claro hasta el punto de que, tras acabar el versículo 18, como anticipando que alguien pudiera añadir años después alguna cosa más, caligrafiaron una decorativa raya al final de ese evangelio con un incontestable «Fin». Era como si quisieran evitar lo que luego sucedería: un apéndice, una manipulación, una historia nueva.

—Francisco —llamó a su ayudante—, ¿tiene usted un momento?

—Dígame, profesor.

—Necesito una opinión diferente. ¿Qué le parece que

puede significar la ausencia de fragmentos que hasta ahora hemos considerado sagrados y verdaderos?

—¿Se refiere, por ejemplo, a la Ascensión de Jesús?

—Sí, sobre todo a eso.

—¿Y cuál es su duda? —preguntó el ayudante, intrigado.

—Mi duda consiste en discernir si la humanidad está preparada o no para saber que alguien pudo manipular la Biblia. Lo que conocemos hoy de la narración de los evangelistas no es lo que ellos quisieron transmitirnos. Temo sobre todo las consecuencias que podría tener divulgarlo. Usted proviene de un país lejano, de honda tradición católica, y también ha viajado mucho. Lleva meses conmigo en este trabajo y lo ha desarrollado con diligencia y habilidad. Me gustaría que me dijera cuál es su parecer.

—Si me lo permite, profesor, yo creo que Jesús estaría orgulloso de que la verdad se sepa. La palabra de Dios va mucho más allá de las obras de los hombres. Puede haber otros textos que nunca se hayan revelado. Usted mismo habla de los que oculta el Vaticano. Que en una de las Biblias más primitivas no exista rastro de un hecho en el que un fiel cree con firmeza no significará nada para los creyentes. Quienes tenemos fe no vamos a reparar de la forma que usted teme en los detalles, en las minucias sobre si coincide una frase u otra... No será la voz del Señor, sino la mano del hombre, en todo caso, la que quede cuestionada. Escuche: ha hecho un gran descubrimiento, y la Iglesia cristiana se lo agradecerá.

—Amén, Francisco —sentenció, algo más confortado—. Vamos a acabar con este trabajo. ¡Ha llegado el momento de que el mundo entero conozca la Biblia más antigua encontrada hasta la fecha! Es más necesario que nunca que logre llevarme el libro para hacer la mejor copia posible de sus páginas y publicarla.

Sonaron unos golpes en la puerta.

—¿Quién es? —preguntó Von Tischendorf antes de abrir.

—Soy Teófilo, un hermano de Santa Catalina. Traigo un mensaje para el profesor Von Tischendorf de parte del abad, su beatitud Agathangelos.

El estudioso abrió y el monje le entregó un sobre. El alemán lo rasgó y leyó su contenido durante un par de minutos, antes de torcer el gesto.

—¿Sucede algo? —preguntó Francisco desde su escritorio.

—Me piden ayuda. Voy a tener que irme de El Cairo hasta Jerusalén, quizá hasta Constantinopla. La elección del nuevo arzobispo de la iglesia del Sinaí se está complicando. Saben que la intercesión de los rusos puede ayudar a su candidato para que uno de los patriarcas lo consagre y me solicitan que intervenga como legado de Alejandro II. Tal vez ésta sea la oportunidad para ayudarles y pedirles a cambio que nos cedan el códice de manera definitiva. De esa forma podría llevármelo a la Biblioteca Pública Imperial e incluirlo entre las piezas permanentes de la colección del zar.

—Señor Von Tischendorf..., no se olvide de mí si se va a Rusia —le recordó el español.

—Lo importante sería conseguir ese permiso para llevarme el códice. Ha sido un gran ayudante y un fiel amigo en estos meses. Luigi tenía razón cuando lo apadrinó. Voy a ver cómo resuelvo esto y le prometo que haré mucho más por usted que escribir una carta de recomendación. Si finalmente puedo trasladar el Sinaítico a Rusia, me vendrá bien una persona que lo conoce tan bien como yo. Eso sí, tendrá que esperar, porque mi siguiente destino será Tierra Santa. Voy a preparar mis cosas y embarcaré hacia Haifa de inmediato. Me gustaría que se encargara de supervisar los trabajos en mi ausencia. Conoce la rutina perfectamente. Me espera un largo viaje para ayudar a los monjes en sus asuntos políticos, pero creo que al menos eso servirá para que el códice cambie de custodio. Además, ya no albergo dudas sobre lo que tenemos que hacer con este texto sagrado: publicarlo en su integridad y continuar averiguando si los añadidos y las partes eliminadas fueron errores.

Von Tischendorf se volvió hacia el monje.

—Dígale al abad que haré el viaje y que los ayudaré.

—Así se lo comunicaré, profesor. Pero también me han pedido que le cuente algo más: el antiguo sacristán Skevophylax, al que usted conoció en el monasterio, ha aparecido muerto al pie de unas rocas.

—¿Cómo ha dicho? —alzó la voz Constantino, visiblemente confuso—. Los hermanos que nos van cediendo las hojas del códice nos contaron que había abandonado el monasterio al poco tiempo de irme, pero supuse que, enfadado con su comunidad y con el abad por la cesión del libro, había decidido trasladarse a otro lugar, quizá hacia Oriente.

—Ahora sabemos que no fue así, profesor, porque hace pocas semanas encontraron en una torrentera del Sinaí el que podría ser su cadáver, ya descompuesto y seco. Descanse en paz.

—Según me ha contado usted, era la persona que más se oponía a que el libro saliera del monasterio, ¿no? —intervino Francisco dirigiéndose al profesor, pero fue el monje quien respondió.

—Los beduinos, conocedores de esos vericuetos, dicen que pudo ser un suicidio, ya que caerse por accidente o perder el equilibrio desde la altura en que se debía de encontrar es bastante improbable; el sendero es ancho y un paramento natural de roca protege a los caminantes de desplomarse por el precipicio. El fondo del barranco tampoco es un lugar al que se pueda acceder con facilidad, por lo que la caída es la causa más probable. Sin embargo, el suicidio no parece una conducta propia de una persona con las convicciones morales de Skevophylax, ya que para acabar con su vida tendría que haber perdido la fe en Dios. Pero, por otra parte, si no fue un accidente ni él se quitó la vida, ¿quién iba a querer matar a un pobre sacristán?

A Von Tischendorf le vinieron a la mente las últimas palabras del Evangelio de san Lucas, aquellas que ahora sabía manipuladas e introducidas a posteriori: «[...] se separó de ellos, y fue llevado arriba al cielo».

¿Habría «llevado» alguien al cielo al monje fallecido o había sido él mismo quien había decidido quitarse de en medio?

## CAPÍTULO 11

## NOCHE EN LOS «PROHIBIDOS»

En aquella casa de desvaríos, denominada con frecuencia periódico, no había manera de encontrar un recoveco lo bastante discreto como para mantener confidencias, y mucho menos cuando éstas se intercambiaban entre un trabajador y una interesante joven recién llegada desde otro mundo. Emilio prefirió quedarse donde estaba, de pie ante María y en medio de la repentina curiosidad que había provocado la llegada de la bibliotecaria entre los compañeros de la redacción, entre los tipógrafos que se asomaban por la escalera como muñecos del pimpampum y, especialmente, entre el reducido pero muy bien preparado cuerpo femenino de ojeadoras, que ya había sacado los prismáticos.

—Si te parece, Emilio, podemos dejar atrás los formalismos. Quiero que seas sincero.

—Si no es durante mucho rato, creo que podré.

—¿Por qué buscabas ese libro? —preguntó María sin más preámbulos.

—¿No te lo he dicho? Quería hacer un reportaje. El Códice Sinaítico acaba de llegar a Londres y me pareció un buen tema para escribir. Pero no se puede vender el género sin conocerlo antes. Ésa era mi única intención.

María dudó de la veracidad de aquella confesión; no porque se desviase de la puesta en escena que ella había presenciado, sino por la desconfianza misma que le transmitían los hombres de aspecto pulcro.

—Emilio, al poco tiempo de marcharte de allí, llegó un sujeto extraño para preguntarme qué querías.

—Con un abrigo marrón, de solapas enormes...

—¡El mismo! Le dijeron que yo te había atendido y se acercó a mi mesa para hablar conmigo.

—¿No lo reconociste? ¿No sabes de quién puede tratarse o quién lo enviaba?

María negó con la cabeza mientras oprimía los labios para reforzar su expresión de ignorancia.

—No, pero no tenía aspecto de estar interesado por el libro, sino más bien por ti.

Emilio procuró mostrarse sereno, pero el susto estuvo a punto de hacerle dar un paso atrás mientras se recordaba a sí mismo que nunca fue un valiente en busca de líos, aunque éstos tenían la insana costumbre de venir a su encuentro.

—Era un hombre de pocas palabras —continuó María— y yo creo que tenía acento.

—¿Acento de qué?

—No lo sé; extranjero, tal vez. No resultaba muy perceptible, pero de Madrid no era.

—¿Se fue como había llegado, sin averiguar nada?

—Por mi parte, nada... Pero después de intentar sonsacarme información siguió pululando por allí hasta que dio con Marina, la chica morena con la que habías charlado antes. Estaría por jurar que ella sí habló. Se pierde por los hombres fortachones con pinta de guardaespaldas, como aquél. No creo que tardase en contárselo todo.

Emilio consideró que había llegado el momento de buscar una cabina insonorizada para seguir hablando. Las miradas de aquel patio de vecinos se estaban estrechando demasiado en torno a él y a su recién conocida.

—¿No te parecerá demasiado atrevido que te invite a algo? —le sugirió a María.

—No, ya es nuestra segunda cita —le aclaró la joven, sin dar muestras visibles de insinuar algo con aquella afirmación.

En La Española, una cervecería de mucho alterne entre las calles del entorno, la hora del desayuno permanecía todavía hecha migas sobre la barra, que añoraba desde hacía tiempo la aparición de una bayeta húmeda. Sin embargo, el momento de los vermús estaba aún a dos vueltas completas de aquel reloj de pared que corría más de prisa que el resto de sus congéneres de las oficinas del barrio. Emilio se decantó por su café de siempre y María pidió agua de Vichy. No había a la vista ningún «enviado especial» de *La Voz* en aquel local, lo que les permitió reanudar la conversación con más tranquilidad.

—Emilio, ¿de verdad necesitas ver ese libro? Creo que el trato que te dio mi jefe, Liberto, no fue el más apropiado. Un templo dedicado a la cultura, como se supone que es el nuestro, debería olvidar muchas directrices burocráticas y ser más abierto a los ciudadanos.

—Me gustaría verlo, nada más, y basta con que me lo prohíba un tipo tan triste como ése para que piense que la biblioteca oculta algo más que el libro.

—Si quieres saber la verdad, desde hace tiempo no me siento a gusto en esa casa. Los jefes tienen un sentido de la jerarquía que no va con mi manera de ser. Mi pasión por los libros me llevó hasta ese trabajo, pero estoy empezando a odiarlo. Me quedaría a vivir allí, rodeada de historias de papel, pero siempre que desapareciesen esos mandamases que no tienen ni la menor idea de lo que se traen entre manos.

—¿Percibo cierto tono subversivo en tus palabras? —dijo Emilio, pensando que la complicidad de una bibliotecaria insurgente podría abrirle paso hacia el facsímil—. Si quieres jugarles una mala pasada, ayúdame. Te propongo una cosa: si llegamos hasta el libro que busco, yo lo reviso y luego lo cambiamos de sitio...

Emilio tramaba su plan sobre la marcha, pero le pareció que no le estaba saliendo del todo mal.

—Al día siguiente, un amigo que trabaja en *ABC* publica la noticia de la escandalosa desaparición del libro y, cuando todos piensen que se ha esfumado, lo colocas en el vestuario de las mujeres de la limpieza, para que la aparición sea todavía más sonrojante para tus jefes. Será como un juego.

La ausencia de una sonrisa en el rostro de María le hizo desconfiar sobre su capacidad de convicción, pero el semblante adusto de la chica estaba en realidad sintonizando con la maquinación que le estaban proponiendo.

—De acuerdo —convino ella, pasados unos segundos—. Podríamos intentar entrar en los sótanos, pero tendríamos que hacerlo sin que nadie nos viera. Tiene que ser de noche.

—Esta noche, imposible. Tengo que completar una investigación sobre casinos ilegales, ya sabes cómo está lo de los «prohibidos» en Madrid..., pero mañana...

Aquella mujer tenía un detector de mentiras instalado bajo el cráneo: un leve gesto de reproche era la señal de que alguien acababa de contar un embuste.

—Ya..., un casino —dijo la bibliotecaria.

—En serio, he quedado con Vicente, el inspector de policía.

No sólo tenía activado el detector de trolas, sino que contaba con otro extraño ingenio que obligaba a los hombres a hablar más de la cuenta. ¿Por qué la naturaleza no se lo había dado a él para sus entrevistas?

—Bueno, pues quedamos mañana —zanjó María la cuestión.

—¿Por la noche, entonces?

—Será lo mejor. Nos colamos en la biblioteca cuando sólo esté el vigilante. No seas timorato. Si nos descubren, diré que eres mi novio y que no teníamos otro sitio en el que quedar a solas. Tú déjamelo a mí. ¿Dónde podré localizarte por la mañana? ¿En el periódico?... Oye, por cierto, ¿cómo haces para no despeinarte? Mis compañeras pagarían su peso en oro, que no es poco, por los potingues que mantienen intacto ese corte.

—No hay secretos. Me arreglo el pelo en una barbería que es como mi antigua casa. Pero si tus amigas quieren comprobar personalmente lo consistente que es mi cabello, diles que me dejo... —En lugar de acabar la frase, Emilio introdujo sus dedos a contracorriente, cual rastrillo, en aquella mata de líneas paralelas que volvieron dócilmente a su lugar.

Ni con aquella pantomima le arrancó a María una triste risita con la que alegrarse el café.

Carrerilla entró en el local. Había visto a su amigo dentro y la compañía femenina no le pareció un obstáculo para intentar pegar las mangas en busca de un chocolate humeante. Hechas las presentaciones, el niño voceador se postuló para cualquier eventual reparto que necesitase la bibliotecaria.

—Creo que los libros que nosotros manejamos pesarían demasiado para ti.

—Haz la prueba —respondió Miguelito, sacando pecho, y obtuvo de inmediato el convite a chocolate.

Cuando la joven se fue y cruzó la embocadura de la calle

del periódico, Juani estaba a la puerta, pasando las páginas de una revista con dificultad porque tenía los dedos helados. Era la centinela encargada de informar al resto del cuartel sobre los movimientos de la chica misteriosa que había venido a arrebatarle una de sus últimas oportunidades de apareamiento.

Mientras caminaba por su medio natural, la ciudad, Emilio Ruiz repasó sus próximas horas de vida: una jornada de trabajo en *La Voz*; una noche de «prohibidos» entre dinero, crupieres, bebidas y mujeres, todos ellos de vellón; otra jornada laboral sumido en efluvios de resaca y, por fin, una segunda noche dedicada al asalto de una institución oficial. En resumen, un buen compendio de su consabida querencia a las complicaciones y a la vida disoluta.

—¡Qué se le va a hacer! —reflexionó en un murmullo—. La vida no siempre se ajusta a lo que te toca escribir sobre ella.

Terminada la redacción de unos cuantos sucesos escasos de sangre y de productos de casquería, Emilio Ruiz buscó a Carrerilla hasta encontrárselo recogiendo manos de periódicos con las que salir a la calle. Con la gorra de visera calada, la prenda que mejor delataba su oficio, las orejas se mantenían pegadas a la cabeza, lo que le restaba gracia en la expresión, aunque el rapaz lo compensaba con un constante gesto de entusiasmo.

—Emilio, ¿me llevas a los «prohibidos»? —dijo con el mismo tono que si hubiese pedido ir al tiovivo.

—¿Quién te lo ha dicho? ¡Este Gisbert es un bocazas!

—Cálmate, sólo me lo ha dicho a mí. Bueno, en realidad me ha pedido que me asegurase de que te despegabas de la chica y de que estabas por aquí a eso de las ocho.

—No creo que los juegos ilegales sean el ambiente más apropiado para ti.

—¡Oye, que yo ya he estado hasta en un prostíbulo! —se destapó, pronunciando esa palabra como si fuese un académico en la materia.

—No quiero saberlo, Miguelito. Escucha una cosa: tu situación familiar es... —buscó una palabra que no hiciese daño— precaria. Vives con tus tíos y con tus primos; si los de Menores te cazan en un sitio así, te mandan al Orfanato del Pardo y te quedas allí interno, sin trabajo y sin futuro.

—¡Pero tú me dijiste que las chicas del prostíbulo eran más recomendables que las de las carreteras! —protestó Carrerilla—. A ésas me las encuentro cada noche cuando vuelvo a casa. Me dicen: «Mi chulapín, ¿quieres un trabajo manual?» Cobran diez céntimos a los pequeños y veinte a los mayores. A mí me cobrarán veinte dentro de poco... —añadió con aparente aflicción.

El periodista no quería escuchar nada más sobre semejantes mujeres asaltaniños. Invocó en silencio a Onán para que se apiadase de aquella criatura y la mantuviese alejada durante el mayor tiempo posible de las ponzoñosas manos que se le apareciesen en la carretera de la vida.

—¡Te digo que no, que no vendrás conmigo a un sitio así! Al terminar el reparto, te vuelves a casa y, cuando pases al lado de esas señoritas, bájate aún más la gorra para no oírlas.

—También hacen gestos... —dijo el niño, algo avergonzado.

—¡Pues ponte gafas ahumadas, pero no te pares! Y mañana me recuerdas que te traiga algo de permanganato.

—Emilio, ¡pareces un cura! —concluyó Miguelito con cara de enfado.

El periodista se quedó mirando al chiquillo mientras se marchaba con sus periódicos. Miguelito le provocaba un sentimiento de apego que prefería no tratar de identificar, por si descubriese que era algo parecido al paternalismo.

Los procaces comentarios dirigidos por Gisbert a las chicas de la entrada le advirtieron de que era hora de recoger su gabardina y su bufanda.

—¡Vicente, deja a las chicas tranquilas, que tienen novio!

—Yo no lo tengo porque Emilio no quiere —se explicó Juani, muy altiva.

—Pues yo sí tengo, aunque Emilio no quiera —apostilló Visi.

—¡Coño, Emilio, estás en boca de todas! —concluyó el inspector—. ¿Qué les das?

—Tiempo, en ambos casos —contestó el periodista, mientras pasaba un brazo por los hombros del policía, que ni a empujones quería salir de allí.

Cumplidamente cenados con unas tapas de aceitunas y unas gambas a las que los invitó el barman, convencido de que era mejor ganarse el favor del poder ejecutivo y del periodístico sin gastar más de una ración, se aproximaron al local de la calle del Pez en el que los esperaba una noche de grandes ganancias. Ése era el criterio de un inspector de la policía que, con un sueldo poco más digno que el de su amigo, mantenía a una familia y a algunas amantes ocasionales. Un portón de madera, repintado de verde y flanqueado por ventanales polvorientos, era la regia entrada de aquel antro. Gisbert acercó sus nudillos a las tablas e hizo sonar un repiqueteo parecido a una clave.

—Tranquilo, Emilio, lo tengo todo controlado.

Dio un paso atrás justo en el momento en que uno de los cuarterones de la puerta se abrió y afloró el ala de un sombrero que ocultaba una voz rota que no parecía contenta con la visita.

—¡Hostias, los maderos!

—Tranquilo, Martínez. Venimos a tentar a la fortuna.

—Entonces, ¿no es una redada?

—¡Qué va! Estoy fuera de servicio. ¿Vuelan ya los naipes?

La hoja derecha de la puerta se entreabrió. El sombrero salió por completo y un hombrecillo que venía debajo miró repetidas veces a ambos lados de la calle.

—¡Martínez, que el policía soy yo, coño!

—¡Como para fiarse de vosotros!

La voz de aquel cancerbero se quebraba aún más al salir al exterior, seguramente abrasada al pasar por una garganta que se había cincelado a base de tragos de licor. Casi sin hombros en los que sujetar su chaqueta y calzado con unas enormes botas, parecía el muñeco de un ventrílocuo escapado de la función.

—Pasad.

El zaguán, en el que se dispersaban algunas sillas de enea y una artesa que le daban aspecto de caserío de pueblo, estaba ocupado por dos mujeres que hacían la espera a sus respectivas parejas. Ambas se habían dejado deslumbrar por las promesas de fortuna fácil que les hicieron los tahúres de sus novios, igual de tramposos en el mus que en el juego de mujerear. En lugar de disfrutar de los prometidos cruceros lujosos y de las vacaciones exóticas en Oriente, el destino las había dejado varadas en aquel puerto de baja estofa. Las dos maceraban su desgracia a base de cigarrillos encajados en largas boquillas que pretendían alejar al máximo la enfermedad de sus pulmones. Las parsimoniosas volutas que surgían de sus bocas se enroscaban entre baratijas doradas que colgaban de las orejas, cuellos, muñecas y tal vez de otras partes menos visibles del cuerpo. Aquellas mujeres se conservaban al humo, y el resultado no era tan apetecible como el de otras chacinas que Emilio había visto en el mercado. Aunque, cuando estuvieran desprovistas de toda la nocturnidad que arrastraban sobre sus cuerpos, debían de ser unas chicas comunes y hasta gentiles.

Gisbert las saludó amigablemente y abrió la segunda puerta sin necesidad de contraseña. Las paredes del viejo almacén estaban desnudas. El suelo y el techo reñían por oscurecer el ambiente. Unas lámparas industriales reflejaban su luz mortecina en varias mesas, de todas las formas geométricas imaginables, que rodeaban a una ruleta de respetables dimensiones. Una docena de hombres desprovistos de sus gabanes, pero no de sus sombreros, ennegrecían aún más la atmósfera con el humazo de largos cigarros en combustión. Al fondo, un señor orondo y velludo administraba lo que parecía una barra de bar. A su lado, la cigarrera intentaba despachar mercancías que le habían sobrado del menudeo diurno.

—Emilio, aquí hay unas normas —le advirtió Gisbert con sigilo.

—¿Y conviene saberlas?

—Desde luego, si quieres salir de pie. Son sencillas: no dejarse timar, no hacer saltar la banca y tomarse algo, para que hagan caja.

Transgredir cualquiera de aquellas normas podría entrañar los riesgos para la integridad física que había mentado su compañero, pero cumplirlas no parecía garantizar una noche con final feliz, así que se dejó llevar por su intuición.

—Empecemos por la copa, ¿qué tomas? —le dijo al policía.

—Antes de nada, vamos a hacer un depósito común, un bote. Veinte duros cada uno, ¿vale?

—Tenías que haberme avisado. No sé si llevo suficiente dinero —lamentó el periodista mientras abría su billetero.

—Te hago un préstamo, sin intereses, siempre que no me pidas más. Aquí están —dijo mientras sacaba de la cartera varios billetes prendidos de la pinza que formaban sus dedos—. Yo tomo un coñac. ¡Arturo! —llamó al barman—. ¿Me llenas la copa que te dejé ayer?

Aquella copa que le entregaron era casi del tamaño de una bola del mundo de las que se usaban en la escuela para situar las antípodas y el Kilimanjaro. A Emilio le pareció que sería conveniente aparentar que se ajustaba a los cánones de un local de aquel jaez, de modo que pidió un whisky: un Johnnie Walker.

—Este tipo de botella no se puede volver a llenar —le contó Emilio—, no como la tuya. Seguro que estás bebiendo ricino destilado.

—Peores cosas me he llevado al tragadero —dijo el policía mientras le proporcionaba un generoso sorbo a la copa—. Lo importante no es el contenido, sino el cristal.

—¿A qué te refieres?

—Fíjate, aquí los vasos están hechos de cristal bruñido. Es para evitar los reflejos, que pueden darte pistas sobre las intenciones de los jugadores. Sin embargo, esta hermosura de copa que uso —Emilio admitió mentalmente que aquella copa era el copón— deja entrever alguna imagen trasera, también en los laterales. Aunque hay que ser perspicaz, como tu amigo el escritor cuando se miraba en los espejos retorcidos de la calle del Gato. Hay que saber ver la esencia del gesto, del tic..., en rostros deformes. Y también te puede avisar de que se acerca a tus espaldas una navaja traicionera.

Emilio no alcanzaba a entender por qué Vicente le creía amigo de todos los escritores del momento. Tal vez, para el policía, un ilustre dramaturgo y un periodista de segunda fila no escondían diferencias apreciables.

—¿Y por qué te dejan utilizarla?

—Porque es rara y da el pego —zanjó el inspector la cuestión—. Yo me voy a jugar. Si quieres, me acompañas un rato y, cuando estés más suelto, te dejas caer por alguna de esas timbas —dijo, señalando las otras mesas—. Hay dados, bacarrá... Yo confío en la suerte del novato, pero recuerda: vamos a medias en las ganancias, en las pérdidas y en las hostias.

—Si las hubiere, de acuerdo.

—Empezaremos por la ruleta. Estoy seguro de que ese trasto ha salido de nuestra custodia.

—¿Desde cuándo tenéis juegos de ruleta en las comisarías?

—No, hombre: las confiscamos cada poco y las guardamos en los depósitos. Luego salen a subasta y vuelven a estar a disposición de estos truhanes. Sólo hay que seguirles la pista a los compradores. Tarde o temprano aparece el nuevo dueño, aunque casi siempre es el mismo: Hurtado.

—¿El hampón?

—Justo, el propietario de este tugurio y de al menos otros dos que están cerca del paseo de la Castellana. El tío domina el negocio del juego, y donde hay parné, como ya sabrás, hay poderío.

El periodista había escrito algunas noticias judiciales que intentaban relacionar a Hurtado con la delincuencia organizada, pero el sospechoso siempre salía limpio, por impensable que pudiera resultar esa condición dada la indecencia de sus operaciones.

—Tú siéntate a mi lado y observa —terminó el policía

antes de pasar una pierna por encima del respaldo de la silla y repantigarse en ella.

El cenicero exhalaba la tufarada proveniente de un amasijo de cigarros aplastados en varios estratos de creciente antigüedad. Un dandi de segunda, que había dejado en casa tanto a su mujer como al insostenible pretexto de acudir a una cena en el club de hípica, limpiaba con una servilleta dos pequeños y delatores cercos de carmín por los que no se sentía culpable. Más allá, un montón de huesos largos encajados con forma de persona se escondía bajo la vestimenta de un obrero. La boina ladeada hacia la ceja derecha le proporcionaba un aire miliciano que se acentuaba en aquellos ojos, hundidos como roblones a golpe de maza. Desprovisto de labios pero abundante de nariz, hacía entrar el humo de su cigarrillo por las rendijas de los dientes y lo expulsaba a empujones por la chimenea superior. Maldecía con el gesto cada jugada, como si esperase una que nunca llegaba para bendecirla. A su lado, un orondo tratante de ganado buscaba la manera de hacerse un nombre entre aquella selección de tramposos de la peor nota. Al fondo, supervisando los giros de la ruleta y arrastrando billetes hacia sí, presidía la mesa una especie de jefe de pista circense que hacía las veces de crupier. Ataviado con un esmoquin acharolado que antaño fue rojo y calzado con botines rematados en el mismo color desvaído, constituía la mayor concesión al glamour de aquel local en el que se reunían los verdaderos profesionales del fracaso. No se apostaba con fichas, como en el cine, sino con billetes zarrapastrosos y, en el mejor de los casos, de curso legal. No sabía por qué razón, pero Emilio se sintió integrado entre aquel grupo de personas que bien podrían haber rodeado la mesa de un comedor social sin haber despertado la menor sospecha.

En un establecimiento donde todo parecía de ocasión, la ruleta no podía ser menos. El disco giraba con dificultad, como si los rodamientos y el engrase no formasen parte de su dinámica de funcionamiento. Tal vez se tratase de una mera treta para hacer caja con mayor rapidez. La bola, tras pelear contra los rebordes, tardaba pocos segundos en encontrar una casilla en la que caer apresada. El crupier, un muchacho joven, cantaba el número y sus propiedades, y el paño de las apuestas parecía comenzar a envolverse, como una lengua, para llevarse todos los billetes hacia la banca. Aunque con Gisbert sentado a la mesa, esa tendencia no tardó demasiado en comenzar a cambiar. El policía empezó apostando sus billetes de cinco pesetas a negras y, tras un par de patinazos, la ruleta le permitió recuperar las pérdidas. Más tímidamente llegaron las ganancias, y entonces decidió asumir riesgos mayores al colocar su dinero en las casillas realmente capaces de multiplicar lo apostado. Para asombro de Emilio y enfado de la concurrencia, con el paso de los minutos comenzó a encontrarse con algún destello de suerte, y al cabo de una hora de copas de coñac y whisky, se reunieron más de trescientas pesetas cerca de las manos del inspector. Ruiz comenzó a sospechar que aquella ruleta estaba controlada por algún pedal o mecanismo invisible con el que la banca agasajaba a quien le daba la gana. No cabía pensar que Vicente Gisbert fuese un hombre de suerte porque esa condición era incompatible con su trayectoria vital, profesional y sentimental. Tampoco valía suponer que alguna divinidad relacionada con el azar se hubiese fijado en aquel jugador ocasional, cuando había señores mucho mejor vestidos y casinos más lustrosos en los que reparar. Sin duda había truco, pero Emilio no era capaz de desentrañarlo.

El policía, con aire presumido y sin perder la pose de jugador que debía de haber ensayado concienzudamente después de ver alguna película sobre el tema, se levantó unos instantes y dejó aquella fortuna a cargo de Emilio.

—Voy a mear. Mientras tanto, cuidame la pasta. Si quieres jugar, hazlo, pero sin apostar más de un duro o dos en cada tirada; y de vez en cuando dejas que la ruleta descanse, no vayas a aficionarte demasiado.

A Emilio se le amontonaban las instrucciones. Un hombre como él, que nunca había pasado de participar en alguna partida de julepe, no recordaba haber tenido entre sus manos otros réditos procedentes del juego que no fuesen un par de pesetas o, en la peor de las noches de finales de mes, unas habichuelas secas que servían de consuelo a periodistas desperrados que no disponían ni de calderilla que jugarse a las cartas. No obstante, probó suerte. Apostó a negras como había visto hacer a su amigo y... ganó. Siguió con negras y perdió, y volvió a perder, y veía crecer el montículo de billetes del crupier a la par que aumentaba su inquietud por el inminente regreso de su compañero de calaveradas. Cuando Gisbert ocupó su silla ni se inmutó. Parecía que la mala racha de Emilio no le preocupaba lo más mínimo.

—Perdona el retraso, compañero, he estado haciendo un encargo. Ya veo que los billetes se te escapan.

—Lo siento, Vicente. La ruleta se empeña en decirme que no, como el resto de las tentaciones de la vida.

—No te hagas el filósofo. Ya lo imaginaba. Se te adivina en la percha. Tú tranquilo, que de ésta salimos.

Dicho y hecho; por efecto del paso de un río invisible, la colina de billetes de la banca comenzó a erosionarse y a verse arrastrada lentamente hacia el depósito que habían conformado los dos amigos sobre aquel sucio tapete. El ganadero fue el primero en mirarlos de reojo, con una expresión en que se mezclaban por igual la envidia y la desconfianza.

El obrero, sin embargo, parecía dispuesto a arruinarse sin tener en cuenta la suerte de los demás. El dandi se levantó para probar suerte con los dados, y en su lugar quedó sentado un petimetre con aspecto de estudiante capaz de dejar seca la heredad de sus padres en un par de años de carrera universitaria infructuosa, excepto en lo que se refiriese a su paso por la tuna. Llevaba puesto un impecable traje milrayas, de color gris pizarra, de cuyo bolsillo asomaba un pañuelo de color nácar con unas ilegibles iniciales bordadas en hilo marrón.

—Vicente, esto se está poniendo feo —comentó Emilio, algo acobardado.

—Calma, ya te he dicho que está todo controlado.

Gisbert volvió a arriesgarse. Esta vez apostó diez pesetas a una cifra concreta que Emilio no quiso ni ver. Cuando el crupier cantó el número ganador, el policía puso cara de decepción. Insistió con otras diez pesetas para estrellarse en un par de ocasiones más, las últimas que el infortunio le tenía reservadas. A la siguiente, el crupier cantó el mismo número por el que el policía había apostado, si los ojos de Emilio no le engañaban o aquel tapiz no estaba demasiado gastado como para permitir ver bien los guarismos. Vicente se desvivía en gestos de alegría.

Entonces sucedió lo que no estaba previsto en ningún manual del fullero al uso: Hurtado, el dueño de los casinos y de todos los cubiles de perversión de aquellos barrios de Madrid, apareció por una puerta que tenía más aspecto de vía de escape que de entrada. Venía seguido de dos forzudos que parecían recién salidos de una *tournée* del circo, aunque con más ropa encima que cuando levantaban pesas como si fuesen mondadientes. Sin más, se sentó a la mesa. Un enorme reloj dorado que llevaba en la muñeca se desplomó sobre el fieltro antes de que lo hiciesen sus brazos.

Con un fajo de billetes en la mano derecha, comenzó a apostar lentamente, sin decir palabra.

—Pero ¿el jefe de todo esto tiene permitido jugar? —preguntó Emilio en voz baja.

—Lo único que está prohibido es que pierda. Pero tú no te alteres, en la ruleta no jugamos unos contra otros. Vamos todos contra la banca.

—O sea, contra él.

El periodista había comenzado a sudar, como si alguien hubiese incendiado las casas del contorno en aquella gélida noche de «hagan juego» y «no va más». Sólo tenía ganas de irse de allí, aunque para ello tuviese que perder todas sus ganancias y a un viejo amigo. El gánster apostaba con mucha más soltura que los demás y con cantidades que provocarían temblores a las cajas de caudales del Banco de España. Dejó de atender el juego durante un instante y miró hacia el policía.

—Deja un rato los billetes y que apueste tu amigo, el periodista.

Emilio se preguntó dónde diantres llevaba colocado el cartel de periodista, o peor aún: ¿habría publicado alguna vez alguna información inconveniente sobre aquel tipejo con fama de matón y extorsionador? Con la certeza de que no tenía más remedio que obedecer, Vicente dejó el dinero en manos de su amigo, que no sabía por dónde empezar. Fue entonces cuando Emilio Ruiz decidió incorporar una nueva máxima a su decálogo, que ya superaba con creces las diez recomendaciones: «Si en esta profesión te da por pensar alguna vez que ya lo has visto todo, corre en busca de un oculista, porque lo único que te hacen falta son unas gafas correctoras.»

Y así fue. La delicada situación se complicó aún más cuando el hombre del reloj de oro comenzó a apostar a las mismas casillas que Emilio, lo que obligó a éste a sentirse en la necesidad de no fallar por si ello comportaba una paliza o alguna represalia peor. Y, sin embargo, el maleante de altos vuelos comenzó a errar en todos sus pronósticos y a alimentar de nuevo la pila de billetes de la banca, que, hinchada ahora por el papel del ricachón, empezaba a alcanzar una envergadura inusitada hasta el momento.

Tras una serie de intentos fallidos que empezaron a aumentar su intranquilidad, Emilio se atrevió a retirarse con la socorrida excusa de acudir a los urinarios. El antro se había animado y, pasadas un par de horas de estancia, comenzaba a ofrecer un aspecto que se resistía a asumir como acogedor, aunque debía admitir que le resultaba cuando menos familiar. Sin necesidad de preguntas, vislumbró una puerta que le pareció la más indicada para esconder el aseo de un viejo almacén. El creciente aroma rancio le dio la razón antes de abrirla. En su interior, los grifos goteaban agua sobre dos viejas pilas de lavabo que no invitaban precisamente al aseo personal. Un muro de azulejo enmohecido rodeaba un urinario hacia el que se dirigió para hacer sus necesidades.

—Ni se le ocurra darse la vuelta, señor Ruiz —dijo una voz a su espalda.

El instinto y la curiosidad profesional estuvieron a punto de jugársela, pero cuando comenzaba a girar la cabeza, Emilio recibió la segunda orden, mucho más expeditiva y convincente.

—¡Le estoy apuntando con una pistola y no tendría empacho en apretar el gatillo!

De cara a la pared, que podía convertirse en paredón al menor descuido, lo único que le vino a la cabeza fue el titular en el que desembocaría cualquier movimiento inesperado por su parte: «Un disparo a traición acaba con la vida de un abnegado periodista», antetitulado por «Oscura muerte en los retretes de un casino ilegal». La única palabra de consuelo en la noticia, aquel «abnegado», era una simple cortesía corporativista del colega que escribiría su obituario. Prefirió eliminarla, pero ya se había hecho a la idea de que, incluso así, el resultado era demasiado sórdido como para que, más allá de las meras funciones metabólicas, su cuerpo se moviera ni un ápice.

—¿Es usted el que nos está investigando?

—Depende, ¿a quiénes?

—Lo del joven muerto, lo de Ramón Panal.

—Digamos que sí, aunque yo no soy policía, no busco justicia, sólo la verdad.

La voz se estaba acercando a su oreja derecha. Supuso que el cañón del arma estaría próximo a sus riñones.

—Pues quédese con mi verdad: a usted no le interesa seguir mordisqueando ese hueso si no quiere acabar igual que el estudiante. Nosotros sólo pasábamos por allí.

—¿Y quiénes son «nosotros»? —preguntó el atemorizado periodista.

—Ya sabe a quiénes me refiero.

—Ya, a los fascistas —dio por hecho—. Disparan por la espalda y rematan a la gente de mala manera. Si me permite una apreciación personal, esa descripción responde con exactitud a lo que pretende hacer usted ahora conmigo.

—Pero lo mío sería en defensa propia. Si insisten en acusarnos, acabaremos en el Tribunal de Urgencia y muy probablemente en la trena durante mucho tiempo. Los hay que nos tienen muchas ganas. Lo que ocurrió allí fue un accidente fortuito, fruto de la confusión. No se equivoque, si nos lo hubiésemos propuesto, habríamos podido matar al joven medicastro. Aquellos revolucionarios corrían como ratones asustados cuando nos vieron llegar, pero sólo pretendíamos amedrentarlos un poco. Todavía no ha llegado la hora de hacer la limpieza —añadió con un tono inquietante—. No tenía nada en contra de él. Seguramente sean necesarios muchos médicos en el proyecto de nuestra nueva patria.

Emilio se cerró la bragueta, que permanecía entreabierta desde el inicio de la conversación. Las urgencias fisiológicas se le habían interrumpido de forma abrupta.

—Prefiero no especular sobre qué función reservarían a los médicos tanto usted como sus amigos, tan salvapatrias, aunque no creo previsible que les esperase un papel digno del juramento hipocrático.

—¿Es usted siempre tan respondón? Esa actitud le va a traer problemas. No lo olvide: deje dormir ese asunto —siguió diciendo aquel hombre—. La policía no tiene demasiado interés en resolverlo, seguramente por si algún inconsciente como usted quisiese implicar a sus primos, los de Asalto, que tampoco estaban muy lejos de allí.

La voz comenzaba a alejarse.

—Y ahora voy a salir de aquí y usted se quedará tranquilito unos minutos. Si lo veo por el local antes de que yo me haya ido, lo envío a la página de sucesos en la que escribe.

El periodista respiró profundamente. Tenía la sensación de haberse tragado un pliego de papel secante. Necesitaba volver a por su copa, puesto que aquellos grifos amenazaban con despedir colonias de bacterias que podían apagar las funciones orgánicas en lugar de la sed. Pasado un buen rato, oyó que se abría la puerta con un sonido violento y no pudo evitar girarse mientras los latidos del corazón resonaban en las proximidades de sus tímpanos. Se trataba de un borracho que, avanzando a trompicones, amenazaba con estrellarse contra él y arrastrarlo hacia las paredes de los mingitorios. Emilio se desembarazó como pudo de aquel peso muerto y salió con todo el sigilo que le permitía el susto que llevaba encima.

De nuevo en medio de la penetrante atmósfera que emanaba del juego sucio, tan sólo echó en falta a un personaje: el joven petimetre, que se convertía así en el principal sospechoso de haberle cortado la meada a punta de pistola.

A lo lejos, en la barra del bar, atisbó a su compañero de fatigas manteniendo una acalorada conversación con el hampón. Cuando ambos percibieron su inminente llegada se quedaron mudos. Gisbert caminó hacia Emilio.

—¿Dónde te habías metido?

—¿Dónde está mi copa? —preguntó el periodista, alterado.

—La dejaste en la mesa de la ruleta, ya se la han llevado. ¿Quieres un poco de coñac?

—Dame, por favor.

Emilio desaguó la copa con un par de tragos.

—¡Oye, que tú eres de sorbo más comedido! ¿Qué te pasa?

—Nada, Vicente, nada —le tranquilizó—. Quiero irme. Sólo es eso.

—Ahora que pensaba reanudar mi buena racha... Mira, mientras te ausentaste me hice con unos fondos.

Gisbert le mostró un descuidado fajo que guardaba en el bolsillo interior de su chaqueta.

—Creo que habrá cerca de cuatrocientas pesetas. Hemos doblado nuestro capital. ¡Esto hay que celebrarlo con unas copas!

Emilio no estaba para festejos, pero tampoco quería despertar la suspicacia del policía sobre aquellas cosas extrañas que le estaban sucediendo. Además, algo le decía que lo mejor sería irse de allí.

—Pues nada, a celebrarlo —confirmó, sin mucho convencimiento.

—Así me gusta, campeón —lo animó Gisbert dándole palmadas en el brazo—. ¡Nos espera la mejor de las mil y una noches! Arturo, por favor, vuelve a guardarme la copa, me hará falta el próximo día.

Mientras se aproximaban a una zona más rica en oxígeno, el periodista miró a su amigo, que se resistía a dejar atrás una última tiradita en la ruleta.

—Oye, Vicente, dime una cosa, ¿y ese jueguecito de la copa? En la ruleta no hay contrincantes, no es necesario ver reflejados los gestos de los rivales como me contaste.

—Está bien, te lo confesaré, aunque un secreto así puede costarme una mano. La copa tiene marcas —le desveló entre susurros.

—¿Marcas de qué?

—Unas marcas casi invisibles. Me las grabaron los del laboratorio. Con el licor dentro, la copa actúa como un nivel. Lo cierto es que estas ruletas están cargadas, tienen pendiente, ¿sabes...?

Emilio no lo sabía, pero se lo suponía.

—Y un amigo mío que ha viajado por los peores casinos de Europa me enseñó un sistema. Si juegas con un sistema, tienes más posibilidades de ganar, ¿me sigues?

—No sé adónde, pero sí, te sigo.

—Hay que venir varios días a mirar, a jugar..., y memorizar los números que salen. Cada noche pones la copa sobre la mesa y compruebas hacia dónde está desnivelada. Si no calzan alguna de sus patas, si no se cae encima un borracho o no sucede algo que la desequilibre, el nivel te confirmará que día a día se mantiene el grupo de números hacia el que la bola tiene tendencia a caer. Es por ésos por los que hay que apostar, el resto son probabilidades.

Ante una demostración de física aplicada tan elocuente como extravagante, a Emilio no le quedó más remedio que concluir que su amigo jugaba en realidad compinchado con el dueño del local. Supuso que el tal Hurtado le permitía unas ganancias, un mordisco magro a cambio de una vista gorda. No tenía la menor intención de conocer los manejos de Gisbert en aquel submundo en el que terminó sintiéndose un invitado inoportuno, de manera que siguió caminando a su lado, intentando disimular los temblores provocados por el frío nocturno, unidos a los que le traía el recuerdo del angustioso momento que había pasado en las letrinas de aquella mansión de la codicia que ya quedaba dos esquinas más atrás.

Un periodista con pocas ganas de conversación y un policía que parecía más pendiente de su próxima travesura que de las tribulaciones de quien llevaba a su lado eran los dos únicos seres vivos que caminaban por la acera. Cuando Emilio había recobrado un poco la tranquilidad, su compañero comenzó a apresurarse.

—Vamos, Emilio. Espabila, que nos esperan.

—¿Quién nos espera? —preguntó, intrigado.

—Alguien que no te imaginas —respondió el inspector con una sonrisa maquiavélica.

El periodista volvió a sentir que le sacudía el temor. Le habría gustado saber adónde se dirigían en ese momento, a quién iban a ver y con qué intenciones. Recordó a Gisbert charlando relajadamente con el mayor mafioso de la ciudad en la barra del casino. Ni siquiera le había permitido acercarse. ¿Y si estaban hablando de él? Y, aún más, resultaba una rarísima coincidencia que en una casa ilegal de apuestas, a la que el policía puso tanto empeño en arrastrarle, apareciese un joven perdonavidas para intentar coaccionarlo blandiendo una pistola a sus espaldas. Si ese matoncete no los había seguido hasta allí —y la verdad era que no tenía el menor indicio de ello—, alguien tuvo que informarle de que el periodista que hacía preguntas incómodas estaría en el local esa misma noche. ¿Y si Gisbert sabía algo más de lo que aparentaba? ¿Y si tenía información sobre su presencia en la escena de un crimen? ¿Para quién podría estar trabajando? Pero Vicente no podía ser un traidor, quiso convencerse Emilio. Vicente era de fiar. Un policía impuntual, que nunca se sometía a la autoridad, fácil de sobornar, infiel a su esposa, robanovias consumado, vencido por el juego y otros vicios mayores... Ése era Vicente, pero a él, a su amigo del alma, no lo vendería jamás, se dijo un periodista que no se atrevía a preguntárselo al sospechoso porque hacerlo significaría romper esa relación que resulta de los años de trabajo en estrecha colaboración y de juergas en aún más estrecha sociedad.

A mitad de la calle de Santa Engracia, Gisbert dio un quiebro repentino y le señaló a Emilio un rótulo luminoso.

—¡Allí, nos dirigimos a aquel bar!

—¿A qué?

—¿Con cuarenta duros recién llegados al bolsillo y al precio al que se ha puesto el pan en Madrid? Mejor gastármelos contigo en unas buenas copas. Además, te tengo reservada una sorpresa.

La expresión «sorpresa» en boca de aquel agente del orden solía esconder una parte estimulante y un final desconcertante, muchas veces próximo al calabozo. Haciendo un esfuerzo para apartar de su mente la idea de que su amigo pudiese en realidad prepararle una encerrona, se dejó llevar una vez más por su indolencia ante los riesgos y se dispuso a esperar acontecimientos.

En efecto, en una mesa de aquel bar nocturno estaba sentada la sorpresa en forma de mujer. Las dos señoritas que antes esperaban a sus novios envilecidos por el juego se habían cansado de aguardar su oportunidad de conocer los mares del Sur y los dejaron plantados para enrolarse con un policía que lo más que podía ofrecerles era una regata en el río Jarama.

—Aquí sabemos a lo que venimos, Emilio; o sea, que no la cagues, por favor. Nos las camelamos un rato, nos las beneficiamos y mañana te das el pote correspondiente en el periódico.

Emilio maldijo la costumbre de su compadre de indicarle todo lo que tenía que hacer. No sabía cuál de aquellas tres instrucciones que acababa de recibir le resultaba menos recomendable, pero se armó de valor y rehusó la posibilidad de regresar solo a casa en la misma noche en la que alguien lo había amenazado con una pistola y un mafioso había compartido su mala suerte en la ruleta.

Un tango cantado por una voz muy fina, casi estreñida, advertía desde la gramola sobre la mala vida que dan algunos amantes a sus mujeres, pero la noche no estaba para sermones, sino más bien para champán.

—Pónganos una botella de las de esa viuda francesa tan famosa... Las chicas la merecen —indicó Gisbert al barman, que vestía con rigor el uniforme del oficio: chaquetilla blanca, pajarita negra y cara de no dejar una consumición sin cobrar.

Las copas chocaron aleatoriamente entre aquellas cuatro almas condenadas que ni siquiera se habían facilitado sus nombres reales durante las presentaciones, oficiadas por el policía. Al menos, Emilio no recordaba haberse llamado Alberto jamás, aunque ese nombre le sentase tan bien como afirmaba la joven que le había tocado en un rápido sorteo amañado que también llevó a cabo el ventajista de Gisbert antes de tomar asiento.

Conversaciones intrascendentes sobre los locales de moda que solían frecuentar y serias advertencias femeninas sobre el secreto que debía cernirse en torno a aquel encuentro para evitar problemas con sus novios fueron los asuntos más recurrentes de entre los que se hablaron alrededor de la mesa de un bar en el que, poco a poco, se convirtieron en los únicos supervivientes de aquel lado de la barra.

Consumida la botella y rematada con unos vasos de whisky con agua, todos accedieron a seguir a Vicente, quien reconoció entre chistes malos que albergaba las más variadas intenciones deshonestas hacia su acompañante.

—No te puedo prometer el viaje en barco que te ha ofrecido tu novio, pero te voy a transportar a océanos que ni siquiera has imaginado en tus sueños más aventureros.

Emilio se preguntó de qué folletín habría sacado su amigo semejante invitación al catre. Las calles y el frío eran todos uno cuando alcanzaron la pensión «de confianza» de Gisbert, es decir, una casa de viajantes que, cuando tenía plazas libres, daba cobijo a amantes ocasionales de fin de semana en camas individuales, lo que sólo resultaba incómodo a la hora de dormir. Vicente propuso en voz alta, como en broma, montar una bacanal entre los cuatro.

—Sólo para ahorrarnos una habitación, ¿vale, Alberto? —justificó su propuesta.

Pero ni Emilio, ahora conocido como Alberto, ni la joven que le había tocado en suerte, alias Carmen, estaban por la labor.

—No me van los tumultos, siempre salgo magullado —se justificó el redactor.

—Perdonad, no os lo toméis así, sólo era una broma. En realidad, yo para estas cosas soy muy tradicional —se excusó Gisbert ante su amigo—. Normalmente sólo llego hasta aquí después de la boda.

—Pues que vivan los novios —dejó caer Emilio, mientras miraba cómo su amigo intentaba subir la escalera en línea recta, abrazado a una muchacha cuyos vaivenes amenazaban con romper algún saliente del mobiliario.

El policía había alquilado dos habitaciones que, a tenor de los números que figuraban en las llaves, eran contiguas. Emilio dejó a su compañero de fatigas en el pasillo de la pensión, tan borracho como volcado sobre su pareja, intentando alcanzar unos pechos que no tenían intención de zafarse. Entre risas mal contenidas, capaces de despertar a una buena porción del vecindario, el inspector cerró la puerta de su habitación.

El periodista se quedó con Carmen, más rellena que su amiga, pero también mejor parecida y más callada. Ella le invitó a entrar en el cuarto, donde sólo había una cama plegable, una mesilla y un mueble con una palangana: el utillaje necesario para el amor a hurtadillas. La escasa elocuencia de Carmen y la noche de perros que había pasado Emilio se aliaron para que la pareja se dijese poca cosa. Tampoco ayudaba a la charla el ruido rítmico que procedía de la estancia de al lado. Emilio reconoció de inmediato los gruñidos de Gisbert, los mismos que había oído a su lado en las gradas del *ring*, cuando admiraban cómo Pedrito Ruiz —que no era primo suyo, por mucho que se empeñase el inspector— machacaba a sus rivales a base de guantazos en las costillas.

Sin ganas de hablar, y con un sonido de fondo que no invitaba a dormir, la chica se limpió el maquillaje. Los ojos del hombre descubrieron entonces a una joven que, por alguna razón difícil de adivinar, escondía su bonito rostro bajo una estrambótica pintura expresionista. Revelado su verdadero aspecto, a Emilio no le costó entablar con ella una conversación serena sobre las cosas que ambos hubiesen querido hacer si no estuviesen atrapados en aquellos cuerpos y en aquella ciudad que amarraba a sus habitantes con fuerza. Al cabo de un rato, Carmen se había arropado en la estrecha cama e invitó a su acompañante a tenderse también.

—Ven, Alberto, vas a coger frío. No tiene por qué pasar nada.

—Sólo estoy seguro de lo primero —repuso Emilio.

No obstante, Alberto cedió a la invitación. Al cabo de poco tiempo, pasó algo. Poco más tarde, lo estaban expresando entre jadeos mucho más educados y galantes que los bufidos de su amigo de la habitación contigua, apagados desde hacía rato.

Alberto se despertó entre algodones. Emilio sentía resquemor.

## CAPÍTULO 12

—

## DE VUELTA A EUROPA

Angélica, la esposa de Von Tischendorf, había tenido su cuarto hijo en Leipzig mientras él trabajaba en Egipto. Esta vez había sido una niña, y todavía no había podido verla. Tierra Santa, Constantinopla, el Sinaí, Alejandría, Haifa..., demasiados lugares en tan pocos meses a más de tres mil kilómetros de su familia. Su mujer había quedado encinta antes de que el estudioso saliera de Alemania, y el bebé nació al poco tiempo de que su padre encontrara la Biblia. Le habían puesto de nombre Catalina. El teólogo ansiaba volver a casa para poder conocerla y abrazar de nuevo a su prole, pero le quedaban por delante muchos días de viaje. Ya llevaba casi un año por aquellas tierras. Era hora de regresar.

Mientras fumaba un cigarro en la cubierta de la barcaza, miraba un retrato de su consorte y madre de sus vástagos que acababa de sacar de la cartera. La nave le llevaba desde El Cairo hasta Alejandría por el canal artificial de Mahmudiyah, una ancha y no demasiado profunda vía de agua entre las dos ciudades cuya corriente se movía en parte artificialmente en dirección al Mediterráneo. La superficie estaba llena de falucas, con sus velas triangulares, que compartían viaje alrededor de los navíos más grandes, siempre repletos de pasajeros almacenados y tratados con el mismo desdén que sus mercancías.

Durante la travesía, el transporte embarrancó dos veces en los arenales del lecho, lo que provocó que toda la tripulación, ayudada por algunos de los pasajeros más humildes, se echara al agua para aligerar el peso. Dos hileras de árabes casi desnudos tiraban de los amarres para sacar el maltrecho bajel de los lodazales en los que había encallado. El rescate se producía entre ruidos que hacían temer tanto por la integridad de la estructura del navío, como por la suerte de aquellos marineros de agua dulce que iban a dejar sus huesos en el intento de mover aquel inestable cascarón de madera para sacarlo del fango.

Tras un agitado viaje, llegó a la ciudad fundada por Alejandro Magno, la que fue capital de la enseñanza del griego, puerto más importante del mundo civilizado y plaza fuerte de la cristiandad. Después de sus años de gloria, había atravesado un amplio período en el que fue perdiendo los símbolos de su esplendor, excepto su nombre y sus obeliscos. Ahora volvía a emerger poco a poco como importante puerto mediterráneo gracias al empuje económico del futuro canal de Suez. Era un lugar de paso, de transición, de aduana. Las propias guías de viajeros recomendaban no quedarse allí más de veinticuatro horas.

Los ayudantes del profesor, encabezados por su leal beduino Sheik, desembarcaron los baúles. Dentro de ellos estaba el equipaje: ropa, recuerdos y, sobre todo, los pesados libros que había ido recopilando a lo largo de aquel año con destino a la Biblioteca Pública Imperial. Entre ellos, cubierto por la misma tela roja con la que lo había encontrado, y protegido por una caja de madera, iba el Códice Sinaítico, aquel manuscrito cargado de contradicciones.

El puerto de Alejandría era una selva de trinquetes, palos mayores, mesanas, velas y pértigas rodeados de grúas, poleas y garruchas que levantaban y descargaban cientos de fardos y de cajas de madera. Allí llegaba cada mes más gente animada por las noticias del inicio de las obras para construir el canal de Suez. Un proyecto de ingeniería de esa envergadura estaba atrayendo a la zona a todo tipo de personas interesadas en prosperar, algunas a cualquier precio.

Buscó su barco, el *Emperatriz*, de la naviera Austrian Lloyds, un impresionante vapor mucho más grande y de aspecto más robusto que la lancha que le había llevado hasta allí. Miró a su alrededor entre aquel caos humano. Muchas de aquellas personas tenían un cometido, pero otras tantas se dedicaban a buscar alguna propina en cualquier trabajo esporádico o, por qué no, a aprovechar el descuido de los pasajeros que deambulaban despistados por allí. Cuando los viajeros se distraían, solían contribuir con su cartera a alimentar algún estómago necesitado. Paquetes, bártulos, cajones, baúles, maletas, costales, hatillos y todo tipo de bultos llenaban los diques, en los que entraban y de los que salían barcos constantemente. Un mendigo casi ciego, con los ojos blancos por el glaucoma, le gritó sonriente al pasar: «*Bonsoir, monsieur. Moi connaître Lesseps.*» Aquélla era una forma de dedicarle un saludo embaucador, el que utilizaban los desharrapados egipcios cuando creían reconocer a un francés, como si de verdad hubieran visto alguna vez en su vida al ingeniero parisino artífice de aquella vía de paso entre los dos mares. Von Tischendorf dedujo que, en aquellos tiempos, en Egipto había dos clases de europeos: los franceses y el resto.

Tras localizar el barco que le habría de llevar a Trieste, encaminó sus pasos hacia él seguido por su comitiva, a la que se unió un estibador portuario. Por unas pocas rupias, aquel hombre les había alquilado un carro en el que portaba el equipaje. Entregaron una parte de los bultos para que los embarcaran en las bodegas mientras Sheik subía los libros a bordo. Una vez resueltos todos los papeleos de salida y recogidos los pasajes, Von Tischendorf se despidió de su séquito.

—Sheik, además de mi agradecimiento, que ya conoces, quiero darte una suma de dinero para que lo repartas como estimes oportuno entre quienes me habéis ayudado. Has sido un servidor honrado y eres la persona que mejor conoce las rutas de Egipto. Me encargaré de que cualquier alemán que se dirija a esta tierra sepa que puede contratar tus servicios. Quizá necesite alguna cosa más de ti; en ese caso, te lo haré saber a través de carta.

—*Sayyid*, siempre será bienvenido. Le esperaremos en su próximo viaje. Si me lo permite, señor, debo decir que usted forma parte de este país. Cuando llegue a su patria, cuente a todos que fue en nuestra humilde tierra donde encontró ese libro tan importante para muchas personas.

Von Tischendorf subió la escalera que le conducía a una de las cubiertas. Se acercó hasta la borda y desde allí, apoyándose en la barandilla, contempló el muelle. Abajo, sin moverse, los beduinos se despedían mientras esperaban la salida del barco. Pensó que la última carta escrita desde África para su esposa tal vez estuviese todavía en alguno de los fardos que veía desde la cubierta. En cualquier caso, aquella misiva llegaría antes que él porque pretendía detenerse en Viena para mostrar el códice a su majestad, el emperador Francisco José I de Austria, y a su esposa Isabel, quienes siempre habían mostrado un gran interés por la historia de los escritos bíblicos.

Tenía un largo viaje por delante. Atravesaría el Mediterráneo y el Adriático para luego seguir hasta San Petersburgo, aunque antes pararía en Dresde: un dilatado periplo desde Asia hasta el norte de Europa. Estaba a punto de terminar su etapa africana tras ocho meses de quehaceres. Al final habían sido más difíciles las negociaciones con los monjes de Santa Catalina para poder llevarse el códex que todo el trabajo de copia, incluidas las numerosas notas que él mismo se había encargado de transcribir de forma minuciosa. El colectivo de hermanos, desde la extraña muerte de Skevophylax, no ofrecía ninguna resistencia a que el libro abandonara el país; pero él se vio involucrado en todo un embrollo diplomático que le había obligado a viajar desde El Cairo hasta Constantinopla para ayudar a la cancillería rusa. Tuvieron que presionar en las reuniones de la Iglesia ortodoxa al reticente Patriarca de Jerusalén para que se aviniera a consagrar al candidato del consenso que presentaban todos los abades de la Península del Sinaí, encabezados por Agathangelos. Gracias a todas aquellas gestiones la comunidad acabó prestándole el códice. No se trataba de una cesión completa, pero era suficiente para llevárselo y poder seguir trabajando con él en Europa. Antes de irse, dejó encomendado al cónsul de Rusia en El Cairo que convirtiera aquella situación temporal en una venta firme y negociara las condiciones y las cantidades, aunque ése ya era el problema de los rusos.

Alzó los ojos y se encontró con la silueta de los dos obeliscos, las agujas de Cleopatra, que se elevaban sobre el horizonte de la ciudad. Apuró la última calada de su cigarrillo y tiró la colilla por la borda. Bajó a su camarote, se tumbó en la litera y abrió su diario. Allí estaban escritos todos sus pasos a lo largo de aquel año que empezaba a acabarse.

Hacía más de un mes que también había partido Francisco Pérez, aquel español que se había convertido en su colaborador más competente. A pesar de que era el que menos horas había podido trabajar al comienzo de las tareas de transcripción, fue el que acabó aportando más y el que se comprometió con mayor entusiasmo en la labor, no sólo durante el escaso tiempo libre que le dejaba su horario diario de trabajo en la cocina del Shepheard, sino incluso en todas sus jornadas de descanso. Además, su conocimiento del griego era mucho más amplio de lo que el alemán había supuesto al principio.

Aquel culto cocinero fue el primero en localizar dos de las mayores manipulaciones de la Biblia contemporánea constatadas a la luz del códice. Por un lado, había descubierto que el versículo 12 del capítulo 24 de Lucas era una invención posterior: «Pero, levantándose Pedro, corrió al sepulcro; y cuando miró dentro, vio los lienzos solos, y se fue a casa maravillándose de lo sucedido.»

A algún doctor de la Iglesia le debió de parecer más interesante que un hombre, Pedro, diera fe de lo acontecido en el sepulcro para que no fuera sólo un asunto producto de habladurías de mujeres, y como creyó que así mejoraba la doctrina, añadió el fragmento sin más. De esta forma se iba pergeñando una versión más «completa» y «adecuada» de la vida del Señor.

Francisco también se había fijado en una importante supresión en las versiones más modernas del texto sagrado. En Mateo 24, cuando Jesús habla de en qué momento se producirá la destrucción del Templo, el códice decía: «Pero del día y la hora nadie sabe, ni aun los ángeles de los cielos, ni el Hijo, sino sólo mi Padre.»

La expresión «ni el Hijo» se había eliminado en los escritos posteriores, posiblemente porque así se aseguraba el carácter divino de Jesús, ya que en el Códice Sinaítico no quedaba demasiado claro si él tenía el mismo conocimiento del futuro que Dios padre.

Si no había ascendido a los cielos ni resucitado, y tampoco participaba de la omnisciencia del Padre, quizá Jesucristo había sido sólo un profeta más, pero no el hijo de Dios, y eso no convenía a la Iglesia.

De momento, los trabajos con el códice en aquella tierra tocaban a su fin.

—Aquí ya no me queda mucho que hacer, Francisco —le había dicho Von Tischendorf—. Hemos acabado el trabajo de transcripción y donde creímos que hallaríamos una corroboración de lo que cuenta el «libro de libros» nos encontramos ahora con un texto que cuestiona todo lo que dábamos por cierto sobre la vida de nuestro Señor.

—Lo sé, profesor. Le agradezco lo mucho que me ha enseñado en estos meses. Ha sido un trabajo apasionante. Por otra parte, me he enterado de que el señor Samuel Shepheard está en tratos con un hombre de negocios bávaro de Alejandría al que va a vender el hotel. Ese establecimiento, sin su fundador, ya no será lo mismo. Creo que, para mí, el tiempo en Egipto terminó.

Así fue: al acabar el verano, Francisco Pérez había regresado a España a ver a su familia y a su hijo, pero se había comprometido a viajar después a Leipzig, donde Von Tischendorf estaba dispuesto a contratarle para que le ayudase con el códice. Calculaba que le podría quedar por delante un año o dos de trabajo y, además, él prefería tener a alguien de confianza en San Petersburgo; además, ése era el destino final que anhelaba su asistente. Von Tischendorf planeaba dirigir los trabajos desde la ciudad alemana y desplazarse a Rusia de cuando en cuando para supervisar los avances, por ello necesitaba mantener allí a un colaborador. La verdad era que el empeño que había mostrado el español le hacía creer, sin dudar, que volvería a verlo.

Escuchó el ruido de la cadena del ancla al recogerse y,

cuando notó que el barco empezaba a avanzar, cerró su diario. Le aguardaba una agotadora travesía por mar: Corfú, Dubrovnik, Venecia y, finalmente, el puerto de Trieste, desde el que viajaría ya en tren hacia el corazón de Europa, con sus correspondientes escalas, antes de alcanzar Rusia. Se quedó dormido en el camarote mientras el barco salía del puerto. En aquella habitación le acompañaban tres baúles repletos de libros destinados a la Biblioteca Imperial de Rusia. Von Tischendorf había pedido expresamente que no viajaran en las bodegas. Apartado del equipaje, sobre la silla, estaba la caja que contenía el Códice Sinaítico.

El *Emperatriz* hizo sonar su sirena para despedirse de África. Transportaba hacia Europa el documento que podía poner en cuestión las creencias más íntimas de millones de personas.

## CAPÍTULO 13

—

## MISTERIO EN LA BIBLIOTECA

Joaquín acababa de sentarse en su mesa con la intención de relatar, mediante grandes titulares y no menor espacio para las fotos, el relevo en el Ministerio de la Gobernación. Habían destinado a Rico Avello a Marruecos, lo que confirmaba que los rumores tienen mucho más valor periodístico que las noticias. En su lugar, se haría cargo de aquel desordenado país Martínez Barrio, el veterano político aclamado por el pueblo republicano después de asumir anteriormente las más altas responsabilidades del Estado. Para Joaquín, trabajar con aquella información era una mera oportunidad de consolidar sus aspiraciones de ascender. Para Emilio Ruiz, el intercambio ministerial era otro movimiento de trileros de guante blanco en el que las fichas aparecían o desaparecían en según qué cubilete y momento.

—Emilio, mira a ver si alguno de los heridos de hoy se te muere rápido, porque si no es así, me meriendo yo solito la portada entera.

—Pues no te creas, tengo a un par de apuñalados en el hospital. Una mujer acomodada de Ciudad Real que venía regularmente a ver a su querido al Palace. El marido se enteró...

—¿Del tomate?

—No, eso ya lo sabía. En realidad, él era un crápula que se entendía con la hermana de su esposa. Pero el amante de la susodicha les había limpiado gran parte de la fortuna familiar convenciéndola para que comprase títulos de una empresa fantasma que él mismo había maniobrado desde el principio. El burlado se lo ha cobrado en sangre esta noche.

—Ya, pero no hay fiambres. No pasa de ser una segunda página.

Ruiz se sentía furioso porque Joaquín tenía razón y sabía aprovecharla para meter su infecto dedo en la herida. Si alguno de los dos acuchillados no se moría desangrado inmediatamente —es más, si no resucitaba a continuación y el personal del hospital lo veía durante un lento y luminoso ascenso a los cielos, acompañado de una pastosa melodía de violines—, la portada seguía perteneciendo al cobista de Joaquín con su trueque de ministros. Antes de sentirse atraído por la idea de acudir a la clínica y ahogarlos con una almohada, siguió mecanografiando todo lo que el botones del hotel le había contado sobre las víctimas. Previamente, se había visto obligado a sobornarlo con una foto firmada por el renombrado portero del Madrid, al que aquel experto en acarrear equipajes admiraba sobremanera. «Para Felipe, cuyos brazos detendrían cañonazos, de tanto noble ejercicio con las maletas. Ricardo Zamora», rezaba la inscripción oblicua con la que Emilio había falsificado una foto que le proporcionó Alfonso. Tanto esfuerzo para que, ese mismo día, el presidente tuviese el capricho de cambiar al ministro encargado de apaciguar las revueltas de una sociedad convulsa. Sal de frutas para mitigar una indigestión.

—¡Carrerilla, no te vayas!

El chiquillo se paró en seco en el pasillo y miró hacia atrás.

—¿Qué pasa, Emilio? —preguntó.

—Esta noche te voy a necesitar.

—¿Otra vez de espía? —dijo con una ilusión subrayada por la presencia de chispas en los ojos que los rápidos parpadeos apagaban.

—Algo así. Mira, necesito que, sobre las diez, cuando hayas acabado el trabajo, te vayas hasta Recoletos, a la Biblioteca Nacional. ¿Sabes dónde está?

—Sí, claro, donde en verano se pone el puesto de helados de mantecado a los que nunca me quieres invitar.

—Justo ahí. Bueno, pues resulta que María y yo estaremos dentro.

—¿Es un hostal?

—¡No, malpensado! Estaremos..., digamos..., en una misión especial.

—Vale, ¿y qué debo hacer?

—Tienes que impedir que entre nadie hasta que nosotros salgamos y te recojamos —le explicó su amigo, con voz misteriosa.

—¡Allí me tendrás!

Ésa sólo era una parte accesoria del plan que María le había transmitido por la mañana, delante de su inexcusable café de La Española. Todo estaba preparado. Ruiz tendría que esperar, a las ocho de la tarde, en la plaza de San Ildefonso. Allí llegaría una biblioteca circulante. Su conductora, una amiga de María llamada Mercedes, se encargaba de recoger y entregar libros en colegios y bibliotecas de la provincia. También de prestarlos en las calles a quienes se hacían socios. Era de la entera confianza de María, por lo que el periodista no tenía nada que temer. Emilio tenía que acercarse a ella y darle una clave para hacerse reconocer. Ese automóvil sería el refugio perfecto para entrar en la Biblioteca Nacional sin despertar sospechas. De vez en cuando trasladaban en las «circulantes» algunos volúmenes que debían volver a la casa madre de los libros hispanos. Además, Mercedes conocía al vigilante nocturno, que intentaba desde hacía tiempo ganarse sus favores.

—O sea, que yo entro en la Biblioteca y... —le había dicho Emilio a María, a la espera de conocer el desenlace de aquel esbozo de aventura, que coincidiría con el final de su café.

—Y yo te voy a buscar. Nos metemos hasta el sótano, buscamos el libro, le echas una ojeada y lo escondemos.

—Perfecto, María. Te debo un favor.

—Si nos sale bien y les damos una lección a esos gerifaltes, dalo por pagado.

Cansado de tener que compartir los oficios con tanto aprendiz, el jesuita Miguel Ángel Tudela se retiró la sotana para sustituirla por un traje igual de barato e incapaz de dar cabida holgada a sus rebosantes carnes. Maldijo su suerte y, con ella, a todos los gobiernos republicanos que se habían pasado el testigo de la estigmatización de la Compañía. Después, cuando ya abandonaba la parroquia, se hizo la señal de la cruz de manera casi furtiva, para no despertar sospechas sobre su condición de fugitivo. Al fin y al cabo, aquella vestimenta seglar era para él una prueba mandada por Dios y, por lo tanto, debía sobrellevarla con la mayor dignidad posible. Dejó atrás el silencio de la iglesia y el bullicio de la hora de la cena en el colegio adjunto. El alboroto infantil le trajo vivos recuerdos de su etapa de instructor de jovencitos destinados a engrandecer aquel ejército de siervos del Señor del que formaba parte activa y orgullosa, aunque ahora fuese desde una humillante clandestinidad. Ésa era su verdadera vida, y no la falsa identidad que había tenido que asumir por si fuese descubierto por aquellos guardianes del Templo que podían aparecer en cualquier momento en busca de una venganza que alguien revistió de justicia por medio de bandos mundanos. Con su cartapacio en la mano y su atuendo civil, él era un vulgar agente de seguros de vida, todo un sarcasmo para quien había procurado a tantas almas la eternidad celestial sin pago previo de cómodas mensualidades. Tomó rumbo hacia su *coetus*, el piso que compartía con otros seis hermanos igual de perseguidos que él. Debía apresurarse para llegar a tiempo a la cita semanal con su superior, el representante en Madrid del provincial de Toledo. Tenía que informarle sobre la aparición, días atrás, de un periodista que también estaba tras la Biblia más antigua del mundo.

Con dos vueltas de bufanda al cuello, sentado sobre un banco de madera, Emilio Ruiz esperaba que se presentase la prometida biblioteca ambulante, pero se estaba retrasando. Un hombre mayor llevaba en las manos un trapo grande y pesado que de vez en cuando lanzaba al suelo con intención de cazar las palomas que acudían, candorosas, en busca de algunas semillas que una mujer de buen corazón había esparcido esa misma mañana. Sin saberlo, las torpes herederas del mismísimo Espíritu Santo pasaban a formar parte de una cruel cadena trófica que terminaría en una escudilla de arroz con ave. A no ser que al cazador también se lo comiese alguien, una posibilidad nada descabellada, tal era el hambre que se adueñaba de las despensas de aquella ciudad.

Sonó un claxon desde la cabina del furgón que acababa de detenerse. «Biblioteca Circulante número 3», se leía en su flanco, por encima del escudo de la República. Emilio se aproximó hasta encontrarse con una muchacha alta, morena y graciosa que sujetaba el volante. Sacó un libro de su gabardina y se lo entregó.

—Es Salgari —le dijo.

A la joven no le hizo falta ese santo y seña para saber que aquel hombre era el amigo de María. Respondía con exactitud a la descripción que había recibido, especialmente en lo de «bien peinado».

—¿Quieres llevarte otro? —preguntó la conductora-bibliotecaria.

—Sí, claro. —Ésas habían sido las indicaciones de María.

—¿Me ayudas a meter éstos atrás y lo coges?

—En seguida —respondió Emilio, que se afanó en recoger la pila de libros desperdigados por el asiento libre y se dirigió a la portezuela posterior. Él pasó primero y después lo hizo Mercedes, que volvió a salir inmediatamente mirando a ambos lados.

—¿No te asustará la oscuridad? —le preguntó la conductora desde fuera, antes de cerrar la puerta sin esperar a escuchar la contestación.

Allí, en medio del barrio de Maravillas, en una ciudad denominada Madrid, capitalidad de un país llamado España, perteneciente al mundo explorado, un periodista se había convertido en polizón de una minúscula biblioteca que correteaba alocadamente por las calles. Y se lo estaba pasando en grande, como aquel día en que invitó a una novia a las atracciones y subieron al túnel del amor: sentía el mismo cosquilleo, pero sin novia.

En medio de la oscuridad y del balanceo propio del viaje, Emilio se preguntó qué pasaría si caían de repente sobre él todos los *Episodios Nacionales*. «El peso del inabarcable maestro Galdós», sería la cabecera de aquella triste información que diría: «Muere aplastado un periodista bajo la carga de la gloriosa historia de España.» Ruiz dejó de guasearse de sí mismo cuando recuperó la certeza de que lo que venía a continuación era cosa seria. ¿Realmente merecía la pena ver aquel facsímil del Códice Sinaítico? ¿Contendría alguna pista que pusiese en evidencia su importancia? ¿Sería conveniente implicar a tantas personas por una simple obstinación? ¿Seguir esa pista le ayudaría a desvincularse de la extraña muerte del marchante, en la que se había visto involuntariamente envuelto? ¿Qué relación tenía aquel asesinato con el códex?

Tras una breve parada, su sentido del equilibrio le dijo que estaban descendiendo por una rampa. El furgón se detuvo. Secos ladridos de un perro con tos anticiparon el saludo de un hombre que obtuvo la respuesta de Mercedes.

—¡Merche, por fin vuelves a verme!

—Vengo a dejar aquí un ejemplar que me ha pedido María. Te lo quedas y mañana se lo entregas, si haces el favor.

—¿Por qué siempre te muestras tan distante? Cualquiera diría que este uniforme de guardia te da miedo —añadió la voz del hombre.

—Anda, idiota, que así vestido, tan marcial, no te faltarán chicas a las que engatusar.

—Pero pocas como tú. ¿Por qué no te vienes adentro a tomar una achicoria que acabo de preparar? Así podrás reposar y entrarás en calor. Después de una jornada de reparto por esos pueblos, estarás cansada.

—Espera, antes te daré el libro.

Mercedes abrió la puerta trasera del furgón y Emilio se apresuró a alcanzarle el primer libro que le pareció menos manoseado que otros. La portezuela se cerró de nuevo y allí se quedó una vez más, en medio del saber universal en tamaño comprimido, pero sin el elemento básico para acceder a él: la luz.

—Es un ejemplar valioso, ten cuidado —explicó Mercedes al vigilante.

—Cuidaré de él como de ti, si te quedas conmigo un rato.

—Vale, me quedo —dijo con resignación—, pero me iré antes de que se haga muy tarde.

—A lo mejor prefieres hacerme compañía toda la noche. La verdad es que aquí solo me aburro mucho.

—¡He dicho un rato! —respondió la bibliotecaria ambulante, renegando por dentro de aquellos embolados en los que la metía su amiga.

Se hizo el silencio y Emilio siguió pensando en las muchas preguntas que mantenía abiertas sobre la Biblia llegada a Londres. ¿Y si contuviese las claves para descifrar algún código secreto que sólo manejasen los evangelistas? ¿Y si la historia de la humanidad diese un vuelco a raíz de sus descubrimientos? Estaba embelesado, imaginando las conferencias que pronunciaría por todo el mundo, cuando la puerta se abrió de nuevo.

—¿Estás ahí? —preguntó María.

—Encuadernado, podría decirse, pero estoy.

—¡Vamos, afuera, hay que darse prisa!

Emilio se estiró al salir y siguió los pasos de María, que llevaba en la mano un candil de carburo de considerables proporciones.

—¿Dónde estamos? —le preguntó.

—Donde no deberíamos, supongo. En las bodegas de la biblioteca.

—¿Y adónde tenemos que ir?

—Al fondo hay dos grandes salas. En una de ellas se encuentran las piezas de gran valor, y en la otra los facsímiles y otros libros que se deben conservar, aunque no sean ejemplares tan preciados. Ése es nuestro objetivo. Allí tiene que estar la copia del Códice Sinaítico. El problema es que...

—¿Qué pasa?

—Me he hecho con un juego de llaves que dan acceso a esa sala, pero no contaba con que esta puerta —señaló al frente— estuviese también cerrada. Necesitamos una palanca o algo así —añadió, buscando en la mirada de Emilio un gesto de complicidad.

—El *topismo* no es mi especialidad, pero algo entiendo de ganzúas. ¿Tienes una horquilla para el pelo o ballenas en el sostén?

—No, como podrías deducir del aspecto de mi cabello y de mi busto, pero en el laboratorio de restauración de libros puede que haya algo.

María subió la escalera en penumbra. Sus zapatos planos le permitían pisar los peldaños sin producir ruido, pero Emilio estaba preocupado por la intuición del perro. Al cabo de un rato, regresó.

—Un alambre grueso, ¿te servirá?

—Seguro —contestó Emilio mientras doblaba uno de los extremos—. Escucha: el vigilante tiene un perro, ¿no nos descubrirá?

—A ese perro sólo le doy yo de comer. Si fuese por ese mastuerzo de guardia, el pobre animal pesaría lo mismo que el sabueso de los Baskerville. No te preocupes por él.

Si en todas partes le habían reconocido su habilidad a la hora de girar un lápiz con los dedos de una mano, pocas veces había exhibido en público sus artes en el manejo del garfio. María se quedó boquiabierta cuando vio la facilidad con la que el periodista se había transformado en un ratero espadista que, tras una breve manipulación de la cerradura, la invitaba a entrar por la puerta recién abierta de par en par.

—*Madame*... —le dijo entre sonrisas, mientras hacía una pomposa reverencia que remató señalando la entrada con su brazo extendido.

—Ya me imaginaba que me estaba metiendo en un buen lío, pero no sospechaba que se trataba de un lío con antecedentes policiales.

—Mi expediente está impoluto, querida amiga —siguió Emilio, que, como haría cualquier hombre, se mostraba exultante después de haber despampanado con su pericia a una mujer.

—Pues ya me explicarás dónde aprendiste esto.

—Cuando era barbero tenía algunos clientes que nunca pagaban sus cuentas. Como era imposible hacerles saldar la deuda de otra manera, les pedía que me enseñasen su oficio. Es algo que me inculcó mi padre: en esta vida no se puede ser una sola cosa, a no ser que seas un imbécil; entonces, sí.

—Venga, deja de hablar y sígueme.

El carburero de María exhalaba un aliento de luz trémula que no llegaba demasiado lejos. El pasillo subterráneo por el que caminaban, igual de largo que el edificio, terminaba en una pared. A ambos lados, iban dejando atrás puertas tan silenciosas como su contenido.

—¿No tendrás miedo a las ratas?

—Convivo con ellas —contestó Emilio.

La vista de la pareja ya se había acomodado a la oscuridad cuando María se detuvo ante una puerta grande y gruesa. Introdujo una de las llaves del manojo que llevaba en la mano y giró el picaporte con fuerza. Se oyó el sonido de liberación de los pestillos y se abrió la segunda barrera que los separaba del ansiado libro. En la penumbra se distinguían hileras de recias estanterías metálicas que sostenían volúmenes de las más variadas formas. María enfocaba con su linterna las inscripciones de los anaqueles en busca de aquel que debía contener el facsímil del código. Finalmente, se agachó hasta donde se lo permitía su estrecha falda gris de tubo.

—Aquí es, en una de estas cajas.

Emilio, que comenzaba a escamarse por lo fácil que estaba resultando aquel asalto, observó que el estante más bajo acogía unos ejemplares enormes; estaban puestos de pie entre cajas de madera de diversos tamaños. La bibliotecaria escrutó, con la ayuda de su candil, las leyendas de aquellos cajones. Al poco, el círculo de luz se detuvo.

—¡Es ésta!

María abarcó la caja con ambas manos para tirar de ella, pero el esfuerzo no fue necesario porque se deslizó con facilidad. Desencajó la tapa para levantarla y volcó la luz de su lámpara en el interior.

—¡Está vacía!

—¿Cómo que está vacía? —dijo extrañado Emilio, que también intentaba asomarse al interior del arca. Efectivamente, allí no había nada.

—¿Y no puede estar en otro lugar? ¿No puede haberse extraviado?

—Es posible, pero improbable.

La joven sacudió las cajas de alrededor y comprobó que todas estaban llenas.

—Sólo falta ese facsímil. Los demás están en su sitio.

—¿Me estás sugiriendo que lo han robado?

—Lo que es seguro es que se lo han llevado de aquí.

María aproximó su reloj a la luz.

—Tenemos que irnos. Mercedes me dijo que dispondríamos de veinte minutos si queríamos salir con ella en el furgón.

El vigilante se había deshecho del perro constipado y apuraba su taza de achicoria en el cuarto en que pasaba las noches a la espera de que sucediese algo que diese sentido a su sueldo. Mercedes estaba sentada frente a él, escuchando sus gestas en el frontón, al que, según le contó, dedicaba el tiempo semanal necesario para disponer de unas manos siempre prestas a sacudir una bofetada letal a los maleantes. Harta de bravuconadas, la joven buscó la hora en el reloj adosado a la pared y se levantó.

—Lo siento, tengo que irme.

—Pero ¿cómo te vas a marchar con el frío que hace? Deja el furgón aparcado aquí y, si quieres, quédate a dormir en esta cama. Aunque la veas un poco desordenada, está limpia.

El vigilante señaló con el dedo un camastro que no requería la inspección de un microscopio para revelar que estaba infestado de parásitos hambrientos. Mercedes, aterrada por el giro que estaba dando la situación, abrió la puerta para irse. De repente, el vigilante la asió por el pelo desde atrás y, de un tirón, la dejó quieta y arqueada.

—¡Tú te quedas conmigo! —le dijo con una entonación chulesca.

Entonces, Mercedes se volvió para enfrentarse a aquel campeón de atizar manotazos a una pelota y, sin darle tiempo a retirar las manos de su cabellera para protegerse, le propinó un puntapié afilado en los genitales. El pelotari mugió, soltó los haces de pelo que aferraba y se encogió, dolorido, mientras lanzaba maldiciones. Ella comenzó a correr por el pasillo sin mirar atrás. Los tacones de carrete, una elección desdichada para una huida, hacían resonar su corretear por todos los rincones del edificio. A ese golpeteo contra el suelo se sumaron entonces los lejanos ladridos tuberculosos del perro. No sabía si dirigirse hacia el garaje del sótano, donde le esperaba el furgón, o esconderse en algún rincón del edificio. Optó por lo segundo para luego intentar lo primero.

Un sereno al que aguardaba una noche muy larga pasó en ese instante frente a la biblioteca y, a pesar de la ausencia de luz, vio con cierta claridad la silueta de una mujer que corría de ventana en ventana. Después, observó a un hombre contraído que iba tras ella. Aunque aquel asunto no era de su competencia, pensó que, si desmontaba un intento de robo en la Biblioteca Nacional, tal vez se ganase una recompensa o al menos una de las medallas al valor que otorgaba el ayuntamiento, la mayoría de ellas, eso sí, a título póstumo. Hizo sonar su silbato dos veces. Mercedes oyó el agudo pitido y pensó que tal vez su enajenado perseguidor se había puesto a jugar un partidito de pelota contra el mármol mientras el perro husmeaba su paradero.

Entretanto, en el subterráneo, Emilio dejó la puerta que había forzado tan cerrada como la había encontrado y se colocó junto a María, pegado a una pared que no se veía desde el furgón. Escucharon los ladridos de fondo y los silbidos del sereno. Se miraron convencidos de que estaba pasando algo que podría delatar su presencia. Mejor sería quedarse donde estaban y rezar para que apareciese la conductora y los sacase de allí.

En la esquina de las calles de Recoletos y Jorge Juan, Carrerilla apoyaba la pierna mala contra la valla de la biblioteca mientras con la otra mantenía el equilibrio a la espera de su amigo y de la chica misteriosa. Vio llegar al sereno y oyó su pitido. Observó que el hombre oprimía un timbre que no daba respuesta. Cansado de esperar, el guardia callejero se retiró la capa y comenzó a escalar la verja para saltar al interior.

—¿Hay alguien ahí? —gritaba el sereno mientras acercaba la mano a su porra—. ¿Qué sucede? ¡Ah de la casa!

Entretanto, en el pasillo, el vigilante de la biblioteca se agazapó para que el sereno no lo descubriera. En ese momento, Mercedes miró por encima de la mesa y lo vio, ovillado, intentando asomar la cabeza por encima del alféizar para averiguar quién gritaba en el exterior. Ésa era su oportunidad de escapar. Se descalzó, tomó los zapatos con la mano y comenzó a desandar sus pasos, de manera sigilosa primero, y apresuradamente después.

El sereno aporreaba la puerta a la espera de que un vigilante le abriese, pero como nadie respondía, pensó que podría entrar en el edificio por el garaje. Se dirigió hacia allí y su mano dejó de acariciar la porra para pasar a palpar las cachas del revólver.

—¿Alguien necesita ayuda? —repetía.

María y Emilio oyeron esas voces cuando apareció Mercedes, que bajaba los escalones de dos en dos.

—¡Rápido, meteos atrás!

El sereno se plantó delante de la rampa, sin sospechar que una biblioteca con ruedas podía atropellarlo al cabo de unos instantes. Fue entonces cuando Carrerilla, desde la calle, gritó lo primero que le vino a la cabeza para salvar a sus compañeros de la visita inesperada, tal como le había encomendado su amigo periodista.

—¡Socorro! ¡Me violan! —chilló Miguelito, intentando eliminar de la voz cualquier rasgo de su incipiente pubertad.

Sin soltar la empuñadura de su arma, el sereno salió corriendo hacia la acera para ver si podía ayudar a aquella desgraciada joven a la que estaban forzando. Un caso de violación tenía prioridad sobre un indicio de asalto, o al menos eso le pareció al buen hombre. Aunque no recordaba con exactitud el reglamento de la vigilancia nocturna, ni estaba seguro de que se mencionase en él la confrontación entre ambos supuestos delitos, siempre había considerado que el castigo para quienes abusasen de mujeres indefensas debería aplicarse con armas cortantes, mientras que los robos podrían compensarse con una temporada a la sombra.

—¡Allí, en aquel coche! —le indicó Miguelito, con el dedo puesto en un Austin que ya se hacía pequeño por el paseo de la Castellana.

Para entonces, la conductora había arrancado el furgón. La caballerosidad de Emilio les hizo perder un segundo, ya que se empeñó en permitir que María pasara en primer lugar. El automóvil arrancó con el periodista en tierra. El tirón del vehículo le obligó a aferrarse a la puerta abierta y a dar un salto hacia el interior que no resultó muy estiloso, a juicio de su compañera de aventuras, que había leído muchas escenas de mejor ejecución.

—¡No sabría decir si esa cabriola me ha recordado a Poirot o a Miss Marple! —se mofó.

—Vaya, media vida rechazando ofertas de la agencia de detectives Pinkerton para tener que escuchar ahora esto —le respondió el periodista, picajoso.

Mercedes tuvo que detenerse para abrir la cancela exterior, pero sólo fue un instante antes de volver a su asiento y acelerar en busca de la ansiada calle. Un humeante hocico canino asomó por la puerta del garaje; después lo hizo el del vigilante, no menos humoso y perruno. El sereno, que regresaba a su vez decepcionado por no haber dado caza al violador, se los encontró todavía sofocados.

—Buenas noches, ¿hay algún problema?

—Ninguno —respondió el vigilante entre jadeos.

—Parecía que algo se movía ahí dentro.

—Perdone usted —se disculpó el guarda, simulando apuro mientras ahuecaba el tiro de su pantalón para apaciguar el dolor provocado por la puntera de Mercedes—. Estaba jugueteando con una dama por esas salas, pero ya se ha ido. Siento haberle confundido. Espero que no revele mis aficiones nocturnas. Al fin y al cabo, somos del gremio...

—Tranquilo —asumió un resignado sereno que acababa de perder sus esperanzas de que el ayuntamiento lo galardonara.

—Por cierto —dijo el vigilante—, ¿no jugará usted a la pelota vasca? Si una de estas noches se aburre, podemos echar un partido. Aquí dentro hay buenos frontones, sólo es necesario retirar algún cuadro.

—No, gracias.

De nuevo en aquella oscura librería móvil, Emilio le confesó a María que estaba muy decepcionado por no haber podido encontrar el libro. Para ella también era una lástima no poder dar una lección a sus jefes. En medio de la conversación, el furgón se detuvo y, cuando se apearon, se vieron enmarcados por la puerta de Alcalá.

—¡Coño! ¡Carrerilla! Nos lo hemos dejado allí, pasando frío —recordó de repente Emilio.

—¿Y qué hacemos?

Antes de dar explicaciones, él alzó la mano al ver un taxi que se aproximaba.

—Ir a buscarlo y llevarlo a su casa.

Miguelito seguía apoyado en la tapia de la biblioteca, ahora mucho más tranquila. Con las manos en los bolsillos de sus pantalones, miraba hacia los lados a la espera de más visitantes que pudieran romper la paz de aquel recinto.

Cuando Emilio lo llamó desde la ventanilla del auto, corrió hacia él con su característico renqueo.

—¡Venga, entra, que te vas a quedar tieso!

El periodista y la bibliotecaria se desplazaron hacia un lado para hacer sitio al pequeño en el asiento posterior del taxi.

—¿Adónde? —los urgió el taxista.

—Al barrio de las Latas —le indicó Emilio.

—¿Vamos para casa? —preguntó Carrerilla, con aparente disgusto.

—Pues claro, te dejamos allí y nosotros también nos retiramos —le mintió Emilio, al que la noche le parecía aún demasiado joven para negarle una última oportunidad.

—Les tendré que cobrar nocturnidad —explicó el taxista—, y un plus por salir del casco urbano.

—De acuerdo.

A María le gustaba ver las calles de Madrid vacías, pero pronto el paisaje se hizo desapacible. A medida que se alejaban del centro de la ciudad, los escasos rostros que miraban hacia el taxi se volvían más sombríos y amenazantes. El automóvil pasó del redoble de los adoquines al zumbido de la brea, y de la brea al zarandeo de los caminos. La mirada de los pasajeros, en busca de figuras humanas, fue pasando de las capas a los tabardos desgastados, y de éstos a las mantas rotas que servían de hogar, tanto de día como de noche, a muchos espíritus del extrarradio. Cuando las murallas laterales de pisos apilados dieron paso a largas explanadas salpicadas de chabolas, la única iluminación decente en centenares de metros a la redonda era la de los focos de aquel vehículo en el que María abrazaba a Carrerilla para atenuar el frío. A falta de Miguelito, Emilio se abrazaba a sí mismo con idéntica intención. Habían dejado atrás la calle de Mateo López, que daba nombre oficial al barrio. Un grupo de personas se calentaba al fuego junto a un viejo carruaje con su enganche, pero no había caballos, sino varias cabras que constituían su sustento y su única fortuna. Aquellas caras, sorprendidas por la luz del coche, se alzaron turbadas en busca de alguna novedad en sus vidas, pero sólo vieron un taxi que pasaba por allí.

—Nunca he ido en taxímetro a casa. Cuando llegue, voy a dar que hablar en el barrio —reflexionó Carrerilla en voz alta.

—Seguro que tú das mucho que hablar sin necesidad de medios de transporte —le dijo María.

—Y, además, ¡en un Citroën! ¿Se va a comprar el modelo 1934, jefe? —le preguntó el chiquillo al taxista—. ¡Está a punto de salir! Vendrá con tracción delantera y frenos hidráulicos. Dicen que no costará más de siete mil pesetas.

—¡Jolín con el chico! —dijo el conductor—, parece un vendedor a domicilio. Lo tienen ustedes bien enseñado en casa.

—No —se apresuró a aclarar Emilio—, nosotros no somos sus padres.

—Ah, pues el chiquillo tiene un aire a la señora, si no les parece inoportuno el comentario.

Emilio reparó entonces en que aquella observación era cierta. Carrerilla, visto a través del espejo retrovisor, tenía algo de María, pero sólo cuando se quedaba serio y callado, como ahora y pocas veces más al día.

—Ustedes me dirán cuándo me paro.

A medida que avanzaban, el barrio iba perdiendo dignidad en favor de la mugre. Los materiales pétreos de construcción habían abdicado hacía rato para dejar paso a las tablas y a las latas que habían rebautizado aquel arrabal del sur. Por fin, en una especie de plaza donde a aquellas intempestivas horas varios niños jugaban a oscuras, el taxi se detuvo por indicación de Miguelito. Nadie salió a recibirlo.

—Esperamos aquí, hasta que entres —dijo Emilio.

—No, no os preocupéis. Me quedo con mis primos, aquí fuera.

—Ven —le pidió María.

La joven extrajo la gorra del bolsillo de Carrerilla para calársela hasta donde pudo de un par de tirones. Después le retiró la bufanda a Emilio y envolvió con ella el cuello del chiquillo.

—¡Ni se te ocurra quitártela hasta que estés en casa!

María pensó que, para dormir en aquella especie de cabaña descuadrada que tenía delante, la bufanda también podría resultar absolutamente imprescindible.

—Mañana se la devuelves a Emilio.

—¡A sus órdenes! —respondió el niño, poniéndose firmes y llevándose el dorso de la mano a la frente.

María respondió al saludo militar con una caricia en el rostro de Miguelito, quien sería la comidilla del barrio durante mucho rato, hasta que la noche venciese a todos aquellos componentes de la penúltima tribu del poblado de las Latas.

Durante el viaje de regreso, el periodista se sintió apenado por no poder dar un presente mejor a su protegido. Tal vez pudiera proporcionarle un futuro alejado de aquel mundo oscuro y fantasmal. El taxi dejó atrás los chamizos y comenzó a reencontrarse con el Madrid de farolas centelleantes y prometedoras historias para noctámbulos.

—¿Adónde vamos ahora? —consultó el conductor.

—A donde diga la dama —propuso Emilio.

—¿Quieres volver a casa? —le preguntó ella.

—Preferiría ir a tomar algo, después de una noche de tanta acción. ¿Me acompañas?

—Mientras no me lleves a uno de esos casinos que investigas...

—¡Al hotel Nacional! —ordenó Emilio al taxista.

Las mesas del salón de baile presentaban la escasa ocupación que correspondía a un día de entre semana. Se sentaron en una de ellas, próxima a la barra y alejada del resto de las parejas. Una lamparita clavada en el centro del mantel filtraba la luz a través de una pantalla roja de formas asiáticas, rematada con flecos deshilachados. La orquesta ensayaba en mangas de camisa su sesión de baile de los sábados. Repetían alguna de las piezas una y otra vez hasta satisfacer el afán perfeccionista de un director gordito y sonriente. Emilio se propuso deslumbrar a María o, al menos, arrancarle la primera sonrisa en los últimos tres días.

—¿Ya no estáis de huelga? —le preguntó al camarero, al que era evidente que conocía.

—Emilio, señora —fue su saludo—. No, la huelga se acabó, estamos de nuevo condenados a trabajar, aunque los del Sindicato Gastronómico la están preparando otra vez. Cualquier día de éstos volvemos a la carga. «La barra es la barricada», ése es nuestro lema.

—Pues hoy te voy a dar la noche libre, al menos por lo que a nosotros se refiere. ¿Me permites pasar?

Una vez obtenido el consentimiento del camarero, Emilio levantó la trampilla de la barra y se adentró en la zona de servicio. Miró a su alrededor cuando estuvo en medio de copas, frutas, hielo y una selección de botellas que estaban cuidadosamente colocadas sobre baldas de cristal adosadas a la pared. Con un paño blanco colgado de su muñeca izquierda, comenzó a escoger las botellas y a mezclar su contenido en una coctelera metálica que desprendía vaho. Exprimió un limón sobre un pequeño plato cubierto de azúcar y rebozó allí los bordes de dos copas de vermú. Agitó la coctelera junto a su oreja izquierda, como quien pone atención en el sonido del interior de una hucha, y volcó su contenido en los dos recipientes. Dejó caer sendas aceitunas, que viajaron lentamente al fondo para quedarse allí, y adornó su obra con unos minúsculos abanicos orientales de papel azul sujetos en largos palillos. A modo de espectacular remate, enroscó la peladura del limón en los fustes de ambas copas.

—*Voilà!* ¡Dry Martini al estilo Chamberí! —anunció, mientras trasladaba su creación desde la bandeja hasta el mantel.

—Si lo que querías era sorprenderme —dijo María—, lo has logrado por segunda vez en una sola noche. Dime, ¿esta habilidad también es producto de las deudas en la barbería?

—No, ésta no. La aprendí trabajando de barman en un club.

—¿Y has trabajado de más cosas? —preguntó la joven, que ya especulaba con la posibilidad de que Emilio saltase al escenario con un turbante hindú en la cabeza, la introdujese en un cajón y la serrase por la mitad para regocijo de los presentes.

—De alguna más, ya te contaré... Pero créeme si te digo que no me arrepiento de haber sido camarero. En la barbería te conviertes en el guardián de muchas revelaciones, pero detrás de una barra hay algo más: los clientes confían en ti. Saben que les proporcionarás la mezcla y la medida adecuadas para amortiguar un desengaño, para enternecer a una rígida acompañante o para emborracharse hasta la inconsciencia. Eres algo así como un doctor que prepara las píldoras necesarias para sus males a base de una exacta dosificación de los ingredientes.

—No está nada mal. Me refiero al cóctel, pero también a tus explicaciones.

Un cantante talludo con camisa de seda baritoneaba una canción de amor que había pertenecido a Maurice Chevalier, pero que aquella orquesta acabó por convertir en una ordinaria copla dominguera. Los metales eran tan estridentes que convertían la bebida en un ácido corrosivo.

—Prefiero las *jazz band*, pero en Madrid hay pocas —lamentó Emilio.

—Yo no entiendo esa música.

—Es sencillo: imagínate que de cada instrumento mana un arroyo que se forma en lo alto de la montaña, ¿vale? Pues bien, la música corre por esos regatos a gran velocidad, pero como el cauce es escarpado, choca y rebota contra el lecho y las orillas de manera alocada. Poco a poco, los arroyos se van encontrando en ríos mayores. La música crece y crece a base de sonidos que llegan azotados bruscamente por un viaje juguetón. Finalmente, todos se encuentran en una caudalosa desembocadura en la que tus oídos se sumergen. Los tambores y los platillos de la batería, la única que ha venido flotando, son los que provocan los destellos del agua en la superficie.

—¿Y una orquesta sinfónica?

—Ése es un trabajo de fontanería: tubos uniformes, válvulas, empalmes, codos y grifos que terminan en una bañera de porcelana con los pies cromados.

—No está mal la figura. He leído cosas peores y mucho más reconocidas. Podrías ser escritor.

—Lo que me gustaría es hacerme dibujante, pero no tengo maña.

—Haberte cobrado una deuda de la barbería con clases particulares...

—Ya lo intenté, pero acabé debiéndole dinero al profesor. Como buen pintor, se arreglaba poco el pelo y yo necesitaba muchas horas de instrucción.

En el repentino silencio con que los obsequió la orquesta, María sonrió. Emilio no se lo podía creer. Pero aquella visión duró sólo un segundo, después volvió a ser la María de facciones congeladas que recibía a lectores empedernidos en la mesa de una biblioteca.

—Oye, Emilio, ya hemos visto que la copia de la Biblia no estaba en su lugar. Parece claro que alguien se la llevó, porque si hubiese sido un cambalache negligente, otro volumen estaría ocupando su lugar. El caso es que se ha estropeado mi parte del plan. Habíamos quedado en cambiarla de sitio, pero si tu amigo del *ABC* denuncia esto en su periódico, estaríamos hablando de un robo, no de un simple descuido de mis jefes. Además, podríamos ser sospechosos. Hemos entrado allí a escondidas y hemos implicado a mi amiga Mercedes.

—Sí, creo que lo más acertado será dejar el asunto como está. Pero ¿adónde habrá ido a parar la copia del código?

—No tengo ni la menor idea. Los robos no son habituales en la biblioteca.

—Tal vez podríamos echar una ojeada a los registros de las personas que hayan accedido...

—¿De cuánto tiempo me estás hablando? Ese libro lleva en la biblioteca muchos años. No sabemos cuándo lo robaron.

—¿Sabes qué te digo? ¡Basta de Biblias y de misterios por esta noche! Tómate ese cóctel, que ya estoy pensando en otro más tropical. ¿Qué tal un Anana Swing?

—Suena bien.

—Mejor que la orquesta, seguro.

Un par de horas más tarde, ambos habían llegado caminando a las puertas de la casa de María.

—Gracias por la compañía, Emilio. Te advierto que esta noche no me quedaré muy tranquila estando sola en casa.

—Si quieres, subo y me quedo contigo —se atrevió a sugerirle.

—¡No, intrépido! Me refería a que un hombre de tu habilidad con las ganzúas siempre representa un peligro para una joven.

—En fin, de camino a casa pensaré en otra a la que sorprender en camisón.

Emilio esperó una nueva sonrisa bajo aquel cabello rubio, ahora apagado por la apocada luz de gas, pero esta vez no se la había ganado.

—Hoy he aprendido algo que me puede servir en un futuro —reconoció la joven—: el día en que decida fugarme, contaré contigo para abrir las puertas que se me pongan por delante.

—¿Fugarte adónde?

—A donde me dicen los libros que debería estar.

—Lo siento, no leo tanto como para conocer ese destino —se lamentó él—. María, no te lo he dicho, pero gracias por ayudarme.

—Te veo mañana en La Española, a la misma hora de hoy. Invito yo, pero no esperes que entre en la barra a prepararte el café.

Ella estaba ya dentro del portal. La puerta se cerró y dejó a Emilio con un soniquete de pajarillos en los oídos. Preocupado por identificar su origen, acabó concluyendo que no eran los preliminares de una conquista amorosa, sino la reminiscencia de un cancán chillón interpretado por la ensordecedora orquesta del Nacional.

## CAPÍTULO 14

—

## EL PALACIO DE INVIERNO

Desde el interior del coche de caballos, la vista de la monumental capital de las Rusias hacía comprender mejor la tremenda proeza y crueldad de Pedro el Grande, quien, contra los impedimentos de la naturaleza y con un sacrificio sobrehumano en el que perecieron miles de trabajadores, había construido decenas de kilómetros de muelles alrededor del casi congelado río Neva y había creado una imponente ciudad en ambas orillas: la salida de Rusia al mar. San Petersburgo emergía de los profundos e inhabitables pantanos de Karelia, en los que, a golpe de oro, esclavos, sangre y latigazos, las edificaciones reemplazaron al fango.

Constantino von Tischendorf y Francisco Pérez llevaban un buen rato sin hablar, admirando desde las ventanillas del carruaje que los transportaba los palacios y los cientos de puentes que trenzaban una urbe llena de canales, ríos e islas. El esfuerzo para construir aquella capital tuvo que ser parecido al que iba a tener lugar en Egipto en breve para abrir el canal de Suez. Aquí el Nilo se llamaba Neva, también caudaloso y navegable, aunque en lugar de desembocar en el Mediterráneo, lo hacía en el golfo de Finlandia, en el mar Báltico, desde donde Pedro el Grande soñaba con dominar los océanos.

Caía un poco de aguanieve sobre las fachadas y los tejados, que ya estaban blancos debido a las precipitaciones de días anteriores. Por fin, avistaron el majestuoso porte del Palacio de Invierno, sólo deslucido por el revestimiento de estuco que le otorgaba un cierto aspecto despellejado; aunque poco a poco, como cada vez que llegaba el frío, las capas de nieve y el hielo iban enluciendo los desgarros. En aquella estación, el edificio hacía honor a su nombre.

En cuanto descendieron del coche y entraron al palacio, la servidumbre les ofreció un té caliente y un vaso de vodka que tomaron con los abrigos puestos. Sin más preámbulos, los condujeron hacia las habitaciones privadas de los zares. Dos miembros del servicio descargaron del carruaje tres voluminosos baúles que contenían los libros que iban a formar parte de la Biblioteca Pública Imperial. La Habitación China fue el destino de los invitados. Los sirvientes dejaron los arcones con los ejemplares en el suelo, delante de una mesa, y se dispusieron a permanecer firmes como única compañía de los recién llegados, haciendo guardia a ambos lados de la puerta. Francisco se aprestó a sacar los tesoros bibliográficos y a irlos ordenando sobre la mesa. Allí estaban aquellas joyas griegas, coptas, sirias y árabes que Von Tischendorf había comprado a lo largo del año que había pasado en Oriente. Entre ellas se encontraban al menos veinte palimpsestos que, bajo sus textos más recientes, escondían otros de antigüedad secular que los escribas habían borrado para poder volver a aprovechar un material tan escaso como era el pergamino, sobre todo el de buena calidad. Por último, con gran cuidado, el español sacó de la caja especial las hojas del Códice Sinaítico, que seguían envueltas en la misma tela que las había protegido en los últimos años. Aquel libro era la joya más celebrada de la valiosa colección y merecía un trato diferenciado. Mientras tanto, Von Tischendorf paseaba por la amplia y luminosa habitación cuadrada, en la que se abrían tres altos ventanales entre los que había dos espejos de marcos dorados. Las paredes mostraban dibujos de estilo oriental con árboles y unos pájaros a su alrededor que volaban libando las flores. El suelo, de madera brillante con patrones geométricos, y el techo decorado con preciosas pinturas contrastaban en color y en temperatura con el blanco níveo del exterior.

Era la tercera corte real que visitaba desde que en octubre, hacía más de un mes, había vuelto a Europa. Tras tomar tierra en Trieste se había dirigido con la mayor presteza posible a Viena y allí, en el palacio imperial de Hofburg, había mostrado la Biblia al emperador Francisco José I de Austria y a su esposa Isabel, conocida entre el pueblo como Sissi. Sin apenas descanso había ido a presentar a continuación el hallazgo a su monarca, Juan de Sajonia, que lo recibió en Dresde, ya que tenía gran curiosidad por ver aquel libro de cuyas noticias se habían hecho abundante eco los diarios europeos. Allí, en la capital sajona, Von Tischendorf avisó de su presencia a la legación rusa, que a fin de cuentas le había confiado la misión y el dinero correspondiente. El príncipe Wolkowsky estaba encantado de que el viaje hubiera logrado tan impresionantes frutos y lo organizó todo para que los zares pudieran recibir al alemán con todos los tesoros culturales que portaba. Pero Von Tischendorf anhelaba llegar antes a su hogar y hacer una escala de la que sólo le separaba un día.

Era ya finales de octubre cuando, exhausto, regresó a su casa en Leipzig y sus cuatro hijos y su mujer le recibieron.

Durante las primeras jornadas se dedicó a repartir besos, regalos y cariños mientras jugueteaba largos ratos con la pequeña Catalina. Al tercer día, después de ponerle al tanto de las novedades, su esposa recordó un recado que había recibido para él.

—Por cierto, Constantino, lo había olvidado: en un hostal cercano a la universidad se aloja desde hace quince días un español llamado Francisco Pérez. Nos ha enviado un mensaje en el que decía que te estaría esperando.

¡Francisco! ¡Aquel tenaz español había conseguido llegar hasta allí! Von Tischendorf se alegró. Ya tenía compañero de viaje para irse a Rusia y a alguien de confianza con quien trabajar estrechamente. Tras su estancia de casi un año en El Cairo se le hacía cada vez más desagradable la idea de subir al norte durante el invierno europeo. Echaba de menos las horas de sol y las temperaturas cálidas. Leipzig era fría, pero San Petersburgo podía ser mucho más desapacible. A pesar de todo, la presencia de Francisco le animó. Al día siguiente fue a buscarlo al pequeño hotel en el que se hospedaba. Hizo sonar la campanilla de la recepción y una mujer salió a recibirle.

—¿Qué desea? —preguntó.

—¿Se aloja aquí Francisco Pérez?

—¿El cocinero?

—Supongo, aunque no sé en calidad de qué está en esta posada. Se trata de un español al que conocí en El Cairo.

—El mismo. Llegó hace unos días y hemos descubierto que es un artista de la cocina. Se ha corrido la voz y nunca hemos tenido tan solicitado el comedor. Ahora mismo le aviso. ¿De parte de quién?

—Soy Constantino von Tischendorf.

—¡Ah, claro! No deja de mencionarle. Usted es la eminencia de la Universidad de Leipzig que ha encontrado la

Biblia más antigua del mundo allá en Oriente. Espere un segundo, voy a buscarle.

La recepcionista se fue hacia la parte trasera de las dependencias y al cabo de un momento, secándose las manos con un trapo de cocina, apareció Francisco. Ambos se abrazaron.

—¡Profesor! ¡*Guten Tag*! No sabe cómo me alegro de verlo. ¿Qué tal ha encontrado a su familia? ¿Ha llegado hace mucho? ¿Y el viaje? ¿Y el libro?...

—Francisco, yo también me alegro mucho —dijo Constantino mientras miraba de arriba abajo al español, como asegurándose de que era el mismo hombre con el que había trabado amistad en El Cairo—. No sé si estará preparado para seguir con el viaje, porque me han dicho que por aquí aprecian sus habilidades en la cocina. ¿Les ha hecho las tortitas que cocinaba en El Cairo?

—Tengo que decirle que en su tierra son muy amables y saben valorar el arte culinario internacional. Les he cambiado el coste de mi estancia por mi trabajo de cocinero y creo que están contentos, pero mis nuevos jefes saben que le estoy esperando y que, si usted sigue con la idea, abandonaré el hostal para acompañarle a Rusia y ayudarle en todo lo que pueda.

—Creo que serás la compañía perfecta para lo que resta de viaje. Hemos de prepararnos, porque me gustaría partir lo antes posible. Tenemos el invierno encima y debemos intentar llegar antes de que aquellos helados caminos se hagan intransitables.

Pocos días después se lanzaban a recorrer otros dos mil kilómetros de distancia. Ahora, por fin, se encontraban en aquella singular habitación de la corte de San Petersburgo.

Se oyó un leve ruido proveniente de los salones contiguos. Entonces vieron que los sirvientes estiraban sus cuerpos acentuando la posición de firmes. Se abrió la puerta que daba acceso a las dependencias más privadas y la voz de uno de los lacayos anunció la entrada de los zares. Atravesando las barrocas hojas de madera apareció Alejandro II, de traje militar; vestía una casaca negra con pechera y mangas rojas, y entre sus condecoraciones resaltaba en el cuello la cruz de la Orden de San Estanislao de Polonia. Completaban su atuendo unas brillantes botas azabaches con espuelas y unos pantalones de uniforme también brunos. Agarrada a su brazo iba la zarina, María Alexandrovna, y tras ellos, más de dos docenas de miembros de la corte, incluidos cuatro de sus siete hijos y sus correspondientes cuidadoras.

—¡Su alteza Alejandro II! —tronó de nuevo la voz de un sirviente mientras los recién llegados se acomodaban en sus asientos.

—Bienvenido, profesor —dijo el zar, que lucía un poblado mostacho que descendía a ambos lados de su boca hasta encontrarse con sus patillas—. Según me ha anticipado el príncipe Wolkowsky, nuestro representante en Dresde, va usted a sorprender a esta corte con la trascendencia de sus descubrimientos. Háblenos de su viaje, por favor, y no ahorre detalles. Nos interesa saber de Egipto y de Oriente, y también que nos cuente la historia de esos importantes libros que nos trae para la Biblioteca Imperial.

Algunos de los ejemplares pasaban con mucho cuidado de mano en mano en tanto Von Tischendorf contaba su historia. También dispusieron una mesa para poner en ella los manuscritos más deteriorados y que todo el mundo pudiera observarlos sin tener que tocarlos. Así fueron pasando las tres horas que dedicaron a aquella impresionante lección de historia antigua y, sobre todo, al análisis del manuscrito más arcaico del cristianismo.

—Un mensaje del príncipe Wolkowsky, mi ministro en Dresde, me dice que los monjes de Santa Catalina sólo nos han prestado el códice mientras lo copiamos —comentó el zar.

—Así es, majestad, pero estamos haciendo todos los esfuerzos para que nos lo cedan de forma permanente o nos lo vendan. Toda la diplomacia rusa en Oriente está trabajando en ello, aunque las dificultades para ocupar un trono arzobispal vacante de la Iglesia ortodoxa del Sinaí lo están complicando.

Las cabezas de los miembros del séquito imperial se movían con el mismo respeto hacia uno y otro interlocutor.

—¿Lo ve posible, profesor? No quisiera tener que devolver el códice, pero tampoco deseo que acusen al soberano de Rusia de robar pergaminos como si se tratase de un vulgar ladrón de tesoros de los que abundan hoy en día en El Cairo.

—Todos los monjes guardan un increíble respeto a su majestad. Sin su mediación ni siquiera hubiéramos encontrado el manuscrito. Yo creo que, en cuanto resuelvan sus propios problemas, no dudarán en convertir en permanente lo que es ahora un préstamo. Mientras, mi ayudante y yo seguiremos realizando los estudios necesarios para asegurarnos, entre otras cosas, de que es la versión más antigua que se conoce de una Biblia griega. Tengo que pensar en una notación para situarla en la lista cronológica de Biblias por delante del Códice Alejandrino, que es hasta la fecha el más arcaico y tiene asignada la letra A. Quizá utilice un número.

—¿Y por qué no utiliza «Aleph», la primera letra del alfabeto hebreo? Según nos ha contado antes, se trata de una traducción directa al griego de otra Biblia en ese idioma.

—Alteza, me parece una indicación muy apropiada e inteligente —respondió el alemán, entre sorprendido y aliviado por la sugerencia—. De hecho, he de revelarle que esa letra aparece en una nota que encontré entre sus páginas. Tal vez fuese una premonición.

—Perfecto pues, profesor. Me alegro de haber contribuido a la historia con mi modesta aportación —dijo el zar sonriendo—. Por cierto, he pensado en hacer una edición especial de nuestro «Aleph» con motivo de la celebración de los mil años de la monarquía en Rusia, que se cumplirán en 1862. Tiene usted veintisiete meses para elaborar el mejor facsímil que haya conocido la cristiandad. Hemos de hacer suficientes copias para compartir este excepcional documento con las principales bibliotecas del mundo para mayor gloria de Nuestro Señor y, ¿por qué no?, para demostrar el poderío cultural del Imperio ruso. Le facilitaremos acomodo y todo lo que usted y su familia necesiten para que pueda instalarse aquí, en San Petersburgo, y llevar a cabo esta tarea. Tendrá asignado un presupuesto especial, por supuesto.

Von Tischendorf buscó rápidamente una salida amable para no ofender a la persona más poderosa de Europa. Lo que el profesor deseaba era volver a Sajonia y seguir trabajando desde allí sin necesidad de pasar dos inviernos en la capital imperial.

—Majestad —dijo en tono cauto—, con el debido respeto, yo le sugeriría que mi ayudante, el experto español en lenguas Francisco Pérez, se quede aquí en San Petersburgo para llevar a cabo los trabajos que sean necesarios —el aludido agachó la cabeza con los ojos cerrados para dar su consentimiento— y, mientras tanto, yo podría seguir mis investigaciones sobre el códice y sus múltiples enigmas en la Universidad de Leipzig, e incluso acercarme a otras bibliotecas donde podría recabar la información que necesito.

Sin ir más lejos, quisiera comprobar en Roma si el Códice Vaticano, posiblemente casi gemelo del nuestro, aunque algo posterior, es coincidente en sus escritos con lo que aparece aquí. Es muy importante este trabajo de cotejo, porque de momento nuestro tesoro pone en apuros la versión oficial de la Biblia y convendría saber hasta qué punto son ciertos determinados pasajes. No se preocupe por los resultados: con Pérez aquí, la elaboración del facsímil será un éxito.

—¿Cree que el Vaticano le permitirá consultar ese códice? Dicen que las pocas personas que lo han podido ver lo han hecho sin poder utilizar ni papel ni lápiz y sólo después de haber prometido no copiar ni una línea. Por lo visto, descubrieron a un estudioso escribiendo en sus uñas versículos de esa Biblia para poder llevarse información. No sólo lo expulsaron del Vaticano, sino que tiene prohibido de por vida entrar en cualquier biblioteca católica. Le parecerá excesivo, pero en muchos otros lugares del mundo le habrían cortado los dedos por tamaño atrevimiento.

—Cierto. Hasta ahora nadie ajeno a los círculos íntimos de la curia papal de la Iglesia católica ha conseguido analizar el Códex Vaticanus y se sabe muy poco de él. Necesito pedir permiso al papa Pío IX para poder estudiar estos y otros asuntos en los archivos de la plaza de San Pedro, en Roma. Yo creo que, cuando sepa que vamos a publicar una edición de nuestro ejemplar, el sumo pontífice sentirá curiosidad por conocer los detalles que contiene y, sobre todo, las variantes respecto de la versión oficial. Ello hará que acceda a enseñarnos el suyo. Máxime si, como supongo, nuestro ejemplar contraviene su versión.

—Quizá tenga razón, profesor, pero hay muchos más asuntos relacionados con la edición de ese facsímil de los que me gustaría que se hiciera cargo usted. Creo que su presencia en esta capital sería no sólo conveniente, sino inexcusable —insistió el zar, aparentemente disgustado.

—Majestad, con mi ayudante aquí, en la corte, podré concentrar mis esfuerzos en otros asuntos que también serán necesarios para conseguir la magnífica edición que su alteza real desea. Por ejemplo, creo que será mejor encargar en Prusia el papel que utilizaremos para imitar el del pergamino original. Las fábricas de Leipzig quizá sean las mejores para ese propósito. Si le parece bien, considero que de este modo podremos cumplir con mayores garantías los planes que su excelencia tiene sobre el códice.

—Profesor, este zar sólo está interesado en seguir facilitando la difusión de la palabra de Dios y en que se estudie cómo ha llegado hasta nosotros. Si la persona que ha recuperado un texto de tamaña importancia cree que ésa es la mejor forma de operar, que así sea —concedió finalmente—. Únicamente le pido que se comprometa a que, efectivamente, celebraremos ese aniversario con una obra magna que muestre a nuestros amigos la palabra más original de Jesucristo y nos permita compartirla con ellos.

—Tiene mi promesa, majestad, y añadiré a esa reproducción un estudio completo realizado a la luz de este importante descubrimiento. Será el más profundo que se haya hecho sobre la historia de la Biblia, con la ayuda del Señor.

Francisco Pérez, desde atrás, miraba al techo agradeciendo a Dios la autorización implícita para quedarse en Rusia que acababa de conseguirle el alemán. Tenía ahora más de dos años para asentarse en la corte y traerse a su familia. Para él, San Petersburgo representaba lo contrario que para Von Tischendorf. Vivir en aquellos lugares y trabajar para aquellas personas era el sueño que le alejaba del barro de su aldea gallega y de la cerrada sociedad rural de su tierra natal. Tras ese instante de júbilo, Francisco se atrevió a decir:

—Con su permiso, yo también tengo una petición para su majestad.

El zar miró extrañado a Von Tischendorf, como si esperase su aquiescencia, que recibió de inmediato con un gesto.

—Aunque soy un hombre de mundo, no me considero un apátrida. Yo siento un gran amor por mi tierra, por España. Ya sé que las relaciones diplomáticas entre el imperio del zar y la reina Isabel II acaban de reanudarse después de un período de más de veinte años que ha sido... —buscó una palabra que no resultase beligerante—, digamos..., delicado.

—Cierto —admitió el soberano—. De hecho, esas relaciones se han retomado felizmente tras una solicitud mía por carta a su majestad la reina y la visita reciente del duque de Osuna.

—En fin, creo que si hiciese llegar a la Biblioteca Nacional uno de esos ejemplares facsímiles por mediación de la corte española, tan devota como su alteza sabe, se entendería como un detalle de magnanimidad del zar de todas las Rusias. Personalmente, sería para mí un gran honor saber que mi país acoge una de las copias que elaboraremos gracias a su gentileza, señor.

—Cuente con ello —prometió el zar, aunque a continuación se permitió bromear con aquel extranjero tan osado—, si no les declaramos la guerra previamente a ustedes, los españoles, claro está. Si así fuese, le recomiendo que se ponga a cubierto.

Todos los presentes corearon con sonrisas la ocurrencia del emperador. Tras despedirse y mientras salían de la Habitación China, Alejandro II pidió a su ministro de Interior, Sergey Lanskoy, que le acompañara a su despacho.

—Sergey, haga llegar un mensaje al príncipe Aleksey Lobanov, en Constantinopla —le ordenó, tras situarse de pie frente a él—. Quiero que se encargue personalmente de cerrar con los monjes de Santa Catalina la venta definitiva del Códex Sinaiticus, el valiosísimo Aleph que ha llegado a nuestro poder. En estos momentos se celebra una cumbre de las Iglesias ortodoxas en esa ciudad y la intervención rusa es definitiva. Que use toda nuestra influencia, pero quiero legalizar de inmediato la situación del libro. No podemos permitirnos tener que devolver este documento. Ha de formar parte del tesoro de Rusia.

—Majestad, lo hemos intentado todo y Lobanov cree que es mejor seguir negociando con habilidad y lentitud.

—¿Que lo hemos intentado todo? —respondió airado—. ¿Quiere negociar ahora con calma quien casi da al traste con los anteriores avances porque no supo a tiempo que ya teníamos el certificado de préstamo que Von Tischendorf había conseguido en El Cairo? ¿Quiere negociar con dilación quien ordenó de manera tan torpe e innecesaria el asesinato del único monje que se oponía a nuestros deseos? ¿Quiere negociar con tranquilidad quien lo único que ha conseguido ha sido alertar aún más a los monjes sobre la importancia de ese manuscrito? Ya ve: ahora parece que no hay forma de que lo consigamos. Procuren que nos lo vendan cuanto antes. Quiero un acuerdo escrito que nos otorgue todos los derechos de inmediato. El libro más importante de la humanidad no puede ser un mero préstamo que le hacen al Imperio ruso mientras lo estudian unos expertos internacionales: ha de ser uno de los tesoros del patrimonio nacional. No ha de volver a Santa Catalina.

—Lo transmitiré de inmediato, majestad.

—Durante este tiempo, que el códice se quede en el Ministerio de Asuntos Exteriores como un asunto «provisional» hasta que consigamos esos permisos definitivos. Entonces lo trasladaremos a la Biblioteca Imperial y los investigadores trabajarán allí con él.

—A sus órdenes —respondió el ministro, y comenzó a retirarse.

—Un momento, Sergey, no se vaya. Hay que avisar al arzobispo Porfirio Uspensky. Hágale llegar el mensaje de que tenemos ya aquí el Aleph y que se acerque a palacio lo antes posible. La Operación Verdad sigue en marcha. Hay que hacerle venir discretamente.

—Majestad, tal vez su alteza real podría convocar el Santo Sínodo para que sus miembros vean y analicen la nueva Biblia. Sería un pretexto bastante lógico para que Uspensky se acercase a San Petersburgo.

—Tiene razón. Avise al procurador general del Santo Sínodo para que, como máxima autoridad del imperio en la Iglesia ortodoxa, convoque un pleno dentro de una semana. Que puedan admirar y analizar esta joya que hemos conseguido. Será un buen momento para que Uspensky compruebe el estado del códice sin levantar sospechas y ayudado por otras opiniones expertas. Es el único de nosotros que lo ha visto antes.

—Así se hará —convino Lanskoy, quien volvió a retroceder algunos pasos, haciendo una reverencia, antes de girarse y abandonar la sala.

## CAPÍTULO 15

## ALBOROTOS CALLEJEROS

—¡Emilio, últimamente sales muy temprano y te acuestas a deshora!

Aunque podría parecerlo, aquél no era un elogio a sus anárquicos hábitos de vida, sino una regañina procedente de doña Patro. Desde el balcón, la casera sacudía el polvo de las alfombras, en medio del cual caían por igual saludos, despedidas o, como era el caso, algún sermón.

—Patro, no quiero que pases las noches en vela por mi culpa. A no ser que el motivo de tu vigilia sea otro. ¿No te habrás echado un novio?

—¡Tú siempre igual de guasón! No hay en todo Madrid un gachó que me quite el sueño —respondió la mujer, que empezó a recoger las alfombras recién tendidas en la barandilla del balcón—. Ayer, cuando no estabas, vino a buscarte tu amigo.

—¿Quién es el que dices que se vanagloria de mi amistad?

—El policía ese que te cuida.

—¡Del que me cuido, querrás decir! Si me dejase custodiar por Vicente, estarías llevándome palmas de flores al cementerio municipal, o algo peor. ¿No te dejó algún recado para mí? —preguntó.

—Dijo algo sobre una deuda económica que tenía que saldar contigo, pero nada más —respondió la casera para desconcierto de Emilio, a quien le asaltaron de nuevo las dudas sobre las verdaderas intenciones de su amigo.

—En riguroso cumplimiento de su forma de entender los intercambios de favores —comentó Emilio—, Gisbert nunca vendría en persona para liquidar voluntariamente una deuda. Habría que ir a buscarlo en compañía de un regimiento de la Legión Extranjera para que apoquinase. Me voy. Te prometo que hoy no volveré muy tarde —se despidió de doña Patro.

Los desórdenes estudiantiles seguían repitiéndose casi a diario en las inmediaciones de la Facultad de Medicina de San Carlos. Cuando no eran los de Falange Española los que lanzaban piedras a las ventanas, eran los de la Federación de Estudiantes Católicos y los de la FUE quienes pasaban de los insultos a las bofetadas sin cuartel. Esa mañana de ambiente prebélico, dos pelotones de guardias de Asalto permanecían apostados al otro lado de la calle de Atocha a la espera de revueltas que asfixiar. Tras ellos se agolpaban cientos de madrileños que acudían todos los días al lugar como quien va a los toros. Llegaban provistos de churros, porras, cañamones y otros cucuruchos de larga duración con los que esperaban pacientes el comienzo de aquel espectáculo gratuito: el ajusticiamiento público, el cruel martirio callejero de las promesas universitarias de la República. Niños y mayores mostraban gran alborozo cuando había bofetadas, y hasta aplaudían y vitoreaban las intervenciones de los agentes como si estuviesen presenciando el banderilleo de un furioso morlaco en la arena pública de Madrid. Pero ese día los alborotos se estaban retrasando.

En busca de noticias, Emilio se deslizó entre aquella turba de vecinos, que parecían ya cansados de la espera.

—¡Hoy no hay ni siquiera palos, ni unas tristes costillas rotas! —lamentó un hombre vestido de dependiente de comercio—. Esto no es lo que era, y yo tengo unos clientes a los que despachar salvado, aunque supongo que también estarán por aquí.

—¿Y qué es lo que debería pasar?

—¡Uy! Siempre sucede algo nuevo. Hace unos días hubo tiros, no le digo más.

—¿Y usted los oyó? ¿Vio algo?

Aquel hombre sólo movió el cuello para mirar con más atención a Emilio, que le pareció un entrometido que nunca se acercaría a comprar a su negocio.

—¿Por qué le interesa tanto? ¿No será policía?

—No, soy periodista; de *La Voz* —le aclaró al dependiente, que repentinamente se vio retratado en primera plana, sobre un pie de foto que diría «El testigo privilegiado de un homicidio».

Los guardias de Asalto también parecían aburridos de llevar tanto tiempo apostados con la única misión de intimidar. Daba la impresión de que iban creciendo sus ganas de entrar en acción y comenzar a vapulear a alguien a porrazos, fuese o no un alborotador.

—No querría importunarle con mis preguntas —continuó Emilio.

—No, si no me molesta... —respondió el hombre, que empezaba a notar cómo su figura abandonaba aquel grupo de mirones anónimos para pasar a formar parte de la noticia misma—, yo vi algo.

Emilio ya había sacado su libreta, en la que intentaba encontrar las escasas páginas que aún no estaban garabateadas. El lapicero, no mucho más entero, ya empezaba a desprender grafito sobre el papel.

—Bien, cuénteme, ¿qué es lo que vio?

—Los chulos de la Falange llegaron en escuadras, como siempre. Dieron un par de vueltas alrededor de la facultad cantando esos himnos que hablan de paisajes, de amaneceres, de siglos y de cosas así. Entonces empezaron a salir los de la FUE. Eran más, pero parecían menos, tan desordenados, ¿sabe? A la primera de cambio, uno que debía de ser de la FUE los llamó fascistas y entonces se lió una muy gorda. Los de Falange empezaron a correr detrás de los otros. Fue cuando llegaron los de las capas y cargaron. Se oyeron dos disparos. Bueno..., a lo mejor fueron tres...

—¿Y vio usted quién disparaba?

—No, pero vi a un guardia que escondía una pistola bajo la capa. Yo no digo que fuese él, pero...

Aquel hombre parecía corroborar los indicios que apuntaban a que uno de los agentes del orden podría estar entre los sospechosos de haber matado a aquel esperanzador proyecto de médico. Pero su afán por copar espacio en los periódicos, sólo comparable al del presidente de la República y al de alguna princesa de la copla en pos del trono reinante, restaba credibilidad al testimonio.

—¿Cuándo me sacará en el periódico? ¿Quiere una foto mía?

—Le diré al fotógrafo que se la haga en su tienda. Póngase guapo cuando llegue.

—Saldré con este uniforme —dijo mirando de arriba abajo su mandil rayado y sujetando con los dedos la gorra de plato—. Lo heredé de mi padre. Estaría orgulloso de verme.

—Lo dudo mucho —susurró Emilio.

La platea de la calle de Atocha se estaba quedando vacía, con excepción de la tropa de Asalto, que, tan uniformada como impasible, parecía una orquesta contratada para amenizar aquella función callejera, siempre a punto de recibir la orden de una batuta que desencadenaría el vals del mamporro. Esperó un rato más, por si había heridos y aparecía Gisbert para levantar atestado, pero las esperanzas de un nuevo ataque se diluían y los espectadores se retiraban sin prisas. Fue en ese momento cuando se oyó la primera descarga.

—¡Rojos de mierda! ¡Cagados!...

La retahíla de insultos sonó como fuego de mortero disparado desde la calle de Santa Isabel para estallar en la esquina de la facultad, donde se esparció su metralla. Inmediatamente aparecieron de la nada cinco o seis escuadras de muchachos vestidos con camisa azul cruzada de arneses de cuero. Algunos entonaban un cántico con voz apagada, otros sonreían con la expresión del labrador que marcha contento en busca de su cosecha. Varias ventanas del edificio universitario comenzaron a abrirse y, desde ellas, respondió la fusilería.

—¡Fachosos! ¡Hijos de puta!

Los espectadores habían comenzado a regresar e intentaban ponerse en primera fila para captar cada detalle. Sin dejar ver de dónde salían, numerosos jóvenes estudiantes empezaron a congregarse a las puertas de la facultad con los puños y los dientes igual de apretados. Mientras esperaban el encontronazo, los de las ventanas seguían disparando grotescas increpaciones que obtenían respuestas cada vez más extravagantes.

—¡Hijos de la misma ramera nazi, preñada por el maricón de Mussolini! —disparaban desde arriba.

—¡Viles siervos de Trotski! ¡Escoria comunista degenerada! —respondían los de abajo.

Antes de que la cosa pasase de la munición de fogueo a la artillería real, un mando de Asalto ordenó a los manifestantes de ambos bandos que se disolvieran, pero como no obtuvo respuesta, se dirigió a sus hombres para proporcionarles la primera voz que podía empezar a liberarlos de aquel estado de ansiedad mal contenida.

—¡Fuego con gas!

Cuatro agentes dieron un paso atrás y se arquearon hasta alcanzar la pose de un atleta olímpico. Desde sus manos derechas salieron despedidas unas cápsulas humeantes que sonaron a cristal al romperse contra el suelo.

—¡Otra vez, fuego con gas! —gritó el suboficial.

Los primeros proyectiles desprendieron pequeñas nubes en forma de cúmulos que no parecieron alcanzar las fosas nasales de nadie. Pero súbitamente, como si la presión atmosférica estuviese también a las órdenes del Ministerio de la Gobernación, la nebulosa comenzó a descender hacia el suelo y a dispersarse por la calle cuando llegaba ya el segundo bombardeo.

Los efectos tóxicos de aquellos vapores empezaron a hacer estragos entre los dos batallones enemigos, cuyas avanzadillas retrocedían en estampida. Emilio no podía creer lo que estaba viendo desde la acera contraria: algunos vecinos de la calle de Atocha se estaban colocando una máscara antigás, con ojos y trompa de mosquito, que debían guardar para este tipo de ocasiones en el mismo cajón donde conservaban los alcanforados mantones de Manila para el día de la procesión.

Aquel suboficial seguía pidiendo gas a sus hombres. Si seguían así, Madrid iba a ser Londres al cabo de pocos minutos. En medio del humo y del ajetreo de la huida, era difícil distinguir a los ejércitos contendientes y mucho menos reconocer a sus miembros. Si las cosas sucedieron de esa forma el día de la muerte de Ramón Panal, los testigos presenciales no servirían de mucho, pensó el reportero.

Disuelta la algarada y sofocadas las ganas de emprenderla de nuevo, el público comenzó a retroceder con las narices tapadas y los ojos vidriosos. Donde acababa el cordón policial, los ambulantes empezaban a recoger los frágiles tenderetes que habían desplegado durante la mañana para aprovechar la aglomeración de posibles compradores. Entre aquellas espaldas cargadas de sacos y hatillos, Emilio creyó distinguir la figura de alguien familiar que ya se iba. Hasta por detrás, aquel quincallero resultaba muy alemán. Dio unas cuantas zancadas para intentar alcanzarlo antes de que desapareciera, pero como se le escapaba, lanzó una voz a modo de lazo.

—¡Hermann! —fue el chillido que le salió, si bien nunca lo había llamado así ni tenía la menor idea de cuál podría ser su teutón nombre.

—¡Hombre, Emilio! —respondió el alemán, que, del susto, se pilló los dedos entre los perfiles metálicos del mostrador plegable que portaba en la mano—. Lo siento, no puedo pararme. Voy con prisa.

—¡Espera, tienes que explicarme algo!

—¿Te han dado problemas mis cuchillas? —preguntó, sin dejar de caminar y sin volver la vista.

—¡No, es por lo de la nota! La que dejaste en el periódico.

El buhonero se dio por fin la vuelta, sujetando como podía los bultos en los que había cargado su mercancía.

—¿Y me lo tienes que preguntar aquí, en medio de la calle?

—Éste es tu lugar de residencia, de pertenencia y seguramente lo será de defunción. ¿Dónde voy a encontrarte, si no es en la calle?

—Está bien, la nota te la dejé yo —terminó por admitir, con cara de no sentirse responsable de las posibles consecuencias de aquel aviso.

—¿Y quién es el que me busca?

El alemán se acercó al periodista para eludir posibles escuchas.

—Dos hombres —murmuró.

—¿Alguno con abrigo marrón?

—Los dos con abrigo y sombrero. ¡Coño, Emilio, estamos en invierno! No recuerdo si era marrón, pero parecían del gobierno.

Descartado el hombre solitario al que Emilio había descubierto mientras le seguía a pie, cabía la posibilidad de que aquellos dos enigmáticos personajes fuesen los ocupantes del Chevrolet que solía aparcar cerca del periódico.

—¿Por qué crees que trabajan para el gobierno?

—Los conozco bien. Durante años, esa clase de policías vestidos de paisano me acosaron para intentar expulsarme del país. Cuando me cansé de mostrarles mis documentos, siguieron viniendo para interesarse por otros compatriotas que han llegado a Madrid. Lo del ascenso del Führer los tiene muy alterados, ¿sabes?, pero en tu caso...

—En mi caso, ¿qué? —quiso saber Emilio.

—Preguntaban por un libro, por una Biblia rara. Les dije que no trabajo ese género. Y ahora, si no te importa, déjame en paz antes de que se enteren de que te he visto y vuelvan para interrogarme. Llevo encima muchos artículos que no resistirían un registro policial.

Ruiz le hizo caso. Al desandar sus pasos, se encontró con que el espectáculo había terminado. Los tranvías circulaban de nuevo por Atocha y pronto lo harían los automóviles, que la Guardia Urbana había desviado mientras duraron los disturbios. Cualquier desplazamiento por las mañanas de Madrid era una colección de cromos que cambiaban constantemente de casilla para mostrar una semblanza diferente a la anterior por medio de las mismas estampas.

El pirulí de una barbería giraba, hipnótico, y hacía que los transeúntes arrastraran hacia arriba la mirada hasta que se clavaba sin querer en el letrero grabado en vidrio. Un antiguo peluquero como él no podía resistirse a echar una ojeada en cada establecimiento que le recordase los buenos tiempos y le hiciese evocar aquellos paños cálidos que en esos momentos tan bien le vendrían para templar la piel. El barbero, erguido, con las manos cruzadas atrás, esperaba a los clientes debajo de aquella bandera francesa que daba vueltas en espiral. Esa distinción en la pose, unida a la bata de un blanco resplandeciente que se repetía en su pelo, le proporcionaba un aspecto honorable, digno de rivalizar con cualquiera de los matasanos que impartían sus clases de cirugía unos metros más allá, donde se producían más heridos a diario de los que podrían curar. De hecho, y por la edad, aquél podría ser perfectamente uno de los antiguos profesionales que combinaban la artesanía del rasurado con la extracción de piezas dentales o de balas y esquirlas, si llegaba el caso y había suficiente formol para garantizar la desinfección del instrumental. Por un momento, tuvo la tentación de ser infiel a su vieja peluquería, la que visitaba cada quince días para no perder las amistades ni la compostura del cabello que su viejo jefe le arreglaba gratis. Lo hacía en parte por cariño hacia el discípulo descarriado, pero también porque la cabellera de Emilio era un primor que daba gusto labrar y, tampoco lo negaba, para garantizarse un hombre-anuncio que siempre estaba en los lugares más concurridos. Un cliente saludó jovialmente al elegante barbero de la calle de Atocha y entró al local detrás de él. La próspera calvicie del sujeto no le habría supuesto ni un cuarto de hora de tijeras a Emilio. Dado que aquel cliente le había robado la posibilidad de sentarse en el sillón, estuvo a punto de pedirle al barbero una oportunidad para exhibir su destreza y desquitarse de las ansias de revivir los tiempos mozos.

Las zurras de la Facultad de Medicina le permitieron eludir otros encargos en el trabajo. Tenía entre manos material suficiente para cerrar un par de columnas completas que al principio veía profundas como pozos, aunque poco a poco se iban rellenando de sujetos, verbos y complementos hasta llegar a desbordar. Ya se encargarían abajo de rebanar el material sobrante. En la prensa escrita, el paso del original al plomo de los moldes se pagaba con frases perdidas para siempre.

Una vez que tuvo claro qué escribiría acerca de la escena que acababa de presenciar en la calle de Atocha, Emilio Ruiz se detuvo a pensar en la extraña manía de perseguirlo de la que todo Madrid parecía haberse contagiado. Por un lado le vigilaba un tipo corpulento con abrigo, acento y cara de pocos amigos. Por otra parte, había dos extraños individuos, pertenecientes a algún cuerpo policial, que se agazapaban en un coche con la supuesta y vana intención de disimular su presencia. Ninguno de ellos respondía a la descripción del petimetre del casino, que tampoco tenía aspecto de querer dejarle vivir en paz. Meterse a nadar en la estela de una Biblia del pasado se había complicado con la inhumana muerte de aquel muchacho. Se hacía necesario empezar a discernir los elementos que ambos casos tenían en común de los que los separaban.

Cuando llegó a la redacción y se sentó a su mesa, estaba tan ensimismado que no miró ni una vez el reloj, un gesto tan habitual como compulsivo cuando se acercaba la hora de cerrar la edición. Había que apresurarse y acabar el parte de guerra. Describió cómo la policía había lanzado las armas químicas para sanear una calle histórica que había sido presa de las refriegas. Las agujas que recorrían una carátula señalada con números romanos le ganaban la carrera al redactor. Llegaba la hora de entrega y Emilio recontaba las palabras que había escrito para calcular cuántas le faltaban. Siempre sucedía: después de las primeras líneas, el suceso iba perdiendo intensidad hasta llegar a ser totalmente insulso y perfectamente permutable por los textos postrimeros de otras noticias, fuesen de teatro o de actualidad política.

Insatisfecho con el resultado de su trabajo, salió de la redacción como lo estaban haciendo ya los primeros ejemplares de *La Voz*: sin despedirse. Antes de dirigirse a casa o de tropezar con algún café que le diese un respiro, decidió acudir al quiosco para ver si algún periódico reflejaba también los alborotos de la Facultad de Medicina. No encontró nada que compitiese con su reportaje, pero tampoco se sintió mejor por ser el único dueño de la noticia del día.

A la altura de la Universidad Central, las fachadas de la calle de San Bernardo ya habían entornado sus ojos para recibir a la noche madrileña. Una pareja de novios, que caminaban cogidos de la mano, se detuvo ante una puerta y se dispusieron a adosar un pequeño cartel.

—¿Mañana volverá a haber lío? ¿Es una convocatoria? —les preguntó Emilio.

—No —dijo la sonriente muchacha—. Es un baile de máscaras, se acerca el carnaval.

—¿Es usted policía o viene disfrazado? —bromeó el chico.

—No, no soy policía —respondió Emilio, que no estaba para chanzas—. ¿Tengo pinta de serlo?

—Sí —repuso ella—, de esos detectives que salen en el cine persiguiendo a los delincuentes. A lo mejor le darían un papel.

—Papel es lo que sobra en mi oficio.

Los jóvenes se quedaron meditabundos mientras observaban cómo Emilio se alejaba, cada vez más adentrado en aquella noche incómoda que pedía a gritos una cama acogedora para un periodista.

—¡Ahí está, es él! —oyó a sus espaldas.

Como llevaba días sintiéndose el vecino más buscado de la ciudad, no esperó a saber quiénes eran los que lo señalaban. Extrajo las manos de los bolsillos de su trinchera para empezar a correr sin perder el equilibrio. El sonido de varias pisadas tras de sí le confirmó que aquellos hombres —tres, si el rabillo de su ojo no le había engañado— iban a por él, y no precisamente para rendirle un homenaje. Sus zapatos de suela chocaban contra las aceras mientras intentaba esquivar a algún pordiosero que aparecía a su paso sentado contra la pared. Sus perseguidores no parecían dispuestos a zigzaguear por la simple presencia de un menesteroso, a juzgar por los quejidos de uno de ellos al resultar pisoteado. Enfiló Leganitos, una calle que le pareció mucho más larga de lo que decían los planos de la ciudad. El sudor ya había comenzado a brotar. Las partes del cuerpo más expuestas al aire, como las manos y los tobillos, sentían punzadas de frío en cada poro. No sabía si era por el creciente temor o por su menguante resistencia, pero las pisadas persecutoras le parecieron cada vez más próximas. Sin tiempo ni fuerzas para dibujar una curva, dio un súbito quiebro que le situó en la calle del Río. En cuanto vio el callejón, se dio cuenta de que no tenía escapatoria. No se equivocaba.

Una mano lo aferró por el cinturón de la gabardina y su rodilla hincó el suelo. Tras ese primer desequilibrio, el resto del cuerpo marchó de bruces y rodó unos metros hasta quedar tumbado. Con el torso pegado a un enlosado nada reluciente y sin poder mover la cabeza para buscar otra escapatoria, vio cómo una bota le pisaba con fuerza la mano derecha. El frío no hacía más que acentuar el dolor.

—¡Quieto ahí, cabrón! ¡Ni te muevas! —dijo una voz entrecortada por sonoros resoplidos.

—¡Eso, que nos vamos a cobrar esta carrera! —añadió otro.

El tercero, más expeditivo y menos locuaz, le dio una patada seca en el muslo.

La bota que lo aprisionaba y lo poco que su incómoda posición le permitía atisbar le desvelaron que lo había atrapado una cuidada selección de falangistas, aquellos de los que no había hablado precisamente primores en sus últimos artículos.

—Ahora, el periodista nos va a escuchar con mucha atención —prosiguió la primera voz, que Emilio no reconocía.

—Espera, vamos a llevarlo a un sitio más cómodo —dijo el segundo, con voz de niño consentido.

El tercero, que siempre apostillaba, le propinó un nuevo puntapié en el mismo dolorido muslo de antes. A medida que se recuperaba del agotamiento físico, Emilio comenzaba a reaccionar y a hacerse una idea de las sombrías circunstancias que le rodeaban. El mal humor con el que aquellos tipos habían comenzado su caza hacía unos minutos no había hecho más que acrecentarse.

—¿Te importaría liberarme la mano? —pidió—, vas a sufrir una fascitis plantar en el pie.

Por suerte, el de las patadas no pilló el doble sentido. El que mandaba, sí: apretó aún más.

—¡Muy gracioso el periodista! Verás cómo vas a ser tú el que necesite alguna que otra escayola.

Emilio maldecía para sus adentros esa tentación incontenible de soltar todo lo que se le venía a la cabeza cuando el resto de su cuerpo le suplicaba por piedad que estuviese callado. Mientras tanto, lo arrastraron hacia una farola que el ayuntamiento había dejado morir de asco. Allí, casi a oscuras, empujaron su espalda contra el poste y uno de ellos, el grandullón que sólo pronunciaba coces, le sujetó los brazos desde atrás. Su torso, su rostro y otras partes más vulnerables del organismo estaban ahora a merced de los otros dos fascistas, aunque uno de ellos, el gordito de pelo engominado y voz aflautada, se apartó algunos metros para comprobar que no había nadie en las inmediaciones.

—¡Así que el osado redactor de *La Voz* se ha puesto a meter las narices donde no le llaman! —dijo el joven rubio, cuyos ojos se escondían tras un flequillo lacio y oscilante como la cuchilla pendular de un potro de tortura. Su respiración agitada estaba cada vez más cerca del rostro de su víctima—. Vamos a ver si por las malas te hacemos comprender que hay asuntos que se escapan de tus atribuciones. ¿Vas entendiendo?

—Eso mismo me dijo un fraile cuando tenía dieciséis años y no pudo corregirme, a ver si a vosotros se os da mejor —respondió Emilio, tan incontinente como siempre, que recibió un puñetazo en los riñones desde atrás.

El rubio no quería mancharse con la somanta. Introdujo la mano en el bolsillo del abrigo y comenzó a extraer objetos que el periodista fue incapaz de reconocer hasta que el fascista los puso con delicadeza sobre el suelo. Frente a él, encima de la acera, había depositado un guante de cuero, un puño de hierro, una cachiporra de pequeñas dimensiones y una porra reglamentaria con alma de cable. Podrían parecer herramientas caídas del camión de reparto de una ferretería si no fuese porque su propietario se había cuidado de disponerlas en una impecable hilera, a igual distancia una de otra. No era necesario ser un sagaz periodista para reconocer a un sádico matón.

—¡Sujétalo bien! —le pidió al que permanecía detrás, que cumplió la orden con sobrado celo.

El rubio se colocó el guante en una mano e introdujo sus dedos en el puño de hierro, que formaba un ondulante relieve de nudillos relucientes. Lo oprimió contra el rostro del desvalido periodista mientras seguía advirtiéndole.

—Entonces, ¿vas a dejar de hacer preguntas sobre asuntos que no te conciernen?

—Habla con mis jefes, diles que me destinen a los anuncios clasificados y ya no habrá preguntas.

La ironía se le cortó en seco cuando el puño retrocedió para tomar un impulso feroz que le alcanzó la mandíbula.

—He masacrado a payasos más graciosos que tú... —comenzó a decir el jefe de la banda cuando el de atrás, por fin, habló con una pronunciación trapajosa.

—¡No le hagas marcas, recuerda que es lo que nos piden!

—Calla, idiota. ¿Me vas a enseñar a mí a trabajar? Voy a terminar de moldear a este andrajo de republicano. ¡Cagatintas! ¡Juntaletras! ¡Lameculos!

—Para ser tan simple, manejas muy bien las compuestas —acertó a decir Emilio, cuyas palabras intentaban esquivar los hilos de sangre que corrían ya por su boca.

El cabecilla, impertérrito ante la causticidad del periodista, se deshizo del puño metálico y volvió a dejarlo en la acera. Agarró la porra más larga, apuntó al pecho y sacudió de nuevo con todas las ganas.

—¡Ni una sola pregunta más! —le exhortó de nuevo al periodista, antes de asestarle otro golpe con su nuevo juguete, esta vez en la boca del estómago—. ¡Ni una sola pregunta!

Emilio ya no tenía aliento para sarcasmos. El instinto de supervivencia comenzaba a vencer a su natural imprudencia. En ese momento, se oyó la voz eunuca del gordito.

—¡Viene alguien!

—¡Pues despáchalo! —repuso con sequedad el jefe.

—¡Se acerca...! —insistió el rollizo—. ¿Adónde va usted? ¡Lárguese de aquí si no quiere problemas!

A pesar de la escasez de luz, Emilio distinguió la figura de un hombre alto y fornido; llevaba una mano en el bolsillo mientras con la otra sostenía una pistola con la que apuntaba al falangista gordo.

—¡Está armado! —advirtió éste, mientras comenzaba a retroceder.

El periodista notó cómo sus amarras se soltaban. El grandullón de atrás quería ver qué pasaba. El jefe seguía frente a Emilio, con evidentes ganas de rematar su faena. Una voz profunda resonó en la callejuela del Río.

—¡Váyanse o empiezo a repartir plomo!

Los tres fascistas se miraron entre sí. El rubio ladeó la cabeza, señalando la salida del callejón. Estaba invitando a sus compinches a abandonar aquel sitio.

—¡Nos hemos quedado con tu cara! ¡Te la voy a desfigurar el día que no tengas una pistola tan a mano! —le prometió al desconocido—. ¡Y tú, Emilio Ruiz, recuerda: nada de preguntas si no quieres que convierta tus tripas en engrudo!

Corrieron los tres hacia la calle de Fomento, en donde sus cuchicheos y maldiciones dejaron de sonar poco después. Reclinado en el suelo y molido a golpes, Emilio no tenía las fuerzas suficientes para volver a correr o para hacer frente a otro ataque. La silueta que se le aproximaba no permitía augurar un final de noche placentero. ¿Se acercaba por fin un ángel exterminador para acabar con sus penurias mundanas?

Cuando aquel mastodonte se situó frente a él, con la pistola por delante, sacó un pañuelo del bolsillo de su abrigo... ¡marrón y de grandes solapas! El corazón de Emilio empujaba su pecho cual si hubiese criado dentro un parásito diabólico al que le hubiese llegado la hora de salir a ver mundo. Su instinto le hizo suponer que el pañuelo que le acercaban al rostro vendría empapado con alguna droga pensada para amodorrar su muerte, pero el fragmento de lino sirvió en realidad para enjugar la sangre que salía de su boca. A los ojos del apaleado Emilio Ruiz, aquel gesto fraternal convirtió al ángel de la muerte en el ángel de la guarda.

—¿Está bien? —le preguntó el individuo.

—Como recién salido de la rotativa del periódico. ¿No va a rematarme?

—No.

—¿Quién es usted? Lo he reconocido, me ha estado siguiendo estos días.

—¿Qué querían? —inquirió aquella voz, que, como le había dicho María, tenía un velado acento exótico, tal vez oriental.

—Que no hiciese más preguntas.

—¿Sobre qué?

En medio de un reguero de babillas sanguinolentas que empapaban el pañuelo, aún doblado, no salió palabra alguna. Aquellos tres matones le prohibieron investigar, pero no le indicaron qué era aquello en lo que no debía entrometerse.

—No lo sé —respondió, consciente de que su negación resultaba poco verosímil—. Y usted, ¿lo sabe?

—Ande con cuidado —fue lo único que dijo aquel robusto personaje antes de irse.

## CAPÍTULO 16

## LA VOLUNTAD DEL PUEBLO (SAN PETERSBURGO, 1881)

Alejandro II acababa de firmar el documento más importante de su reinado, una nueva Constitución para Rusia, pero no sentía nada especial. En cambio, su ministro del Interior, Alejandro Melikof, respiraba más tranquilo mientras se llevaba los papeles del despacho.

Años de movimientos sociales, el peso de los liberales populistas y el fracaso social de la guerra con Turquía, a pesar de la victoria militar rusa, habían conseguido que una Constitución renovada pareciera una buena válvula de escape para aminorar la presión de la caldera en la que se había convertido el sentir del pueblo.

—Majestad, con esta Constitución, Rusia acabará el siglo XIX preparada para encarar el XX —le decía Melikof.

Alejandro, cansado de los conflictos armados y marcado por los frecuentes intentos de magnicidio a los que había sobrevivido en los últimos años, tenía sus ojos entretenidos con otro papel, la nota privada y urgente que acababan de dejarle en su mesa de parte de su nueva esposa, Catalina Dolgoruky:

*Petit* Cucú:

*Espero que esta noche durmamos juntos como gatos otra vez. Será muy dulce y divertido. Fluyamos hoy de nuevo por lo menos tres veces uno dentro del otro bailando nuestro «bingerle».*

*Siempre contigo.*

Nunca firmaban aquellas cartas con sus verdaderos nombres, y a él le encantaba que le llamara «Cucú» y «Sasha». «Bingerle» era su palabra clave para decir «sexo». Alejandro estaba harto de la hipocresía de la corte, que no acababa de aceptar a Catalina como su legítima esposa por haberse casado con ella al mes de enviudar de la zarina y a pesar de que vivía en palacio con sus hijos desde hacía años. Su séquito murmuraba, insinuaba que Alejandro había maltratado a su difunta trasladando a la amante y a sus vástagos al piso de arriba mientras ella agonizaba en el de abajo. Las malas lenguas llegaban a decir que lo hacía para que oyera sus orgasmos y la humillación ayudara a la tuberculosis a darle fin.

La recién fallecida zarina siempre consintió la infidelidad de su marido. Conocía bien a Alejandro, que también había estado perdidamente enamorado de ella. Cuando él era todavía menor de edad, el soberano pasó por encima de los deseos de sus padres, que querían imponerle otro enlace, para casarse con ella, María Alexandrovna, cuyo nombre de soltera había sido María de Hesse. Por eso sabía que si su esposo estaba obsesionado con Catalina no había nada que hacer salvo tolerar y callar. María había muerto finalmente el verano del año anterior, en 1880. Antes de fallecer le pidió a Alejandro que se acercara con los hijos ilegítimos de su concubina y los bendijo.

Pero, para el monarca, su verdadera esposa desde hacía años era Catalina. No tenía nada que justificar ante los hombres, y menos ante sus cortesanos. Ella había estado esquivándolo desde que se conocieron, cuando tenía sólo doce años. Era una de las hijas del fallecido príncipe Dolgorukov. Ante la ruina de su familia, los propios Romanov, representados por su principal miembro, el emperador de Rusia, se hicieron cargo de su educación. Cinco años después, tras una visita oficial al Instituto Smolny para doncellas nobles, empezó la verdadera persecución. El monarca iba a buscarla siempre que podía y la llevaba a dar largos paseos en su carroza sin lograr que la joven consintiera en ser su amante. Pasaron así años de deseo reprimido.

Su primer encuentro secreto tuvo lugar en el aislado pabellón de Babigon, próximo al palacio. Aquel día, por fin, Catalina aceptó. Jugaron y bailaron por los rincones de las salas, y ella se desnudó para él. Ambos acabaron retozando juntos sobre una alfombra. Alejandro, nervioso y afectado por haber pasado tantos años conteniendo su pasión y por lo inesperado de la situación, empezó a respirar entrecortadamente y, apenas aquella mujer de cuerpo ágil, ojos algo rasgados y trenzas castañas agarró su verga con una mano y la acarició con los dedos de la otra, él eyaculó y empezó a temblar como un adolescente. Entonces, ella se irguió encima y le besó los testículos hasta conseguir que el zar volviera a tener erecto su miembro y, para su propio asombro, en pocos minutos su semen fluyera de nuevo entre resuellos en el interior de la doncella mientras ella sonreía. Él estaba exultante y perdidamente enamorado. En aquel momento tenía cuarenta y siete años; ella, veintiuno.

Se despidió de rodillas, como un exhausto y sudoroso semental que acababa de encontrar la horma de sus apetencias en aquella joven a la que había hecho el amor apasionadamente muchas veces en sus pensamientos, en sus masturbaciones y, por fin, encima de su carne, sorbiendo sus labios y lamiendo su piel en la soledad de aquel pabellón que su guardia protegía celosamente. Avergonzado por no haberle dado placer a aquella hembra y enajenado por sus dos orgasmos, prometió amor eterno:

—Hoy no soy libre, pero te juro que el día que lo sea me uniré a ti. Desde ahora te considero mi esposa ante Dios y te bendigo.

No era Alejandro hombre de palabras vanas, y años más tarde cumplió con su promesa: un mes después de la muerte de su legítima esposa, se casó con Catalina y la nombró princesa Yurievskaya, aunque durante la relación posterior a su primer encuentro ya habían tenido sus cuatro hijos.

Al lado de la nota de amor que le traía tantos recuerdos tenía otro sobre que contenía un mensaje más inquietante. Lo abrió de nuevo y sacó un papel. A través del jefe de la policía, la organización secreta Наро́дная во́ля (la Voluntad del Pueblo) le había hecho llegar una sola y contundente frase: «Morirás en marzo.» Hoy era el primer día de ese mes.

Alejandro, que había sobrevivido a seis atentados, guardó la carta y se dirigió hacia su biblioteca particular. Levantó la tapa de un arcón, abrió el Códice Sinaítico, que estaba dentro, y metió entre sus páginas el amenazador anónimo; con ese gesto pretendía conjurar el mal. El interior de aquel libro contenía varios avisos más. Cada furtivo ultimátum que llegaba a sus manos terminaba entremezclado con la palabra de Dios para que lo protegiera. ¿Qué eran las advertencias intimidantes de los hombres ante la omnipotencia protectora del Padre? Nada. No obstante, tras reflexionar un instante, decidió que no debía abusar de los dones del Altísimo. Esta vez sacó el sobre de entre las hojas de la Biblia y lo dejó en la mesa.

Cada vez que veía aquellos pergaminos con la palabra revelada que ahora formaban parte de la grandeza de Rusia, recordaba al fallecido profesor Von Tischendorf, aquel estudioso aventurero que trasladó hasta su país el original, y que también concibió y preparó aquella monumental edición facsimilar con la que impresionaron a todas las casas reales de Europa, desde la prusiana a la española. En cada una de las bibliotecas nacionales de los países más importantes de Occidente había un ejemplar del Códice Sinaítico Petropolitanus, una edición especial en papel que imitaba los pergaminos originales, precedida por una introducción larga y profunda del profesor, quien, nadie sabía bien cómo, había podido estudiar otro códice similar, el Vaticano, para encontrarse con el mismo problema: la Biblia original no coincidía con la que las Iglesias leían desde hacía siglos. El ya anciano catedrático había dedicado buena parte de sus esfuerzos a documentar lo que para él, en un colosal intento de defender su descubrimiento, eran descuidos de los transcriptores, aunque para los ojos de cada vez más personas interesadas se trataba de una muestra documentada de lo que podría haber sido la mayor manipulación organizada de un documento para adecuarlo a las necesidades doctrinales de la Iglesia.

Seis años atrás, apenado, el embajador ruso en Dresde avisaba con un telegrama de la muerte de Constantino von Tischendorf, al que, ya en vida, el zar había recompensado por sus servicios con dinero y títulos. Diez años después de su último viaje a Egipto, el investigador de textos sagrados había convencido a los monjes de Santa Catalina para que le vendieran el libro a su majestad a cambio de nueve mil rublos de plata. Aquello que ni las amenazas diplomáticas ni las presiones de los agentes pudieron lograr, lo había conseguido la perseverancia de un estudioso. Fue necesario mucho tiempo, decenas de cartas llenas de argumentos, y que se desbloqueara la sucesión del arzobispo del Sinaí tras una década de caos en aquella iglesia, pero la propiedad era ahora incuestionable. Allí estaba también el certificado con el que los monjes otorgaban la propiedad definitiva al Imperio ruso.

Al cerrar el códice, el zar recogió, nostálgico, un legajo de papeles de un hueco del arcón. Entre ellos se encontraba la carta que le había enviado Angélica von Tischendorf, la esposa del biblista, con motivo de su fallecimiento y en respuesta a los mensajes y detalles que tuvo Alejandro II con ella y su familia en las honras fúnebres y el sepelio de su marido. Abrió aquel sobre, sintiéndose orgulloso al comprobar que podía leer con facilidad una lengua que todavía no había olvidado. La viuda le daba cuenta del agradecimiento familiar y del cariño que Constantino siempre había profesado a su protector. También reproducía unas palabras del estudioso —«la Providencia ha dado a nuestra generación la Biblia sinaítica, para que sea una luz clara y completa en cuanto al verdadero texto de la palabra escrita de Dios y por ayudarnos a defender la verdad estableciendo su auténtico contenido»—, y le pedía que no dejara caer en saco roto los múltiples esfuerzos que había realizado su esposo hasta la muerte. Von Tischendorf había terminado sus días obsesionado por que aquel importante descubrimiento no acabara convirtiéndose en el arma que los enemigos de Cristo utilizaran para acabar con la credibilidad de su doctrina. Por ello, Angélica le suplicaba al zar que la corte rusa siguiera apoyando la línea de investigación que su marido había desarrollado, encabezada ahora, ya en solitario, por el español.

Pero llegó la brutal matanza y Francisco Pérez, que se había encargado de la edición del facsímil del códice bajo la supervisión de Von Tischendorf y que siguió ya en solitario con las investigaciones los últimos años, ahora era una más de entre las víctimas mortales en el sangriento y multitudinario atentado que, en pleno comedor del Palacio de Invierno, acababa de segar la vida de 67 personas, entre soldados y servidumbre. El zar y los suyos se salvaron porque Alejandro se había entretenido solazándose con su esposa. Unos minutos después y la familia imperial hubiera perecido también.

La masacre, audaz en la concepción y valiente en la realización, había sucedido en el lugar más vigilado y seguro del imperio y, por supuesto, estaba firmada por la Voluntad del Pueblo.

Francisco había sabido ganarse la confianza del zar no sólo por sus trabajos con el códice, sino también por la multitud de habilidades que atesoraba y la cantidad de idiomas que hablaba. Pero, sobre todo, por aquel té que aumentaba la potencia sexual, hecho con polvo seco de escorpión y algunas hierbas secretas que el español aseguraba haber aprendido a mezclar en Egipto, entre los beduinos Yabaliya. Aquella infusión se había convertido, sin duda, en su pasaporte para el agradecimiento eterno del zar.

Pérez había llevado a Rusia a su hijo. Tras dos años de aprendizaje trabajando en algunos de los mejores hoteles de Lisboa, cerca del lugar de origen de la familia, y otros tantos en París aprendiendo todos los secretos para ser un gran *maître* de hotel, el joven Francisco Pérez no necesitaba ya de la tutela de su padre para ascender puestos entre el servicio. Al igual que su progenitor, hablaba varios idiomas, a los que, como era natural, se añadió el ruso. Se destacó aquel joven como uno de los más expertos mayordomos del palacio, donde atendía directamente el servicio de Catalina y de sus hijos. Su padre estaba orgulloso, ya que no sólo él había conseguido vivir en la morada de los zares, sino que su vástago también había sido capaz de seguir su huella y se había convertido en una de las personas de confianza de la princesa, que se fiaba más de aquel hombre, procedente del sur de Europa y con una educación cosmopolita, que de los miembros de la nobleza, quienes sólo la miraban con desprecio.

Alejandro estaba obsesionado con aquella Biblia. Acabados todos los trabajos de edición y publicado el facsímil en el mismo año en que abolió la servidumbre en Rusia, la había hecho llevar a sus habitaciones privadas junto con los escritos que documentaban su descubrimiento y su historia. Allí compartía con su amada la devoción por aquellos textos sagrados en los que un matrimonio, por morganático que fuera según los tratados de derecho del imperio, era en cambio completamente aceptado ante el Supremo Hacedor. Tras hacer el amor, ambos, solos y desnudos, rezaban juntos de rodillas ante la Biblia porque sabían que Dios los amparaba. Alejandro daba gracias por todo, especialmente por haber encontrado el amor de su vida y por tener la potencia suficiente para amarla y poder satisfacerla varias veces al día. Sólo esperaba no sufrir una nueva separación, como había ocurrido años atrás, cuando hubo de alejarse de su amada a causa de las contiendas turcas.

Catalina le leía en el lecho pasajes del Antiguo Testamento que a veces le traducía al francés. En los labios de su amada, las palabras le sonaban a música. Cerraba los ojos y con aquellos arrullos se dormía. Era feliz teniendo en sus habitaciones sus tesoros más preciados: los textos sagrados y su amor.

El monarca salió de la biblioteca y atravesó la puerta que le llevaba a la estancia en la que se encontraba Catalina.

—Hola, mi amor —dijo el zar.

—Sasha. ¡Qué alegría! No te has ido. Me has hecho caso. Sigo teniendo una gran angustia que me oprime el pecho. Hoy va a ser un mal día. Te lo he dicho al levantarnos, lo sé, lo presiento.

—No puedes estar siempre así, Cucú. Te encuentras muy afectada, aunque no me extraña después del atentado en el comedor de palacio. Ya parece que no puedo estar seguro ni en mi casa, pero todo está bien. Me tengo que ir, amor, pero ya sabes que no puedo estar ni un minuto sin verte.

—¿Sin verme desnuda, quieres decir, Sasha? —le dijo con picardía.

—Sin verte desnuda, amor. —El zar sonrió—. ¿Posarás de nuevo para mis dibujos? Quiero un apunte de tus ojos y de tus pechos para llevarlo en el bolsillo de mi uniforme. Ninguna bala podrá atravesarlo.

Ella se quitó el *déshabillé* transparente que la cubría mientras Alejandro tomaba un cuaderno y se afanaba con los lápices.

—Sasha, quédate conmigo hoy. Hagamos el amor. Tengo un mal presentimiento: he soñado con sangre y nieve.

—Todavía estás afectada por el último ataque, mi vida. Todos los implicados están detenidos, no va a pasar nada. Al zar le protegen sus cosacos.

—Lo sé, Sasha, pero cada vez que sales tengo un escalofrío.

—Volveré pronto, mi vida —prometió en tono tranquilizador—. Y cuando regrese daremos un paseo y realizarás para tu zar uno de esos mágicos trucos que sabes hacer con tu boca por escondidas habitaciones mientras la guardia se apuesta junto a la puerta.

—¡Alejandro...! —le reprendió.

—Mejor... ¡hagámoslo ahora!

Tiró al suelo el papel y los lápices mientras se deleitaba con el cuerpo desnudo de la princesa. Se acercó a ella, la besó en la boca y, asiéndola de los hombros a la vez que le lamía el cuello, la giró y la dobló por la cintura con cuidado. La tomó por detrás y la poseyó, y el anónimo, mientras tanto, se borraba de su mente letra a letra en cada impulso, en cada embestida.

Llegó tarde pero el zar almorzó en el palacio de la Gran Duquesa como estaba previsto y al salir emprendió el camino hacia su residencia. Avisado por la policía de la posibilidad de atentados si transitaban por las calles principales, se dirigieron hacia la ribera lateral del canal del Neva. La comitiva de la carroza real se completaba con una escolta de siete cosacos seguidos por dos trineos.

Nadie la había visto, pero la joven revolucionaria Sofía Perowskaya permanecía atenta al otro lado del cauce. Hizo una señal con un pañuelo a sus tres compañeros para advertirlos del nuevo rumbo. Rysakov, uno de los ejecutores, apostado en el punto más estrecho de la calle, lanzó rápidamente una caja de chocolates que escondía un artefacto explosivo. Tras unas décimas de segundo en las que, horrorizados, los escoltas fueron conscientes del peligro, la bomba estalló.

El explosivo lanzó metralla hacia todos los lados y acabó con los caballos y con alguno de los escoltas, pero el zar resultó ileso. Alejandro, salpicado de sangre y vísceras, casi sordo por el estruendo, bajó del carruaje pisando nieve y cuerpos y, aún aterrorizado, se armó de valor para mirar a los ojos al activista, que estaba tumbado casi inconsciente y cubierto de sangre, y preguntarle:

—¿Quién eres?

Muerto de miedo, sin atreverse a cruzar su mirada con la máxima autoridad rusa, el atacante contestó mecánicamente, consciente de que iba a morir.

—Rysakov, a las órdenes de su majestad imperial.

¡Qué tristes vasallos, que hasta en su último segundo de existencia y tras atentar contra aquel que más odiaban, eran incapaces de morir con gallardía! ¡Qué diferente este rostro cobarde del de Osmán Pachá, jefe de las tropas turcas, cuando se entregó y lo llevaron ante él, señor de las Rusias! El turco no bajó los ojos y, dolorido por las heridas, entregó su alfanje al victorioso zar. Era la segunda vez que capitulaba, tras haberlo hecho ante los mariscales rusos, pero Alejandro había querido cruzar su mirada con él y verlo humillado.

Mientras evocaba los recuerdos de la guerra y pensaba si debía rematar a su agresor o esperar a juzgarlo, se acercó por detrás el segundo asaltante, que a pocos pasos de la escena arrojó una nueva bomba aún más potente. El artefacto estalló y una espesa columna de humo se elevó hacia el cielo. La metralla abrió el costado del zar y le segó las piernas, a la vez que hizo pedazos el cuerpo del propio terrorista. Entretanto, la Perowskaya y un tercer asaltante, que no había tenido ya que intervenir, escapaban de la zona al ver cumplido su objetivo.

Entre la nieve surcada de rojo, los caballos y hombres muertos, y los restos de fuego en los carruajes, algunos de los escoltas reaccionaron y arrojaron como pudieron el cuerpo moribundo del zar encima de uno de los trineos. Corrieron a palacio para entregarlo a la princesa Dolgoruky, que se encontró lo que le habían advertido sus presentimientos: a su amado agonizante.

Un camisón de lencería de color rosa palo casi transparente, que tardó unos segundos en empaparse de sangre, era la única ropa que Catalina llevaba encima. Con una serenidad impresionante, como quien ha vivido en sueños esa situación muchas veces, y con un cariño que abrumaba a los doctores y príncipes de la familia imperial, quienes iban amontonándose alrededor de una escena que recordaba a La Piedad, la princesa no paraba de acariciar los brazos y la cabeza de su amado a la par que le sonreía y susurraba en francés al oído:

—*Mon amour, mon amant. Pense juste à notre bingerle et à notre passion que Dieu bénit. Reposez-toi, mon amour. Dors bien, Cucú.*

A su espalda, la familia encabezada por el zarevich Alejandro, que sería el nuevo zar Alejandro III, juraba venganza. Con los puños cerrados, el sucesor se prometía anular el último esfuerzo del moribundo por contentar al pueblo ruso: la nueva Constitución. Los asesores tenían razón: aquellos bárbaros no se habían ganado unas nuevas leyes, sólo merecían castigo. Y su padre, víctima de un complot, agonizaba de forma ridícula delante de todos y en brazos de aquella ramera que había suplantado a su madre.

A las tres de la tarde, recibida la extremaunción, el zar expiraba y Catalina se convertía en la viuda de su majestad imperial. La princesa cerró los ojos de Alejandro, se levantó altiva, aunque sollozando, y se dirigió a las estancias privadas mientras retiraban el cadáver. Buscó el baúl especial en el que habían estado guardados y protegidos el Códice Sinaítico, un ejemplar del facsímil y toda una serie de documentos que tenían que ver con ellos. Delante de la Biblia y sin contener las lágrimas, rezó durante toda la tarde.

Cerca de la medianoche llamó a Francisco Pérez hijo, su mayordomo.

—Francisco, lleve, por favor, este baúl a mis habitaciones. Los documentos que contiene, los que su padre estudió, son los únicos que considero justo quedarme como recuerdo personal del zar. He pasado muchas horas rezando ante esta Biblia y ante Dios, que es el único que ha reconocido mi matrimonio con Alejandro.

—Majestad, en ese cofre está la Biblia más importante que conocen las religiones cristianas y es parte del patrimonio del Imperio ruso. No debería llevárselo, porque el Santo Sínodo lo reclamará.

—No se preocupe, Francisco, tengo claro que el Códice Sinaítico se queda: ésta es su casa. Ya lo he separado, lo tiene usted en aquella mesa del fondo con su envoltorio. Acérquelo a la Biblioteca Imperial para ponerlo bajo custodia del encargado. Devuélvalo a su sitio en nombre del zar, pero lleve el baúl con el resto de los documentos a mis aposentos.

Catalina extendió su mano; en ella había un sobre.

—Mediante un correo especial, haga llegar también esta nota al obispo Uspensky en su retiro.

—Será como desea su majestad.

—No vamos a quedarnos mucho tiempo en San Petersburgo, Francisco, y necesitaré ayuda. Dentro de pocos días, la familia de mi amado buscará una forma de expulsarnos de Rusia a mí y a los míos. Nunca nos han querido y sin él somos sólo un estorbo. Tenemos que estar preparados para un exilio honroso en Francia. Gracias a Dios, Alejandro lo dejó todo previsto para que no nos falte nada. Avise al servicio y pídales que vayan preparando nuestras cosas. Asistiremos a los funerales, pero me temo que después nos invitarán a irnos de este palacio. A usted le pido encarecidamente que se quede aquí y que no nos acompañe, aunque tengamos que irnos.

—Alteza, le rogaría que me permitiese seguir a su servicio y acompañarla a donde vaya. Muerto mi padre, no tengo nada que me retenga en San Petersburgo que no sea servir a su majestad.

—Francisco, se lo agradezco, pero será más útil para mí aquí, y también para la familia de mi esposo, que le aprecia en la misma medida que hizo con su padre. Creo que ahora soy una de las personas que mejor puede entender su dolor, pero usted es un buen sirviente y tiene un importante papel que todavía puede cumplir aquí. Además, puede servirme de enlace y confidente si necesitase algo de esta ciudad cuando yo esté ya lejos. Le rogaría que se quedara al servicio del zarevich, a quien en breve coronarán como Alejandro III, nuevo zar de Rusia.

Francisco, obediente, calló y recogió el Sinaítico. Sacó de entre aquellas hojas que tan bien conocía los sobres y los mensajes que el zar había escondido. Envolvió los pergaminos en la seda y los dejó encima de la mesa del despacho mientras colocaba en el baúl los anónimos con las amenazas junto al resto de los documentos. Al depositar los papeles, le pareció que no encajaban, como si hubiera algo escondido debajo.

Miró hacia Catalina y se encontró con una mujer impresionante que todavía tenía restos de sangre en las manos y en la cara. Los ojos acuosos de la princesa se cruzaron con los suyos. Ella los entornó, dándole a entender que echara ya los cierres de aquel baúl y no se detuviera ni un minuto más en averiguar nada. Aquello no era de su incumbencia. Tampoco era el momento adecuado para preguntar. De aquellos ojos de gacela brotaron gruesas lágrimas que cayeron al suelo.

## CAPÍTULO 17

—

## UNA MAÑANA DE RECREO

Un doctor de semblante severo contemplaba a Emilio con callado gesto profesional. El único atributo que rompía la solemnidad de aquella efigie era el diferente rumbo que tomaban cada uno de los extremos de su bigote: uno miraba hacia el techo y el otro se adivinaba orientado hacia abajo. Para alivio de su proverbial desconfianza hacia los matasanos, sólo se trataba del reclamo grabado en el envase de linimento que doña Patro le estaba aplicando. Lo hacía con unas decididas friegas que mezclaban la delicadeza femenina con la firmeza de una madre que intentase acallar los quejidos de su vástago herido.

Doña Patro regañaba a Emilio mientras espolvoreaba desinfectantes en las heridas visibles y pomadas en las magulladuras. Con el torso descubierto y el gesto arrugado por el escozor de algunos de aquellos remedios, el periodista rechistaba entre dientes.

—¡Si sigues quejándote, llamo a Conce, la enfermera del segundo, y que siga ella!

La simple amenaza de que una mujer del tamaño y morfología de un dirigible, y del temperamento de un acorazado, se atreviese a restregar su piel resultó muy disuasoria.

—Estás hecho un adán —siguió doña Patro—. Las ropas sucias, el cuerpo lleno de cardenales... Espero que la sangre que te salía por la boca venga de las encías. Podrías tener hemorragias internas. Si te han roto un órgano vital podría ser muy serio.

—Te he dicho que sólo me caí del autobús —fue la escueta evasiva de Emilio.

—Ya..., sujétame este frasco, a mí me va de perlas para los dolores del reúma. Lo del bus cuéntaselo a otra, que yo no me lo trago.

—Por cierto —musitó Emilio mientras entrecerraba los labios para aspirar unos litros de aire con los que mitigar el picor de las heridas que manipulaba la casera—, ¿qué tal Luis?

—Igual, armando motines por ahí. Ya no baja a la bodega, ¿hablaste con él?

—Por supuesto, pero lo de instigar la revolución lo lleva en la sangre.

—En la sangre te aseguro que no. Hace días que he observado un coche que aparca frente a la tienda de tejidos de ahí abajo. Tengo la impresión de que la policía está vigilándolo —le confesó en voz baja, algo alarmada.

El periodista no respondió. Ni siquiera quiso preguntar si se trataba del modelo de vehículo que había visto rondando el periódico porque sabía que era lo más probable.

—¿Te metiste en alguna pelea? Estos morados tienen mala pinta.

—Patro, deja de preocuparte por mis andanzas, que eso no tiene cura.

—Si fuese tu médico, te recomendaría reposo durante un par de días, pero como soy tu casera, te aconsejo buscar de una vez por todas a una chica que te encarrile.

Más aliviado por el trato cariñoso de aquella mujer que

por el efecto de las sustancias y apósitos que desplegaba sobre su cuerpo, Emilio comenzó a elucubrar con esa misma posibilidad, pero la inexpugnable soltería de que hacía gala le reportaba un encanto especial para las mujeres del que no estaba dispuesto a desprenderse sin resistencia. Doña Patro insistía en presentarle a una amiga suya: una oficinista algo mayor que él pero muy limpia, y esto último, decía la casera, encajaba a la perfección con las costumbres de Emilio.

—No insistas, querida. Yo soy una mala compañía para esa clase de mujeres.

—¡Pero si no la conoces!

—Es que no quiero defraudarte. Yo, como tú, estoy condenado al celibato. Es una misión divina, aunque no lo quieras creer. Mi aversión al afianzamiento sentimental es lo que garantiza la salvación de las mujeres de bien, como tu amiga.

—Pues te diré que ésta prepara unos guisos que comenzarían por sentar tu estómago, luego lo harían con tu cabeza y terminarían por convertirte en un honrado padre de familia en poco tiempo. Bueno, esto ya está —advirtió mientras recogía su botiquín—. Otro día, intenta caer de pie.

A Emilio tampoco le parecía un disparate la perspectiva vital que doña Patro le acababa de presentar, pero si llevaba media vida mostrando una recalcitrante indiferencia ante el compromiso, ¿por qué no pensar que podía seguir igual treinta años más?

A duras penas, la casera introdujo la enorme caja de los medicamentos en una cómoda. Aquella mujer había hecho acopio de un verdadero vademécum farmacéutico. Era una expresión del callado terror que sentía ante la idea de que su hijo Luis disparase un día el tiro por la culata.

Emilio Ruiz se retiró a su habitación para dedicarse a pensar mientras planchaba los pantalones y las camisas que

Patrocinio había tenido la amabilidad de lavar y de entregarle junto al almidón y las planchas recién calentadas al fuego de la cocina. Mientras el hierro ardiente buscaba pliegues que alisar, comenzó a reflexionar acerca de su situación y de todos los acontecimientos en los que se había visto envuelto en los últimos días. Tal vez había llegado el momento de abandonar sus investigaciones sobre el Códex Sinaiticus. Puede que se hubiese dejado atraer inocentemente por un nombre tan exótico. La desaparición de la copia de la Biblioteca Nacional quizá era un simple descuido y, para colmo, había implicado a María en aquella empresa que comenzaba a parecerle absurda. Además, si la muerte del marchante no le había salpicado aún, era porque la policía no tenía la menor pista que se dirigiese a él. Seguir escarbando en busca del códice podría comprometerle aún más. Quizá debería centrarse en la investigación del homicidio del estudiante, que al menos le significaría un rendimiento profesional si finalmente pudiese publicar sus investigaciones. El problema de elegir ese camino se resumía en el recuerdo de una pistola apuntándole a la espalda en un casino.

Tal vez la alternativa más prudente fuese la de tomarse unos días para decidir qué hacía y, mientras tanto, cumplir con su trabajo y dedicarle más tiempo a María, si es que ella se lo concedía.

El ministro Martínez Barrio, recién llegado a un despacho del que no había rincón que desconociese, revisaba los dosieres que el secretario le suministraba ordenadamente. Más allá de la creciente profusión de banderas tricolores, nada había cambiado en aquel amplio salón que ya fue su puesto de mando. Sus recientes pero profundas diferencias con el presidente del gobierno no le iban a impedir cumplir con celo cada uno de sus cometidos, y entre ellos estaba el examen de los expedientes que Rico Avello había dejado abiertos tras su marcha. Cuando el último de aquellos cartapacios llegó a sus manos, preguntó qué significaba aquella palabra que lo titulaba.

—¿Aleph?, ¿qué es Aleph?

—No dispongo de demasiada información, don Diego —respondió el secretario—. Es un asunto que estaba en manos del señor Rico Avello, quien se había interesado muy seriamente por él. Está relacionado con un libro que los rusos han vendido a los ingleses.

—¡Ah, el Códex Sinaiticus!

—Eso es, señor ministro, el códex —asintió el secretario, que lamentó no conocer más detalles de aquella historia para poder ganar ventaja en su apurada carrera por permanecer en el puesto. No obstante, siguió relatando a su superior lo poco que sabía—: Tengo entendido que habíamos detectado en nuestro país la presencia de agentes soviéticos haciendo preguntas sobre ese libro. Creo recordar que la diplomacia vaticana también se había interesado..., pero no sabría decirle mucho más.

La carpeta de cartón contenía una carta arrugada, que el ministro revisó, y una cuartilla en la que figuraban instrucciones.

—¡Qué extraño! ¿Esto es todo?

—Sí, y esa carta llegó hace pocos días. La trajo el censor destinado a *La Voz*. Todos nuestros hombres, tanto los uniformados como los civiles, tenían la indicación de permanecer alerta ante cualquier mención al código del Sinaí.

—Este otro papel es una orden interna. —El ministro la leyó en voz baja—. ¿Tenemos una patrulla de información vigilando a algún ciudadano, a un periodista?

—No lo sé, señor ministro.

—¡Pues entérese!

Alguien llamó a la puerta del cuarto de Emilio, que acababa de levantarse de la cama. Tenía que ser Patro, porque mientras golpeaba con una mano, giraba el pomo con la otra para entrar. Al fin y al cabo, estaba en su casa.

—Emilio, vienen a buscarte.

—¿Es Gisbert, el policía?

—No, es una señorita.

El tono de voz delataba la existencia de un misterio insondable en torno a aquella mujer, a quien podían haber enviado los hados del destino para cumplir los deseos de doña Patro para con su inquilino favorito.

—¿Te ha dicho si se llama María?

—No.

—¿Tiene cara de bibliotecaria?

—Tampoco, pero tiene cara de gustarte. No desperdicies las oportunidades y recuerda lo que te he dicho: ya va siendo hora de que sientes la cabeza. Además, parece que las heridas han mejorado mucho en estos días. Ya tienes el aspecto apropiado para recibir visitas femeninas.

Desde el corredor, Emilio vio a Irene de Falcón esperando en el patio. Mientras bajaba en su busca, la compañera periodista le dedicó su cegadora sonrisa, que ya venía puesta desde antes. Sin embargo, a medida que se acercaba a ella, su semblante se iba tornando más hosco.

—Emilio, necesito hablar contigo —fue su saludo.

—¿Tienes algo que hacer ahora? He quedado con unos amigos para ir al parque del Retiro a pasar la mañana. Si te apetece, me acompañas y me cuentas.

Subió a arreglarse y, cuando consideró que tenía el aspecto adecuado para una mañana campestre, comenzó a bajar de nuevo. Telmo se asomó al corredor en busca de Emilio.

—Estoy a punto de acabar tu poema. Si esperas diez minutos, se lo podrás recitar a esa bella ninfa que ha esparcido una sábana bordada de donosura sobre el moho de esta decadente corrala.

—Déjalo, Telmo. No es para ella. Otro día.

—¡Escarpelo de corazones inflamados! —le llamó, con aire ultrajado.

Irene y Emilio tomaron el bus para llegar al lugar de encuentro previsto con María y Carrerilla, la puerta de Hernani, donde se cruzaban las calles de Alcalá y O'Donell. Durante el viaje, la combativa periodista le desveló el recado que traía para él.

—Me gustaría saber qué interés puede tener la Biblia que estás buscando.

Emilio no quiso descubrirle que desde hacía unos días había decidido abandonar esa búsqueda.

—¿Por qué? —se limitó a responder.

—Desde que viniste a verme para preguntarme por ella, han pasado cosas que me preocupan. Sabrás algo de mis relaciones con los bolcheviques, supongo. Mi inquietud por la liberación de los seres humanos que viven menguados por la pobreza me ha llevado a colaborar con el entorno comunista. Mi propio marido es uno de sus acérrimos partidarios, como también conocerás. Estas cosas se hablan en el periódico.

—Supones bien. Sé que tu marido está en contacto con el partido comunista y tú has entrado en esa órbita, ¿y qué tiene que ver eso con el Código Sinaítico?

—Lo cierto es que no lo sé, pero han llegado órdenes desde arriba. —Miró, en efecto, hacia el techo del autobús.

—¿De dónde? Si es una Biblia, ¿será de los cielos? —intentó bromear Emilio.

—Del Kremlin.

Al redactor de sucesos no le hacía falta que le explicasen que aquélla era la residencia y cuartel general del Hombre de Acero, el sobrenombre con que la prensa internacional denominaba a Stalin, aquel proteico ser que había cambiado la ideología revolucionaria marxista por el sistemático aplastamiento de cualquier rebeldía o asomo de ella.

—Emilio, te ruego que mantengas en secreto lo que te estoy contando. Es más, no puedo estar segura de que ese joven que lee las noticias del deporte, aquella mujer que ves amamantar a un niño o el propio cobrador del billete no sean enlaces de los bolcheviques.

De los tres, pensó Emilio, el único con aspecto de activista revolucionario era el cobrador, pero el rigor con el que ejercía su oficio —no perdonó el billete ni a un pobre inválido que subió con el único apoyo de unas muletas— no casaba con el reparto equitativo y dadivoso de los bienes que promulgaban los comunistas.

—No es para tomárselo a broma. A través de la Komintern, el órgano internacional que mantiene vivas las conexiones de la causa soviética, me han pedido que me entere de hasta dónde has llegado con tus preguntas.

—Y eso es peligroso, claro.

—El personaje que me ha preguntado por ti me da repelús. Si estoy en lo cierto, en realidad se trata de un agente de la NKVD.

—Vaya, hasta para las siglas son complicados.

—Se trata de uno de los brazos armados más peligrosos del aparato de poder de Stalin. Se cree que han protagonizado acciones en el extranjero que prefiero no revelarte por tu propia seguridad. Siempre actúan solos. Por lo que sé hay alguno en Madrid, como este que vino a verme.

A petición de Emilio, su acompañante le describió el aspecto del agente ruso infiltrado que, como sospechaba, se ajustaba con la misma perfección con la que lo hacía su abrigo a la hechura del sujeto que le había salvado de una paliza.

—Me temo que ya lo he conocido. ¿Cómo se llama?

—Iván Kurashov, o al menos eso asegura.

El periodista, que tenía muy mala memoria para los nombres —especialmente si sonaban a caracteres cirílicos— decidió dejarlo en Ivan, mucho más manejable y respetuoso que el apellido, que sonaba a *curaçao.*

—¿Y qué es lo que quiere el camarada Ivan de mí? ¿Que abandone la investigación sobre el código?

—No, sólo quería saber qué habías descubierto.

«Nada», pensó Emilio; aunque revelar una verdad así de seca a un espía soviético podría desatar un enfado de dimensiones descomunales. No quería conocer en persona los métodos que utilizaban los secuaces de esa maraña de siglas cuando uno les confesaba que no tenía ni idea de aquello que esperaban oír.

—Pero, Irene, ¿cómo es posible que te hayas involucrado tanto en semejante enredo? ¿No será peligroso para ti verme?

—No, ellos quieren que me mantenga en contacto contigo para suministrarles información sobre tus pesquisas. Haré lo primero, pero me ahorraré lo segundo. Les diré que no has avanzado. Con todo, amigo Emilio, creo que las consecuciones de la Revolución del 17 son la única esperanza a la que aferrarse para poder soñar con un mañana lleno de justicia y vacío de miseria.

—Aquí nos bajamos —la interrumpió Emilio, que de

nuevo se sintió envuelto en una intriga de la que había intentado en vano desembarazarse.

Dos minutos después, María y Carrerilla aparecieron. Ella había abandonado sus jerséis y sus blusas de oficinista para lucir una elegante chaqueta malva, muy enguatada en los hombros, y un sombrero de terciopelo negro que permitía un grado más de lucimiento al de por sí radiante amarillo de su cabello. El niño, como siempre, sonreía a la espera de acontecimientos.

—Venid —dijo Emilio—, os voy a presentar a una amiga. Ésta es Irene, compañera de *La Voz*. Tú la habrás visto alguna vez —dijo, dirigiéndose a Miguelito.

—Sí, eres la corresponsal en Londres. ¿Hablas inglés?

—Claro —contestó, aún más risueña de lo normal—, ¿quieres que hablemos un poco?

—No, no chamullo en muchos idiomas —repuso Carrerilla—, pero tengo un catálogo de coches que necesito traducir.

—Otro día me lo traes y, si fuese muy complicado, iré personalmente a la fábrica a preguntar. Si tienes alguno alemán, también podría intentarlo.

—¡Oh, sí, claro, el de la Opel!

Y así, entre risas, entraron al parque. Si alguien hubiese apostado por que aquélla era la estampa de un matrimonio corriente, con hijo y cuñada, habría perdido su envite pero nadie podría haberle negado la perspicacia.

—Emilio, no te he traído tu bufanda. La he olvidado —dijo de repente Carrerilla.

—Tranquilo, chaval, ya ves que el día está de sol.

Entre árboles dispersos, las mujeres desplegaban sus manteles como queriendo abrigar la maltrecha hierba de las praderas. Aquella soleada mañana invitaba al picnic campestre, y las ganas de disfrutar del día libre podían más que el frío que aún se agazapaba en las zonas umbrías, bajo las encinas, los castaños y los plátanos de las laderas. Poco a poco, alrededor de aquellos altares de tejido afiligranado con punto de cruz comenzaron a repartirse hombres y mujeres que querían mitigar las ganas de campo. Sus cuerpos sentados amojonaban la parcela que sería de su propiedad durante un par de horas. Allí había familiones que intentaban sujetar a los niños mientras sacaban de sus cestas las fiambreras llenas de tortillas y de filetes empanados, parejas que un día se declararon amor eterno al pie de aquel cedro, pandillas de amigotes que hacían correr la bota de vino de mano en mano y cuadrillas de amigas que no se dejaban cortejar cuando estaban en grupo. El Retiro componía una escena entre goyesca y tribal que invitaba a quedarse.

—¿Nosotros no traemos comida? —preguntó Miguelito—. Yo quiero contar hormigas mientras se llevan las migajas.

—Os voy a invitar a comer algo en el restaurante —respondió Emilio.

—De eso nada, pagamos a medias —intervino María.

—O pagamos nosotras —propuso Irene.

Esa porfía por saldar una cuenta que aún tardaría horas en llegar acabó convirtiéndose en un debate entre dos mujeres que se habían abrazado a la causa liberacionista de su sexo, cada una desde su particular perfil. Una era más próxima al campoamorismo, la otra más kentiana. Una promulgaba las conquistas desde la propia esencia femenina, la otra creía que era necesario amansar previamente al engreído varón. Una lloraba por las niñas de Oriente, mutiladas por una cruel tradición religiosa, la otra lamentaba la mutilación mental a la que sometían a todas las mujeres del mundo.

Tras un rato de caminata, Emilio se sentía cada vez más sobrepasado por la conversación. No comprendía cómo era posible que dos personas que estaban tan de acuerdo en sus fines fuesen tan opuestas en sus métodos. Miguelito también miraba boquiabierto a aquellas dos mujeres que acababan de hacerse amigas y que decían cosas tan extrañas como «castración social» o «amor descomprometido». Pensó que su amigo Emilio estaría de acuerdo con él en que el mundo del automóvil, a pesar del juego de las levas y las bielas, era mucho más comprensible que el de la mujer. El periodista habría coincidido plenamente con la observación.

Por fin llegaron al estanque, a donde los habían llevado las ansias de Carrerilla por ver una competición de traineras que ya había comenzado hacía un buen rato. La lámina especular que formaba el reflejo del sol sobre las aguas permitía ver con claridad cómo las quillas de aquellas pequeñas canoas se hendían en la superficie. Era un papel de charol rasgado por afiladas navajas que corrían propulsadas por brazos titánicos.

—Mira, Emilio: aquellos que van echando el bofe... ¡van a ganar!

Tal como vaticinó Miguelito, los remeros que parecían más fatigados habían conseguido tomar impulso y comenzaron a sobrepasar a los mejor situados hasta que entraron en la meta en primera posición. Representaban a la Sociedad Recreativa del Manzanares y sus familiares parecían muy alegres con la victoria.

Un organillo despedía melodías de baile para amenizar la comida campestre, aunque la repentina interpretación del himno de Riego proporcionó al parque un ambiente de ceremonia civil a ritmo de manubrio. Un barquillero, con su cilindro al hombro, atrajo a Carrerilla haciendo sonar su triángulo. Miguelito se quedó con el barquillo que le pareció más grande y sus acompañantes jugaron a «el que pierda paga». Hicieron girar la ruleta y pagó María, muy gustosamente. Emilio no quiso revelarle que tenía un amigo con una habilidad asombrosa: mediante una copa redonda, podía cambiar el rumbo de su suerte y conseguir que la lengüeta se detuviese siempre en el premio; así, hasta hincharse de barquillos o acabar con la paciencia del barquillero.

Pidieron unas tapas en un bar del parque que también se había adelantado a la primavera colocando un amplio invernadero de clientes formado por grandes cristaleras. Emilio utilizó todas las artes aprendidas en su etapa de camarero —un verdadero lenguaje de signos que sólo comprendían el cliente apurado y el barman solícito— para conseguir pagar la cuenta sin que las dos mujeres que le acompañaban se enterasen. Se ganó una bronca por partida doble. Irene invitó a los cafés y se despidió. Carrerilla fue a columpiarse sobre unas barcas que se balanceaban colgadas de un travesaño. María aprovechó el momento para conversar a solas con su amigo.

—Muy simpática, Irene.

—¿Verdad que sí? Es la impronta de la casa. En *La Voz* nos lo exigen antes de entrar a trabajar.

—Ya, pero hay algo más.

—¿Qué crees, que mantengo un romance con ella o algo así?

—No me refiero a eso. Sólo he notado que estás más preocupado de lo normal desde que la has visto.

Aquella dichosa mujer había puesto en funcionamiento la máquina de sonsacar verdades y su influencia sobre el periodista resultaba irrefrenable.

—Lo estoy, María —asintió.

—¿Es por lo del Códice Sinaítico?

—No lo sé muy bien. Desde que comencé a indagar sobre ese libro, todo ha comenzado a complicarse. Después vino el caso del joven al que mataron a las puertas de la facultad, ¿lo has leído? —María asintió con la cabeza—. Pues resulta que los falangistas estaban en el ajo y me han dado algún que otro susto.

Totalmente vulnerable a la droga que dispersaba el ingenio sacaverdades de María, el periodista le relató, a grandes rasgos, las trapisondas y las persecuciones que había vivido los últimos días. También le confesó que no había descubierto nada. Sólo se guardó los episodios del asesinato del anciano y de la paliza, que le parecieron poco decorosos para revelárselos a una señorita, por muchas máquinas de la sinceridad que manejase.

—¿Y te puedo ayudar de alguna manera? —fue su inesperada respuesta—. Lo del asalto a la biblioteca fue divertido, a pesar de todo.

Emilio se sentía mejor después de compartir sus experiencias con la joven, pero aquella oferta de colaboración fue un verdadero bálsamo para sus desasosiegos. Se sentía solo en aquel lío, como lo había estado en el resto de sus hechos biográficos. Una mano tendida no le vendría mal, aunque no quería implicar a María en un mundo de pistolas y apaleos.

—Es mejor que no, María. Desde hace días venía pensando en dejar de una vez lo del códice, pero al saber que los rusos están investigando me ha empezado a vencer de nuevo la curiosidad. Voy a seguir tanto con ese caso como con el del estudiante. Quiero ver hasta dónde soy capaz de llegar.

María atisbó en Emilio la entonación del héroe que empieza a percibir su conversión en mártir y se asustó.

—Ten cuidado. Tú sólo eres un periodista. Esa gente de la que me hablas parece dispuesta a hacer daño para conseguir sus propósitos.

—Sí, sólo soy un periodista, un hombre que se dedica a hacer preguntas. Pero me temo que en esta ocasión le estoy haciendo el trabajo a otros y, para colmo, tengo la sensación de que estoy metido en donde no me llaman. —Levantó los ojos del suelo para dirigirlos a María—. Hay que llevar a Carrerilla hasta la parada del bus.

—¿Y tú adónde vas?

—Te acompaño a casa y luego seguiré metiendo los pies en la charca, a ver hasta dónde me hundo hoy.

Después de dejar a su acompañante en su domicilio y agradecerle que le hubiese dedicado una mañana entera en lugar de uno de aquellos encuentros fugaces en la cervecería, Emilio pasó por el periódico. Era su día libre y nadie le obligaba a estar allí, pero necesitaba un teléfono para llamar a Vicente. Con un poco de suerte, el policía estaría en la comisaría. No podía dejarse llevar por esa sobrevenida desconfianza hacia él. Seguro que nunca le fallaría, aunque...

—Gisbert, ¿eres tú?

—¡Hombre! —fue su saludo—. El periodista desaparecido misteriosamente después de una noche... ¿agitada?

—El mismo, pero supongo que con cien pesetas menos: las que te debo.

—¡Qué me vas a deber a mí! Al contrario: he echado cuentas y tengo que darte... ¡ochenta pesetas! —cantó el policía con entonación de premio en un sorteo— . He ido a tu casa a buscarte para dártelas, pero no estabas, así que otro día será. ¿Qué más se le puede pedir a una noche? ¡Buenas compañías, unas copas y una propina que nos gastaremos tan ricamente a la menor oportunidad!

—Bien, ya haremos cuentas. En realidad te llamo porque quiero que investigues algo para mí. Antes tengo que contarte...

Emilio le explicó qué era el Códice Sinaítico y le mencionó que el facsímil había desaparecido de los sótanos de la Biblioteca Nacional.

—La otra noche hubo algo de movimiento en ese edificio, ¿no tendrás algo que ver? —le interrogó Vicente, aparentemente turbado.

Emilio no alcanzó a percibir si su pregunta era sincera o si suponía una emboscada para descubrirle en un renuncio. Tal vez Gisbert, o alguno de sus hombres, formaba parte de aquel rebaño de personas misteriosas que llevaba a sus espaldas desde que empezó a indagar sobre aquel libro.

—No, yo no he robado nada, pero quiero saber quién pudo haberlo hecho. ¿Podrías revisar los expedientes para ver si se ha registrado algún asalto a la biblioteca? Puede que la desaparición de un libro entre tantos miles de ejemplares os pasara inadvertida.

—¿Robo de libros? ¡Estos ladrones ya no son lo que eran! ¡Libros! ¡Qué degeneración, la de ese oficio tan noble! —lamentó Vicente—. Está bien, te lo miraré esta tarde. Aquí los sábados hay poca faena.

—Luego te llamo.

El periodista dejó el edificio de la calle de Larra para dirigirse a la Residencia de Estudiantes, en la colina de los Chopos. Ramón Panal se alojaba en aquel vivero de talentos que tanto nombre ilustre había dado al país. Emilio supuso que la relajación sabatina de un recinto universitario tan efervescente podría ayudarle a encontrar respuestas.

Si un guionista necesitase encontrar un escenario para dar vida a una avanzadilla de la humanidad joven, sana, alegre, culta y despreocupada, ése sería la Residencia. Entre sus pabellones, los muchachos se agrupaban y se disgregaban como si de cada encuentro fuesen capaces de extraer un sorbo de saber, una ración de conocimiento o una peculiar destreza artística antes de buscar una nueva fuente que pasase por allí. Algunos bosquejaban retratos sobre amplios cuadernos, otros escribían poemas en cuartillas sueltas. Los del fondo revisaban sus libros de anatomía, que tenían colocados sobre las rodillas, y los comparaban con la complexión de sus congéneres del sexo opuesto, que deambulaban entre los jardines sin saber que eran objeto de un sesudo estudio somatológico. Emilio lamentó haber sido carne de seminario y no haber podido conocer aquella juventud de faldas vaporosas, pajaritas y lazos al cuello. Todos parecían predestinados a alcanzar la fama. Tan sólo les faltaba una barba prominente, un bigote enroscado o un sombrero extravagante para pasar a formar parte del elitista mundo de las brillantes figuras de su tiempo.

Tras un par de preguntas sobre si había residentes de la Facultad de Medicina, dio con una parejita que, a la vista estaba, compartía algo más que aula y hospedaje. Se presentó y explicó el motivo de su visita. Fue bien recibido por ambos, pero sólo habló el chico.

—Ramón era un chaval como no encontrará otro, se lo puedo asegurar. Todavía no entiendo cómo pudo pasarle algo así. ¿Panal en una organización revolucionaria? ¡Nunca! Es inconcebible.

La chica contemplaba a su novio con evidente embeleso, pero también con ganas de decir algo. Emilio la miró, pero la joven siguió delegando en su pareja.

—Al pobre lo matarían los de la Falange. No les gustamos, ¿sabe usted? Los espíritus libres que aquí se crían son la peor de sus pesadillas. Mire —añadió señalando hacia la entrada del recinto—, hoy han convocado un mitin ahí fuera, sólo para fastidiarnos.

—¿Y hay algo más que os haya llamado la atención a raíz de su muerte?

—Pues nada —reconoció el estudiante—, aparte de

que su novia no ha vuelto por aquí. Debe de estar muy afectada.

—¿Y quién era?

—Otra estudiante de la Facultad de Medicina, de segundo curso. Se llama Marta y tiene un apellido compuesto..., no recuerdo cuál... —Miró a la chica en busca de auxilio.

—Miranda-Fábregas, con guión —aclaró ella.

Agradecido por las atenciones, y después de intentarlo sin éxito con algunos jóvenes más que desconocían las costumbres de la víctima, Emilio Ruiz dejó atrás los pabellones y se fue en busca de la salida. Unos metros más allá se topó con el grupo de jóvenes de aspecto bravucón que organizaban un mitin. Algunos vestidos rigurosamente a la usanza fascista y otros uniformados sólo a medias, comenzaban a desenrollar banderas rojinegras decoradas con un haz de flechas ceñidas por un yugo. Las colocaron a modo de telonaje tras una improvisada tarima que salió de una furgoneta rotulada con las siglas de la Falange. Emilio observaba la escena desde una distancia que le parecía lo bastante prudente para no despertar sospechas. Un hombre de mediana edad enarboló un cono de latón y, a través de él, comenzó a pronunciar consignas metálicas que se vieron inmediatamente arropadas por un prorrumpir de aplausos salpicados de fueras a la República. Cuando Emilio comenzaba a sentir hartazgo de tanto escuchar hasta dónde se podían estirar conceptos como «libertad», «futuro» o «paz», un segundo orador saltó al palco... ¡Era el rubio del flequillo que le había molido a porrazos! En medio del temor a que lo descubriesen, el periodista se alejó unos metros y desde allí, con una perspectiva más panorámica, pudo ver con claridad otras dos siluetas que, de espaldas, formaban parte de la caterva de agitadores. Uno era gordo y el otro grandullón: los compinches del rubio, a quien los demás aclamaban por sus palabras huecas. El recuerdo todavía vivo de sus cardenales empujó a Emilio a abandonar aquel discurso de campaña que únicamente vino a confirmar que quienes le buscaban no sólo amparaban su vileza bajo unas siglas políticas, sino que además contaban con una buena grey de simpatizantes que no tendría demasiados escrúpulos a la hora de sumarse a una agresión repentina al periodista que andaba olisqueando por allí.

Con el corazón todavía revolucionado, regresó al periódico. El silencio de la rotativa y el aspecto desértico de las dependencias le ayudó a recordar qué hacía allí: tenía que llamar de nuevo al inspector.

—Vicente, ¿has encontrado algo?

—Poca cosa. No parece que los libros figuren entre las prioridades de los cacos de Madrid, pero...

—Pero ¿qué?

—Hace algunos años se registró un suceso extraño en la biblioteca. Los trabajadores detectaron que alguien había forzado las puertas de los sótanos... No echaron nada en falta. Mis compañeros investigaron el asunto porque un marchante de arte estuvo preguntando unos días antes por algunos libros valiosos...

Las válvulas cardíacas de Emilio comenzaron a funcionar como una turbina enloquecida.

—¿Un marchante? ¿Quién era? —preguntó.

—Te vas a quedar de piedra. Se trataba de uno de los veteranos, Juan Van Raders, apodado el Cambiante, procedía de Holanda o Bélgica, no estamos seguros... Tenía un negocio de empeños en la calle de Velázquez y también compraba y vendía cosas de valor hasta que, el otro día, ¡apareció en su casa con un disparo en la sien! Estamos investigando precisamente ese fiambre. Tú no sabrás nada, ¿verdad?

Emilio detuvo las rotaciones malabares del lapicero para tomar aliento. Acababa de poner a un policía en la pista de aquel crimen del que llevaba días intentando apartarse. Con el corazón a punto de frenar en seco, intentó guardar las formas y cambiar de tema.

—Bueno, creo que hemos publicado algo... Por cierto, Vicente, ¿te suena el apellido compuesto Miranda-Fábregas?

—Sí, claro. Lees poco las páginas de sociedad de tu periódico. Es ese burgués que da unas fiestas para caerse de espaldas.

Emilio recordó de inmediato a don Fermín Miranda-Fábregas, gran benefactor de las sociedades caritativas católicas de Madrid y uno de los eternos candidatos a ampliar su parte del accionariado en la empresa editorial que pagaba su salario y el de todos quienes se cobijaban bajo aquel techo.

# CAPÍTULO 18

## EL DEDO
## (PARÍS, 1918)

Catalina Dolgoruky se había trasladado desde la Costa Azul hasta su piso de París para arreglar algunos asuntos económicos que, a medida que se veía anciana, le preocupaban cada vez más. Contaba ya setenta y un años. No había querido que la acompañara ninguna de sus hijas ni nietos porque le gustaba estar sola en la capital. Esa intimidad le permitía rodearse en silencio de la memoria de su esposo y de los aromas y colores de otras épocas, tan bien conservadas en aquel hogar en el que el tiempo no avanzaba. Pero, además, quería estar presente en la inauguración de una nueva *boutique* de moda con la que su amiga Gabrielle, dueña del negocio y estrella rutilante de la sociedad parisina, seguía subiendo escalones en el pujante mundo de la alta costura. El negocio de la ropa de lujo había sido su principal entretenimiento en el exilio francés, y apreciaba a aquella muchacha, cuyo carácter le recordaba a sí misma en su ya lejana etapa de San Petersburgo. Los éxitos de la flamante modista la hacían rejuvenecer y aquella apertura iba a ser el estreno del año en la capital del glamour.

Pero, además de la amistad de Gabrielle, contaba de

nuevo con los servicios de Francisco Pérez, su ayudante preferido en los ya lejanos tiempos de San Petersburgo, a quien había recuperado el invierno anterior. Se conocían desde jóvenes y tenían casi la misma edad, aunque él se conservaba mejor. Ella lo achacaba a aquellos ungüentos que Francisco padre aprendió a fabricar en El Cairo con los beduinos Yabaliya y que, suponía, el hijo también utilizaba. En París, él se ganaba la vida supervisando unas clases de equitación por las tardes en una escuela de élite. La capital de Francia estaba llena de hijos de nobles y, sobre todo, de herederos de nuevos ricos con fortunas procedentes de las incipientes industrias. Ambiciosos de entrar en la cúpula de la aristocracia, montar a caballo era una de las llaves, por no hablar de las relaciones sociales que podían lograrse en esas exquisitas y caras escuelas. Por las mañanas trabajaba para la aristócrata rusa. Una de sus obligaciones era llevarle cada día la prensa. También se acercaba hasta el café de la Rotonde a recoger información sobre lo que sucedía en el interior de Rusia. Aquel lugar lleno de humo se había convertido en el cenáculo al que iban llegando todos los exiliados que querían saber las últimas noticias sobre su patria o quienes, simplemente, pretendían conspirar contra el nuevo gobierno comunista.

—¿Qué sabemos del zar y de su familia, Francisco? —preguntó la princesa, ansiosa al ver al español, que regresaba de la calle con unos periódicos.

—Alteza serenísima, no hay nada especial hoy. El nuevo gobierno bolchevique los sigue teniendo secuestrados en Siberia. Pero el periódico narra un rocambolesco suceso protagonizado por esos bárbaros: ¡han enjuiciado a Dios!

—¿Qué está diciendo? —preguntó extrañada—. ¿Cómo van a enjuiciar a Dios si no creen en Él?

—Le leeré a su alteza lo que publica el diario para que lo escuche por sí misma:

Moscú, 18 de enero de 1918

Hoy a las 6.30 de la mañana se ha ejecutado la sentencia de muerte que pesaba sobre Dios.

El controvertido «juicio del Estado soviético contra Dios» se celebró ayer por orden de Lenin. El tribunal estaba presidido por el comisario de Instrucción Pública, Anatoly Lunacharsky.

La vista comenzó con la lectura de los cargos al acusado, representado en todo momento por una Biblia que se colocó en el banquillo. El principal cargo presentado por los fiscales fue el de genocidio del pueblo ruso, al permitir que éste muriera de hambre durante decenios. Mientras, la defensa solicitó la completa absolución alegando que el acusado padece demencia.

Tras cinco horas de juicio, el jurado popular emitió el veredicto de culpabilidad y Anatoly Lunacharsky leyó el dictamen: sentencia de muerte de ejecución inmediata. No hubo posibilidad de apelación.

Un pelotón de fusilamiento ha disparado de madrugada una ráfaga hacia el cielo de Moscú para cumplir la orden del tribunal.

Durante unos segundos, Catalina se quedó mirando fijamente a Francisco sin decir nada y con los ojos muy abiertos.

—¡Pero qué barbaridad! —acertó a exclamar—. Si atacan sus convicciones más profundas, lo único que van a conseguir es que el pueblo ruso se ponga en su contra. Nadie puede intentar acabar con Dios, ése es un pecado de soberbia, aunque es cierto que cada día oímos mayores desatinos procedentes de nuestra tierra. Qué bien hiciste cuando decidiste irte. Y de la familia imperial, ¿no hay nada nuevo?

—Seguimos sin noticias. Como le he dicho, parece que permanecen deportados en Siberia.

Francisco había huido de San Petersburgo tras el asesinato de Rasputín a manos de un grupo de aristócratas. Aquella corte boqueaba su final y, percibiendo que se avecinaba el último aliento de la era de los zares, el español había emigrado hacia París como tantos otros rusos que escapaban de lo que el mundo observaba como una revolución, si bien en realidad sólo era una cruenta guerra civil.

Catalina, que había salido muchos años antes, a los pocos días del entierro de su esposo, mantuvo el contacto con el español, al que ofreció en varias ocasiones refugio en Francia si las cosas seguían yendo a peor en Rusia. Finalmente, Francisco aceptó. Tomó sus ahorros y sus recuerdos, y decidió buscar un lugar mejor, más cerca además de España, la tierra de sus ancestros y en la que había nacido. Cuando llegó a la capital francesa se dio cuenta de que la fortuna de la antigua zarina había menguado considerablemente, dado que ya no recibía su pensión, bloqueada tras la llegada al poder de los sublevados. Por esa razón buscó un trabajo como instructor en la escuela de equitación que supliera los ingresos que la viuda del zar no podía pagarle.

La princesa se sentía afortunada porque tanto ella como su familia habían abandonado Rusia mucho antes del período de desgracias que sucedieron a la muerte de Alejandro II, su esposo, a las que ahora se sumaba el reciente secuestro e incierto destino de la familia de su difunto. La prensa y los despachos internacionales eran muy confusos, pero Catalina Dolgoruky analizaba con atención cualquier línea que contuviera información sobre aquella corte, a pesar de que le resultaba ahora muy lejana. Se preguntaba siempre por qué seguía preocupándose por aquellos aristócratas que le dieron la espalda, que la humillaron, que ni siquiera le permitieron asistir al funeral oficial de su marido, el zar. Ella y sus hijos tuvieron que quedarse fuera de la iglesia mientras lo enterraban, maltratados por una familia que nunca la quiso. Aquellos rencorosos nobles habían negociado rápidamente un exilio dorado para ella y sus vástagos con tal de no volver a verlos por el palacio. Años después, los mismos aristócratas cobardes ni siquiera quisieron apadrinar, en bodas y comuniones, a sus hermanos de sangre. Siempre pensó que Dios le había dado lo único valioso que tenía aquella estirpe: el corazón de Alejandro. Y eso para ella había sido suficiente, aunque también significó su condena.

Desde aquella época, Catalina se había convertido en una experta en moda y dedicaba gran parte de su tiempo a la alta costura. Su vida transcurría entre el Mediterráneo y París, aquella ciudad que tantos recuerdos de su esposo le traía. Había sido su primer destino como amantes, pero Alejandro ya casi la trató como si fuera su esposa oficial. La capital fue el lugar donde su relación se convirtió en un secreto a voces. Los actos públicos representativos y las misas eran para la esposa, mientras las cenas y las noches se las ofrecía a ella, la concubina. Recordaba con saudade haber acompañado al que luego sería su esposo a una cena organizada por el célebre cocinero Dugléré. Los invitó Napoleón III, y también asistió Guillermo I de Prusia. Todavía guardaba el menú:

*Cena de los tres emperadores*
*en honor de los reales visitantes de la*
*Exposición Universal de París*

*Pescado a la Dugléré.*
*Soufflé relleno de lonjas de gallina a la crema.*
*Pollos a la portuguesa con salsa de tomate, cebolla y ajo.*
*Langosta a la parisiense, medallones glaseados con una infusión de gelatina y mayonesa, decorados con trufas.*
*Patos a la rouennaise, con carcasa rellena de paté.*
*Filetes de carne deshuesada, todo cubierto de vino tinto y foie gras.*

El festín estuvo regado con una docena de exquisitos vinos. Cuando acabaron, Alejandro y Catalina se fueron corriendo como adolescentes a su hotel, donde hicieron el amor.

La princesa siempre pensó que el rencor del que luego fue Alejandro III, el zarevich, venía de aquellos tiempos. Odiaba que, en cuanto su madre, la zarina, se ausentaba, su padre no ocultara que tenía una amante de la misma edad que él. Además, que lo hiciera a la vista de todas las cortes de Europa era un agravio público para el sucesor, quien estaba todavía muy afectado por la reciente muerte de su hermano mayor, el heredero de la corona hasta ese momento. La nueva e inesperada responsabilidad de saberse el futuro emperador le había convertido en otra persona más irritable y menos permisiva con los caprichos de su padre. Catalina todavía tenía impresos en su retina aquellos ojos de odio que vio durante la cena, los mismos que le dirigió el día de la muerte de su amado, cuando ella lo sujetaba en brazos mientras agonizaba. Siempre quiso imaginar que aquella segunda vez que vio con tanta claridad aquella mirada furiosa estuviera en realidad provocada por el atentado y no por su presencia.

Pero en 1894, apenas trece años después de su coronación, aquellos ojos se cerraron cuando Alejandro III falleció a causa de una enfermedad repentina, sin apenas haber podido educar a su heredero Nicolás II, nieto de su esposo, para que dirigiera un gigantesco imperio destrozado ya por la desintegración social que había comenzado en sus tiempos. Ahora este educado y joven descendiente de la familia Romanov estaría en alguna prisión o en un campo de concentración, rodeado de guardias bolcheviques, sin saber ni cómo salvar a su familia porque no había sabido protegerse a sí mismo.

Catalina se sentía ya mayor y tenía que organizarlo todo para los tiempos difíciles que llegaban, no ya por ella, consciente de que le quedaba poco de vida, sino por sus hijas. Seguía sentada delante de un ventanal desde el que se veía el río Sena y la torre Eiffel, icono de otra exposición universal, la de 1889, que también vivió en París, aunque aquella vez con el duelo de la muerte de su esposo todavía en el alma, a pesar de que ya habían pasado ocho años. Giró la cabeza hacia el interior de la habitación y abandonó los recuerdos.

—Francisco, ¿puede usted acercarse?

El sirviente entró en la estancia para ver los ojos de aquella mujer llenos de lágrimas, tal como recordaba haberlos encontrado en otra ocasión.

—Alteza...

—Necesito que me ayude con un asunto privado y muy delicado. Creo que me queda poco tiempo para morir o, en cualquier caso, para que la edad deteriore definitivamente mi mente. Como sabrá, hace ya tiempo que el gobierno ruso ha dejado de enviarme la pensión que recibía. Desde entonces he tenido que desprenderme de muchos de mis sirvientes y he vendido varias de mis propiedades. Estoy intentando organizar las cosas para que mis hijas puedan disfrutar de los escasos bienes que aún conservo. Hay un baúl del que nunca me he separado y que sólo usted y yo hemos visto abierto. Sabe a cuál me refiero, ¿verdad?

—Por supuesto, alteza. El que conservaba el Códice Sinaítico hasta que lo depositaron en la Biblioteca Imperial. Su alteza me dijo que también contenía un facsímil del libro y algunos papeles relacionados con la investigación que hicieron Von Tischendorf y mi padre.

—Ese mismo, Francisco. Pues bien, quiero que sea usted quien lo custodie hasta mi muerte y que entonces venda lo que hay en él. Me gustaría que lo que obtenga de las joyas se destine a darme un entierro digno. Quiero una esquela en los principales periódicos franceses y flores en mi tumba. Deles también dinero a los padres ortodoxos para que me dediquen varias misas y recen por mi alma.

—Señora, por favor, aún le quedan muchos años de existencia —la intentó calmar.

—Francisco, yo habré aprendido pocas cosas en esta vida, pero sé que la muerte viene a buscarnos el día que ella quiere. Recuerde cómo llegó, inesperada, y se llevó a su padre, a mi marido, a mis dos hijos, a mi hijastro, Alejandro III, y de qué modo persigue sibilina al nieto de mi difunto esposo, secuestrado por unos bárbaros junto a su familia en Siberia. A mí la guadaña no me va a segar por sorpresa porque la espero. Escúcheme bien y, se lo ruego, siga mis instrucciones. ¿Me alcanza un poco de agua? —le pidió, para darse un respiro.

Francisco se acercó hasta la mesa, en la que había una jarra de cristal tallado, mediada de agua, con la que sirvió un vaso que acercó a la princesa.

—Creo que usted sabrá sacar el máximo provecho, si fuera necesario, del resto de los objetos que contiene el baúl. Administre la suma que consiga por ellos para intentar cuidar en lo posible de mis hijas. Envíeles el dinero de manera anónima y de la forma que usted considere más justa, dependiendo en ese momento de sus necesidades.

—Alteza, con permiso, ¿no sería más lógico que hiciera ese reparto a través del testamento?

—No, mi fiel Francisco, cuando sepa lo que contiene el baúl lo entenderá. La cuestión de la herencia he de resolverla con este piso, sus muebles, algunos vestidos y telas que conservo de mi época de empresaria de la moda, y la pequeña biblioteca rusa que he ido creando. Créame, usted es quien mejor puede hacerse cargo de las propiedades..., digamos..., menos convencionales. Le pido que se lleve ahora el arcón, lo custodie y, llegado el momento, actúe como le he dicho. Mi esposo siempre confió en usted y en su padre. Yo también.

—Como desee —concedió el sirviente—. Sabe que tiene mi lealtad.

—Tenga —añadió Catalina mientras le entregaba una llave—. Por favor, abra el baúl y tráigame una pequeña caja azul con piedras preciosas incrustadas que está en la parte superior.

Francisco abrió aquel arca que Catalina siempre llevaba consigo y a la que él había prestado atención por primera vez en San Petersburgo el día en que murió Alejandro II. En la bandeja más alta vio diferentes joyas: un peine de oro con una escena de batalla labrada en su parte superior, un broche de cinturón casi del tamaño de una mano en el que la figura de un monstruo atacaba a un caballo mordiéndole el cuello, un collar antiguo, también de oro, acabado con las formas de unos jinetes, una diadema con piedras preciosas y forma de nudo, pulseras, anillos... En el centro de aquel tesoro se encontraba un estuche que no podía esconder que había sido elaborado por la exquisita pericia de Fabergé.

Francisco había podido ver alguno de los huevos de Pascua fabricados por el orfebre ruso que Alejandro III regalaba a su esposa y aquel joyero procedía indudablemente de las mismas manos. Por debajo de la bandeja en la que reposaba, observó con claridad por segunda vez aquella especie de doble fondo en el que ya se había fijado años antes. Tomó la preciosa caja de oro y cerámica con mucho cuidado, y la depositó suavemente en las manos de Catalina.

—Señora, ¿qué almacena el baúl? Sería mejor saberlo para cumplir los deseos de su alteza con la mayor precisión.

—No se preocupe: llegado el momento, le aseguro que será quien mejor sabrá qué hacer con su contenido. Cuando eso suceda, ha de asegurarse de que lo que guarda este joyero me acompañe a la tumba. Es lo único que tendrá un destino diferente del resto del cofre, que habrá de vender luego ya sin prisa.

—¿Tampoco puedo saber qué contiene esta caja azul?

—Sí, Francisco, esto sí. Guarda lo único que pude conservar de mi esposo. Cuando él murió conseguí que lo enterraran con un mechón de mi cabello. Yo me quedé uno de sus dedos, siempre ha vivido conmigo y me ha acompañado en el interior de esta caja. —El sirviente hizo un gesto, más que de asombro, de admiración—. En este baúl ha permanecido con aquello que más quería, siempre a mi lado. Cuando yo muera, estaremos juntos al fin. Ponga este dedo entre los míos para que me ayude a llegar a la compañía del Señor y luego venda también este joyero junto al resto del contenido del arcón.

El viento helado de febrero de 1922 traía y llevaba las notas del *Ave María* de Schubert que interpretaban cuatro cantores de la catedral ortodoxa de San Alejandro Nevski de

París. Francisco, presa del llanto, salió solo de la ceremonia funeraria antes de que acabara. Dentro permanecían todos los miembros del exilio ruso. También estaban las hijas de Catalina con sus familias, algunos amigos llegados desde la Costa Azul, así como casi todo el mundo de la moda de la Ciudad de la Luz. Las exequias estaban discurriendo a la altura de lo que podía esperarse del entierro de cualquier miembro de una casa real.

Francisco había pensado utilizar el peine de oro para pagar las ofrendas, los cantores y todos los gastos de las honras fúnebres, pero en una tienda de empeños le ofrecieron bastante dinero por el joyero vacío que había contenido durante tantos años el dedo del zar, que ya reposaba cobijado entre las manos del cadáver de Catalina. El peine y el resto de las alhajas que conservaba el arcón se las reservaba para conseguir un monto suficiente como para que las hijas de la princesa no tuvieran problemas económicos en los próximos años. Pero le quedaba por vender la parte más valiosa de aquel tesoro y, si lo conseguía hacer bien, hasta los nietos disfrutarían de una vida holgada. Tenía que seguir buscando con mucho cuidado en el mercado negro del arte un posible comprador. De momento, los pocos y discretos hilos que se había atrevido a mover no parecían responder.

—¿Herr Pérez? —le asaltó una voz desde la espalda.

—Sí... —contestó, girándose hacia su inesperado interlocutor.

Enfrente tenía a un hombre bajito con un sombrero borsalino calado casi hasta las cejas y una bufanda oscura que le tapaba el mentón. No lo había visto jamás.

—Usted no me conoce y me va a permitir que no me presente, entenderá bien por qué. Me ha dicho una amiga común que posee algo que a mí me interesa: el objeto más preciado por la difunta y su esposo, Dios los acoja en su seno. La princesa le encargó su custodia y la venta tras su muerte.

—Perdone, señor... como se llame, pero no sé a qué se refiere —repuso Pérez, desconfiado.

—Herr Pérez, hoy es un día triste y difícil para usted, pero yo puedo conseguir que cumpla la última voluntad de su alteza de forma rápida y lograr que todos quedemos satisfechos. No perdamos el tiempo. Tenga —le dijo, acercándole a la mano un sobre—. Aquí tiene una cifra escrita en su interior que corresponde a una importante cantidad en francos. Si le parece interesante el trato, lleve lo que busco al número 31 de la rue Cambon, al lado de la plaza Vendôme. Es una tienda de modas.

—La conozco perfectamente: es la tienda de madame Gabrielle Bonheur Chanel, amiga de su alteza.

—Por supuesto, Catalina Dolgoruky era una mujer cauta y había previsto cómo colocar una pieza de tanto valor en el mercado. No sólo le necesitaba a usted, un custodio de fiar; también requería de alguien bien relacionado para asegurarse de encontrar compradores de peso. Ya sabe que el mundo de la moda mueve a su alrededor a reyes, industriales y banqueros.

—Imaginemos que tengo interés en lo que me cuenta. ¿Por qué debo creerle? —preguntó, aún con recelo.

El desconocido continuó como si no oyera a Francisco.

—Si la cantidad le parece adecuada, y yo estoy seguro de que así será, envuelva el paquete en un papel de estraza corriente y escriba en el exterior: «Para el amigo del conde Romanov.» Entréguelo en la tienda. La dependienta sabrá qué hacer y le dará el mismo joyero que ha usado usted para pagar los gastos del sepelio. Usted lo aceptará y preguntará si hay un encargo a su nombre. Como el dinero no cabe en el hueco que ha ocupado un dedo, por imperial que fuera, le entregará también un maletín con la cantidad acordada. La señorita no sabrá qué estamos intercambiando, pensará que es un traje. Gabrielle estará haciendo un último favor a su antigua amiga permitiéndonos que este discreto trato tenga lugar entre sus telas y a través de una de sus empleadas.

—Disculpe mi asombro, pero ¿cómo ha sabido que he tenido que empeñar un joyero para sufragar las honras fúnebres? ¿Cómo lo ha recuperado tan rápido?

—Don Francisco, yo me dedico a estas cosas. El mundo es muy pequeño. Quédeselo de recuerdo. Será para usted, por los servicios prestados.

—¿Y le parece adecuado elegir a un Romanov como destinatario del paquete y de su contenido, que tanto valor sentimental tenía para una princesa a la que precisamente esa dinastía repudió?

—Ja, ja, ja. Entiendo que la princesa le tuviera aprecio. Es usted muy inocente, Francisco, una clase de persona de las que ya no abundan. Por supuesto que el nombre que figurará en el envoltorio no es el del destinatario, tan sólo es otro mensajero de confianza que tampoco sabe lo que transporta.

—¿La oferta incluye el resto del contenido del arca?

—Quédese lo demás, Francisco, esa parte no le será difícil venderla. Me da igual. Complemente su cuenta, o su retiro, o el de la familia Dolgoruky. Pero yo que usted, y no me gusta dar consejos, me dedicaría a vivir la vida. Es un monto razonable para que olvide para siempre esta cita, mi cara y nuestro trato.

—Tampoco me dirá quién es el comprador final, ¿verdad?

—*Au revoir*, Herr Pérez. Estoy seguro de que mañana se pasará por *chez* Chanel.

El interlocutor de Francisco se giró y comenzó a alejarse de la catedral. Mientras avanzaba por la rue Daru se quitó el sombrero y dejó a la vista una cabeza cubierta de pelo rojizo. Francisco se dio cuenta de que la música del coro había acabado y de que la sustituía el murmullo de las personas que empezaban a salir del funeral.

Las luces de las calles de París llevaban rato encendidas y los comercios comenzaban a cerrar sus puertas. Las húmedas aceras reflejaban la iluminación de los escaparates. Cuando Francisco Pérez giró el pomo de la puerta principal de Modas Chanel, sonaron unas campanillas.

—*Bonsoir...* — saludó elevando un poco la voz, cargado con un considerable paquete y a la espera de una respuesta.

La dependienta se acercó a él, solícita. Era la única figura humana que quedaba en aquel momento en el establecimiento; el resto era una amplia colección de maniquís femeninos ataviados con elegantes y atrevidas vestimentas.

—*Bonsoir, monsieur.* Mi nombre es Anna Andronikova. ¿En qué puedo ayudarle?

—Yo me llamo Francisco Pérez —comentó, algo azorado, pero absorto de repente por la mirada profunda de su interlocutora y el embriagador aroma de su perfume—. Disculpe la hora. No sabía que en este barrio cerraban antes que en el resto de la ciudad, pero traigo un encargo para un amigo del conde Romanov. No sé si usted sabrá de qué le hablo...

—Sí, claro. Espere un segundo. Tengo para usted una caja, pero antes ha de pasar una prueba —le dijo, divertida—. Me han dicho que si es usted el caballero al que aguardo, hablará con soltura muchos idiomas. Dígame algo que me convenza en alemán, ruso y español.

A Francisco, todavía conturbado por la situación, le

hizo gracia el descaro de Anna. Estaba seguro de que aquella comprobación era una invención que ella se había sacado de la manga para adornar el juego de espías en el que ambos se encontraban. Pero aceptó el reto y dijo:

—Vamos a ver. Déjeme reflexionar un segundo. Le diré lo que pienso primero en alemán: «*Du bist wunderschön mit deinen strahlenden Augen!*» En ruso, como bien sabrá, le podría decir: «Вы очень красивы, и ваши глаза прекрасны.» Le regalo el portugués: «*Você é muito bonita e os seus olhos são espelhos d'água.*» Y en español, más o menos, sonaría así: «Tus ojos, aun sin mirarlos, dan la muerte con el puñal azul de su recuerdo.»

Debajo de aquellas pupilas claras, encandiladas por la voz de Francisco, se extendió una amplia sonrisa. A Anna le había gustado semejante demostración de cultura, poesía y desenfado por parte de un caballero de apariencia tan elegante y cosmopolita.

—Creo que en el idioma de Cervantes me ha engañado usted de alguna forma, pero lo que ha dicho se escucha maravilloso. La verdad es que me encantaría aprender castellano. ¿Es su lengua materna?

—Sí. Es la de mis progenitores, pero desde muy joven he vivido en Rusia, me formé en Portugal y luego en Francia, adonde he vuelto después de muchos años en la corte de los zares. Siempre se me dieron muy bien los idiomas: herencia paterna.

Anna, que había repasado con discreción de arriba abajo la galanura de aquel distinguido cliente mientras él se dedicaba a traducir y a hablarle, localizó debajo del mostrador un bulto envuelto en un bello papel de regalo. Por el tamaño, desde luego, parecía corresponder con el joyero que había pertenecido a los zares. Una tarjeta prendida en los pliegues del envoltorio decía «Monsieur F. P.».

—¿No le han dado nada más para mí?

—Sí. Hay otra cosa en la trastienda. Espere un segundo.

Aquella atractiva mujer atravesó la tienda cimbreando su cuerpo sobre unas largas piernas que se alzaban desde los zapatos de tacón. Cualquiera se quedaría fascinado con la acertada selección de ropa chic que portaba encima, pero Francisco se sorprendió a sí mismo escrutando cuidadosamente la silueta. Se deleitó con deseo observando a aquella fémina a la que quizá duplicaba en edad. Su cuerpo tenía unas sutiles curvas que bajaban desde la espalda hacia su cintura y que, a continuación, se acentuaban.

Tras unos pocos minutos, mientras él se entretenía examinando en una alta vitrina una colección de tocados, sombreros y pamelas de fiesta, la dependienta volvió con un abultado maletín de cuero negro.

—Me han dicho que le diera esta cartera. ¿Puedo hacer algo más por usted?

—La verdad es que me encantaría tener encargos como éste todos los días para volver a verla —comentó Pérez, sorprendiéndose a sí mismo por su valentía en aquella velada declaración a una desconocida—, pero no quiero parecerle descortés ni un aprovechado, y mucho menos con la diferencia de edad tan manifiesta que hay entre nosotros. Si a usted le apetece, puedo enseñarle algunas frases más en castellano cuando desee. Con este encargo finaliza una etapa de mi vida y no tengo ya muchas cosas que hacer en París. Siempre se me ha dado bien enseñar. Además, leer poesía es mi pasión, pero hace falta alguien a quien recitársela.

—Es usted tan amable como atrevido, señor Pérez. Y, permítame que se lo diga, no sé qué edad tiene, pero no aparenta tanta como cree. Seguro que, más que los años, es la experiencia lo que le hace saber que a las mujeres nos encantan los cumplidos, y más aún envueltos en poesía.

Desde luego, muchas de nosotras no podemos resistirnos a la atracción de ese género literario dedicado a generar belleza con las palabras. No olvide que también somos curiosas, y la verdad es que todo este trato me intriga. Quizá algún día quiera usted contarme lo que contiene ese misterioso paquete que me ha entregado —le dijo, sonriendo, antes de aproximarse a él para hacerle un leve gesto cómplice—, o tal vez le apetezca desvelarme el secreto de su juventud. No se acompleje: le aseguro que yo cambiaría la falta de delicadeza de algunos hombres más jóvenes y fuertes por el porte y la elegancia de alguien como usted. La verdad es que aceptaría encantada su oferta para aprender español, sobre todo si es esa lengua de jóvenes poetas que acaba de declamar. Me fascina ese país, con su clima, con su historia, con sus letras. Pásese otro día por aquí, invíteme a un café en este bonito barrio y regáleme alguna nueva estrofa.

—No lo dude. Así lo haré. La próxima semana vendré a buscarla. Buenas noches —concluyó el caballeroso español, que abandonó ilusionado el comercio con una misión cumplida y, si había suerte, con una nueva vida por delante para la que ahora tenía que hacer planes.

# CAPÍTULO 19

—

# SOSPECHOSO

Ivan Kurashov se refugió en la lúgubre habitación del hostal que había sido su cobijo desde que llegó a Madrid. Tumbó el abrigo sobre la colcha, que cubría una cama de orografía accidentada, y lo palpó en busca de su pistola: una Star nacional de cuya efectividad no dudaba, a pesar de las escasas ocasiones en que se había visto obligado a cambiar sus tareas de vigilancia por misiones más expeditivas. Escondió el arma corta bajo la almohada y dejó el grueso abrigo donde estaba. Su denso tejido de lana sería un perfecto cobertor en aquella habitación desprovista de calefacción. Recordó cómo había curtido su cuerpo en la fría ciudad fantasma de Nadym, la antigua villa siberiana que sus habitantes habían abandonado por motivos nunca explicados por la historia. Fue allí donde recibió la instrucción necesaria para actuar envuelto en el clima y en las condiciones más adversos. Casas semiderruidas, puertas y ventanas cegadas por toscas tablas zurcidas con clavos, calles despedazadas por temporales de nieve y templos expoliados por los bandidos constituían la encerrona perfecta para demostrar la capacidad de supervivencia en un entorno hostil. La dacha elegida por las autoridades soviéticas para adiestrar a sus agentes era la única madriguera humana en aquella población señoreada por los renos. Pero esa capacidad de adaptación demostrada en plenos Urales no le impedía albergar la añoranza casi infantil de un brasero para soportar la glacial noche madrileña a la que ahora estaba destinado.

Se dirigió a la mesa camilla que ocupaba una esquina de la estancia. Levantó los faldones del mantel y extrajo un pesado estuche. Lo destapó con cuidado sobre el tablero redondo y se dispuso a trabajar. A primera vista, aquello era una máquina de escribir convencional, pero si alguien la destripase, se encontraría con un intrincado dispositivo de discos y resortes que la convertían en un avanzado ingenio de criptografía. El hijo del matrimonio que vivía dos pisos más abajo lloraba, posiblemente presa de alguna secuela del tracoma que padecía. Ese llanto le dio una buena oportunidad para hacer ruidos mecánicos sin despertar más sospechas de las necesarias. Un profesor de lenguas eslavas de la Universidad Central de Madrid, como supuestamente era, podía escribir a máquina sin que los vecinos desconfiasen de él, pero hacerlo a aquellas intempestivas horas siempre provocaba alguna protesta. Comenzó a pulsar las teclas de su máquina, pero los tipos no se alzaron en dirección a la cinta entintada, que también permanecía inmóvil. Sólo se oía un zumbido secuencial que parecía el ruido de un tensor al ganar tirantez. Siguió mecanografiando algunas letras más y, cuando terminó, extrajo del estuche una pequeña cartulina marrón que introdujo por una ranura disimulada en el lateral. Entonces movió con determinación la palanca del carro y comenzó a sonar una leve percusión. La ranura devolvió totalmente perforada la tarjeta.

El ruso sabía que ése era un ejercicio de comunicación sin retorno. La máquina sólo servía para codificar. El descifrado correspondía a otros artefactos que operaban de manera simétrica a aquél, y que, además de en el cuartel general de los ejércitos, estaban repartidos por las embajadas y otros refugios soviéticos secretos del mundo entero. Su gobierno no podía permitirse poner en riesgo una máquina de descodificación. Un agente capturado podría terminar revelando algunos secretos trascendentales bajo tortura, pero perder un ingenio que descifrase sus mensajes suponía poner en peligro al Estado entero y desmantelar sus redes de información. El celo por proteger las claves del cifrado era extremo. Para los servicios de información rivales ni siquiera resultaría útil aquel artilugio que Ivan guardaba en su casa. Si se les ocurría aflojar sus tornillos, un ácido corrompería de inmediato el mecanismo, que quedaría inservible como una boca sin lengua. Antes de guardarla de nuevo, recordó la facilidad con la que la máquina había superado hasta entonces todas las inspecciones aduaneras, incluidos los rigurosos registros portuarios. Un profesor de lengua cambiaba con frecuencia de país con la única compañía de una máquina de escribir de apariencia inglesa y un abrigo de aspecto nórdico: nada que cambiase el rutinario modo de escrutar de un funcionario policial.

Introdujo la cartulina en el bolsillo de su chaqueta y se acostó escuchando los lamentos del niño. Al día siguiente tendría que acercarse a la hora prevista a los grandes almacenes de la calle de la Princesa. En la puerta principal se cruzaría con su colega Natalia, con la que chocaría como de casualidad para depositar el mensaje en su bolso. Desconocía el periplo que seguiría aquella tarjeta, pero creía que acabaría en manos de Anatoly Lunacharsky. Su reciente fallecimiento en la ciudad francesa de Menton, cuando se dirigía a España para que lo nombraran embajador de Stalin en la República, no resultaba convincente para Ivan. Estaba seguro de que su aparente muerte en una ciudad tan impensada sólo era un amaño urdido por las autoridades rusas para que el camarada que mandó fusilar a Dios en aquella gloriosa mañana de 1918 pudiese pasar al mundo paralelo del espionaje, en el que sólo sobrevivían las identidades falsificadas, como la suya.

«SIN NOTICIAS DEL LIBRO. EL PÁJARO BOBO SIGUE HACIÉNDONOS EL TRABAJO.» Ése era el mensaje para sus superiores. Una comunicación «de mantenimiento», según las clases recibidas en la dacha de Nadym.

No había premio por ser la primera pareja en abandonar la sala al acabar la película, ni María y Emilio tenían especial prisa por salir. Pero, en comparación con la premura con la que ambos alcanzaron la calle, el resto de los espectadores tardaron tiempo en abandonar sus localidades. El grueso de aquella reunión de tortolitos se había dedicado en mayor medida a los arrumacos y rozamientos que a presenciar el estreno. La bibliotecaria y el periodista, que no se habían tocado ni siquiera en busca de resguardo mutuo durante las escenas más escalofriantes, no necesitaban recomponer sus atuendos o su maquillaje, como estaban haciendo los demás asistentes.

De camino hacia ningún lugar previsto, María se confesó aturdida por la historia del doctor Mabuse. La maldad gratuita y el ejercicio vil de una criminalidad disciplinada por el mero placer de destruir le resultaban vomitivos. Sin embargo, a Emilio le había entusiasmado el ambiente degradado que envolvía a aquellos delincuentes y la elegancia con la que vestía sus trajes el protagonista, incluso después de pasar por un chapuzón en el que, no lo podía negar, la chica había salido mucho más favorecida gracias al vestido que la humedad ciñó de modo lúbrico a su piel. En esto,

María se detuvo ante su amigo y le pidió un momento de atenta escucha.

—No puedo callarlo más. He estado investigando sobre ese asunto que me contaste: el asesinato del muchacho en plena calle. Resulta que, desde hace semanas, echaba en falta a una joven que acudía con frecuencia a la biblioteca para consultar antiguas ediciones sobre medicina oriental. Solía venir acompañada, por lo que busqué las fichas y encontré el nombre de los dos: Ramón Panal y Marta Miranda-Fábregas. ¡Eran ellos! —afirmó, con los ojos muy abiertos—. Cada semana acuden a la sala de lectura muchos estudiantes de Medicina, algunos sólo buscan un lugar silencioso para repasar, otros necesitan documentación para sus trabajos...

—¿Y...? —preguntó Emilio.

—Ayer vino una chica a la que inmediatamente recordé hablando con ellos. Me tomé el atrevimiento de preguntarle por Marta y por Ramón. Su expresión amable se desdibujó cuando los mencioné. ¡Era amiga íntima de Marta! No fue capaz de contener las lágrimas cuando me contó algunas cosas que deberías saber.

Emilio no quiso parecer inoportuno con las muchas preguntas que le quemaban en la garganta. Presentía que sería innecesario hacerlas.

—Me contó —continuó María— que Marta estaba en estado, un embarazo incipiente que desencadenó el repudio de una familia de católicos recalcitrantes y supuso el final de sus estudios. Cierto día tuvo cita con el médico y desde entonces la joven no la ha vuelto a ver, tan sólo ha recibido alguna llamada esporádica.

—¿Y sabes de qué médico se trataba?

—Sí, pero ahórrate la visita: ya he estado allí. Se trata de un especialista en ginecología, aunque por el modo en que me recibió, y sobre todo por las preguntas que me hizo, me di cuenta de que atiende a mujeres que no quieren seguir adelante con la gestación.

Emilio no pudo resistirse a intervenir una vez más.

—¿Provoca abortos?

—Según me contó una de las enfermeras, todo salió bien en el caso de Marta, pero parece claro que algo se torció después.

Ante la confirmación de María, comprendió de inmediato que un periodista fogueado como él siempre tenía algo que aprender. Una de esas nuevas lecciones consistía en admitir que existe un circuito femenino para distribuir secretos a los que el varón no es capaz de acceder por sus propios medios. Durante unos segundos de silencio, y sin necesidad de que un lápiz revolotease entre sus dedos, esbozó el cuadro: Marta embarazada de Ramón, una familia humillada en sus más profundas creencias, un aborto clandestino, una muerte violenta, falangistas provocadores, guardias de Asalto en acción... y mucho interés por conseguir que aquel pobre redactor de un periódico vespertino de Madrid abandonase sus indagaciones sobre un asesinato atroz. Algo le pedía seguir desenredando una madeja de la que surgían demasiados hilos sueltos.

—María, no quiero implicarte más en este asunto del que ni siquiera sé si está relacionado con el Códice Sinaítico, pero quiero que sepas que voy a persistir hasta llegar al final de ambos casos.

Unos metros más allá vieron a Carrerilla, que perseguía a los viandantes con sus pregones. Por sólo diez céntimos les ofrecía a dos personas que habían muerto ahogadas bajo el puente de Segovia. Si con ese reclamo no conseguía que girasen la cabeza hacia él, insistía con la promesa de una estampa completa de las piernas de Marlene Dietrich, un anzuelo con el que convertía a los hombres en seres sumisos que arrastraban sus pies al encuentro del voceador con una moneda en la mano: el precio de la voluntad masculina doblegada por dos muslos apretados por unas medias de red.

—¿Todo bien? —preguntó Emilio al chiquillo.

—Todo en orden, chicos. ¿Estáis saliendo juntos?

Emilio se rió y María se sonrojó ante tal golpe de inocencia.

—Mira, he traído tu bufanda —continuó Miguelito mientras desenrollaba el vestigio sucio y deshilachado de la impecable prenda de lana inglesa que María le había entregado—. Está un poco manchada...

Emilio se dio cuenta de que el niño bajaba la cabeza para intentar ocultar un morado en la barbilla. Si los sutiles enlaces que le conectaban con la mente de aquel muchacho no le estaban fallando, alguno de sus primos o vete a saber qué camorrista había intentado quitarle la bufanda. Pensó en regalársela, pero enviarlo con un objeto tan preciado a un barrio en el que la gente moría de frío sería exponerlo de nuevo a una pendencia innecesaria.

—Gracias, Miguelito —le dijo, mientras recogía los restos de su bufanda—. Mañana nos vemos y tomaremos algo.

—María, ¿tú vendrás?

—¿Quieres que vaya?

—¡Claro! Y que me traigas un libro de esos de la biblioteca. Cuando lo lea te lo devolveré, como a Emilio la bufanda.

—Eso está hecho. Tendrás tu libro, pero no será necesario que me lo devuelvas. Será mi primer regalo a un nuevo amigo —prometió María.

—¡Ah! Si queréis cogemos un taxi como el otro día, pero esta vez tiene que ser un Fiat; y si la carrera no es muy larga, pago yo.

Carrerilla no pudo ver la media sonrisa que había despertado en Emilio mientras éste se alejaba lamentando tener que conformarse con su papel de suplente a tiempo parcial de la verdadera necesidad de aquella menudencia humana: una familia en condiciones.

El periodista seguía caminando al lado de María sin decir palabra, pero cada vez sentía una necesidad mayor de desahogarse. Aquella muchacha, que parecía nacida para atender una biblioteca, escondía en realidad muchos secretos y había comenzado a compartirlos con él. Su colaboración le había permitido dar grandes pasos en pos de la resolución del caso de Ramón Panal y, además, había arriesgado mucho para ayudarle en la búsqueda del códex. No pudo esperar ni un instante más para vaciar el lodo que empezaba a rebosar en su interior.

—Estoy en un verdadero lío.

—¿Uno más?

—El peor. Cuando comencé a buscar el libro, estuve en casa de un hombre que se dedicaba a la compra de ese tipo de cosas. Ese hombre murió de un disparo pocos segundos después de que yo saliera de allí. La policía no tardará en descubrir algo que me implique. De hecho, me temo que mi amigo, el inspector Gisbert, me oculta algo. Tal vez me esté traicionando. En cualquier caso, lo sepan ya o no, soy sospechoso de un crimen.

María estalló en una sonora reprimenda, no tanto por el peligro que aquello suponía, sino porque no se lo había revelado antes. Le declaró rey de los embrollos y le dedicó un par de educados zarandeos que Emilio recibió como un baño caliente que le ayudaba a limpiar su mala conciencia. Puso su más genuina cara de niño travieso arrepentido, como hacía con Patro, y esperó la oportuna bofetada que podía llegar en el momento más inesperado. Sin embargo, lo que le alcanzó de lleno fue un beso en la boca que lo dejó turbado e inerme.

Unos minutos después, el beso se repitió en el descansillo de la escalera de la casa de María, cuyas manos hacían espeleología en las profundidades de su bolso en busca de las llaves de casa. El tercero, aunque no necesariamente el mejor de los recibidos en aquella serie, tuvo lugar en la cocina, donde ya sobraban las prendas de abrigo.

Emilio iba olvidando que fue periodista, camarero, barbero —y alguna cosa más—, que había un niño que crecía bajo su disimulada protección, que caminaba con frecuencia sobre fangales y que había llegado hasta allí sin deber nada a nadie. De su pasado, sólo recordaba los sermones sobre conductas pecaminosas que los curas empotraron en su cabeza y que ahora mismo le apetecía tanto transgredir. María, desnuda antes que él, le enseñó el camino.

Dos horas después, si su adorado Quillet no le estaba fallando, ambos yacían con los ojos abiertos. La farola de la calle lanzaba un soplido de luz hacia el techo de la habitación en la que permanecían rendidos y desnudos, pese al frío. Emilio podía elegir entre seguir buscando figuras animales en los abigarrados arabescos de la tela que forraba aquella pared o recrearse en esponjar el prodigioso cabello rubio que se acostaba sobre su pecho. El dilema se resolvió introduciendo sus dedos en aquella cabellera que, no mucho rato antes, ondeaba libre por el aire cerrado del dormitorio.

—María, me siento responsable —le susurró.

—¿No será por lo que acabamos de hacer? A mí me ha gustado mucho.

—No, no lo digo por eso. Sencillamente pienso que no tenía que haberte involucrado. Creo que a veces actúo sin reflexionar demasiado, sin pensar en las consecuencias.

—Todos cometemos errores —le respondió, antes de quedarse muy callada.

Emilio tuvo la sensación de que había rasgado sin querer la muselina que envuelve los recuerdos de las personas heridas. Quiso saber más.

—Yo te he contado mi pasado, pero la bibliotecaria se resiste a salir de su papel y revelarme su verdad. Algo más habrás hecho en la vida.

—Generalmente, confundirme —fue su contestación—. Mi juventud ha sido..., digamos..., una serie de experimentos, a veces disparatados y casi siempre fallidos. No sé si estarás preparado para escucharlos.

—Prueba y lo sabremos.

María tomó aliento, lo que le dijo a Emilio que había llegado el momento de desnudarse de veras.

—Mis padres estaban empeñados en conseguirme una vida regalada y, como te puedes imaginar —comenzó a contarle—, lo más apropiado para una jovencita era buscarle un marido pudiente que la apartase de los muchos vicios que habitan en esta ciudad. No te rías, sé que no me ves como una mujer de mi casa, pero ése parecía mi sino. Inconscientemente, yo rechazaba una imposición así, pero no me atrevía a desobedecer a mis padres. Entonces me encontré con un hombre... al que no debería haber conocido, como suele suceder.

Emilio no estaba seguro de querer escuchar más detalles sobre aquel capítulo, pero María le ahorró las tribulaciones y pasó directamente al siguiente.

—Desengañada, comencé a interesarme por la defensa del feminismo. Al principio asistía a conferencias, luego me apunté a un club nudista...

Los pulmones del hombre dieron un brinco de la risa. La melena de la joven se resintió con una leve sacudida que acarició la almohada ocasional en la que había convertido el pecho masculino.

—Ya sabía que te haría gracia. Éramos jóvenes, pensábamos que la naturaleza estaba por encima de las rígidas costumbres de la época. Tampoco puede decirse que hiciésemos nada malo. Subíamos a la sierra, nos desnudábamos y pasábamos así la tarde.

—¿En invierno? —preguntó Emilio, recién reconvertido en periodista.

—No, idiota, cuando hacía buen tiempo. Ya que quieres saberlo, te diré que incluso un día ejercimos el amor libre.

—¡No! —fue la única palabra que pudo pronunciar.

—Pues sí. Ya sé que los hombres tenéis mucha curiosidad por esa práctica.

—No seré yo quien niegue tal cosa. De hecho, siempre me he preguntado cómo sería.

—Pues como todo lo que se da a granel —fue la escueta y cruda descripción de aquel episodio—. Pero yo seguía buscando algo más, supongo que como todo el mundo. Entonces volví a enamorarme.

—¿De otro hombre inconveniente?

—No..., de una mujer.

Emilio Ruiz nunca se consideró un hombre anquilosado por la severidad moral de la época, y mucho menos desde que los aires republicanos refrescaban aquel país podrido de sotanas y de hipocresía, pero no podía negar que semejantes confesiones estaban por encima de sus expectativas respecto a la mujer con la que acababa de acostarse. No obstante, en aquel momento lamentó no haber leído algunos libros más del famoso sexólogo Ángel Martín de Lucenay, considerado un maestro en todas las expresiones y habilidades del erotismo, para así evitar sorprenderse ante aquel chaparrón de novedades amatorias que estaba escuchando.

—En aquellos tiempos yo seguía confusa. Tienes que entenderlo, Emilio. Pensaba que las mujeres habían permanecido sometidas durante siglos a los antojos del varón, y la forma que tuve de rebelarme fue la búsqueda de nuevas maneras de interpretar las relaciones. Pero los fracasos se sucedían; también rompimos y, por fin, me prometí centrarme en los libros, son más fiables que los amores.

—Y un pobre escribiente de noticias como yo, ¿qué pinta ahora aquí?

—Tú me gustas.

—María, no tengo la costumbre de remover el pasado de los demás, pero ¿qué habría sido de nosotros si en lugar de haber encontrado a aquel primer hombre hubieses dado conmigo?

—Seguramente hoy no habríamos ido al cine, nos habríamos acostado temprano después de arropar a los niños, nos habríamos despedido con un beso en la frente y estaríamos durmiendo.

—No sería un mal plan, pero prefiero el de hoy. Permíteme alegrarme de no haberte conocido antes.

Emilio no albergaba prejuicios sobre la enmarañada trayectoria sentimental que acababa de escuchar. Él fue a buscar a María un día y, pasados muchos ratos entretenidos y algunos más comprometidos, ambos habían terminado por ceder a una atracción mutua en la que, aunque no lo decían, escondían esperanzas de futuro. Sin embargo, tenía la impresión de que en aquel informe surgido del brote de sinceridad de María faltaba algo. Le intrigaba el cambio tan brusco que un día había experimentado la prometedora vida de una recatada jovencita madrileña.

No quería regresar a casa demasiado tarde para no darle la murga a Patro ni interrumpir su habitual duermevela, de modo que se levantó y se vistió entre besos de despedida.

Sabía que recorría las calles de la ciudad con semblante de piloto recién aterrizado tras un emocionante viaje aerostático, pero como nadie se cruzaba con él, no tuvo dificultad en mantener esa expresión e incluso acentuarla mientras se acercaba a casa. Los dos hombres que ocultaban su rostro bajo el ala de sendos sombreros de fieltro se le aparecieron enfrente, sin previo aviso.

—¿Emilio Ruiz?

—Soy yo, ¿qué quieren?

—Brigada de Información. Acompáñenos, por favor.

Ni tan siquiera la amenazante irrupción de la autoridad civil le borró la sonrisa bobalicona que sólo estaba dispuesto a disimular ante Patro, para evitar cuchicheos en la corrala. Pero cuando lo introdujeron en un despacho de la comisaría y lo dejaron solo comenzó a inquietarse.

Los dos policías regresaron en riguroso orden jerárquico, a tenor de las apariencias. El de menor rango se quedó cerca de la puerta, y el segundo cogió uno de los cigarros de la caja que estaba sobre la mesa. Tras olisquearlo y darle unos cuantos retortijones para escuchar sus crujidos, lo encendió con una cerilla.

—¿Va a empezar a contarme en qué está metido? —dijo aquel hombre; tenía la cabeza achatada, como si una prensa puesta entre la coronilla y el mentón se la hubiera aplastado.

—No sé a qué se refiere.

—Venga, Ruiz... La otra noche estaba usted merodeando por la calle de Pelayo. Cuando llegamos nosotros, nos encontramos a un hombre en su casa con un tiro en la cabeza. ¿No le parece que ambos incidentes podrían estar relacionados? O, mejor dicho, ¿muy relacionados? —le preguntó con el consiguiente enfado de quien se ve obligado a investigar una muerte a altas horas de la noche.

Emilio revivió el momento del disparo. Él no había sido quien había matado a Van Raders, por muy innoble que le pareciese aquel personaje, pero la verdad no le sería de mucha utilidad si no había otros sospechosos. El policía insistía en que, si no había sido el periodista quien había disparado, su presencia allí lo hacía cómplice del asesinato.

—Tenemos suficientes pruebas para llevarle hasta un tribunal o, ¡qué carajo!, para saltarnos a esos pasmarotes de jueces y enjaularlo directamente. Una señora que limpiaba el suelo de una taberna próxima asegura haber visto a un caballero cuyo aspecto y vestimenta coinciden con los suyos. Podríamos traerla aquí para corroborarlo. Para colmo, resulta que en el salón del fiambre nos hemos encontrado con un ejemplar de un periódico. ¿A que no adivina de cuál se trata? Pues sí, de *La Voz*.

Emilio imaginó que muchos se vestirían igual que él y medio Madrid republicano se informaba a través de su periódico, pero lo cierto era que no disponía de una coartada que lo alejase de la escena del crimen en aquella noche en que una testigo lo había visto, por lo que decidió contar la verdad a medias.

—Mire, yo no he hecho nada de lo que tenga que responder —aseguró por fin—. Sólo fui a casa del marchante porque quería comprarle una máquina de escribir de segunda mano, una Royal, para poder trabajar en casa. Pero no disponía de esa marca y me fui sin más.

—¿Le aprieto las tuercas? —preguntó el que custodiaba la puerta, que en ese preciso instante se abrió de par en par.

—¡Ya le habréis hecho hablar, supongo! —tronó la voz de Gisbert, que se acababa de incorporar a la fiesta. Emilio no sabía si debía sentir alivio o ponerse aún más a la defensiva. Su viejo amigo, el policía, sabía siempre de sus andanzas y puede que estuviera al tanto de lo sucedido. Para él, que conocía sus pesquisas acerca del código, sería más fácil implicarlo.

—El pajarito está algo afónico —afirmó el del puro, con la voz bañada en humo.

—Dejádmelo a mí, veréis como nos canta una zarzuela —pidió el inspector.

Los dos policías se fueron y Emilio se quedó mirando de frente al que hasta el momento consideraba su amigo. Había llegado la hora de saber la verdad. Si el inspector se la había estado jugando, si trabajaba para el mismo patrón que los falangistas, que el ruso, que el petimetre o que cualquiera de los rufianes que le seguían la sombra, la cosa pintaba negra para el redactor. Si sencillamente cumplía su cometido como guardián de la ley, también estaba en sus manos.

Gisbert dejó su sombrero y su abrigo en el perchero, como si necesitase moverse con más soltura.

—Dime en qué andas metido —le urgió.

—Vicente, sé sincero, ¿me la estás jugando? —preguntó Emilio, con voz abatida.

—¿Por qué lo dices? ¿Por las ochenta pesetas? Tampoco es para tanto —respondió muy ofendido.

Una respuesta tan inesperada y espontánea, una pequeñez como aquella deuda que Emilio ni siquiera recordaba ya, le reveló que Gisbert estaba de su lado. Si en su relación con el redactor los miserables dieciséis duros eran la única preocupación que turbaba la conciencia del policía, significaba que seguía siendo el mismo Vicente con el que había quemado las noches de Madrid entre confianzas propias de viejos camaradas que van en busca de buenos ratos y malas compañías.

Más calmado, el periodista decidió contar lo que en aquel momento era capaz de recordar de sus últimas correrías, incluida su visita a Van Raders. Sabía que su amigo, el inspector, no era precisamente un sujeto al que una madre confiaría a su indomable hija adolescente, pero en aquellas circunstancias era su único asidero.

—O sea, que oíste el disparo...

—Sí, pero no se lo he dicho a tus colegas. Me parecía que me situaba demasiado cerca del asesinato. Oye, Vicente, ¡yo ya me había marchado de allí! Vi a un hombre salir corriendo, seguro que fue él.

—¿Y lo del periódico que había sobre la mesa?

—No lo sé. ¿Hablaba de algún libro? ¿Firmé algo ese día?

—Por lo que yo he visto, no.

—¿De cuándo era?

—Ni idea, sólo vi la portada.

—¿Y qué decíamos?

—A ver si te has creído que dedico mi tiempo a leer la prensa. Únicamente recuerdo lo sustancial: las preciosidades de las fotos.

—¿Que eran...? —Emilio dejó abierta la pregunta.

—Pues, si no recuerdo mal, la Loretta Young y la Karen... no sé su apellido. Tampoco tengo por qué saberlo, no me han presentado a sus padres.

—¿Karen Morley? —preguntó el periodista al recordar la portada de algunos días atrás.

—Eso, la Karen Morley. Es que sólo publicabais su rostro. Si hubiese aparecido algo más de carne, la recordaría mejor —se excusó el inspector—. Bien, ahora presta atención. Esos dos no saben nada de lo que te voy a contar: andan diciendo cosas sobre ti por ahí fuera.

—¿Por dónde?

—Por los sitios que tú te resistes a visitar conmigo. Me han soplado lo de la paliza y otros aseguran que te la estás buscando. ¿Es por lo del libro aquel que me contaste? ¿Es por lo del universitario?

—Son tres tipos.

—¿Quiénes? —quiso saber Gisbert.

—Los falangistas que me atizaron. Uno regordete, otro corpulento y uno rubio, más fino.

—Vaya. Un pícnico, un atlético y el tercero..., cómo era..., ¡eso, un leptosomático! Tranquilo, no los conozco; sólo es una clasificación que acaban de inventar los yanquis para describir el comportamiento de los seres humanos. El comisario se empeña en que aprendamos esas cosas. Mira, a ver si acierto: el gordito es un mandado, el grande no tiene muchas luces y el escuchimizado es el más violento, el que dirige el cotarro...

La certera descripción que acababa de exponer el inspector, aunque de terminología escasamente científica, dejó al periodista más tranquilo.

—Qué pericia. Si no sois capaces de atrapar a los delincuentes, al menos podréis descubrir, por medio de un retrato a mano alzada, si les gustan las gachas con miel o el pescado en salsa verde —se mofó.

—Bien, Emilio, déjate de coñas y escúchame con atención. Voy a investigar a esos hombres. Sólo te voy a advertir de algo: espero que no tengas nada que ver con la muerte del tal Van Raders. Si fuese así, se acabaron las amistades.

—Está bien, Vicente, ¿me sacarás de aquí?, ¿realmente puedo fiarme de ti?

El inspector se levantó y le propinó un puñetazo en el vientre que provocó un gemido agudo. Después comenzó a repartir patadas entre los muebles de alrededor.

—¿Que si te puedes fiar? ¡Empieza a quejarte como un hombre, hostias, que los de ahí fuera se van a dar cuenta del paripé! —decía Gisbert mientras apaleaba los enseres que encontraba a su paso.

La caja de puros cayó al suelo y su contenido comenzó a rodar en todas las direcciones. Emilio, que no quería dar más motivos de enojo a sus anfitriones, comenzó a recogerlos mientras emitía quejidos forzados.

—¡Deja eso en el suelo! —le ordenó Gisbert—. ¿No ves que te estoy dando una paliza?

Mientras las patadas se repetían contra los muebles, y los libros volaban de una pared a otra de la habitación, el periodista siguió interpretando su papel: gimotear y mentar a voz en cuello a toda la parentela de las deidades más veneradas en Madrid.

Por fin, el inspector Gisbert abandonó la sala. Mientras hacía ejercicios de estiramiento con los dedos, comunicó a sus colegas que, tanto a su juicio como al de la culata de su pistola, el periodista no sabía nada del disparo.

## CAPÍTULO 20

—

## LA PRINCESA
## (PARÍS, 1933)

Mauricio Ettinghausen estaba nervioso. Le sucedía siempre que se veía obligado a emprender un largo viaje. Además, la última vez que había tenido que llegar hasta Leningrado, el nuevo nombre de San Petersburgo, había sobrevivido a los duros y helados caminos del norte de Europa a base de comer sardinas en escabeche de varios tarros que, por precaución, cargó en sus valijas. Sin aquellas conservas habría muerto de frío, estaba seguro.

El anticuario, representante en París de la librería londinense Maggs Bros, repasaba y ordenaba en diferentes montones todos los papeles que se encontraban encima de la mesa de madera de su despacho. En el centro tenía un espléndido y cuidado facsímil del Códice Sinaítico que él mismo había adquirido hacía once años, según sus notas. El ejemplar procedía de la biblioteca particular de Catalina Dolgoruky y lo completaban un buen número de papeles, certificados, facturas y recortes de prensa, así como varios diarios y diferentes impresos y fotografías relacionados con los trabajos de preparación de la obra. Le había comprado aquel lote a un antiguo ayudante de la familia imperial en el exilio, un español llamado Francisco Pérez al que conoció porque era miembro, como él, del comité de dirección de la Société d'Equitation de París. Se lo había presentado hacía mucho tiempo Nadia Stahl en aquellos salones de la escuela hípica. Nadia era una «rusa blanca», una partidaria de los contrarrevolucionarios. A sus cuarenta años de edad, toda la comunidad exiliada la conocía por ser la encargada del café de la Rotonde del Palais Royal.

Consiguió un buen precio, ya que valoraron en ochenta libras el conjunto con el facsímil de la Biblia junto a todas aquellas carpetas de papeles y correspondencia. Parecían los restos finales de una colección que seguramente había contenido joyas y otros tesoros. El vendedor aceptó el trato con la rapidez de quien tiene ganas de rematar el encargo. El importe incluía una pequeña pero importante serie de anónimos dirigidos al zar Alejandro II por la organización terrorista la Voluntad del Pueblo. Uno de ellos era el que había recibido poco antes de que lo asesinaran. Francisco Pérez le había entregado los documentos en un cofre y, al vaciarlo, el anticuario había descubierto la tapa de un doble fondo. Tras sufrir un episodio de ansiedad pensando que podría encontrar alguna importante joya de los Romanov y descubrir un tirador oculto en una de las asas laterales, se había encontrado con un espacio vacío. Una pena.

En su momento quedó asombrado por la capacidad de Francisco para leer y hablar varios idiomas. Aquellos papeles contenían notas en griego, alemán o ruso, y el ayudante de la Dolgoruky tenía la habilidad de saltar de una a otra lengua sin inmutarse. Admiraba aquella destreza, a pesar de que él mismo dominaba tres idiomas, pero lo de aquel español era, a su juicio, sobresaliente. Cuando le estaba vendiendo los materiales de la princesa, durante el recuento, apareció entre ellos un sobre imperial con papel interior de seda y aspecto de contener algún documento importante. Al abrirlo se encontró con una nota manuscrita en caracteres que le parecieron griegos y rusos.

—¿No sabrá usted lo que significan estas letras, Francisco?

—Sí. Es la palabra «verdad» en hebreo, griego y ruso.

—Me asombran sus conocimientos de lenguas. ¿Y qué cree que hará aquí este papel?

—No lo sé, Mauricio. La palabra «verdad» en hebreo está compuesta por la primera letra y por la última de su abecedario, por lo que tenía un especial significado: la verdad contenía el principio y el fin de todo. Ese matiz no se conservó al pasar al griego, ya que «verdad» en ese idioma no contiene las letras inicial y final de su alfabeto.

Mauricio se quedó pensando por qué estaría allí aquel apunte tan extraño. Miró el papel a través de la luz y pudo ver la marca de agua de una cruz ortodoxa de ocho travesaños. Lo volvió a colocar entre la guarda del facsímil y la primera hoja, y cerró el libro.

—Me ha dicho que fue su padre el que estudió el códice, ¿verdad?, pero usted parece saberlo todo sobre él.

—Es un libro que siempre ha estado presente en mi vida, desde que era niño. Fue el motivo por el que mi familia pudo establecerse en Rusia.

Mauricio siempre tuvo en la mente que quizá debería trocear aquella colección de documentos, esperar un tiempo razonable y venderlos luego por separado. De ese modo, su valor se multiplicaría. Podría subastar el propio facsímil en solitario y alguna casa real llegaría a pujar por él doscientas o trescientas libras. Había pensado ofrecérselo al rey de Portugal, Manuel II, habitual comprador de libros de Maggs Bros o, incluso mejor, a algún burgués cristiano que quisiera tener en su mansión un ejemplar de la Biblia más antigua conocida, aunque fuera en versión facsimilar. Nunca había entendido por qué algunos coleccionistas clásicos despreciaban esas cuidadas copias cuando, en muchos casos, eran verdaderas obras de arte y en realidad no dejaban de ser la mcjor forma dc quc los grandcs tcsoros bibliográficos fucran asequibles. La llegada de la burguesía al mercado de antigüedades había hecho más necesaria que nunca la apertura de una nueva oferta compuesta por imitaciones de calidad garantizadas.

Ahora se alegraba de haber guardado aquel baúl durante todos esos años sin desmembrar su contenido. El ejemplar que tenía ante sus ojos, copiado de la Biblia aparecida en el monasterio de Santa Catalina, era magnífico, como no podía ser de otra forma, ya que se trataba de una copia editada por los propios zares. Por lo que había leído en la introducción, hasta se imitó en el papel la textura de los pergaminos originales. No sólo se había transcrito el texto, sino que se incluyeron todas las correcciones de los copistas a lo largo de la historia de aquel manuscrito.

Y ahora aquel libro tenía una nueva utilidad en aquel inesperado giro del valor que pueden tener los materiales que un anticuario guarda en sus almacenes. Ya no sólo era un bello volumen capaz de proporcionarle una buena ganancia: el facsímil del Códice Sinaítico iba a servirle para contrastar el original que el gobierno soviético planeaba vender al británico. Pocos años atrás, en aquella expedición que aún le traía un persistente y sabroso olor a sardinas, Mauricio acudió a la capital soviética acompañado de su amigo, el librero Ernesto Maggs, para buscar una Biblia de Gutenberg que el gobierno de José Stalin puso en venta para financiar sus planes quinquenales. Antes de partir hacia Rusia, apalabraron la compra del ejemplar con un rico comerciante. En su visita al archivo, se fijó en un libro grande, envuelto en una tela de color rojo, que descansaba perdido en una estantería de la sección de impresos especiales de la Biblioteca Pública Estatal. Pidió permiso para verlo al responsable de colecciones y patrimonio que les acompañaba, y abrió el envoltorio de seda para separar el papel que, justo encima, daba título a la obra que se escondía dentro: el Códex Sinaiticus. ¡Allí, casi olvidado, estaba el original al que correspondía el facsímil que él conocía bien porque ya llevaba una década en sus almacenes de París! Siempre le había intrigado saber qué habría sido de aquel ejemplar adquirido por los zares, de aquella Biblia que ahora permanecía en manos del más poderoso gobierno ateo del mundo. La había dado por desaparecida en la Revolución o por robada a manos de algún noble en los saqueos de los tesoros imperiales. Movido por su intuición de hombre de negocios, aquel día se volvió hacia el encargado y le dijo: «Si alguna vez quieren vender también este libro, mi compañía podría conseguirles un precio inigualable. Avísenme.»

Hay veces que los deseos se cumplen y, meses después de aquella declaración, le llegó un mensaje a través de la embajada soviética en París: «Nuestro gobierno estaría dispuesto a vender el Códice Sinaítico por cuatrocientas mil libras. ¿Pueden ustedes encontrar comprador?» Estupendo, pero ¿de dónde podría sacar alguien cuatrocientas mil libras? Era un precio desorbitado, incluso a cambio de la palabra de Dios. No obstante, todo se había puesto ya en marcha, de manera que contactó una vez más con su amigo y socio en la capital del Reino Unido, Ernesto Maggs, compañero en el viaje a Rusia y dueño de la más importante librería anticuaria del mundo occidental.

Envió un cable a Londres para poner a Maggs al tanto de la operación. También le remitió una carta en la que le contaba los pormenores. Al cabo de diez días, otro telegrama de vuelta daba el visto bueno al estudio de la transacción. Sus socios habían contactado con el director del Museo Británico y el arzobispo de Canterbury, quienes habían escrito al primer ministro de la isla, que a su vez, con una rapidez inusitada, les permitió hacer un tanteo para adquirir el libro. El gobierno de Londres tenía interés. Había que negociar un precio mejor.

El establecimiento londinense quedaba a la espera de que se buscara una forma de financiar la compra tras haber conseguido el compromiso de las autoridades de la isla. Mientras tanto, él iba a dirigirse a Rusia para comprobar la autenticidad de los pergaminos y su estado de conservación. Se llevaría el facsímil para cotejar una a una las hojas. Envió un mensaje a la embajada soviética: «El gobierno británico ofrece cuarenta mil libras por el Códice Sinaítico. Viajaré en breve a San Petersburgo para comprobar el estado del original. Las negociaciones sobre el precio y las condiciones quedan en manos de mi amigo y socio, Ernesto Maggs, en Londres.»

Aunque sabía que su descubridor, Von Tischendorf, no logró recopilar todas las páginas del Código Sinaítico, temía que aquel tesoro hubiese sufrido nuevas pérdidas con el paso de los años. Cualquier hoja que hubiera desaparecido arrancada por algún soldado ortodoxo que quisiera un recuerdo del libro sagrado o por algún avispado bibliotecario que pensara venderlo por partes haría que el valor del códice menguara. En un país que había pasado tanto tiempo sumido en una guerra civil, era muy posible que alguien hubiese mutilado aquella Biblia. Él tenía que encontrar un precio justo para ambas partes, pero también debía cerciorarse de que se trataba del códice más preciado por la comunidad cristiana internacional. Recordaba que el español le había relatado que su padre había tenido un importante papel en el traslado del libro desde Egipto hasta Rusia y que no había sido una cesión sencilla por parte de sus primeros dueños, los monjes de Santa Catalina. Ahora todo aquello cobraba vital importancia. Quizá hubiese otros papeles, ya que una compra por lotes pudo dejar por el camino algún documento que ahora resultaría fundamental. Tal vez Francisco pudiera ayudarle con más información sobre el Sinaítico. La venta de aquel libro iba a ser la más cara de la historia, y tenía que asegurarse.

Era ya tarde. Salió de la oficina y se dirigió al café de la Rotonde, donde con suerte se encontraría al español o con alguien que supiese de su paradero. Llegó al establecimiento atravesando unos oscuros soportales y por fin entró en aquella especie de jaula con paredes de cristal. Allí se reunía lo que quedaba del imperio de los zares: una corte en el exilio cada vez con menos esperanzas de volver a gobernar en Rusia, de donde llegaban constantes noticias de un feroz control sobre la población y de durísimas represalias ante cualquier atisbo de resistencia. Si alguien quería localizar a un ruso o a cualquiera procedente de aquella tierra, el café era el lugar adecuado.

Era un establecimiento sucio y viejo, una sensación incrementada por el vaho de los cristales. Aparte de jugadores de ajedrez y músicos, el local lo frecuentaban mujeres y hombres que buscaban canjear fortunas a cambio de títulos nobiliarios por la vía del matrimonio interesado. Aunque no diera de comer, el abolengo otorgaba algo de altura social en aquel París de comienzos de los treinta. La decadencia del local y sus moradores era evidente, y hasta los pocos espías que quedaban indagando posibles traiciones entre copas de vino y tazas de café formaban ya parte de aquella estable familia de conspiradores. No había reunión que no albergara a algún delator soviético reconocido por todos los demás miembros.

Nada más entrar pudo ver al fondo, al lado de la caja

registradora, a una señora gruesa que leía los periódicos sin importarle quién atravesaba la puerta del local. Avanzó hasta la barra, atendida por un solo camarero. Pidió un café. Cuando le sirvió la taza se dirigió al barman.

—Disculpe, *monsieur*, que le haga una pregunta: ¿la señora del fondo es Nadia Stahl, la encargada del café?

—Así es, señor. ¿Quién lo pregunta?

—Puede usted decirle que soy un antiguo conocido de la Société d'Equitation de París. Me gustaría hablar con ella.

El camarero se acercó a Nadia, quien se cambió las gafas que portaba por otras que sacó de su bolso. Miró al librero un par de veces y se acercó hasta la barra.

—Monsieur... —puso a prueba su memoria durante un segundo— Ettinghausen. ¡Cuánto tiempo sin verle!

Mauricio hizo una leve inclinación, tomó la mano de Nadia y se la acercó a la boca en ademán de besarla.

—Encantado de saludarla, madame Stahl. Ha pasado mucho tiempo. Veo que su negocio sigue como siempre, parece que no pasan los años por él ni por usted.

—Es muy amable, Mauricio, pero no del todo sincero. El café ya no es lo que era. Muchas de las personas que venían aquí han emigrado, otras se han integrado en la sociedad francesa. Las cosas de Rusia interesan menos. Ahora tenemos un público más internacional. ¿Ha quedado usted con alguien aquí? ¿Algún comprador de esas maravillas impresas que posee? ¿Un ruso en apuros que quiera venderle una primera edición de Antón Chéjov? Dicen que están muy de moda sus obras en Inglaterra desde que han empezado a traducirlas.

—No, *madame*. Estoy buscando a Francisco Pérez, un anciano profesor de hípica que me presentó hace años. Necesito hablar con él por un asunto que puede ser importante.

—Pues va a ser complicado, *monsieur*, porque Pérez regresó hace una década a Galicia, en España, la tierra de su familia.

—¡Qué contrariedad! ¿Y no hay forma de contactar con él? —lamentó Mauricio.

—El señor Pérez ya era bastante mayor cuando se fue. Había recorrido mucho mundo, ¿sabe? Dicen que fue amigo del duque Nicolás y del propio Rasputín. Yo creo que tenía ganas de vivir sus últimos días tranquilo, lejos ya de las intrigas de París y San Petersburgo. Si no me equivoco, rondaba los ochenta años cuando volvió a su pueblo natal.

—¿Y no tendrá usted alguna dirección a la que escribirle?

—Espere un momento, voy a buscar en el libro de notas del Café, donde creo que apuntamos unas señas que nos dejó. Este lugar es como una estafeta de correos, casi como una embajada, con tanto exiliado y viajero que pasa por aquí. Muchas veces releo ese cuaderno e intento imaginar qué fue de los que se han ido.

Nadia se dirigió hacia la parte de atrás de la barra, que daba a la cocina, y volvió con un dietario que tenía una fecha escrita a mano en la portada: 1922.

—Vamos a ver... Aquí está: Francisco Pérez. Localidad de Corbelle, provincia de Orense. España. Allí puede escribirle, si vive todavía, aunque quizá fuera mejor que se dirigiera a su mujer, que también atravesó los Pirineos junto a él.

—¿Cómo se llama?

—¿Su esposa? No recuerdo bien su nombre de pila. Todos la conocían como la princesa Andronikova.

—Perdone —la interrumpió Mauricio, algo extrañado—, ¿no se referirá usted a Catalina Dolgoruky? Esa mujer falleció hace más de diez años. Es imposible que sea ella. De hecho, Francisco nos vendió piezas de su colección tras su muerte.

—Monsieur Ettinghausen —intervino la mujer, en tono indulgente—. Permítame que le corrija. Catalina era la princesa Yurievskaya, ése fue el título que le había otorgado su esposo, el zar Alejandro II. Francisco era uno de sus sirvientes, casi un amigo en París. La princesa Andronikova era la pareja del español: una preciosa rusa bastante más joven que él. Según mantenía ella misma, poseía ese título, aunque muchos en este bar no habían oído hablar nunca de él. En cualquier caso, esa bella mujer, que alardeaba de tener ascendencia española, sería capaz de hacer perder la cabeza a muchos hombres con sus cabellos rubios y sus ojos celestes. En Rusia teníamos muchas princesas antes de la revolución y posiblemente ahora, con la corte en el exilio y sin papeles que lo demuestren, tengamos más nobles en París que hace cuarenta años en San Petersburgo.

—Y se fueron juntos hace ya tiempo, según me dice.

—Así es. Francisco y su amada emigraron hacia el pueblo de Corbelle, donde, a mi juicio, no creo que resulte muy útil ser princesa. ¿Qué necesita de ellos?

—No se preocupe, *madame.* —Trató de quitarle hierro al asunto, algo alarmado por el interés que había despertado su indagación—. Me vendría bien encontrarlo para que me asesorara en un asunto relacionado con un lote de papeles que me vendió, pero tendré que arreglármelas de otra forma.

Mauricio se despidió de Nadia tras agradecerle la atención que le había dedicado. En cuanto salió del café y las campanillas de aviso advirtieron del inminente cierre de la puerta, la rusa hizo una seña al camarero, que había estado observando toda la conversación sin prestar mucha atención mientras, con un trapo, limpiaba de manera casi obsesiva y mecánica un único vaso. Se acercó a ella para escuchar, entre susurros, su confidencia.

—Es un famoso librero parisino. Se llama Mauricio Ettinghausen y busca a Francisco Pérez, un español que fue asistente de la viuda del zar Alejandro II. Él y su esposa emigraron hace años a España. Dice que fue su cliente y que tiene información para él. Es quien le vendió un lote de papeles de Catalina Dolgoruky. Resulta extraño, han pasado más de diez años. Tiene que ser algo muy importante para buscar a alguien tanto tiempo después. Vamos a ver adónde nos puede llevar esto, tal vez esconda un buen negocio.

El camarero, un hombre robusto, esperó a que su jefa se retirase. Antes de cerrar el negocio se guareció bajo su inseparable abrigo marrón y fue en busca del teléfono. Sin la menor muestra de nerviosismo, marcó el número de París en el que mejor pagaban aquel tipo de información.

# CAPÍTULO 21

—

# GOLPE BRUTAL

A su llegada, el gesto esquivo de Juani y la mirada en polvorosa de Visi le advirtieron de que allí dentro le esperaba algo que le había convertido en un compañero incómodo.

—El jefe te busca, no tardes —le comunicó Joaquín, siempre tan servil a la hora de cumplir los encargos de sus superiores.

Emilio se encaminó al despacho indicado. Iba a golpear con su mano aquellos cristales que con frecuencia se convertían en expresión batiente del enfado de su ocupante, pero no fue necesario.

—Pasa, Ruiz —resonó la voz del jefe, quien tiraba hacia abajo de los tirantes como si quisiera apocar su cuerpo ante la presencia de alguien—, te presento a don Fermín.

De traje gris y con el sombrero de bombín sujeto en la mano derecha, a la altura de su muslo, estaba don Fermín Miranda-Fábregas, la cartera de valores más codiciada en ese momento para entrar a formar parte del órgano de administración que vigilaba los fluctuantes números del periódico, el dadivoso prohombre que acudía a cualquier aparición episcopal en la que se repartiesen limosnas entre los pobres madrileños, el aristócrata que suplía el escaso tinte azul de su sangre con cuantiosos óbolos para la obra de Dios en el mundo republicano, el padre de Marta, la novia de un estudiante muerto de dos disparos y una pedrada.

—Supongo que estoy aquí para escuchar —dijo Emilio con resignación.

—Ruiz, sabes que ahora mismo las cosas están muy complicadas —comenzó a explicarse el jefe—. El periódico no tiene precisamente beneficios desde hace meses. El gobierno se empecina en desoír nuestra propuesta de incrementar el precio del ejemplar en cinco céntimos, petición que, por otro lado, han consensuado los editores. Para colmo, la radio parece haber llegado para quedarse y cada día son más los anunciantes que prefieren escuchar el reclamo de sus productos a leerlo en un papel. En fin, la empresa ha empezado a ascender una cuesta tan empinada que puede hacernos rodar de nuevo hacia abajo en cualquier momento.

Emilio se hizo cargo inmediatamente de lo mal que empezaba aquella reunión.

—No me han llamado para anunciarme un aumento de sueldo, eso está claro.

—Actualmente don Fermín es uno de nuestros pocos valedores —continuó su superior—. Está muy interesado en comprar acciones de la sociedad. Posiblemente sea necesaria una ampliación del capital para poder seguir adelante.

—Bien, lo que he escuchado hasta el momento es de conocimiento público. ¿Y qué pretende de mí?

—¡Que deje de investigarme de una vez! —prorrumpió el capitalista sin más contemplaciones—. ¡Usted y esa joven! —añadió mientras le apuntaba con el sombrero.

Al contrario que Emilio, quien sólo conocía someramente la apremiante situación contable de la empresa, era evidente que Miranda-Fábregas tenía noticia mucho más minuciosa sobre sus movimientos.

—Yo no le estoy investigando, su nombre ha aparecido en mi camino. ¡Yo sólo indago sobre la muerte de un pobre estudiante! —intentó defenderse el periodista.

—Emilio, no te soliviantes, escucha lo que tiene que decirte —le ordenó el jefe con tono conciliador.

—¡Sabe usted mejor que yo que han estado haciendo preguntas sobre mi hija! —siguió el financiero—. La pobrecilla está atravesando un trance personal terrible debido a unas circunstancias en las que, por casualidad, se ha visto desgraciadamente envuelta. Seguir por ese camino, señor Ruiz, no le llevará a nada. De hecho, he solicitado amablemente a sus superiores que lo aparten desde ahora mismo de ese quehacer.

—Lo siento, Emilio —asumió el redactor jefe, quien ya había alejado su mirada hacia donde resultaba imposible que se cruzase con la de su empleado, por mucho que la necesitase Emilio en aquel momento.

—Pero... —suplicó el azorado redactor.

—¡No hay peros que valgan! ¡Deje usted a la policía hacer su trabajo! —añadió don Fermín.

—Así es, Emilio, debes alejar tu lápiz de esa historia. Tenemos demasiados asuntos de los que ocuparnos en este periódico como para permitirnos perder el tiempo con un asesinato que ya está en manos de las autoridades —añadió el jefe.

—¡Y no hay más que hablar! —remató el inversor en potencia, cuya mano describió un arco ascendente hasta colocar el bombín en su lugar natural: la confirmación de su inminente y súbita despedida.

—Lo lamento mucho, Emilio, este asunto me supera —fue la única explicación del jefe, que, cabizbajo, parecía hablarle al escritorio.

Joaquín revoloteaba por el pasillo con la intención de

enterarse de si lo que se estaba ventilando en aquella reunión era un ascenso.

—Tranquilo, Joaquín. Por esta vez, mantienes tu empleo sin sanciones, ¡pero ten más cuidado en la próxima ocasión o te caerá una muy gorda! —fue el desconcertante e improvisado mensaje que le mandó un airado Emilio antes de dirigirse apresuradamente hacia la calle.

Una vez fuera, insatisfecho con las explicaciones que había escuchado en el despacho, oteó las aceras en busca de la silueta de Miranda-Fábregas. La encontró de inmediato, de pie ante un edificio. Parecía haberse detenido para observar unos carteles de espectáculos taurinos que, de veraniegos y caducos, habían comenzado a amoldarse a la trama de rectángulos que formaban los ladrillos de la pared. Allí mismo lo abordó.

—Señor Miranda-Fábregas, disculpe mi atrevimiento, pero creo que nos debemos aclaraciones mutuas.

El silencio de su interlocutor no le impidió insistir.

—Don Fermín, lo de su hija...

Cuando ya había ganado una posición lo bastante próxima, Emilio descubrió por qué aquel hombre no le respondía. No era por altanería, ni por desprecio o desgana: sencillamente estaba llorando como un niño.

—¡Usted..., usted no lo entiende! —le respondió por fin entre sollozos contenidos a duras penas.

—Me parece que estoy empezando a comprender —repuso el periodista—. ¡Tiene remordimientos! Usted no teme que su hija se vea salpicada por un despreciable homicidio. ¡Es usted el que tiene mucho que ocultar!

—¿Ve como no lo entiende?

Las pestañas de aquel hombre se movían como rastrillos intentando contener los brotes de agua que surgían de sus ojos. La papada tenía hipo, como la de un sapo.

—Mi hija está hundida, destrozada, desde que el chico murió. He tenido que recurrir a mis influencias para ingresarla en un convento donde las hermanas cuidan de ella con una ternura digna de admiración, pero no se recupera. Ni siquiera habla. ¡Es una desgracia!

—¡Por supuesto que lo es! Tengo entendido que su carrera era muy prometedora.

—¡Médico! ¡Quería ser médico! ¡Qué ocurrencia, qué disparate! Intenté advertirla de que aquello no era un futuro decente para una mujer. Tal vez enfermera, maestra..., pero ¿médico? En fin, ¡se empeñó en seguir ese camino y fíjese cómo hemos acabado!

Emilio tuvo el impulso de buscar un pañuelo, que en realidad no llevaba encima, para acercárselo a aquel señorón que corría serio riesgo de quedar alagado entre lágrimas y mucosidades, pero de inmediato descartó ese préstamo por innecesario. A Miranda-Fábregas no debería faltarle en el bolsillo algún trapo con el que limpiarse la mugre cada vez que depositaba monedas en las manos de tanto niño harapiento de dudosas costumbres higiénicas. En efecto, no tardó en salir del ribete de su bolsillo un pañuelo de seda nacarada.

—Usted y su hija estarán sufriendo un tormento, pero ¿y el chico? ¿Ha pensado usted en ese pobre muchacho? —le reprochó el periodista.

De nuevo, don Fermín miró hacia el cartel. Un pase de pecho descolorido parecía atraer su atención o, más bien, desviarla de la expresión de Emilio, que empezaba a parecer acusadora.

—Usted sabe qué le pasó a Ramón —continuó—. Es más, déjeme que haga una reconstrucción de aquellos días. Marta Miranda-Fábregas acude a estudiar Medicina, la carrera que su padre, un hombre atado a las tradiciones más conservadoras, aborrece. Allí conoce a Ramón, del que se enamora ciegamente. Su padre también lo detesta. Después ese amor trae un embarazo, que el padre recibe como una inaceptable contravención a sus firmes creencias católicas. Para colmo, ella, que se siente acorralada, ¡decide abortar! Es un pecado que no cabe de ninguna de las maneras en la moral cristiana que su progenitor cultiva constantemente y de la que hace siempre gala. ¿Cómo enderezar la vida de una hija descarriada que había elegido caminos tan equivocados? Alejándola en lo posible de la maligna influencia de su novio...

—¡Le ruego que no siga por ese camino! —Las palabras de Miranda-Fábregas fueron la confirmación de que el periodista no andaba errado.

—Pero entregarla a los brazos de unas monjas no fue suficiente. ¡Era necesario extirpar la encarnación del mal que usted veía, según su despiadada interpretación, en aquel compañero de facultad! ¡Usted lo hizo!

—Yo no...

—Usted, ¿o quién? Dígame a qué sicario se lo encargó, ¿a uno de esos estirados falangistas, a los de la Federación de Universitarios Católicos, a un guardia de Asalto?

Vencido por la perspicacia del redactor, Miranda-Fábregas se volvió por fin hacia él.

—¡Una vida entera dedicada al encuentro con el Creador, con el Dios bueno que tutela y recompensa nuestras acciones! Eso es lo que yo atesoraba con devoción infinita hasta que ese maldito joven se interpuso en el impoluto proceder de mi familia. ¡Él nos empujó a todos al pecado!

—Y usted eligió transgredir el más sagrado de los mandatos cristianos: no matarás. Creyó que, encargando el asesinato a alguien, habría alguna posibilidad de redención; pero ahora, además de un pecador en grado mortal, se siente un cobarde de primera categoría.

—¡Es usted cruel! —respondió el aludido, con el llanto ya contenido por un arrebato de cólera.

—¿Me llama cruel un hombre que ha acabado con la vida de tres personas: con la de su hija, con la de su novio y con la suya propia? Yo no le estoy sometiendo al juicio cristiano, de eso se encargará el Altísimo, si es que un día se lo encuentra. Sinceramente, creo que su destino final no pasará ni siquiera por ese tribunal divino, don Fermín. ¡No encontrará usted sitio entre los justos, sino entre los malditos!

—¡Dios! —invocó, abatido, el hombre de negocios tras escuchar un relato preciso de su situación y no menos exacto de sus expectativas trascendentes.

—Deje usted de clamar a Dios. Posiblemente haya sido quien me ha enviado para anticiparle su condena. Por cierto —añadió el periodista en tono más calmado—, ¿trabajan para usted tres falangistas?

—No.

—¿Y un jovencito con aspecto petulante que vino... a verme a un casino? —le tanteó Emilio, que ya intuía de quién podría tratarse.

—Ése sí, es mi hijo. Yo lo envié en su busca —confirmó aquel plañidero sujeto, que aún sostenía en la mano un pañuelo con las mismas iniciales bordadas que el periodista no fue capaz de leer con claridad cuando aquel joven petimetre se sentó a jugar junto a él. Ahora lo veía claro: eme, guion, efe; es decir, «Miranda-Fábregas». El vástago de una honorable familia madrileña se había hecho pasar por fascista, si es que no lo era, para atemorizar a un vulgar reportero que se estaba acercando demasiado a su mezquino padre.

—¡Pues dígale de mi parte que la próxima vez tenga la gallardía de apuntarme a la cara, no de espaldas en unos urinarios! —le gritó el periodista.

Emilio se giró sin hacer caso de los lloriqueos. Nada quedaba por investigar en aquel espeluznante asunto. Si acaso, saber a quién correspondía la mano ejecutora del crimen. Podría ser el heredero del apellido Miranda-Fábregas, tan aficionado a las amenazas y a los recados sucios, pero si tuviese que apostar, habría dicho que fue uno de los agentes del orden. La Guardia de Asalto, el cuerpo que se intentó crear precipitadamente a la medida de la República para compensar las reaccionarias maneras de la Guardia Civil, estaba llena de oportunistas de mala reputación, algunos de ellos expertos combatientes en la traicionera guerra de África. A un soldado acostumbrado a esquivar balas y dagas no le habría costado demasiado encontrar el momento, en medio de un alboroto, para matar por encargo a un joven indefenso que huía despavorido. Quién sabe si a cambio habría recibido dinero, un ascenso o la simple bendición del capellán.

Ahora sentía el enorme peso de la responsabilidad que le atribuía el descubrimiento de la verdad, pero su sentencia estaba dictada: Miranda-Fábregas viviría el resto de sus días, y ojalá fueran muchos, atormentado por el insufrible dolor de haber perdido para siempre el respeto de su amadísima hija y martirizado por la imposibilidad de reconciliarse con el Dios al que había dedicado todos sus afanes terrenales. La pobre chica tal vez tuviese más posibilidades de recuperarse entre el sosegante frufrú de las túnicas de un convento que regresando a una sociedad que la había empujado fuera de su seno con total brutalidad. A Ramón nadie le devolvería la vida.

Emilio Ruiz firmó mentalmente la sentencia en Madrid, en febrero de 1934, mientras observaba desde la puerta de *La Voz* a un pobre diablo que seguía mirando, alienado, el rancio cartel de una corrida de toros. La trinidad de espadas de aquella tarde estuvo formada por Belmonte, Lalanda y Cagancho, pero un letrero cruzado advertía de que los billetes estaban agotados; como lo estaba el que esperaba aquel deleznable siervo de Dios.

En apariencia, el resto de la jornada de trabajo fue normal para toda la plantilla, excepto para Joaquín, que no terminaba de digerir aquella extraña admonición que, sabedor de que nunca obtendría información sobre lo hablado en el despacho, le hizo Emilio. Mientras ordenaba palabras para completar de la mejor guisa posible el despiadado desahucio de una familia de Lavapiés, Emilio Ruiz se dedicaba para sus adentros a intentar dejar cerrado el caso del estudiante. Ahora ya sabía algo más, aunque esto no lo hubiese descubierto por sus propios medios, sino por el método de la eliminación: la muerte del joven Ramón Panal no tenía conexiones con el Códex Sinaítico. La aparición de falangistas en ambos enredos sólo había servido para confundirle. En realidad, las tres alimañas que lo apalearon no tenían nada que ver con el asesinato del chico, aunque participasen en un mitin celebrado a las puertas de su residencia; como se sumarían, supuso, a cualquier otra expresión de fervor pistolero que se celebrase en la ciudad. Una reflexión apresurada sobre los acontecimientos le llevó a concluir que había demasiados interrogantes en los últimos lances por los que había pasado. El trío de fascistas, el ruso, el marchante muerto... y aquel facsímil que parecía oculto bajo siete llaves. Si el destino, con la inestimable ayuda de su empresa editora, le había cerrado el paso hacia una de las tramas, la otra, la del Códice Sinaítico, le resultaba ahora más atrayente, magnética, insalvable. El teléfono de la sala sonó con obstinación.

—Emilio, es para ti —dijo Joaquín mientras esperaba servicial con el auricular en la mano.

En otras circunstancias, lo habría dejado suspendido del cable, lo que quería decir que Emilio figuraba ahora en su nómina de personas gracias a las cuales podía conseguir un ascenso. Y todo por un comentario malintencionado en el momento oportuno para ganarse el temor de un pelotilla.

—Tengo algo que te puede ayudar —le comunicó Gisbert a través del hilo telefónico.

—Dime.

—Ya sé quién puede decirte algo sobre esos tres falangistas. Hay un chapero, ¿sabes lo que es un chapero? —dudó el inspector.

—No por experiencia, pero sí.

—Pues eso, resulta que un *bujarra* que se vende en la estación de metro de Chamberí, un tal Fredi, le contó el otro día a un compañero de la comisaría que tres fascistas muy parecidos a los que te han seguido estuvieron montando bulla en una casa de lenocinio de la plaza Mayor. Estaban borrachos y rompieron el letrero a pedradas con una mano; la otra la mantenían alzada.

—¿Y cómo se llama esa casa?

—No lo sé y, como entenderás, no me interesa preguntar demasiado. Lo último que me hace falta ahora es que descubran que tengo tratos contigo y que lo del interrogatorio sólo fue teatro.

—Vale, pues iré a buscar al chapero.

—Emilio, ten mucho cuidado —le aconsejó el inspector—. El tío Gisbert no te puede estar protegiendo toda la vida.

—Por el momento ya has hecho bastante, Vicente... Te debo otra.

—Ya..., ya. Me están saliendo caras las ochenta pesetas, porque... no te las he dado, ¿verdad?

El periodista miró su reloj. Las ocho parecía una hora

apropiada para abandonar la redacción sin despertar sospechas entre los pocos compañeros que pululaban por allí. A las diez había quedado con Carrerilla para recoger a María en La Española, invitarlos a algo y acompañar al pequeño hasta su cochambroso barrio. Tenía tiempo suficiente para buscar al individuo que le había descrito Gisbert e intentar localizar la dirección de la casa de putas en la que se divertían los falangistas.

El último metro debía de haber alcanzado ya la siguiente estación. Pronto los guardias desalojarían aquel andén descuidado en el que sólo había algunas almas errantes en busca de limosna, de propina o de alivio carnal. Pero ni el acordeonista del fondo, que recogía sus bártulos, ni los dos borrachos que se acurrucaban debajo de la misma jarapa parecían dedicarse a complacer las urgencias de los caballeros que huían de sus obligaciones maritales para encontrarse con su verdadera inclinación sexual. Sólo le quedaba un lugar por escudriñar: los urinarios, a los que se dirigió preparando sus glándulas olfativas para la repulsión que esperaba encontrarse. Pero, antes de hacerlo con el hedor, chocó con una larga capa negra que venía rellena de un hombre de bigotes rizados en sus extremos. Supuso que era un cliente que le estaba indicando lo acertado de su rumbo. Tras él, salía otro sujeto, al que Emilio detuvo plantándole la mano en el pecho.

—¡Un momento, tú eres Fredi!

—Lo siento, ya no trabajo aquí, van a cerrar.

Emilio lo empujó con su mano hasta estrujarlo contra la pared.

—¡Te he dicho que ya no busco más clientes! —protestó con brusquedad—. ¡Suéltame y tengamos la fiesta en paz!

Emilio lo miró de arriba abajo. Parecía como si lo hubieran embutido en aquel traje de cuero negro hilvanado con hilo rojo en las costuras. De su camisa blanca surgían dos interminables cuellos en pico que dejaban abierto un escote abrigado por el mismo pañuelo estampado que le envolvía la garganta. Su aspecto formaba una indescriptible mezcla de apache parisino y chulapo madrileño que resultaba más siniestra que costumbrista. Con los ojos perfilados a lápiz, al estilo de los actores del cine mudo, el tal Fredi intentaba escabullirse de aquella mano que le mantenía preso contra la pared.

—Si quieres hacerme un hombre, no has empezado mal —dijo con voz meliflua y una sonrisa desafiante—, pero deberíamos hablar del precio mientras te acompaño al parque.

—No te busco a ti, sino algo que tú sabes —le informó Emilio, rebajando la presión que ejercía sobre él.

—Eso también tiene su tarifa.

—Luego hablaremos del precio. Ahora cuéntame qué sabes de tres falangistas que se dedican a romper cosas por ahí.

—¡Ah..., los falangistas! —Su respuesta denotaba que había comenzado a recuperar el poder en aquella situación comprometida—. Pensaba que ibas a preguntarme algo sobre mis clientes. Ésa es información reservada, ¿sabes?

—Me importa un bledo a quién te trabajes. ¿Dónde puedo encontrarlos? —preguntó el periodista, que ya había dejado de agarrarlo.

—Yo sólo sé lo que me han contado. No tengo información de primera mano. ¿Trabajas para la policía?

—No, aunque eso no viene al caso. Te aseguro que esos hombres estarían...

En ese momento, Emilio escuchó una carraca de muelles. Aunque acostumbrado a trabajar con las silenciosas y efectivas navajas de barbería, sabría reconocer en cualquier parte el resorte de una herramienta tan letal como la que acababan de ponerle al cuello.

—¡Vamos a ver quién es el que responde ahora! —le desafió Fredi.

—¡Cuidado con eso! Llevas mucho rato trabajando y el pulso puede traicionarte —le avisó Emilio.

La única respuesta fue un leve pero amenazador incremento de la presión que ejercía el filo de la navaja a pocos milímetros por encima del cuello de su camisa, que comenzaba a agrandar su diámetro mientras el pescuezo del periodista se estrechaba por algún extraño fenómeno físico relacionado con la congoja.

—No te puedes imaginar lo que son capaces de hacer los machotes como tú cuando tienen una de éstas besándoles el cuello. Para determinadas cosas resulta más efectivo que los labios de una mujer. En la cárcel los he conocido mucho más bravos, pero al final se han amansado y hasta les ha gustado, ¿quieres probar?

Un hombre se ganó el salario del día en ese momento sin saberlo. Se trataba del guardia que se asomó al urinario para advertir que el metro estaba a punto de cerrar.

—Tienen que desalojar —comentó, mientras les dedicaba un fugaz vistazo que devolvió de inmediato la navaja al cinto del chapero.

—Parece que hoy no es mi día de estreno —musitó Emilio con ironía y no sin cierto alivio—. Ahora, si no quieres que llame a ese policía y le diga que avise a mis amigos de la comisaría para que te dediquen un par de horas de interrogatorio, explícate: ¿qué sabes de los falangistas?

—Sólo lo que te habrán dicho, que el otro día bebieron demasiado en casa de madame Claudine, en la plaza Mayor. Si quieres más detalles, tendrás que preguntarle a Véronique.

—¿Es una de las chicas de ese lupanar?

—Digamos que trabaja allí subarrendada. Se anuncia en las revistas, en la *¡Tararí!*

El chapero desapareció escaleras arriba como una culebra que abandona su nido. Emilio salió despacio con el nombre de una mujer francesa a cuestas. Durante unos instantes, analizó lo delirante de su recorrido: acababa de sortear a un chapero agresivo para poder encontrarse con una puta que le ayudaría a llegar hasta una Biblia. Si era cierto que los caminos del Señor son inescrutables, a él le había tocado el sendero más rocambolesco.

Aprovechó el vacío que se había adueñado del periódico para sentarse en el mostrador del vestíbulo con los pies colgando. Le pareció una forma pajaril y amistosa de recibir a Miguelito, con quien esperaba saludar pronto a María. La tal Véronique podía esperar hasta mañana. Además, no creía fácil que pudiese atenderle de noche, debido a su oficio. Poco a poco, los últimos habitantes del edificio se iban despidiendo y los voceadores más retrasados regresaban para hacer cuentas con el inspector. Era raro que Carrerilla no hubiese despachado ya su mercancía. Cuando se cansó de esperar dio un salto con el impulso de sus brazos dispuesto a buscar a su amigo en la calle para no llegar tarde a la cita con María. Durante su descenso hacia el suelo, la puerta se abrió y dejó entrar una nube de frío entre la que distinguió a un joven grueso que llegaba ahogado por la galopada. La violencia con la que intentaba respirar no le permitía articular la palabra que traía en la laringe.

—¿Qué ha pasado? —le preguntó Emilio, sujetándolo por ambos brazos.

—¡Carrerilla! —pudo decir por fin el voceador.

—¿Qué? —inquirió Emilio, estremecido.

—¡Un... un... una...bomba!

Emilio no lo había comprobado hasta entonces: los hombres tienen incorporada entre sus tripas una pequeña vejiga que se escapa a los exámenes médicos. Cuando los peores presagios se hacen con la frágil mente de la especie humana, ese dispositivo comienza a hincharse hasta conseguir arrinconar cuantas vísceras comparten espacio en la caja torácica. Primero oprime el estómago, después el empuje descompensa la respiración y, por último, el corazón tiene que pelear para poder seguir latiendo. Por efecto de esos fenómenos, los gases desaparecen del aparato respiratorio, la vista se acorta y el oído se embota. Para cuando el periodista empezaba a ser consciente de ese cuadro, ya trotaba por Fuencarral en busca del puesto callejero de Carrerilla.

Los ineludibles curiosos del Madrid nocturno se arremolinaban en torno a las espaldas de algunos policías que intentaban contener aquella morbosa e insana atracción. Emilio no esperó a que le pidiesen identificación. Cruzó la barrera y, sin adentrarse demasiado, tanto por respeto a la escena de un atentado como por miedo a lo que podía aparecer ante sus ojos, se encontró pisando las hojas de un ejemplar de *La Voz*. Su mirada comenzó a recorrer los baldosines en una búsqueda desesperada de más indicios sobre el paradero de su amigo, pero lo único que encontró fueron charcos formados por humores de indudable procedencia humana, si bien la luz mal alimentada de las farolas no le permitía identificar colores ni tonalidades en aquel festín de vísceras.

—¿Hay heridos? —preguntó Emilio, en un intento de rebajar la creciente certeza de una desgracia—. Soy periodista.

—Ha muerto un chico de los que venden la prensa —le dijo el policía—. Se han llevado el cuerpo. A los heridos los están atendiendo ahí.

El brazo del agente señaló hacia dos ambulancias, la última esperanza de que los charcos gelatinosos del suelo no perteneciesen al mejor vendedor de periódicos de aquella ciudad que, de manera cada día más frecuente, castigaba a los inocentes con una indiferencia despiadada. Emilio se aproximaba a los servicios de socorro, pero Gisbert lo sujetó abrazándolo por detrás.

—¡Emilio, quieto, cálmate!

—¡Carrerilla! —clamó, mientras lanzaba su mirada hacia las camillas. Las cuatro sábanas que cubrían otros tantos cuerpos inmóviles parecían sudarios.

—Carrerilla está herido, pero vivo —le desveló el inspector, quien, como haría cualquier otro con un mínimo sentido de la humanidad, no le estaba contando todo lo que sabía.

—¿Qué tiene?

—Es pronto para saberlo, está inconsciente —terminó por confesarse—. La bomba cayó entre él y un joven anarquista que vocea *La Tierra.* No podemos determinar hacia quién iba dirigida, pero el otro muchacho salió despedido hacia la pared y quedó espachurrado por la explosión y claveteado por la metralla. El vuestro tuvo más suerte, la onda expansiva lo empujó hacia la calle. Se ha llevado un golpe tremendo en la nuca. No sabemos si tendrá más lesiones. ¡Menos mal que el conductor del tranvía lo vio y pudo parar a tiempo!

Para extrañeza de Gisbert, Emilio elevó al cielo una sonrisa de conformidad mientras cerraba los párpados. Si una de aquellas máquinas que recorrían las calles de la ciudad colgadas de un cable le robó un día la prestancia al andar a un chicuelo del barrio de las Latas, otro de esos ingenios —o tal vez el mismo— le había regalado la vida aquella misma noche.

La vesícula hinchable comenzó a perder fuelle cuando Emilio Ruiz observó que una de aquellas camillas que portaban los voluntarios de la Cruz Roja llevaba encima una sábana colocada descuidadamente sobre el cuerpo de un niño del que sólo se veía una pierna desnuda, la que dejaba descubierta el pantalón corto de Miguelito.

—Emilio, déjalo en manos de los médicos. Tú no puedes hacer nada más. Nosotros perseguiremos a los culpables —le recomendó el inspector—. Ya sabes cómo son estas cosas. Pasó un coche y... cuando la bomba explotó ya estaban lejos. Por el momento sabemos que fue una de esas granadas cilíndricas.

¿Granadas cilíndricas? Esa somera descripción recordó al periodista algún artículo que había escrito sobre atentados contra comunistas. Si su memoria no le fallaba, se sospechaba que era tecnología militar alemana al servicio del fascio internacional.

—¿Cuántos eran?

—Emilio, no te reconcomas. Deja hacer a los médicos y vete a dormir. Mañana hablamos —intentaba calmarlo el policía.

—Tres, ¿verdad que eran tres?

Allí, entre Fuencarral y Gran Vía, donde la ciudad jaraneaba mañana, tarde y noche, señores con corbata y mujeres emperifolladas recogían del suelo los ejemplares de *La Voz* que la bomba había desparramado. Era la rapiña del botín callejero procedente de una masacre que había dejado sus salpicaduras impresas en alguna de aquellas portadas donde se recordaba el precio de la sinrazón: diez míseros céntimos.

Emilio Ruiz no quiso hacer caso a Gisbert, a pesar de que era la primera vez que le pedía que se fuese a casa a una hora respetable.

Hacía rato que María había completado su cupo de agua mineral para entregarse a un vaso de Campari con soda. Cuando las compañías comenzaron a tornarse amenazantes y las expectativas de que apareciesen Carrerilla y Emilio se esfumaron, pagó sus consumiciones y se dejó envolver por la noche.

El periodista no quiso pasar por La Española. No tenía fuerzas para contarle a María lo que le había sucedido a Carrerilla. Prefirió acercarse al hospital de Moncloa para interesarse por el niño. El silencio y la funcional decoración clínica eran perfectos aliados nocturnos para incrementar la angustia en el corazón mejor templado.

—¿Es usted familiar del paciente? —le preguntó el médico.

—Padrino —se le ocurrió responder a Emilio.

—¿No están aquí sus padres? —fue la pregunta que hizo sospechar a Emilio que las cosas no iban nada bien.

—Me han enviado a mí. ¡Cuénteme!

—Verá, he tratado algunos casos similares... Hay que hacer nuevas pruebas..., pero creo que está en estado vegetativo.

—¿En coma? ¿Me está diciendo que está en coma?

—Y debo añadir que, desde mi humilde criterio, este chico ha tenido mucha suerte. El golpe ha sido tremendo.

—No saben cuándo despertará, claro.

—No sabemos si despertará algún día.

Emilio no era capaz de imaginar a Carrerilla quieto, ni siquiera echándose una siesta. Era inconcebible que un simple golpe, por violento que fuera, paralizase esa agitación natural que le impulsaba a diario. No quiso pasar a verlo porque aún estaba fresca la alegre imagen del último Miguelito con el que había mantenido una charla en sus dominios naturales: las aceras que recorría diariamente con su gracioso andar descompasado.

La luz que despedían las pocas ventanas vivas del hospital lo convertían en un tenebroso caserón que Emilio no quería volver a ver hasta que Carrerilla recuperase su vibrante vitalidad. Recorridas un par de calles más, decidió que no podía dirigirse a donde quería llevarle su conciencia. El cerebro enviaba órdenes a las piernas para que se encaminasen a mil sitios a la vez: a buscar explicaciones, a dárselas a María, a pedir ayuda, a hablar con los tíos del chico, al hospital para hacerle compañía... ¡A la mierda todo!, se dijo por fin. Puesto que, en aquel estado, su mente no podía ser una buena consejera, alzó la mano para atraer un taxi y tomar la dirección que le pedía la parte más oscura de su espíritu.

—A Chamberí, por favor.

No recordaba con exactitud el piso al que se dirigía, pero disponía de la información suficiente: era el más alto de aquella casa de persianas verdes siempre desenrolladas. Sólo una buhardilla podía servir para expulsar por sus troneras tanto humo como se generaba en un fumadero de opio, un viejo conocido suyo al que no se atrevería nunca a reconocer como amigo, a pesar de lo mucho que le había servido para apagar sus angustias.

Llamó a la puerta con discreción, pero la bienvenida fue reventona.

—¡Emilio, cuánto tiempo! —exclamó sorprendida aquella sonriente mujer enana que se cubría con un exótico quimono de dragones entrelazados.

—Ya ves, Matilde, no ha pasado el suficiente para olvidarte.

La mujer le dio un abrazo que, a la vista de cualquiera, habría resultado obsceno por la forma en que la diferencia de estatura hizo chocar determinadas partes de sus cuerpos. Con paso presuroso, Matilde lo condujo por el pasillo hacia la única estancia habilitada en aquel ático, si se exceptuaban un aseo y la cocina, que indistintamente hacían las veces de despensa y de laboratorio de tóxicos. Desde detrás de unos biombos que parecían recortados de un paisaje descrito por Marco Polo llegaban ya los efluvios producidos por la combustión del veneno somnífero.

Las esteras extendidas sobre el tablado del suelo acogían un purgatorio de cuerpos vencidos y pupilas erráticas que no querían saber dónde había quedado el mundo inteligible. Con las ventanas entreabiertas para aliviar el humo, aquellas cuatro paredes con sus correspondientes perchas se convertían en el refugio insondable de cuantos duelos pudiera imaginar un hombre. Emilio Ruiz escogió su alfombrilla como quien busca sitio para cavar su propia tumba. Tendido y con los brazos cruzados sobre el pecho, esperaba su dosis. Los efectos de la sustancia que vendían en aquel reputado local no siempre resultaban inocuos. Su consumo intensivo y prolongado derivaba en una degeneración corporal que se manifestaba en algunas de aquellas figuras de ojeras profundas y extremidades descarnadas que tenía a su alrededor. Emilio recordaba con viveza cómo había conseguido librarse de aquellas ataduras al menos en dos ocasiones anteriores. Nadie podía asegurarle que una nueva visita al local fuese un capricho efímero. Sabía que aquella decisión podría significar la compra de un abono eterno para el lento espectáculo de la podredumbre física y anímica, aunque el actual descalabro de sus emociones no le permitía pensar más allá de los próximos diez minutos.

Matilde le acercó una bandejita con todos los útiles necesarios.

—Aún conservo la pipa que te gustaba. Tu pipa de la paz.

Engastada en el largo tubo de madera, una pequeña montura metálica sostenía la cazoleta en la que la enana había dispuesto ya un grumo de opio.

—Es *chandu*, el elixir de la amapola. He elegido el mejor para celebrar tu vuelta.

La llama provocó un chisporroteo que a los pocos segundos se convirtió en gorgoteo. Para entonces, los aceites ya ardían y las primeras fumarolas se deslizaron por los bronquios, dispuestas a conquistar por completo cuantos alvéolos se encontrasen a su paso. Emilio sintió cómo una densa lengua oleaginosa apartaba el oxígeno de las cavernas del pecho. Lejos de resistirse, sus neuronas se prepararon para recibir a su majestad el rey Morfeo y su séquito de visiones.

Una ondulante cortina comenzó a ocupar el fondo del escenario de un teatro negruzco. Era una lenta cascada de sangre venosa que caía uniforme sobre el suelo hasta alcanzar las primeras localidades del patio de butacas, donde los botines de los finolis chapoteaban en el plasma, mientras que las brillantes chisteras de seda salían disparadas hacia un techo de increíbles molduras y lámparas caleidoscópicas. El director de la orquesta, después de ametrallar a los músicos entre soeces carcajadas, subió a las tablas para anunciar la presencia de los artistas peor pagados del mundo de los cómicos. Franklin Delano Roosevelt fue el primero que, con un atropellado paso de la oca, ocupó su plaza en medio de un ¡tachán! desafinado que surgió de la nada. Desde ese mismo lugar, Adolfo Hitler comenzó a aproximarse por el aire. Con el cogote recién rapado, parecía un maharajá sentado sobre su ingrávido abrigo volador, que pasó rozando el periscopio de un submarino. Clark Gable fumaba un cigarro que terminaba en una nube de humo con forma de margarita. Era un artículo de broma que expelía chorritos de agua sobre el rostro de Joséphine Baker, a la que un acomodador ciego, convencido de que no había pagado su entrada, buscaba por el gallinero mediante repetidos latigazos de linterna. El director había asumido la responsabilidad sinfónica de aquel montaje al convertirse repentinamente en hombre orquesta. Con un pie accionaba el bombo y los platillos que llevaba colgados de su espalda a la vez que dos brazos mecánicos pulsaban las teclas de un clarinete oxidado del que brotaban tangos porteños de Manuel de Falla que, en voz de Celia Gámez, sonaban a marcha militar. Carrerilla, con gorro de capirote, accionaba algunos de aquellos mecanismos al tirar de un cordel que sostenía desde el camerino. Cuando tensaba otro cordón, los artistas simiescos del fondo tropezaban entre sí, quebrando sus extremidades entre alaridos de dolor. La macabra escena del desmembramiento desataba el regocijo de una jauría de espectadores a los que les faltaban las manos, lo que no les impedía aplaudir chocando unas cabezas contra las otras. Así hacían crujir sus frágiles cráneos de serpiente, de los que comenzaron a huir los pensamientos en dirección a la puerta de entrada. El hombre orquesta estalló en un millón de esquirlas de metal y el telón comenzó a bajar. Era un tupido lienzo negro que, a medida que se acercaba al suelo, dejaba al descubierto el rostro sonriente de una mujer enana que hablaba con una amabilidad maternal.

—¿Qué tal? El segundo siempre es mejor —predijo Matilde.

Emilio desperezó los párpados y vio que, dos cuerpos yacentes más allá, estaba su compañero de trabajo, Abelardo, el crítico literario que nunca decía gran cosa excepto cuando le pedían, ¡maldito el día!, una traducción del inglés.

Se recostó de nuevo sobre su costillar derecho y dejó que Matilde le hiciese los honores de una nueva expedición por el cremoso mundo de los alcaloides. Se sintió, de alguna manera, vinculado a la nueva existencia de su amigo Miguelito.

## CAPÍTULO 22

—

## A 3 DÍAS DE 1934

A Vyacheslav Menzhinsky, jefe del Servicio de Inteligencia de la República Socialista Federativa Soviética de Rusia, no le gustaba tener que transmitir informaciones negativas a José Stalin y mucho menos por aquellas fechas, pero se armó de valor. El máximo líder comunista llevaba unos cuantos días encerrado en su despacho preparando el próximo congreso del partido, en el que aspiraba a volver a ponerse al frente del Comité Central. Estaba molesto porque sus aliados e informantes le transmitían intranquilizadoras noticias sobre muchos delegados que en público le apoyaban, pero que al final podrían inclinar su voto secreto hacia su competidor, Kirov. Eso era algo que enfurecía al sátrapa, a punto de autoproclamarse «genio de la Revolución» y «padre de los pueblos progresistas». Se veía rodeado de traidores, pero sabía esperar.

Vyacheslav saludó con un gesto al secretario al pasar delante de su escritorio. Era una de las pocas personas que podían entrar sin llamar, aunque prefería confirmarlo dirigiendo esa mueca inexpresiva al ayudante. Se acercó a las altas puertas del despacho del secretario general del partido y las golpeó de forma mecánica con los nudillos. Tras obtener el permiso, entró en aquel austero y alargado espacio presidido por un retrato de Marx colgado a tres metros del suelo, justo detrás del escritorio de madera en el que trabajaba su jefe.

—Camarada Stalin, he de comunicarle que Anatoly Lunacharsky murió ayer en Francia de camino hacia España.

—¿Cómo has dicho? —preguntó Stalin, acentuando el pronunciado ángulo que formaban sus cejas.

—No sabemos mucho todavía. Pensaba atravesar Francia en dirección a Madrid. Parece que acababa de investigar algunas antiguas posesiones de Catalina Dolgoruky en la Costa Azul y se dirigía al destino que le había asignado como primer embajador ruso en la República española. Ha fallecido en la localidad de Menton, en la Costa Azul, cerca de Italia.

—No puedo creerlo. Tantos años sin representante diplomático y cuando nombramos uno y se dirige allí, muere. ¿Cómo ha ocurrido?

—Nuestros servicios en la zona lo están investigando. Por lo visto, ha sido algún tipo de infección.

—Es increíble. ¿Seguro que una infección? Tal vez las balas que mandó disparar contra Dios no dieran en el blanco y ahora el camarada se haya convertido en el objetivo de una venganza divina —se permitió bromear—. Y de la investigación que estaba llevando a cabo, ¿se sabe algo?

—Parece que ese rastro no conducía a ningún sitio. Sólo nos queda ahora la pista de la ruta española de la que nos alertó desde París ese grupo de informantes mercenarios. Por cierto, a algunos de ellos los ha detenido estos días el contraespionaje francés. Tenían demasiados clientes.

—¿Y el Aleph?

—El Códex Sinaiticus ha llegado hoy a Londres. Nos podíamos haber ahorrado el operativo de falsos correos enviados como señuelo. No han asaltado a ninguno de ellos ni ha habido el más mínimo problema. A estas horas, la Biblia cristiana está ya en poder de las autoridades locales. Mañana la presentarán a la sociedad inglesa en el Museo Británico. Se ha convertido en todo un acontecimiento popular. La Iglesia dice que han recuperado un objeto sagrado de manos de unos bárbaros ateos, es decir, nosotros.

—Que piensen lo que quieran. ¿Nos han pagado?

—Sí, camarada. Arcos, nuestra compañía dedicada a la importación y exportación con el Reino Unido, ya tiene en sus manos un cheque por valor de cien mil libras emitido por el Banco de Inglaterra.

—Perfecto. Así podremos reforzar como estaba previsto las inversiones en nuestro nuevo plan quinquenal. Tengo aquí el informe que el camarada Molotov presentará en el congreso del partido en enero y necesitaremos hasta el último rublo para ponerlo en marcha.

Stalin cerró las carpetas mientras pensaba su estrategia.

—Dejemos entonces Londres —continuó—. Avisa a nuestros agentes y que pongan en marcha un plan alternativo en España para seguir la pista Dolgoruky. Necesitamos saber qué tenía que ver esa mujer en este entramado. También quiero que ofrezcan ayuda a la familia de Lunacharsky. Qué paradójico: nuestro mayor experto en Biblias y a la vez su mayor enemigo muere en una misión buscando uno de esos malditos libros. Tendremos que pensar con calma en otro diplomático para ese país tan revuelto. La Unión Soviética tiene la gran oportunidad de hacerse con un socio leal en el sur de Europa si somos capaces de manipular los acontecimientos políticos para que nos favorezcan.

—En cualquier caso, las exigencias que había impuesto España para el restablecimiento de relaciones eran difíciles de aceptar.

—Menzhinsky, esos hidalgos —comentó con un gesto de desprecio— querían aprovecharse de nuestra necesidad de reconocimiento internacional. La coincidencia con la investigación sinaítica nos había obligado a ser generosos. Quisimos avanzar rápido y que Lunacharsky estuviese allí lo antes posible. Sin él no hay prisa para la diplomacia. Les daremos largas y ya veremos cuándo nombramos nuevo embajador. Pero, en lo que se refiere a nuestra investigación sobre el Sinaítico, no se pueden dejar cabos sueltos ni hay un minuto que perder: lance a nuestros camaradas tras esa otra pista en España.

Siempre llovía en Londres. Irene, harta de tanta agua, pero sobre todo del constante cielo plomizo, deseaba volver a Madrid lo antes posible. Le habían dicho que también en España estaba haciendo un tiempo de perros aquellas semanas, pero sabía que en cualquier momento amanecería uno de esos días de invierno en los que el frío se veía compensado por la aparición del sol. Añoraba sus paseos hasta la chocolatería de Omar para tomarse un café. No le apetecía nada salir ahora de su casa londinense. Iba a prepararse algo caliente, ponerse una manta sobre los hombros y escribir una crónica para enviarla al periódico. Tenía varios recortes de la prensa local y unas notas conseguidas el día anterior en el Foreign Office. Una buena historia estaba a punto de salir de sus dedos: la detención en París de una ciudadana inglesa acusada de espionaje, Marguerite Tilley, de la que todos decían que era una mujer bellísima.

Ya veía el titular en *La Voz*: «¡Capturada la espía más bella de Europa!»

Quizá mejor con más énfasis: «¡La espía más hermosa de la historia, apresada en París!»

Con la Tilley habían caído otros agentes secretos profesionales que operaban a las órdenes de una rusa blanca, Nadia Stahl. Una vez desaparecido el imperio de los zares, Stahl trabajaba para cualquier postor, incluido el nuevo gobierno soviético o algún gánster de Chicago. Quien mejor pagara. Así era el capitalismo.

Irene no esperaba a nadie, por lo que le sorprendieron los golpes que sonaron en la puerta.

—¡Irene! Irene de Falcón, *my friend*, abre la puerta, *please*—se oyó desde fuera.

Una joven delgada esperaba en el descansillo. Venía un poco despeinada, con un vestido suspendido de una percha que le colgaba de la mano. Llevaba unos zapatos altos de tacón sujetos de forma inverosímil por algún dedo de esa misma mano y un tocado aferrado en la otra. Esperaba en el rellano, pero en cuanto Irene abrió, entró en su casa sin más contemplaciones.

—Hola, Susan. ¡Qué prisas! ¿Qué sucede?

—Necesito entrar un minuto —le comunicó, avanzando por el pasillo hacia el aseo—. Con la lluvia que está cayendo y yo sigo sin tener agua en el piso. Voy a matar al casero. Te agradecería que me dejaras usar un momento tu baño para arreglarme: el gobierno me ha invitado a viajar en el coche de la comitiva oficial que llevará hoy la Biblia sinaítica hasta el Museo Británico. Podré contar el acontecimiento del año desde un lugar privilegiado. ¡No me mires así! ¡Sujeta este vestido!

—¿Ésa es la Biblia por la que tu gobierno va a pagar lo que no invierte en los obreros sin trabajo de Londres? ¿Y el *Daily Express* lo apoya?

—Irene, por favor. No saques todo el rato a esa chica bolchevique que tienes en tu interior. Sabes que hay mucha gente que cree que esta Biblia ha de estar aquí, a resguardo de esos ateos que ni la valoraban. Dicen que estaba abandonada en una vieja estantería, a punto de que se la comieran los ratones.

—Ya se nota el apoyo de la comunidad cristiana —comentó Irene con retintín—, sobre todo el del papa. Por lo visto, os agradece la compra, pero el Vaticano no os enviará ni un chelín para ayudaros. No sé si a la curia de Roma no le gusta que seáis los dueños, o si lo que le desagrada es el propio libro en sí. Me han dicho que lo odian porque cuestiona sus «verdades».

—¡Por favor, mujer, cálmate! —le recomendó Susan mientras seguía componiéndose—. Todo Londres pendiente, y tú, aguando la fiesta. Ciérrame el vestido por detrás.

Irene la ayudó y salió del baño para permitir a la joven maquillarse sin sentirse observada.

—¿Me pasarás tus notas luego? —pidió a su colega inglesa desde el salón—. Igual dejo escrita una pieza para *La Voz* y la publico en cuanto regrese a Madrid.

—Claro que te las paso. Y si no, mañana puedes verme firmando en la primera del *Daily Express*, amiga. ¿No te vas a acercar conmigo?

—No creo que Dios me espere en esa cabalgata. Lo que ahora me aguarda es mi máquina de escribir y un nuevo artículo para mi periódico: una espía de Chelsea en París.

Eran las doce del mediodía. Un Rolls-Royce Phantom II Continental rojo, con capota negra y un largo morro que ocultaba un motor mantenido al ralentí, esperaba delante de la Bush House, el más importante centro de negocios de la ciudad. En la caja de seguridad de uno de los bancos de su interior había pasado su primera noche en Inglaterra el Códice Sinaítico, custodiado por la policía. El libro más valioso del mundo había descansado en el que decían que era el edificio más caro de Londres.

La Biblia salió en las manos de uno de los inspectores, que se introdujo en el coche mientras otro compañero le abría la puerta. Dentro del vehículo, además del conductor, ya estaban montados Susan Miller, reportera del periódico *Daily Express* y Mauricio Ettinghausen, llegado desde París y visiblemente henchido de orgullo por el protagonismo que había tenido en la adquisición. El público estaba alertado desde hacía una semana por los diarios, que habían convertido la noticia en la sensación del año para la deprimida Inglaterra de la época. A medida que la comitiva avanzaba, las mujeres que la observaban desde las aceras se persignaban y los hombres se descubrían la cabeza y la agachaban en señal de respeto. Por delante estaba pasando la palabra de Dios.

Cuando llegaron al museo, Mauricio Ettinghausen tomó el relevo al policía y portó el paquete con las 347 hojas que contenía aquella Biblia, rodeadas por su seda roja. Descendió con ellas del Rolls en dirección a las puertas. A su lado, Susan anotaba sus impresiones en una libreta. Había podido aprovechar el viaje para preguntarle todo tipo de curiosidades al librero, y tenía su reportaje casi preparado. Habían transcurrido noventa años desde que Von Tischendorf vio las primeras letras de aquel ejemplar tan especial en su primera visita a Santa Catalina.

Por fin, entraron a la sala donde iba a exponerse al público, rodeados de numerosos fotógrafos de prensa que inmortalizarían la escena. Mauricio cedió el paquete a su jefe, el librero londinense Ernesto Maggs, que entregó a sir Georges Hill, director del Museo Británico, la Biblia más antigua conocida por la humanidad. Fue ya éste quien la posó en el interior de una vitrina blindada. Abrieron las puertas y miles de personas que esperaban en la calle en una larga y silenciosa cola empezaron a desfilar en silencio, casi de puntillas, arrodillándose y agachando la cabeza al pasar delante de la palabra de Dios.

# Day-Long Pilgrimage To Oldest Bible

## 7,000 FILE PAST IT

### COLLECTION BOX FULL OF GIFTS

**"Daily Express" Special Representative.**

THE Great Hall at the British Museum presented an extraordinary picture of congestion yesterday when more than 7,000 people passed in an unbroken file before the Codex Sinaiticus, the Bible purchased from the Bolsheviks.

A crowd had collected on the steps before the doors were opened at 10 a.m., and a crowd still remained unadmitted when the museum closed at 6 p.m.

Men reverently bared their heads as they drew near the Bible. They looked, slightly puzzled, into the glass case, at the two gleaming sheets of white vellum covered with four columns of rust-red Greek lettering.

**£118 COLLECTED**

There was a collection-box adjoining, and just over £118 was collected in pennies and sixpences yesterday.

Several women stepped aside and wrote out cheques or promises for five guineas, two guineas, or a guinea, and £49 was contributed this way.

"Of course," said Sir George Hill, the Director, looking at the crowded hall, "this Bible is a nine days' wonder.

"We shall not use the infra-red photographic rays on the manuscript, as vellum has too great a sheen to give results with infra-red. Besides, the pages are almost transparent, there is nothing hidden, the script is clear and unfaded.

"About £4,000 has been contributed to the full amount for the Bible, so far—£2,000 by the public, £2,000 by the Government.

"I expect no substantial advance on that sum until the Archbishop of Canterbury proclaims a Bible Sunday.

"The British Museum has no reserve purchasing funds, so the public and the Government have to raise the whole amount."

*Daily Express*, Londres, 29 de diciembre de 1933.

## CAPÍTULO 23

—

## BAJO LA TIERRA

La bibliotecaria, siempre tan cumplidora, no había acudido al trabajo. A grandes rasgos, eso fue lo que le comunicó una voz descortés que parecía provenir del desabrido de Liberto, el jefe de María. A Emilio sólo le quedaba el consuelo de saber que aquella mujer era capaz de imprimir los más inesperados quiebros a su rumbo vital para sortear todas las trampas que saliesen a su paso. También se había armado de valor para llamar al hospital en busca de un nuevo parte clínico sobre Carrerilla. Le comunicaron que, si hubiese novedades, serían ellos los que marcasen el número de teléfono que les había dictado la noche anterior.

Cumplidas las dos misiones más inmediatas de cuantas se había encomendado, que no eran pocas, exploró mentalmente su organismo. Lo hizo de arriba abajo, como si dispusiese de un emisor de rayos X que barriese su cuerpo en busca de residuos de aquellos vapores que había inhalado horas antes, pero no encontró secuelas insuperables. Tan sólo se sintió culpable por haberse permitido tal episodio de evasión de una realidad a la que tenía que enfrentarse con fortaleza. Mientras experimentaba por primera vez lo que significaba sentirse solo entre el millón de madrileños que le rodeaban, se dirigió al quiosco con el firme propósito de seguir sus pistas sobre el escurridizo facsímil. Descolgó la revista *¡Tararí!* de un cordel en el que parecía secarse y pagó diez céntimos, los estipulados bajo el semblante de una cupletista de ojos tiernos. Entre aquellas páginas dedicadas al siempre burbujeante mundo del espectáculo ligero tenía que figurar el anuncio que le llevaría a la mujer que estaba buscando.

Te acompaña al más allá.
Diosa Véronique.
Te arrastrará.

A los ojos de un periodista, el críptico reclamo no ofrecía la suficiente información sobre los servicios que prometía aquella deidad femenina, aunque las pistas que le había suministrado el chapero le permitieron anticipar que, fueran cuales fuesen, estarían lejos del alcance de su bolsillo. No obstante, y puesto que sus intenciones no pasaban por requerir ninguna de aquellas prestaciones, se fue al periódico, dispuesto a marcar su número para pedir cita.

Una voz de mujer contestó tras una prolongada espera.

—*Aló...*

—Hola, ¿Véronique?

—A su servicio.

Una simple consonante pronunciada con sonido nasal y una palabra indebidamente acentuada en la última sílaba fueron suficiente demostración de que la chica gabacha no había depurado aún su castellano.

—Quería saber si podría visitar el más allá esta mañana.

—*Oui,* dentro de... dos horas. No se retrase, por favor.

Mientras se preguntaba por qué aquella voz se cruzaba constantemente con vocablos que contenían la letra erre, se fue a avisar al jefe de que necesitaría unos días de descanso. La desazón por la encerrona del día anterior en su despacho, el atentado contra Carrerilla y unos imaginarios problemas familiares que debía resolver le impedirían, si la empresa lo tenía a bien, cumplir con sus cometidos.

—¿Y quién podría sustituirte?

—Dígaselo a Abelardo —contestó Emilio.

—¿Al destripalibros?

—Estoy seguro de que se moverá con soltura por mi terreno. Tiene aptitudes que usted desconoce.

El redactor jefe le concedió una hebdómada, un período que de inmediato acotó comunicándole que debería volver al jueves siguiente. Lo hizo por si acaso su subordinado conociese la acepción alternativa del término y osase no regresar en siete años.

Los autobuses entraban en la plaza Mayor y salían de ella con aparente anarquía, pero todos terminaban alineados, como los cerdos en sus cochiqueras, a la espera de un trago de agua con la que refrescar sus fogosos músculos metálicos. Sin Carrerilla, Madrid sería una ciudad más inhóspita, pero sólo para Emilio. Al resto de aquel remolino humano no parecía importarle la desaparición de un voceador de prensa. Ni siquiera sería carne de periódico hasta la tarde, calculó el periodista antes de adentrarse en otra de aquellas dimensiones perversas de la ciudad a las que le empujaba su desbocada brújula interior. La muchacha que vendía pulseras de fantasía sobre una mesa plegable lo observó al entrar al portal. Le pareció un caballero demasiado bien plantado para necesitar los servicios de una ramera a aquellas horas de la mañana, pero cosas más raras se habían visto pasar por aquellos soportales.

Aunque la fachada mostraba un imprudente cartel, sólo dos puertas de la primera planta disponían de letrero para identificar su contenido. La primera anunciaba a madame Claudine, o, lo que era lo mismo, a sus protegidas. El resto de las situadas en la pared lateral del pasillo estaban mudas, posiblemente porque respondían a la misma mercancía. En la que cerraba el corredor, en el fondo, podía leerse el nombre de mademoiselle Véronique. Estaba claro que, más de un siglo después, los franceses habían descubierto unas sibilinas armas con las que conquistar de nuevo Europa sin generar el menor roce diplomático.

Aquella puerta estaba entreabierta. Cuando cruzó el umbral, otra de las que había dejado atrás se abrió y un anciano salió apoyado en un bastón. Resultó evidente que cada uno de los establecimientos sólo contaba con una entrada mientras que, para evitar engorrosas coincidencias en el interior, las demás puertas hacían las funciones de salida.

—¡Un momento, por favor!

La voz, que no dejaba dudas sobre su origen francés, llegó desde lo más alejado del piso. Era la joven que había hablado con él por teléfono.

En una mesa de aspecto frágil, un vaso de cristal colocado boca abajo esperaba indicaciones sobre un tablero de madera en el que estaba inscrito el alfabeto y rodeado de suficientes velas como para iluminar el interior de la catedral de la Almudena en un día de tormenta. Las cortinas se abrieron y Emilio descubrió que el color rojo tenía tantos tonos, gamas y urdimbres como la imaginación y la industria química quisiesen mixturar: cárdeno, encendido, corinto, bermellón, cereza, vivo, apagado, té, escarlata, grana, sangre..., millones de rojos repartidos en provocativos tapices, telas y pinturas que no daban tregua a la retina recién llegada desde un carboncillo gris cemento. Y también había una mota de rojo carmín: la de aquellos labios de pitiminí de Véronique, que sujetaba con desmayo un pitillo emboquillado en nácar. La muchacha, de cabellos marrones y cutis casi albino, recibió a Emilio en *déshabillé*, como mandaba su procedencia transpirenaica. De carnes y complexión primorosas, aquella sacerdotisa podría haber prestado su palmito para ser la alegoría de cualquier república emergente. Imaginó su pose heroica, en el primer plano de un cuadro de ambiente romántico, mostrando el camino hacia la libertad a una turba de babeantes guerrilleros.

—Siéntese, en seguida le atiendo.

—No... Escuche, no busco futurología, si es eso lo que quiere ofrecerme. Si de algo me he podido hastiar estos últimos días es de encontrarme con adivinos y de visitar retretes.

—Lo mío no es el futuro. Yo busco a sus seres queridos, a los que se han quedado por el camino, y los traigo aquí. Si lo que pretende de mí es otra cosa, debería venir por la tarde. Tal vez no se ha informado debidamente.

Por la mañana, «te acompaña al más allá», y por la tarde, «Diosa Véronique». Ya lo insinuaba el anuncio.

—No, tampoco es eso lo que necesito.

—Entonces tendrá que decirme qué quiere —dijo volviéndose a pelear con la erres.

—Necesito información. Le aseguro que es muy importante para mí que me la facilite —le rogó Emilio.

—Bien, ¡desembuche! —ordenó aquella mujer, que empezaba a perder la paciencia.

—Usted estaba aquí el otro día, cuando tiraron piedras contra las ventanas.

—Así es.

—¿Sería tan amable de decirme quiénes fueron?

La joven, más tranquila, prendió el cigarrillo con una

larga cerilla que no terminaba de apagarse, a pesar de las rotundas sacudidas que le propinaba.

—¿Y quién lo quiere saber?

—Yo —continuó Emilio—. Esos tres fascistas de los que estamos hablando me han hecho mucho daño.

—Lo imagino —comentó la diosa Véronique entre una aureola de humo que acentuaba su misterio.

—Necesito un porqué y pienso seguir hasta dar con ellos.

—También lo imaginaba. Son de los que dejan enemigos a su paso.

Estaba claro que Véronique los conocía de algo más que el lanzamiento de piedras.

—¿Quiénes son? —insistió.

—Mala gente. Al principio, a madame Claudine le parecieron unos gamberros. Luego, cuando comenzaron a vestirse con el uniforme, empezó a preocuparse más. Uno de ellos, el rubio, supo de los servicios que presto por la tarde y se empeñó en que lo atendiese.

—Y, si no le importa decírmelo, ¿qué servicios presta por la tarde? —preguntó Emilio, aunque creía saber la respuesta.

—Dominación de caballeros —fue la desconcertante revelación que terminó de desentrañar el acertijo publicitario, que acababa diciendo «te arrastrará»—. El rubito se convirtió en cliente habitual; a los otros dos los atendían las chicas de Claudine. Cuando estábamos... trabajando, todo iba bien, pero al salir siempre armaban alguna. Eso no es bueno para el negocio, como supondrá.

—Necesito los nombres.

—No sé cómo se llaman. Yo sólo trato con el jefe.

—Pues dígame el del jefe.

Véronique adoptó una serena pose profesional antes de contestar.

—Babieca, así le gusta que le llame.

Emilio no pudo retener una mueca de estupor cuando las más reprimidas y depravadas fantasías se hicieron realidad más allá de las cortinas del fondo.

—No sé si lo entiende: para sus vicios, yo sólo soy una herramienta.

Por fin, la más española de las erres había salido limpia y vibrante de aquella boca.

—Véronique... Supongo que no te importará que te llame Verónica. Es importante que dé con ellos. Intenta facilitarme el trabajo —le imploró—. Tal vez pierdas un cliente, pero este negocio ganará en tranquilidad.

—Imagino que no te habrá importado esta comedia. Yo no soy francesa, soy de Oviedo —reconoció la joven al saberse descubierta.

—No. Es más, de repente, me has parecido mucho más guapa.

—Gracias... —comenzó a decir, mientras aguardaba un nombre, aunque fuese falso, como sucedía con todos los caballeros que la visitaban.

—Emilio.

—Bien, Emilio. Te he dicho que no los puedo identificar, pero tal vez sea capaz de descubrirte para quién trabajan.

—Supongo que para el jefe nacional de la Falange o para alguno de sus satélites.

—Puede ser, pero también para don Gregorio.

—¿Don Gregorio? —repitió extrañado Emilio, que sólo recordaba apellidos ilustres asociados a ese nombre de pila.

—Sí, don Gregorio. Sólo sé que vive en un palacio, al final del paseo de la Castellana.

—¿Y por qué estás tan segura de que es él?

—Porque a veces no traen dinero consigo. Nos pagan

con ropa interior: moda íntima parisina, muy cara y muy conveniente para nuestro oficio.

—¿Y?

—Ésa es la misma moneda que don Gregorio nos entrega como propina si queda satisfecho cuando vamos a trabajar a su casa. Es un cliente selecto de los que a veces servimos a domicilio. Estoy seguro de que también se la facilita a ellos para pagarnos.

Dado que Verónica le prometió no cobrar por los veinte minutos que restaban hasta la siguiente consulta, Emilio se quedó a escuchar la historia más despiadada, aunque también más conmovedora, de cuantas había oído en las últimas semanas: la de una joven hermosa que llegó a Madrid en busca de la fortuna que su familia había perdido. A las muchachas sin estudios como ella se les negaba el acceso a cualquier trabajo decente, de modo que acabó como corista en las funciones de variedades. Un mes era enfermera, otro oficinista, otro recluta y al siguiente jardinera, pero siempre con los uniformes provocativos que requería un público que no pagaba si no había suficiente piel desnuda en el escenario. El empresario, que todas las noches se propasaba con las chicas, intentó llevársela a su despacho y ella se negó. Así quedó condenada a no poder formar parte de ningún coro de bailarinas de la ciudad y decidió ganarse la vida a costa de los mismos hombres que tantas trabas le pusieron para mantener la honradez. Lo de mostrarse afrancesada y acomodar su nombre era sólo una exigencia de las modas. Vendía mucho mejor su cuerpo y sus artes de adivinación siendo Véronique que ejerciendo como la Vero. Madrid, como buen crisol de los impulsos más corrompidos de la humanidad, convertía a las mujeres bellas e inocentes en brujas, en putas o en ambas cosas a la vez.

Emilio abandonó aquel mercado de la satisfacción espiritista y genital con lo que buscaba: un nombre que le condujese a los falangistas.

El cuero de los asientos del Chevrolet llevaba un rato devolviendo el sudor a aquellas dos espaldas que nunca se desprendían del abrigo mientras estuviesen de servicio, por si en algún momento fuese necesario hacer uso del aspecto amenazador o de las propiedades despersonalizadoras de aquella prenda.

—Mira, ahí sale el poeta. ¿Adónde irá a estas horas? —preguntó el conductor a su acompañante, que estaba concentrado en mondarse los dientes con los dedos.

—A la higuera —vaticinó el de al lado.

La capa de Telmo, coronada por un sombrero de ala ancha y forajida, pasó frente al coche antes de alejarse por la acera. Otro hombre salió de la misma puerta.

—¡Ahí está el nuestro, el periodista! ¡Arranca!

La gabardina de Emilio caminó hasta doblar la siguiente esquina, a la que ya se dirigía, cauteloso, el automóvil.

El periodista se detuvo en La Española y le pidió al vendedor de lotería que le guardase la capa y el extravagante sombrero que llevaba encima. El lotero pensó que estaría preparando su atuendo carnavalesco para una representación de *Cyrano de Bergerac*.

Madrid se moría al final de la Castellana, allí donde comenzaban las vastas estepas que recordaban, incluso al menos atento de los observadores, que aquella urbe emergió en medio de un secarral de mala muerte. Lo que la Vero quería ver como un palacio era en realidad, ante los ojos de

Emilio, un imponente caserío cantábrico con influencias de un estilo colonial empecinado en hacerse el protagonista sin el menor aprecio a la composición estética.

Si las informaciones recibidas y las muchas piezas que había logrado encajar para llegar hasta allí eran ciertas, en su interior estaría Gregorio María Izaola, conocido en las mancebías como don Gregorio, el acaudalado industrial venido del norte para establecer sus dominios siderúrgicos cerca del poder de la República. La magnificencia de aquella mansión quedaba empequeñecida por el solar que la rodeaba. A su alrededor, el primer anillo estaba formado por un jardín lleno de vegetales derrotados por el invierno. El segundo era un campo arado para impedir el avance de los matojos de hierba y, seguramente, el acoso de las alimañas. A continuación, hasta donde se perdía la vista, se desenvolvía una extensión de terreno baldío que parecía lindada por el mismo cercado. Si los planes del ayuntamiento para prolongar la Castellana pasaban por allí —y seguro que lo hacían—, el dueño de aquella hacienda sería al cabo de poco tiempo el propietario de los solares edificables más apetitosos de la ciudad.

La verja estaba abierta, como la puerta de entrada, que sólo tuvo que empujar. Era la segunda vez que aquello le pasaba en un mismo día, lo que le dijo que estaba más cerca que nunca de su objetivo. El recibidor lanzaba hacia arriba dos escaleras de mármol que se reencontraban en el pasillo de la primera planta. Una lámpara de cristales lloraba con desconsuelo desde el techo, que, rompiendo con un conjunto brillante y satinado, estaba construido con gruesas vigas y tablas de madera: una reminiscencia más del recio estilo arquitectónico de la tierra natal de su habitante.

—Pase, pase... —le invitó una voz que procedía del salón, situado a mano izquierda, al sol del atardecer.

—¿El señor Izaola? —preguntó Emilio Ruiz, que comenzó a sentirse extraño en aquella suntuosa dependencia en la que un hombre de mediana edad, ataviado con una bata de seda blanca con listas azules, hacía prácticas de esgrima con un maniquí.

Sin mirar hacia el recién llegado, el anfitrión danzaba sobre una línea imaginaria hasta clavar su florete en el busto humano, un cuerpo de cartón piedra sujeto al suelo por una peana que aparentaba ser pesada. Con ademanes teatrales, el espadachín se aproximaba una y otra vez a su oponente para asestarle nuevas estocadas mortales que no parecían satisfacerle nunca. Por fin, se detuvo para escrutar a su invitado.

—¿Usted es...?

—Emilio Ruiz.

Izaola no pudo evitar la aparición de un resquicio de impresión en su rostro. Los ojos inquietos se detuvieron en lo alto de una nariz tan larga como estrecha.

—Lo esperaba, pero no a usted... En fin, no sé si me explico.

—La verdad es que no muy bien.

—Usted es el periodista, ¿cierto?, pero hasta ahora no era consciente de que ya lo había visto antes.

Emilio tampoco lo era.

—Siéntese. Permítame que le sirva una copa de coñac. Es una segunda destilación exquisita que mando envejecer en barricas traídas expresamente desde la Borgoña. Le gustará.

Emilio lo aceptó como lo que era: una invitación a experimentar la enorme distancia que establecían las clases sociales, pero no quiso sentarse. Su anfitrión abrió una licorera octogonal decorada con madera de raíz y sirvió dos copas de cristal labrado.

—¿Tiene miedo a esto? —le preguntó, mientras posaba su florete sobre una mesa de billar—. No se preocupe, la punta está protegida con una bola. Lo más que podría provocarle es una ligera magulladura. Tampoco soy un dechado de habilidades en estos pasatiempos cortesanos. Un día me sirvieron para intentar ganarme a esos Borbones que tantas trabas pusieron para concederle un título nobiliario a mi familia: equitación, esgrima, vela, tenis e incluso una cacería en un país cuyo nombre no sería capaz de pronunciar y del que regresamos con algunas piezas que ni siquiera despedazadas caben en esta casa... Y, al final, ¡el rey toma las de Villadiego y nos deja con un palmo de narices a todos los aspirantes a formar parte de su cortejo! ¿Sabe usted si algún ministro de la República juega al bádminton? Tal vez podría invitarle a mi casa y ganarme algún reconocimiento. ¿Sabe si conceden títulos en el gobierno?

Durante el relato de las frustradas ilusiones nobiliarias de Izaola, Emilio Ruiz aprovechó para fijarse en el profuso muestrario de antojos que se repartían por encima de los vetustos muebles. Sobre la mesa de un rincón, donde cualquiera hubiera creído ver un laboratorio para la restauración de objetos antiguos, el periodista descubrió de inmediato todos los artilugios necesarios para adentrar drogas en el cuerpo humano. Frascos de contenido pulverizado, tarros de éter, gasas, bandas de goma elástica y jeringas de distintos tamaños ocupaban el centro de aquel sombrío bodegón que se completaba con prendas de ropa interior femenina de caprichosas formas y complicadas puntillas. Sin duda, el servicio doméstico tenía prohibido recoger los restos de las saturnales que se celebraban en la casa.

El industrial se desplomó en una butaca y aposentó sus pies sobre un escabel que servía como refugio a un felino que tenía una extraña familiaridad con el Yeti.

—Y bien, señor Ruiz, ¿qué le trae por aquí?

—Me traen algunas preguntas.

—Como a todos los que vienen. Generalmente, preguntan por el precio de algo. ¿Usted también?

—No, en realidad yo estaba buscando una Biblia, y unos falangistas se cruzaron en mi camino.

—Algo de eso había escuchado.

—Pues le aseguro que mi ahínco no ha hecho más que crecer últimamente. Y, de paso, no me importaría saber por dónde andan esos tres sujetos de los que supongo que también ha oído hablar.

—Es usted un hombre curioso. ¿Cuánto gana un periodista?

—Lo suficiente para no morirse de hambre o de frío —dijo Emilio.

—Nada es lo suficiente. He detectado en usted unas habilidades que me gustaría tener a mi servicio. Si trabaja para mí, triplicaré sus emolumentos, sin conocerlos. Además, tendrá otros ingresos extraordinarios. Eso sí, no habrá más preguntas.

Emilio ni pensó en aceptar la oferta. Con el tiempo había construido a su alrededor un escudo contra las tentaciones taimadas que, aunque no siempre funcionaba, esta vez fue efectivo.

—Está bien, sobre sus tres amigos —siguió el industrial—, permítame que los llame así...

—Ellos sí aceptaron triplicar su sueldo, más los extras, me lo imagino.

—No se crea, me salieron mucho más baratos. Eran unos simples camorristas a los que les di la oportunidad de desatarse. Cuando no tuvieron suficiente con sus pendencias tabernarias se afiliaron a la Falange para poder seguir haciendo de las suyas por ahí, pero como todavía querían más, siguieron a mi disposición para determinados... encargos.

—Sabrá entonces que yo he sido el damnificado de uno de esos encargos.

Emilio estaba dispuesto a comenzar a soltar allí mismo todas sus conclusiones. Por su parte, Izaola se sentía descubierto.

—Señor Ruiz, eso son..., ¿cómo lo llaman ustedes...?, ¿gajes del oficio?

—Una paliza puede serlo, pero una bomba dirigida contra un pobre chiquillo que se está ganando el pan me parece una atrocidad.

—Seguramente se les fue la mano. Les pasa a menudo —admitió aquel hombre con la misma expresión afectada con la que hablaba de asuntos cortesanos o jugaba a la esgrima—. Le pido disculpas por ese suceso... inadmisible. Dígame a cuánto asciende la cuenta del hospital y me haré cargo ahora mismo.

—¡Es usted un miserable! Ese niño no ha recuperado la consciencia. ¡Puede que se quede toda la vida postrado en una cama sin hacer otra cosa que respirar con dificultad!

—¡Oh, no sabe cuánto lo siento!

—Eso, sin hablar del otro chiquillo, el que ha muerto en la misma barrabasada.

—¡Deje ya de restregarme desgracias ajenas en mi propia casa! —le instó Izaola, que abandonó cualquier refinamiento para manifestar un tono desafiante.

—¿Dónde está el libro? —dijo Emilio cuando vio que sus acusaciones no iban a encontrar ni la menor rendija de compasión en aquel aprendiz de aristócrata.

—¿Es eso todo lo que quiere ver? ¿El facsímil del Código Sinaítico por el que anda preguntando?

—Ahora mismo, sí. Los falangistas ya tendrán su momento.

Izaola dudó unos instantes mientras apuraba el último sorbo de su copa. Cuando terminó, volvió a mirar a su visitante con gesto condescendiente.

—La verdad es que lo que usted pide no es tan relevante como cree. Puede que incluso le desilusione ver ese libro. Además, reconozco a un hombre honrado en cuanto lo veo y usted no viene a robar. Como bien imaginará, mi vida se ha construido precisamente a base de discernir a quienes intentan embaucarme de aquellos a los que yo puedo engañar —afirmó con una sonrisa maliciosa—. Acompáñeme.

Tras cerciorarse de que Emilio Ruiz seguía sus pasos, se detuvo ante una franja del zócalo de madera que circundaba la habitación, justo allí donde no había muebles.

—No espere escuchar ningún mecanismo extraño, de momento —se limitó a advertirle mientras aferraba las ménsulas del zócalo.

Arrastrada por sus manos, a la vez que el panel de madera, comenzó a desplazarse una buena porción de pared que dejó al descubierto la puerta de una cámara acorazada.

—Un pequeño secreto —reconoció ante Emilio.

Luego hizo girar en ambas direcciones la rueda que sobresalía de la puerta hasta oír un leve sonido metálico que le permitió dar vueltas a una suerte de timón del que tiró con fuerza. El peso del portón hizo que la apertura fuese aún más lenta de lo que pronosticaba su de por sí sólida apariencia.

—Sus ojos van a tener el privilegio de contemplar lo que muy pocas personas han podido ver antes. ¡Va usted a atravesar las fronteras de la ambición! —vaticinó Izaola.

La cámara acorazada era lo bastante grande como para que ambos cupieran en el interior. Emilio se asombró al ver a ambos lados las ordenadas cajas repletas de joyas, legajos y fajos de billetes de las procedencias más diversas y exóticas. Izaola parecía encantado con el destello de fascinación de su acompañante, al que todavía le esperaba lo mejor.

—No se mueva —recomendó el industrial, que parecía un niño rico permitiendo a otro andrajoso ver sus juguetes recién llegados de Oriente.

En ese momento cerró desde dentro la puerta, donde también había un disco de combinaciones. Lo manipuló hasta oír el mismo sonido de antes. Un hormigueo juguetón recorrió la espina dorsal de Emilio cuando la cabina se convirtió en un montacargas al servicio de la ley de la gravedad.

—Nadie lo sospecharía, ¿verdad? —preguntó Izaola con una sonrisa orgullosa mientras descendían—. Muchos años dedicados a la transformación del metal me han permitido diseñar ingenios como éste. Cualquier bandido que llegase hasta esta caja fuerte recogería su contenido apresuradamente y huiría convencido de que había resuelto su infame vida. Pero lo bueno está por llegar.

Efectivamente, cuando la puerta volvió a abrirse, se adentraron en un gran salón subterráneo que no permitía el menor atisbo de indiferencia. Los recibió una monumental estatua de terracota que representaba a un aguerrido guerrero de facciones mongoles, protegido por un peto que parecía un caparazón marino. Con gesto desconfiado, constituía una bienvenida poco tranquilizadora a los privilegiados que daban sus primeros pasos por aquel santuario del arte de contrabando.

—¿Le gusta? El que me lo vendió dice que sabe dónde hay más. Si le interesa conseguir uno...

Emilio Ruiz calculó que, para colocar en su cuarto aquel personaje montado en su pedestal, sería necesario hacer un agujero en el techo del diámetro del pecho de un gorila.

Además, estaba seguro de que el vecino de arriba no intimaría fácilmente con aquel chino bigotudo.

Efebos griegos de bronce, mosaicos romanos reconstruidos sobre tablas, pequeños elefantes de ébano cuajados de piedras preciosas, sarcófagos con la figura de sus huéspedes tallada en la tapa, estelas de piedra plutónica con abigarradas inscripciones, cuadros que ensalzaban inolvidables victorias bélicas, madonas policromadas de enormes ojos maquillados, bellas formas femeninas talladas en una delicada piedra caliza en la que un mínimo desliz del cincel habría sido incurable... El periodista tenía ante sí un tesoro, no del todo ordenado y limpio, que haría caer de espaldas al más curtido de los buscadores de arte antiguo.

—No se detenga sólo en el refinamiento y el esmero infinito con el que trabajó cada artista. Estas obras han llegado aquí navegando sobre verdaderos ríos de sangre. Ninguna ha alcanzado nuestros días por los conductos regulares ni está, como podrá imaginar, en manos de su legítimo dueño. Todas se han conservado merced a robos, guerras, asesinatos y atentados que las han llevado de acá para allá.

Emilio comprendió que lo que aquel hombre coleccionaba no era el arte en sí, sino el poder simbólico que encerraba cada una de aquellas piezas ganadas en crueles batallas, arrebatadas en sangrientos saqueos, arrancadas de su lugar siempre con violencia. Para Izaola, aquellas obras eran trofeos por los que había pagado un precio de saldo: el de las vidas segadas durante su paso por los siglos.

—¿Y qué he tenido que dar a cambio de todo esto? Papel, billetes de simple papel teñido, como el de su periódico, como el de la Biblia que usted persigue. ¿De verdad que quiere ver el facsímil? —insistió con aparente extrañeza—. No creo que arroje mucha luz sobre sus interrogantes. Es mejor deleitarse, si lo desea, con otras delicadezas que nos ha brindado la historia. Si quiere, le puedo mostrar unos bocetos de Da Vinci o una exquisita copia del Sutra del Diamante. Seguro que le gustan.

El silencio de Emilio confirmó su inamovible pretensión.

—Está bien, le enseñaré el facsímil del Códice Sinaítico. Espere un momento, debo de tenerlo por aquí —dijo el coleccionista de arte, mientras buscaba una pequeña escalera con la que trepar por una librería atestada de lomos que lucían excelsos grabados brillantes. Comenzó a retirar algunos volúmenes para poder acceder a una segunda hilera de libros que, de pie o tumbados, se almacenaban en cada estante.

—Creo que lo había puesto en esta balda —dijo, como si lo que buscaba fuese un bote de sal.

Durante esos momentos, la vista de Emilio seguía dándose un atracón de antigüedades mientras paseaba por la sala, hasta que se percató de que no lo había descubierto todo: había una segunda estancia lateral que parecía menos ostentosa, más recoleta e íntima.

Atraído por el hechizo que desprendía un segundo secreto en aquel muestrario de excesos que parecía inagotable, Emilio se fijó en el gran atril de madera colocado en un rincón de aquella habitación adyacente. Pensó que, tal vez, el enorme libro que sostenía fuese algún tratado sobre inyecciones e inhalaciones de tóxicos, o quizá un manual de nigromancia con el que Izaola invocaba los espíritus confinados en aquel subterráneo. Su absorta mirada se encontró en realidad con las páginas abiertas de un manuscrito de caracteres ilegibles.

—¡Por favor, no se le ocurra tocar mis cosas! ¡Ni se acerque a ellas! —le recriminó el industrial, que se aproximaba sujetando con sus manos un gran volumen encuadernado en cuero—. ¡Aquí le traigo su facsímil —le indicó, enfadado—, mírelo cuanto quiera y váyase!

Pero Emilio, dominado por la curiosidad que se le supone a un buen informador y estimulado por las sospechas que le había despertado la hospitalidad de un hombre que tenía tanto que esconder, no pudo evitar alargar sus manos hasta alcanzar las amplias hojas abiertas sobre el atril. Allí, al alcance de sus agrandados ojos, vio que cada página contenía cuatro columnas de letras, sin separaciones entre las palabras. Si la instrucción que obtuvo en la escuela no le estaba fallando, aquellos caracteres eran griegos. Tomó un fajo entre sus dedos para buscar otro destino aleatorio entre aquellas páginas tan meticulosamente ordenadas, pero todo era igual: cuatro columnas de escritura roja continua, sin adornos ni ilustraciones que desviasen la lectura. Entonces, sus dedos le susurraron que aquella materia que habían rozado no era un vulgar papel. Las terminaciones nerviosas de sus yemas jamás habían pasado por una superficie de tan estremecedora suavidad.

—¡Deje eso, le he dicho! —protestó airadamente Izaola.

En tanto recordaba la descripción del *vellum* que le había hecho el jesuita, Emilio intentaba convencerse de que aquella Biblia no podía ser el Códex Sinaiticus. Pero, si algo había aprendido en su vida profesional, era que las cosas que parecen algo terminan siéndolo.

—¡Es el códice, el Códice Sinaítico! Pero... ¡no puede ser! —murmuró con desconcierto.

Izaola posó en la mesa el libro que acarreaba y cambió de nuevo su humor, para volver a ser el delicado burgués de finas maneras.

—¿Sorprendido?

—¡Este libro debería estar en Londres! ¡He leído las crónicas...!

—Éste no. Es mío —aseguró con aplomo Izaola.

—¿Entonces...? —preguntó Emilio, sumido en la perplejidad.

—¡Bah! ¡Cuántas mentiras cuenta la prensa! Aunque con esta afirmación no le descubro nada, ¿verdad? Le presento el genuino Códex Sinaiticus. Usted lo tiene en sus manos —anunció con una pose que pretendía ser efectista.

—Y el de Londres, el que los soviéticos han vendido a los ingleses, ¿es falso? —dijo el periodista, atónito.

—Digamos que es... el hermano tarado del que tiene usted delante.

—Y ese otro libro que me traía usted, ¿qué es?

—Ah, esto es el facsímil de la Biblioteca Nacional, lo que usted perseguía con tanto empeño. Se trata de una copia en papel, de muy buena calidad, pero una copia. Usted ya sabe lo que es un facsímil.

Emilio sabía lo que era un facsímil, pero no había alcanzado a comprender aún cómo era posible que el códice original estuviese en dos sitios a la vez, a no ser que el tal Izaola fuese en realidad un mago que, mediante un truco de espejos colocados a cientos de kilómetros de distancia, estuviese tomando el pelo al gobierno británico y a las multitudes que estaban depositando en Londres sus aportaciones para amortizar la compra de la obra.

—Señor Ruiz, llegados hasta aquí, no tengo inconveniente en explicarme. Yo soy un hombre dado a los negocios y creo que, de esta delicada situación, los dos saldremos airosos mediante un buen trato.

Su interlocutor se dispuso a escuchar.

—Todo el mundo, y cuando digo todo el mundo no trato de exagerar, piensa que el único ejemplar del código que ha sobrevivido al paso de los años es el que se exhibe en Londres, por eso tiene el honor de llamarse «Aleph», la primera letra del alfabeto hebreo. Pero ese volumen, por su proceloso caminar a lo largo del tiempo, ha perdido parte de sus páginas, entre otras propiedades. En realidad, de los cincuenta códigos que mandó escribir en griego el emperador Constantino para preservar la historia de Dios, solamente quedan dos: uno está en Londres y el otro aquí. Éste es «Tav», denominado con la última letra del abecedario judío, el mejor conservado; diría más: el único realmente respetado hasta hoy. Incluso mantengo que es el más antiguo, el que sirvió de modelo para los otros cuarenta y nueve. Compruébelo, cuenta con todas las páginas originales: el Génesis, todo el Antiguo Testamento... El de Londres, al lado de éste, es, Dios me perdone, una piltrafa. El ánimo de ocultarlo primero y de sustraerlo después supuso su descuartizamiento. No lo han reconstruido por completo, ni mucho menos. Sin embargo, en éste se encuentra intacta la revelación más importante del pasado sin las correcciones que le hicieron al Aleph. Mírelo, ni una sola nota añadida. Es éste el que está más cerca de la verdadera palabra de Dios.

—¿Una piltrafa el de Londres? ¡Una piltrafa que ha costado cien mil libras esterlinas!

—Sí, unos cuatro millones de pesetas, si mis asesores en divisas no me han engañado en los cambios de esta mañana. ¿Cuánto cree entonces que podría valer éste? ¿Cuarenta millones?... ¿Cuatrocientos?... Tal vez me quede corto al poner ceros. Dese cuenta de que el valor de esta pieza reside precisamente en el daño sufrido por el otro ejemplar. ¿Se imagina usted lo que significaría encontrar una Venus de Milo con los brazos en su sitio o localizar una Victoria de Samotracia de mirada triunfante donde hoy sólo podemos constatar un descabezamiento? Además, el que tiene delante está escrito en el más apreciado soporte de cuantos el ser humano ha ideado para confiar sus saberes a la posteridad. ¡Eso que pasa entre sus manos es piel de gacela!

Izaola se situó al lado del impertérrito busto de un emperador romano que tenía cerca y le pasó un brazo por los hombros con ademán amistoso, como si aquel egregio personaje le debiese un favor.

—Mire a este hombre. Él fue quien decidió que la Biblia debería quedar fijada para siempre. ¿Sabe usted cuántas gacelas fue necesario sacrificar para obtener un conjunto de setecientas treinta páginas? —prosiguió mientras miraba hacia el mayestático bronce, que seguía sin inmutarse—. Imagine a todos esos graciosos animales muertos, sus pieles curtidas al sol, y piense en cómo las pulieron y las sometieron a los más delicados tratamientos hasta convertirse en láminas de exquisito tacto que apenas se deterioran con el tiempo.

—Y, teniendo en su poder semejante joya, ¿para qué diantres quería ese triste facsímil? ¿Sólo era un cebo para engañar a un pobre ignorante como yo?

—¡Oh, no lo desprecie de esa manera! Necesitaba comprobar que había comprado la mercancía que me prometieron. La mejor forma, ante la imposibilidad de conseguir el que todavía guardaban tan celosamente los soviéticos, era traer aquí la copia facsímil y contrastarla con mi ejemplar.

—¡Usted se lo llevó de la Biblioteca Nacional! —exclamó Emilio.

—Digamos que no lo echaron nunca en falta. Muchas personas no devuelven los libros que se llevan de las bibliotecas, tampoco me parece algo tan abyecto.

Emilio comprendió que estaba ante un verdadero juego de birlibirloque de dimensiones históricas y repercusiones internacionales. La pieza original, de valor infinito, permanecía escondida en aquella bodega mientras una potencia mundial compraba un libro igual, aunque mutilado, pensando que era el único, y pagaba por él un potosí a los rusos. Desde luego, Stalin era un hombre habilidoso para los negocios de Estado.

—¿Y cómo ha conseguido el verdadero códice?

—Es una larga historia... Un imperio asaltado que se descompone repentinamente, aristócratas que huyen con sus pertenencias, el mercado del arte, que se satura... La compraventa requiere muchas negociaciones e intermediarios.

—¡Claro, como Van Raders! ¡Él también conocía la verdad, por eso es hombre muerto! —murmuró Ruiz—. ¿Quiénes fueron?, ¿los falangistas?

—¿Esos chapuceros? No. Cuando decidí que Van Raders sabía demasiado y usted se estaba aproximando, me encargué personalmente de... acabar con su patética tendencia a la indiscreción. Por cierto, debería saberlo, cuando llegó usted a su casa no le reconocí. El viejo pelirrojo me advirtió por teléfono de que alguien buscaba una Biblia. Cuando usted hablaba con él, yo me introducía por una ventana trasera. Desde mi escondite creí entrever a un cliente en busca de alguna baratija. Si llego a saber que se trataba del molesto periodista que seguía la pista del facsímil, tal vez no estuviese ahora aquí para contarlo, señor Ruiz.

—¡Está usted chiflado! —le espetó Emilio.

—Lamento discrepar. Yo... ¡Vamos, usted es un hombre de la calle! —exclamó entre aspavientos—. ¡Salga ahí fuera, a su mundo!, ¿qué se va a encontrar? Monarcas que desertan de sus reinos, burgueses que se creen agraciados por la mano soberana del pueblo, miseria que se convierte en enfermedades, hombres que compran y venden sus almas por mucho menos de lo que cuesta cualquiera de estas piezas, venganzas, inmisericordia... A ustedes, los periodistas, les corresponde investigar todas esas cosas, pero se limitan a publicar la escasa sangre que salpica, unas veces porque resulta imposible conocer la verdad y otras porque sus jefes les impiden hacerlas públicas.

Aquello fue un doloroso golpe bajo para el redactor de *La Voz*.

—¿De verdad soy yo el loco? —insistió Izaola.

—A cada uno lo suyo —respondió Emilio—. Y, dígame, ¿qué va a ser de mí? ¿De qué forma va a quitarme de en medio ahora que conozco su secreto?

—Usted no es el único.

—¿Quién más lo sabe? —se interesó el periodista, que iba de sorpresa en sorpresa.

—Su amiga.

—¿María...? ¿Cómo que María?

—¡Ah, María! ¡Una mujer excepcional! —exclamó entre evidentes buenos recuerdos—. Es una lástima que se haya equivocado de rumbo en tantas encrucijadas de la vida.

Emilio no podía encajar que su compañera de cuitas adoptase el papel de cómplice del malo en aquel folletín que le estaban entregando en capítulos.

—¿María trabaja para usted?

—Eso pensaba, hasta que me di cuenta de que, en realidad, ella prefirió ponerse del lado de un periodista impertinente.

A caballo entre la curiosidad y el temor a descubrir una verdad que terminase de abrir esa úlcera que comenzaba a presentir en alguna de sus oquedades, Emilio Ruiz optó por lo más imprudente, pero también por lo más redentor: ahondar en las preguntas.

—¿Qué ha tenido que ver esa chica en todo esto?

—Permítame que le anticipe todos mis respetos hacia ella. No siempre me siento orgulloso de mis actos pasados, aunque tengo la impagable capacidad de adaptarlos a las circunstancias actuales. María y yo fuimos... novios, o algo así.

El redactor recordó las revelaciones de la joven, su encuentro con un hombre que habría podido contentar las aspiraciones sociales de su familia y el silencio que le provocó aquel episodio de su vida.

—Ella era joven, yo empezaba a perder esa condición. Todo comenzó porque yo necesitaba a una persona que trabajase en la Biblioteca Nacional. Me pareció la más apropiada de cuantas se dedicaban a aquel enorme trasiego de libros entre los que yo quería conseguir un simple facsímil sin armar demasiado escándalo. María no sabía cuáles eran mis intenciones; sencillamente, intimamos. En el fondo creo que vio la oportunidad de asentar su futuro junto a un hombre adinerado y con clase: ése es mi aspecto, aunque reconozco que esconde otras facetas que hasta ese momento eran desconocidas para ella. Luego la convencí de que necesitaba el facsímil para demostrar ciertas imperfecciones en el relato bíblico que podrían hacer temblar las estructuras del Vaticano. Ella ayudó a mis asalariados a llevárselo.

Según se deducía del relato de Izaola, María acompañó a Emilio a los sótanos de la biblioteca sabiendo que el facsímil ya no estaba allí, acaso con intención de alejarlo de esa pista. Por primera vez, se vio obligado a perdonarla, pero presentía que habría nuevas ocasiones para hacerlo.

—Yo estaba decidido a dejarla, pero ella insistía y, ya sabe, las cosas se complican... Se quedó embarazada.

Emilio entregó a su espíritu una segunda cucharada de perdón. No sabía hasta dónde llegarían las existencias.

—Cuando yo la informé de que la paternidad no estaba entre mis planes, se alejó. Nuestra historia en común terminó de forma brusca.

—¿Llegó a alumbrar a esa criatura?

—Claro, ya conoce usted a esa chica. Nada se le pone por delante. Tuvo un niño hermoso.

—¿Y adónde fue a parar?

—María se empeñaba en convertirse en madre soltera, pero ya se imaginará... Sus padres no lo aceptaban, la sociedad la repudiaría y en la biblioteca no la volverían a admitir con una carga así. Yo me hice con las riendas de la situación.

—¿Se quedó usted con el niño? ¿Ella se lo entregó? —preguntó, extrañado, el periodista.

—Digamos que tuve que convencerla por métodos que, a su juicio, serían reprobables. Conté con la inestimable ayuda del personal del hospital. Tal vez estaba un poco... somnolienta cuando firmó los poderes necesarios para que entregasen la criatura a una familia de mi confianza, pero ya no pudo reclamar ningún derecho.

—¿Dónde está ahora ese niño? —preguntó Emilio, que comenzaba a comprender el encariñamiento mutuo entre la cercenada maternidad de María y la orfandad de Miguelito.

—Eso no le importa. Crece seguro e ignorante de estas vicisitudes. ¿Cree usted que le gustaría saberlo? ¿No será mejor que se considere hijo de quienes han ejercido como sus padres durante todo este tiempo?

—O sea, que María ha continuado siendo, ¿cómo decirlo?, su cautiva. Usted es el único posible vínculo que le permite aspirar a reencontrarse con su hijo —le acusó Emilio.

—Tampoco crea que me siento orgulloso de haber utilizado esa infeliz circunstancia. Entregué al niño porque nunca he querido ataduras y, la verdad, al principio pensé que ella tampoco.

—Y, desde entonces, ¿para qué la ha utilizado?

—María tenía el encargo de avisarme de cualquier intento de acceder al facsímil que se produjese. Eso la llevó a contarme los pasos que daba un periodista que un día acudió a preguntar por el mismo libro que ella había ayudado a sacar de allí.

—¡Era su informadora! —fue el adjetivo más caritativo que se le ocurrió.

—Al principio sí, pero poco después dejó de suministrarme ningún tipo de noticia, lo que me llevó a sospechar que se había unido a usted de alguna manera. Tuve que utilizar otros recursos a mi alcance, como los amigos fascistas.

Luego María había traicionado a su propia conciencia, había traicionado a Emilio, pero también había traicionado al padre de su hijo. Al periodista no le quedaban más sorbos de perdón, pero sí algunos tragos de misericordia hacia aquella desgraciada joven que, después de una experiencia tan traumática como el robo de su propio retoño, emprendió caminos alocados en busca de un destino que no terminaba de encontrar.

—Y creo que ésa es toda la historia —finiquitó el burgués.

—Cambiando de tema —dijo el periodista, todavía aturdido por los descubrimientos—. Dígame: ¿piensa matarme?

—Todavía no lo sé. Estamos haciendo un trato. ¿Qué me ofrece usted?

—Creo que no le conviene hacerlo.

—¿Por qué?

—Porque en realidad... trabajo para el Kremlin. Ellos me han encargado localizar el códice. Imagino que pretenden ocultar su existencia o hacerlo desaparecer de forma definitiva —aseveró Emilio, que empezaba a desarrollar mentalmente una invención del suficiente calibre como para detener la fría crueldad de su interlocutor.

—¿Y qué le hace pensar que los rusos me van a parar?

—Que ellos también sospechan que en Madrid se ocultaba algo relacionado con el Aleph, por eso me contrataron

—siguió fabulando atropelladamente—. Si yo no regreso a completar mi informe, se encontrarán con lo que he escrito hasta hoy. Su nombre es el último que aparece detallado. Vendrán a buscarle.

—¡Eso es una patraña! —tanteó Izaola.

—Usted sabe que no. Los falangistas ya le habrán informado de la aparición del camarada Ivan justo en el momento en que ellos pensaban lincharme. Ya lo habrá investigado y sabrá que ese hombre no se anda con chiquitas. ¿De verdad quiere ver lo que sería capaz de hacer con todos estos... trastos? Supongo que a usted lo dejaría para el final —auguró un hombre que nunca se hubiera creído capaz de mentir con aquella soltura.

—Desde que ha entrado usted en mi casa, le vengo diciendo que todo tiene un precio. ¿Cuál es el de su silencio? ¿Cuánto le pagan los soviéticos?

—Eso no es relevante —afirmó rotundo Emilio, que intentaba rematar con dignidad aquella faena en la que se había metido a torear con espada de madera y capote de papel.

—¿Qué quiere entonces?

—Que nos deje en paz. A María y a mí. Quédese con su maldito libro y nosotros seguiremos viviendo nuestras vidas.

—¿Y qué garantías tengo de que no hablarán, de que no se lo contará a esos rojos?

—Usted tiene al niño, aunque no viva en su casa. María no pondría jamás en peligro a su hijo; y yo, supongo que ya lo sabe, tengo más interés ahora mismo en reencontrarme con ella y apartarme de esta historia que en todo el dinero que me pueda ofrecer. Aunque no lo crea, por este mundo circulamos algunos lunáticos que no estamos tan interesados por los asuntos materiales, ni siquiera cobramos nuestras deudas —afirmó, sintiendo un gran respeto por su amigo Gisbert y pensando en las ochenta pesetas, que nunca cambiarían de bolsillo.

—Me parece una interesante operación. ¿Quiere que la cerremos con un apretón de manos? —preguntó Izaola mientras extendía su brazo derecho con el mismo desparpajo con el que hacía una hora clavaba espadas en un muñeco.

—No, quiero que haga algo más.

—¡Suéltelo ya! —exigió el personaje de la bata, adoptando de nuevo una pose histriónica.

—Quiero que devuelva de inmediato ese facsímil a la Biblioteca Nacional. Su ausencia ya ha hecho suficiente daño. Dadas las circunstancias, también es lo más conveniente para usted. Ese cabo suelto puede llevar a alguien más a indagar, como he hecho yo. ¡Utilice sus resortes, a su personal, llévelo usted mismo, pero debe estar mañana en su cajón!

—¿Eso es todo? ¿Nos damos la mano?

—¡Sáqueme de aquí... y permítame que no me despida de su Biblia! —dijo Emilio, cansado de mentir al pie de la Verdad escrita.

La lluvia enviaba sus primeros saludos a los madrileños sin la menor consideración hacia aquel hombre que, horas antes, había prestado su gabardina a un poeta loco. Emilio Ruiz tenía todavía un par de llamadas que hacer antes de emprender un largo viaje. Estaba seguro de que la primera, la que buscaría a María, sería inútil una vez más.

## CAPÍTULO 24

## EL PASADO

El lápiz ya estaba haciendo de las suyas entre dedo y dedo. Sus conexiones cerebrales seguían el mismo caracoleo de ida y vuelta en busca de un fleco del que tirar. Los descubrimientos de los últimos días completaban gran parte de la travesía indagatoria que había emprendido, pero Emilio Ruiz tenía la sensación de que algo se le escapaba. Acudió a su catálogo personal de máximas periodísticas en busca de alguna que le ayudase. Y, por fin, dio con ella y la recitó en voz baja.

—Las casualidades siempre esperan un titular.

No era de su cosecha, pero jamás fallaba y, en este caso, tampoco. Que en el salón de un marchante holandés que sabía algo sobre el Códice Sinaítico apareciese un ejemplar de su periódico, *La Voz*, no podía ser de ninguna manera fruto del azar. Que esa conjunción de acontecimientos tuviese lugar cuando el anticuario estaba advertido de la búsqueda del libro y que esa búsqueda acabase siendo su perdición suponía una confluencia de elementos que no dejaba lugar a dudas. Si aquello era casualidad, Lerroux era un reputado cenetista. Corrió a buscar una copia del diario.

—Emilio, ¿dónde estabas? —se apresuró a preguntarle Visi en cuanto le vio aparecer en el periódico.

—Tú haz como si no hubiese pasado por aquí, estoy de libranza. Necesito que me traigas un periódico. Hace unos días sacamos las fotografías de la Young y la Morley en portada. Ése es el que busco.

—¿Desde cuándo repasas prensa antigua? ¿O es que quieres comprobar la lotería? Si te ha tocado, puede que reconsidere mi reticencia a tus invitaciones.

—La lotería te tocaría a ti si estuvieras conmigo, mona. Consígueme ese periódico, por favor, que necesito revisarlo.

Visi, que se consideraba experta en interpretar las intenciones del periodista más resultón de la plantilla, le entregó el periódico convencida de que tantas evasivas escondían un secreto por el que daría un brazo. Puede que Emilio estuviese buscando alguna falta de ortografía del jefe para mofarse de él, o tal vez necesitase repasar el anuncio de algún remedio para los ardores de barriga que debían proporcionarle sus hábitos menos edificantes.

Ya en casa, su revisión empezó por la portada, confiado en que se hubiese publicado alguna información referente al Códice Sinaítico. Las primeras páginas sólo hablaban de decisiones gubernamentales, bombas, complots, suicidios, pornografía, mendicidad, ciclones, naufragios y otras aberraciones que la rotativa convertía en frívolas nimiedades. Descartó la sección deportiva y los ecos de sociedad, y cuando ya sólo le quedaba por inspeccionar un pequeño retal de noticias llegadas de diversos puntos del mundo, colocadas a machamartillo en la última página, sus ojos se detuvieron en una pequeña necrología que figuraba debajo de la muerte de cuatro comunistas en Potsdam.

## Muerte de un gran aventurero español

**Había servido en la corte de los zares y asistió al prólogo de la revolución rusa**

*ORENSE 2 (1 t.).—A la edad de noventa años ha fallecido en Corbelle, Ayuntamiento de Bande, Francisco Pérez, que sirvió en la corte de los zares y tuvo la confianza del gran duque Nicolás, a quien acompañó durante mucho tiempo. Conoció personalmente a Rasputin y fué* maître d'hôtel *y profesor de equitación. Estuvo en Rusia hasta el estallido de la revolución.*

*Era tipo aventurero y viajó por todo el mundo. Conocía siete idiomas, y en su domicilio se conservan muchos recuerdos de la familia imperial rusa.*

*Empezó su vida de aventuras sirviendo como pinche en el Hotel Braganza, de Lisboa. Su muerte ha sido muy sentida. (Febus.)*

¡Allí estaba la conexión por la que Van Raders se había interesado, sin duda! No había en todo el periódico otra información que pudiese enlazar con el códex salvo aquella que hablaba de un hombre que había vuelto a España después de pasar por el entorno más íntimo del emperador ruso. Esa referencia llegada de provincias era la mejor candidata a esconder alguna pista sobre el libro que acababa de recalar en Londres o sobre su hermano, el que seguía en poder de Izaola, ese engreído que le había proporcionado un rastro cuando reconoció que su ejemplar, Tav, procedía de «un imperio asaltado que se descompone repentinamente». Aquéllos fueron los últimos días de la Rusia zarista cuyo esplendor debió de conocer el tal Francisco Pérez.

Una vez cerrada, la vieja maleta de cartón forrado en tela de finísimos cuadros estaba casi vacía. Una muda limpia, una camisa doblada cuidadosamente y los utensilios necesarios para su siempre impecable afeitado saltaban de una esquina a otra del recipiente con cada movimiento. El resto de sus cosas iban con él: una corbata negra y un traje lo bastante oscuro como para mostrar el debido respeto en unas exequias. Si algo había aprendido en los momentos más ajetreados de su vida era que el equipaje debía ser lo bastante ligero para no sentirse tentado a quedarse en el destino, pero a la vez visible, para que en los hoteles no sospechasen que podría irse al día siguiente sin pagar la cuenta. Si su maleta resultaba demasiado amplia para tan poco pertrecho era porque no tenía otra ni pensaba cambiar aquella reliquia familiar que había ido de su mano, como un perro faldero, desde que se fue de casa.

Un día más tarde estaba entrando en aquella pensión de Bande en la que le dieron alojamiento. No quería ni recordar las fatigosas circunstancias que habían tenido lugar durante su periplo desde Madrid. Antes de partir, tuvo que acercarse a la antigua funeraria del barrio para pedirle a su amigo Timoteo que le informase sobre las honras fúnebres de un pobre anciano, tío suyo de toda la vida, que acababa de morir en un pueblecito de Orense. Por suerte, Timoteo *el Metemuertos* y Emilio, el barbero, habían fraguado una estrecha relación basada en el trueque de bienes y servicios. En algunas ocasiones, arreglar a un cadáver requería un buen afeitado; en otras, componer a un ser vivo podía hacer necesarios ciertos bálsamos y perfumes que no estaban al alcance de una peluquería de barrio. Así, intercambiando experiencias, mejunjes y favores, se dieron cuenta de que no había tanta diferencia entre adecentar a un muerto y emperejilar a un vivo, ni siquiera en el resultado final.

Después de telefonear a las empresas funerarias de Orense, la búsqueda de Timoteo prosiguió mediante innumerables llamadas a las localidades próximas a Corbelle dotadas de teléfono público, que no eran muchas. Al fin, le proporcionó la información requerida.

—A tu tío Francisco ya lo han enterrado, pero si quieres cumplir con la familia, celebrarán una segunda misa de funeral pasado mañana a las cuatro de la tarde. Parece ser que había algún familiar que, como tú, no se había enterado y reside lejos; o sea, que más te vale correr para llegar a tiempo.

—Gracias, Timoteo, que Dios te lo pague con trabajo y buena salud —le deseó Emilio, que inmediatamente se arrepintió de pronunciar ese cumplido tan pernicioso para los vecinos del barrio.

Puso en la maleta el equipaje que usaría en caso de acudir al entierro de un tío gallego y se fue corriendo a la estación, a buscar el primer tren que le acercase a Orense. Hubo de experimentar varios transbordos y el sofocón amenazante de una locomotora que parecía caer en picado entre humeantes chirridos por los túneles descendentes de Torre del Bierzo. Los vendedores ambulantes malograban constantemente su siesta por medio de intempestivas irrupciones para pregonar los empalagosos dulces del lugar. Creyó marearse de tantos tufos como entraban en los compartimentos y salían de ellos, pero por fin puso un pie en la estación de Orense. Caminó a la velocidad del ferrocarril mientras iba en busca de un autobús que le siguiese acercando a su destino. Pasó dos horas de espera sentado sobre su maleta en plena calle y, finalmente, llegó aquella granja sobre ruedas a la que la vecindad denominaba «coche de línea». Entre tanta especie de pelo y pluma como viajaba en los asientos, también se distinguía la presencia de algún ser humano que no parecía tener la misma prisa que él por llegar a Bande, la cabecera del municipio en el que Dios había enclavado la aldea de Corbelle, el pueblo que vio nacer y morir a Francisco Pérez.

Ya en Bande, lo admitieron en la única posada conocida en varias leguas a la redonda, previo pago anticipado de una pernocta con derecho a desayuno: café —que se auguraba falsificado—, leche y pan de centeno convertido en torrija, según le anunciaron para que no se hiciese ilusiones infundadas. Durmió sin recibir visita de chinche alguno y se levantó tarde, cuando las ternillas desajustadas por el tren habían vuelto a acoyuntarse. No recordaba un viaje tan agitado y desapacible en su vida, pero ahora, a punto de desayunar, lavado, afeitado y con la muda limpia recién puesta, Emilio Ruiz se sentía otra vez entero y mero.

El desayuno le esperaba en la cocina de la casa, porque aquella pensión era en realidad una vivienda familiar con una planta libre que se había dividido expresamente para conseguir cuatro habitaciones y alquilarlas. Sentado en una mesa cubierta por un mantel de hule blanco barnizado con churretes, el periodista no esperó la aparición del posadero. Puso a prueba su paladar sirviéndose un bebistrajo que confirmó sus sospechas sobre la autenticidad del prometido café. Sin embargo, aquella leche que vertió a continuación tenía un sabor tan intenso y vivo que cada trago constituía una carcajada humillante para el líquido blanco que vendían en las vaquerías de Madrid. Desconsolado por lo poco que dura un momento de felicidad como ése, Emilio oyó que alguien se aproximaba por el pasillo, pero no se trataba del dueño de la pensión, porque se acercaba un taconeo que no correspondía a la madera de unas madreñas. La puerta dejó entrar a una mujer acariciada por aquella luz de media mañana que alcanzaba la cocina desde las brumas de la campiña exterior.

—¿Es usted el camarero? —le preguntó a Emilio.

—Ahora mismo no, aunque no descarto volver a transformarme.

—¡Qué lástima! —lamentó aquella señora de rostro dibujado con atractivos ángulos.

Sus ojos y sus cabellos eran tan claros que podría haber pasado inadvertida entre las lugareñas, evidencias andantes de la herencia céltica de aquella tierra. Pero su procedencia extranjera era innegable por el atuendo, por el porte distinguido y por un acento noreuropeo que al periodista empezaba a parecerle tan familiar como el deje manchego y pegajoso de los madrileños.

—No se preocupe —afloró el Emilio caballeroso y solícito—. Yo le sirvo. ¿Quiere café? El pan está algo duro, pero así, rebozado en huevo y azúcar, le resultará sabroso.

Ante la falta de respuesta, conformó el menú a su gusto y lo colocó en una bandeja que dispuso ante la mujer, ya sentada a la mesa. Emilio también tomó asiento enfrente de ella.

—Usted viene al funeral por Francisco —aventuró la recién llegada.

—¿Se nota en la corbata?

—No es necesaria para delatarle. Aun sin ella, ¿qué haría un hombre de ciudad en esta aldea?

—Soy Emilio Ruiz —se presentó por fin—, ¿y usted?

—Princesa Andronikova.

Aquella denominación confirmó a Emilio que Galicia era tierra dada a los milagros. Allí podría estar la informadora rusa que necesitaba para resolver sus incógnitas.

—¿Viene también a los funerales, princesa? —Aquélla fue la primera vez en su vida que el periodista pronunció el término «princesa» con nobles intenciones.

—Pues claro, ¿no le parezco fuera de lugar en este pueblo?

—Indudablemente —respondió Emilio—, una mujer tan elegante y de aspecto juvenil como el suyo no encaja en un paraje tan agreste y antañón.

—Es usted perspicaz —repuso ella. «Y un adulón», pensó Emilio—. Pero no recuerdo haberle visto nunca, ¿Moscú?, ¿San Petersburgo?, ¿París...?

—Lo siento, el único antiguo reinado que he conocido personalmente es el de España y de eso hace tanto tiempo...

—Entonces es difícil que haya coincidido con Francisco. ¿Cuál era su relación con él?

—Eso es lo que quiero averiguar, tal vez me pueda ayudar si me desvela la suya.

—Yo fui... su pareja.

Una mujer cincuentona, vestida como las señoritas francesas de alto copete de principios de siglo, acababa de convertirse en la persona con vida que Emilio más ansiaba entrevistar. La estructura interior que daba vuelo a su larga falda, su torso, abrochado por un estrecho corsé, y unos pechos a punto de saltar por los aires desde aquel tremebundo escote formaban una postal pasada de moda, pero que se ajustaba a la perfección al ambiente decadente y cortesano en el que Emilio buscaba respuestas.

—¿Es usted princesa por parte de...?

—Soy princesa y punto. Habrá oído hablar de la familia Andronikov. Yo heredé su dignidad.

Aquello sonaba a un montaje en toda regla para sobrevivir en el ambiente de la rancia aristocracia despreciada por los nuevos gobiernos de Europa, pero a Emilio la impostura le favorecía. Sabía manejarse con falsas herederas y aristócratas degradadas.

—De acuerdo, princesa. Dígame, ¿convivió mucho tiempo con Francisco?

—¿Con Paco? Sí, doce años en París y dos semanas en Corbelle. Al cabo de ese tiempo, cuando él decidió que en esta tierra acabaría sus días, comencé a sentirme desplazada por el entorno y le dije que regresaba a Francia con él o sin él. Volví sola y me establecí en Lyon, pero sin hacer mella en su felicidad, reencontrada en el escenario de su infancia.

—Escúcheme, puede que usted sea capaz de proporcionarme alguna información que necesito. Es para un reportaje que quiero publicar en el periódico en el que trabajo.

—Ah, un periodista. ¿Quiere escribir algo sobre mí? ¿Ha traído la cámara?

—En realidad, empiezo a lamentar no haberla traído. Es usted una mujer muy interesante... y habla un castellano correctísimo, ¿es rusa?

A cada halago de Emilio, la Andronikova respondía con largos ademanes de una elegancia demodé, como queriendo llamar la atención de cuantos *flashes* estuviesen preparados en las inmediaciones. Esa envoltura de dulce nostalgia sólo se truncó cuando sus ojos se encontraron con una colcha espesa de nata en el tazón y una arcada hizo amago de salir al exterior.

—Las princesas nos debemos a nuestros súbditos —continuó, tras recomponerse—, pero los que ahora pueblan la Rusia a la que usted se refiere me han condenado al exilio. Lo del idioma se lo debo a Francisco; no se imagina usted lo fácil que fue aprenderlo a su lado.

—Y sobre Biblias, ¿me podría decir algo? —Emilio fue directo al grano que tanto le picaba.

—¿Vende usted Biblias? —preguntó extrañada.

—No, quiero saber más sobre ellas.

—Francisco era profundamente religioso, ortodoxo, como yo, pero nunca tomó los hábitos, al menos que yo sepa.

—Lo que deseo preguntarle, querida princesa, es si su añorado Francisco tuvo relación con alguna Biblia... —no se anduvo con rodeos— única.

—¡El Códex Sinaiticus, claro! ¡Tenía que haberlo imaginado! Eso es lo que le ha traído hasta aquí. Nunca he llegado a verlo, pero he leído que los intrusos que ahora gobiernan mi patria lo han vendido.

—¿Y qué tenía que ver ese códice con Francisco Pérez?

—Me hablaba tanto de él... —reconoció por fin la princesa, que empezaba a ser presa de esa nostalgia propia de quienes están cerca de convertirse en ancianos venerables, aunque se conservasen tan estupendamente como aquella dama—. Su padre trabajó con el experto que lo rescató de un monasterio, un tal Von Tischendorf. Le ayudó a traducirlo.

—¿Y desde entonces...?

—Quedó en poder del zar Alejandro II, Dios lo tenga en su gloria. Según Francisco, lo conservaba entre sus bienes más preciados, envuelto en un paño rojo de seda.

—Y no le mencionó si había algo más... ¿Hubo otra Biblia igual?

La princesa seguía absorta en sus recuerdos, pero el periodista no se había ganado aún la confianza que pretendía.

—¿Otra Biblia...? No sé a qué se refiere.

—Vamos, no tenga miedo a hablar. Francisco está muerto, usted exiliada y yo atravieso verdaderos apuros por culpa de ese libro. En realidad no publicaré nada sobre él. Se trata simplemente de un asunto que ha despertado mi curiosidad, pero he de decirle que una de las últimas personas que estuvo relacionada con ese libro ha fallecido por su causa. No me gustaría ser el siguiente. ¿No le parece suficiente motivo para decirme la verdad?

La Andronikova se reblandeció como la torrija que, tras pasar por el tazón, había vuelto a quedar abandonada en el plato sin que la princesa la hubiera probado.

—Vivimos tiempos confusos —prosiguió, haciendo ascos a aquel manjar—. Nadie sabe quién es quién o cuáles son sus verdaderos propósitos. Disculpe usted mi suspicacia. Tal vez tenga razón, ¿qué importancia tiene ahora? Le he hablado de la que está en Londres, la incompleta: ésa es Aleph. Pero hay otra, la completa: Tav.

—¿Y de dónde salió? —se interesó el periodista, que acababa de escuchar la palabra que esperaba.

—Por lo que Francisco oyó en boca de su padre, Tav también estuvo escondida durante siglos en el monasterio de Santa Catalina. Al parecer, se mantuvo oculta en el lugar más insospechado para que nadie la robase: una mezquita construida en el interior de aquel cenobio. Nadie podría imaginar que un tesoro cristiano de esa importancia pudiese estar en templo musulmán elevado en señal de respeto a la religión dominante en la zona. De hecho, nunca se supo que albergase culto alguno, ni siquiera estaba dirigida hacia La Meca, como mandan sus cánones. El colmo de la paradoja es que guardase en sus infieles entrañas la palabra del Dios de los judíos y de su hijo en la Tierra.

—¿Y cómo salió de allí?

—Al parecer, la dinastía Romanov conocía su existencia, no me pregunte cómo. El zar Alejandro II se alertó al saber que Von Tischendorf, en su primera visita al Sinaí, encontró varias páginas, pero más se alarmaron los monjes, cuya misión de custodia de ambos ejemplares corría un serio riesgo. Por eso decidieron entregar al alemán sus primeros hallazgos, para evitar que su desmedida curiosidad le llevase a encontrar el resto de Aleph, o lo que sería más peligroso, la Biblia íntegra que también guardaban. El zar, a quien no convenían las indagaciones de Von Tischendorf, lo buscó y le encargó personalmente que se hiciese con Aleph. Una jugada maestra, ¿no le parece? Así, el libro mutilado terminaría en Rusia, a la vista de todos, en manos del hombre más poderoso del planeta. En medio de esta búsqueda, que tardó años en completarse, Alejandro también envió al monasterio a un arzobispo ortodoxo que sabía de la existencia de Tav. Éste utilizó toda su autoridad y algunas artes menos piadosas para llevársela también a la capital imperial. Mi suegro relató a mi esposo que, en medio de aquellas intrigas, tuvieron lugar misteriosas muertes en el monasterio, nadie sabe si para eliminar a testigos inconvenientes o a quienes se oponían a que las Biblias saliesen de allí.

—Aleph y Tav llegaron entonces a San Petersburgo... —Emilio se admiró de la estrategia.

—Las dos Biblias estaban en la corte, pero nadie, excepto el zar y algunos pocos hombres más, tenían noticia de la existencia de Tav. Alejandro era un hombre astuto, ¿sabe? Esa desconfianza fue la que le libró de la muerte en más de una conspiración contra él y su familia. Sabedor de que el valor de Tav era muy superior al de Aleph, convirtió la aparición de esta última en un acontecimiento cultural de orden planetario: un simple señuelo, una maniobra de distracción para ocultar la otra, la más valiosa.

—Supongo que, para un personaje tan importante, ése sería el mayor símbolo de poder terrenal que podía tener a su alcance —preguntó Emilio, intentando recordar la mirada codiciosa de Izaola ante la Biblia para hacerse una idea de lo que había sentido el emperador ruso.

—No sólo le gratificaba la posesión de aquel libro, también lo usaba para rezar. Era su misal particular. Aparte de una compulsiva devoción por los favores de Catalina Dolgoruky, la mujer que le había sorbido los sesos, su majestad tenía otro capricho: orar ante el Señor por mediación del reflejo más fiel de su palabra, es decir, Tav.

—¿Y qué fue de las Biblias a la muerte de Alejandro? —dijo Emilio, al que tanta revelación le estaba despertando las ganas de beber algo, aunque fuese aquel café de mentira con leche de verdad que la princesa había rehusado.

—Aleph permaneció en palacio hasta que las hordas soviéticas expulsaron al zar Nicolás II. Esa parte de la historia no se le escapa, ¿verdad?

—¿La Revolución?, la conozco. ¿Y adónde fue a parar Tav?

—La princesa Dolgoruky logró llevarse algunas propiedades en su exilio a París; entre ellas, un cofre que Francisco nunca olvidó. Inicialmente, en él se guardaban las dos Biblias, aunque Tav estaba oculta en un doble fondo. La princesa cumplió los deseos del zar, de manera que el Códex Sinaiticus, el Aleph, se quedó en San Petersburgo, pero la segunda Biblia, la más importante, se fue a París con la viuda en aquel compartimento secreto, rodeada de joyas y acompañada de uno de los facsímiles del Códice Sinaítico que Alejandro mandó elaborar. Fue, digamos, un regalo de despedida, o así lo entendió aquella zarina repudiada por la familia de su esposo.

Lo de poseer un original y un facsímil parecía ser una costumbre más extendida de lo que Emilio había pensado al conocer la bodega de Izaola. Sólo le quedaba descubrir la forma en la que Tav llegó a Madrid.

—Más tarde —continuó la princesa—, agobiada por las estrecheces del exilio y por su inevitable decrepitud, Catalina Dolgoruky le encargó a Francisco que, cuando ella muriera, vendiese sus posesiones. Y, el mismo día del funeral de la zarina, se le presentó el recadero de un posible cliente en España.

—¿Le suena el nombre de un tal Izaola?

—No lo sé, era... Sólo recuerdo que el que actuó como intermediario era holandés. A todo esto, Stalin tardó tiempo en conocer la verdad. Los Romanov, a los que había conseguido exterminar, no sólo le dejaron como pesada herencia una legión de fieles dispuestos a plantarle cara, sino que también, a ojos de éstos, habían hurtado a Rusia un tesoro de tal valor que el infame gobierno sóviet no podía renunciar a él de ninguna manera. Pero ese advenedizo de Stalin se sentía atrapado: nadie debía saber que Tav se había fugado en manos de la Dolgoruky, que Aleph era sólo la cortina de humo con la que los zares habían escamoteado la pieza más valiosa.

Emilio comprendió que un ser tan pagado de sí mismo como el mandatario bolchevique no había tardado en participar de aquel engaño en su propio interés. Negoció con los ingleses una cifra astronómica a cambio de Aleph a sabiendas de que un ejemplar más valioso permanecía oculto en algún lugar de Europa. Mientras cobraba su cheque británico, pensaría en cómo recuperar a Tav para así agrandar la relevancia internacional de la Unión Soviética en el mundo de la cultura. O tal vez lo buscaba con la única intención de conseguir una cifra aún mejor por él y, de paso, dejar a los ingleses en evidencia por su torpeza al comprar una pieza defectuosa.

—Por lo que deduzco de mis averiguaciones, Stalin ordenó la búsqueda de Tav en España. Imagino que tenía alguna pista —conjeturó el periodista.

—Ah, París es un nido de indiscreciones. Si aquel holandés se llevó el libro a España, es muy posible que ese tirano lo supiese.

—Pues fíjese: este desdichado redactor que tiene delante se ha visto envuelto en esa búsqueda sin comerlo ni beberlo y a punto ha estado de perder algo más que la tranquilidad en ese trance.

—A veces ocurren cosas así de insólitas. ¿Quién me iba a decir a mí que estaría hoy aquí, a tantos kilómetros de distancia de mi residencia, hablando con un periodista sobre un pasado que muchos consideran definitivamente enterrado? Hablando de enterramientos, ¿a qué hora era la misa? Antes tendría que comer algo —comentó con un nuevo gesto de desprecio hacia el desayuno, que ya estaba tan frío como el cadáver que los había llevado hasta allí—. Creo que hay que acercarse a pie hasta Corbelle.

—Pues póngase unos zapatos más cómodos y, si me permite otra recomendación, modere ese escote de alguna manera antes de ir a la iglesia. Ya conoce a esta sociedad tan cerrada y pacata: la considerarán una cualquiera.

—Francisco Pérez nunca me trató como tal, aunque, ciertamente, a eso es a lo que he llegado con el paso de los años —se destapó, por fin, la princesa fingida.

—Yo no diría lo mismo, conserva usted una atractiva dignidad —se sinceró Emilio.

—Gracias, amigo periodista. ¿Nos vemos en el funeral? —le citó la princesa, cual si estuviese despidiéndose de un barón al que hubiese invitado a un té.

—No gracias, con sus palabras ha conseguido evaporar algunos miasmas que merodeaban a mi alrededor. Me siento libre y ligero, lo suficiente para volver a Madrid de inmediato y resolver otro par de asuntos pendientes. Transmita mis respetos y mi más sentido pésame a la familia de Francisco Pérez, un sentimiento que le hago extensivo a su excelencia, mi princesa. ¿Se dice así?

—Más o menos —respondió, con una sonrisa indulgente.

—Perdone mi republicana ignorancia en materia dinástica, pero mis condolencias son sinceras. Lamento de verdad la pérdida que habrá supuesto para usted la muerte de Francisco, aunque ya estuviesen alejados el uno del otro.

—Fuimos felices, con eso basta. Tampoco crea que espero encontrármelo en el más allá. Mis discutibles pasos por este mundo constituyen una barrera que no me permitirá ascender a su encuentro en los cielos.

Inconscientemente, Emilio recordó los pasajes del Códice Sinaítico que omitían la Ascensión de Jesucristo. Aquella mujer tenía razón: seguro que el París de algunos años atrás fue para ella lo más parecido a la tierra de promisión de los cristianos.

## CAPÍTULO 25

## DESPACHO MINISTERIAL

Desde un gramófono encaramado sobre el aparador, la melodía que musitaba un piano se ocupaba de suavizar las burocráticas aristas del despacho. El ministro, con las manos apoyadas en el mueble y la cabeza asomada a la bocina de caracola, estaba hipnotizado por la rotación del disco.

—Mussorgsky. ¿Quién lo diría? No sólo sabe abrir los ojos del auditorio, también el alma.

Ni el ronroneo de las poleas ni las gárgaras provocadas por el rozamiento de la aguja al atravesar el desfiladero de pizarra suponían un impedimento para admirar la ternura de la composición. El ministro se volvió para saludar al recién llegado.

—¿Le gusta Mussorgsky?

—Éste sí —fue su sincera respuesta.

—Señor Ruiz, le aseguro que es una grata sorpresa —añadió Martínez Barrio mientras extendía la mano para estrechar la de su visitante.

—¿Que venga a verle?

—No sólo eso, también que tenga noticias para mí. Y, cuando digo para mí, estoy diciendo para la República.

—Tal vez mis descubrimientos no lleguen a satisfacer toda su curiosidad, y mucho menos la de la República.

—Verá, amigo, desde hace tiempo estábamos detrás de la pista del robo del facsímil del Códex Sinaiticus. Nos dimos cuenta de su sustracción cuando nuestros servicios en el extranjero conocieron la negociación británica para consumar la compra del códice a los rusos. Acudimos a la biblioteca para saber qué era exactamente aquella obra, pero el encargado se resistía a facilitarnos el acceso, nos respondía con evasivas.

A Emilio aquel trato le resultó muy familiar.

—Al final, nos enteramos de que lo habían robado —continuó el ministro—. El funcionario, que conocía la desaparición, no la había denunciado para evitar una sanción. Por nuestra parte, decidimos iniciar las indagaciones sin revelar que el facsímil ya no estaba en su sitio. No queríamos más ruido porque así podríamos trabajar tranquilos. Ahora, cuando me han informado de su visita, señor Ruiz, he imaginado que podría aclararnos algún término de este embrollo.

—No estoy muy seguro, pero parece que había otras personas detrás de ese misterioso facsímil.

—Le revelaré la parte más inconcebible de esta historia de la que, como sabrá entender, no conservamos demasiados papeles: nuestros informadores tuvieron noticia sobre una extraña trama internacional que apuntaba a que el Códice Sinaítico estaba en realidad en España. Sí, sé que suena extravagante, pero nuestros agentes en el extranjero enviaban informaciones que apuntaban a esa posibilidad. Conociendo el carácter impredecible de Stalin, no podíamos descartar ninguna suposición, ni siquiera la de que estuviese intentando camelar a los ingleses con algún cebo. Llegamos a pensar que la compraventa entre ambos gobiernos era una pantomima, que el códice había estado en España en algún momento o incluso que podrían habernos robado de nuevo una valiosa pieza de nuestro ya ultrajado patrimonio. Las cosas se complicaron aún más cuando nuestros hombres en el Vaticano nos informaron de que desde allí se había ordenado también una investigación paralela. La curia romana no quiso poner el asunto en manos de sus... llamémoslas tropas regulares, sino que decidieron encargar la búsqueda a los jesuitas. Ellos podían trabajar camuflados en su ahora obligada apariencia civil. En otras circunstancias, habrían recurrido a nosotros para localizarlo, pero ya sabrá que nuestras relaciones siguen siendo distantes. Ni siquiera nos hemos podido enterar de cuál era el motivo de su interés. ¿Para qué querría el pontífice un facsímil de la Biblia del Sinaí? Supongo que ya contarán con un ejemplar. Tanto empeño resulta desconcertante. ¿No tendrá usted la respuesta?

—La verdad es que no, a lo mejor su copia era defectuosa y querían darnos el cambiazo —se le ocurrió decir.

—Quién sabe. Para sortear muchas incoherencias, la Iglesia ha preferido construirse a base de dogmas, y tengo entendido que ese libro no era precisamente respetuoso con la Vulgata, la versión bíblica que hoy nos ofrecen como fuente original y verdadera. Verá, muchas veces he pensado que la mejor forma de comportarse como un buen cristiano es no abrir la Biblia. Tanto ese relato como su historia esconden pasajes que llaman al descreimiento. Aunque todo esto de lo que estamos hablando corresponde al Reino de los Cielos y, como sabe, esto es una república, luego tales querellas no son de nuestra jurisdicción. Y dígame: ¿usted ha podido encontrar el libro? ¿Sabe dónde está?

Emilio se sintió tan dueño de la situación como no lo había sido desde hacía días.

—¿El facsímil? Está en la biblioteca.

—Le aseguro que no. Lo hemos buscado a conciencia.

—Y yo le aseguro que está en la Biblioteca Nacional, búsquenlo otra vez —recomendó con aplomo el periodista.

El ministro de la Gobernación dudó unos instantes, pero terminó por dar crédito a aquel hombre que parecía tan firme en su aseveración.

—Bien, y... ¿qué más me puede contar?

—¿Yo?, ¿un vulgar escritor de noticias? ¿Qué quiere saber?

—Me gustaría conocer toda la historia.

—Sabrá que escribo noticias, no me dedico a la historiografía. El libro está en su sitio, nada más.

—¿Y por qué estarían tan interesados los hombres del Kremlin en localizarlo?

—Por lo mismo que ustedes, supongo. Para asegurarse de que su operación de venta no se vería enturbiada por algún hallazgo inesperado. La verdad es que no lo sé, no tengo mucho trato con el bolchevismo.

—No son ésas mis noticias, pero en fin... ¿Está seguro de que no hay nada más?

—Por mi parte, nada —negó el periodista, que comenzaba a sentirse liberado de muchos anclajes.

—Entonces, le presento mis disculpas.

—¿Por qué? Yo he venido a dar alguna respuesta, no a buscar la contrición de un hombre del gobierno.

—Por la vigilancia a la que le hemos sometido, por interrogarle cuando pensábamos que se había deshecho usted de ese marchante...

—Eso... serían los rusos —mintió Emilio—. Si tanto interés tenían en el libro, seguirían el mismo recorrido que yo, aunque llegarían unos minutos más tarde y con peores intenciones. Tal vez me siguieron.

El ministro dio pruebas de por qué había llegado a ese cargo. Pese a que la cadena de ocultamientos que Emilio seguía enlazando resultaba consistente, lo miró con una mezcla de inculpación y de clemencia. No se creía que no supiera nada de casi nada.

—El caso es que, con el facsímil de nuevo en la Biblioteca Nacional y el original en el Museo Británico, todo está en su sitio —pareció asumir Martínez Barrio.

—No todo, yo he perdido varias cosas, aunque no estoy seguro de que vengan al caso, ni siquiera sé si podré recuperarlas.

—Si puedo ayudarle en algo...

—Pues... sí. Hay un chiquillo ingresado por lo de la bomba que lanzaron el otro día en la Gran Vía. Supongo que habrá tenido noticia. Se convirtió en una víctima imprevista de este asunto. Me gustaría que alguien se hiciera cargo de su hospitalización hasta que se recupere, aunque podría ser una convalecencia muy larga. Era un pobre vendedor de periódicos, tan joven que no estaba en el montepío ni disponía de seguro alguno...

—No siga, no hace falta que me enternezca. Al salir, deje los nombres del chico y del hospital a mi secretario. ¿Necesita algo más?

—No, el resto de mis cuentas las pago yo. Y a usted, ¿se le antoja algo?

—Tampoco, amigo Ruiz, tan sólo deseo que las obligaciones de mi cargo no le den demasiado trabajo próximamente. Ojalá que, por falta de noticias truculentas en las calles, lo destinen a la crítica teatral o a aquello que más le guste. Vaya con cuidado y gracias por sus servicios.

El ministro se retiró a darse una nueva ducha de melancolía en el altavoz del gramófono.

—¡Emilio, te llaman! ¡Es del hospital!

Las voces que daba doña Patro, mujer particularmente temerosa de las bombas y conocedora de la tragedia de Carrerilla, alertaron a toda la corrala, que inmediatamente se convirtió en una gran familia asomada a las barandillas de los corredores, a la espera de noticias que aliviasen la congoja que compartían por aquel muchachito que era como de la casa.

Emilio dio un brinco desde su silla y salió por la puerta de la vivienda. Corrió escaleras abajo dando unos saltos gigantescos, entre la mirada ansiosa de sus vecinos, que parecían animar su carrera sin decir palabra. Casi apartó a Patro de un codazo para situarse frente al teléfono, tomar aire y expulsarlo con un sonoro «dígame» que le dejó secos los pulmones.

—¿Don Emilio Ruiz? Soy el doctor Tello, del hospital.

—¿Ha pasado algo? —preguntó, con una voz sacudida por la fuerte respiración.

—Digamos que sí.

—Vamos, por favor, dígame qué ha ocurrido.

—Tranquilícese. He llamado porque usted me pidió que lo hiciese si tenía novedades, y las hay.

—¿Ha despertado? ¿Carrerilla ha despertado? ¿Puedo ir a verlo?

—No se precipite, digamos que sí: ha despertado, pero sólo durante unos instantes, después regresó a la inconsciencia.

—¿Y eso qué significa?

—Puede que signifique algo o puede que no. Yo estoy obligado a trabajar con la máxima profesionalidad. Le podría llenar la cabeza de falsas esperanzas o podría mostrarme pesimista en extremo para que luego no me responsabilice de ninguna desgracia, pero..., no sé..., este niño, aquí, tan solo... Yo también soy padre, ¿sabe?

—De acuerdo, pues deme su opinión paterna —imploró Emilio, cada vez más angustiado.

—Desde el punto de vista profesional, debo decirle que ahora mismo vuelve a estar sumido en un profundo sueño, pero ese pequeño rato en que consiguió abrir los ojos..., no sé..., tal vez fuesen imaginaciones mías.

—¿Qué pasó? ¿Dijo algo?

—No, fue un despertar muy fugaz. Pareció dar un vistazo a la habitación, como si buscase algo, y terminó fijándose en el libro que hay sobre su mesita. Un segundo después volvió a quedarse inconsciente, pero si me permite una apreciación personal y para nada objetiva, yo diría que se vio reconfortado.

—¿Un libro?, ¿y qué hace allí un libro?

—Debe de ser un regalo, se lo trajo una joven rubia el otro día. Es un ejemplar ilustrado de *La isla del tesoro*, muy singular, sin duda.

El periodista no necesitaba saber más. María había llevado a Carrerilla el obsequio que un día le prometió. La visión de aquel volumen devolvió a Miguelito la paz interior con la que cabía esperar que siguiese luchando para regresar al mundo.

—¿Se despertará definitivamente?

—Vuelve usted a hablar con el padre, no con el médico. Si le digo la verdad, hoy soy mucho más optimista que ayer.

—Gracias, doctor. Oiga, permítame que le diga algo: sus hijos son muy afortunados —concluyó Emilio, mientras se dejaba empapar por la esperanza de que un día no muy lejano aquel chiquillo, la bibliotecaria huida y el periodista con más querencia por los líos de todo Madrid volviesen a formar un gran equipo, ya fuese a bordo de un taxi, contando hormigas en cualquier parque o asaltando una misteriosa biblioteca.

Alertado por la información que le había transmitido un amigo taxista, Emilio Ruiz regresó a los confines de la Castellana. Allí, donde había dejado una mansión que escondía en su placenta las más valiosas creaciones del espíritu humano, se encontró con unas paredes desnudas y tiznadas de hollín de cuyo interior ascendían algunas columnas de humo ya fatigadas por el agua. Las negras vigas asomaban por donde estuvo la techumbre de aquel edificio, que se había convertido en la fantasmagórica imagen de un galeón recién cañoneado por la artillería enemiga. Los bomberos recogían sus mangueras en medio de un ambiente de rendición. Nadie había podido apagar las llamas a tiempo ni salvar el contenido que había en el interior del lugar.

Emilio Ruiz no se sintió culpable. Entre el olor penetrante a madera calcinada recordó su llamada a Luis, el hijo de doña Patro. Se había limitado a informarle de que conocía el nombre de quien había instigado la muerte del voceador de *La Tierra* y sólo puso una condición para facilitárselo: que ninguna persona sufriese daños cuando devolviesen el golpe. Ése era además, según los conocimientos de Emilio, uno de los mandamientos de la doctrina de la CNT: no causar más daño que el que se pretende eliminar. Por lo que había visto hasta el momento, un gato chamuscado que buscaba como loco su escabel era la única víctima de aquel infierno.

Vicente Gisbert intentaba encontrar testigos entre una concurrencia aburrida de que allí ya no pasara nada más. Acompañado por otro inspector, vestido con un traje de cuadros de colores que reñían entre sí, acudió al encuentro de su amigo.

—Pero ¿no te habías ido? Llevo varios días llamándote.

—Pues aquí me tienes, de descanso y al borde de la noticia, como siempre.

—Éste es Sampedro, un compañero.

El inspector cuadriculado ni siquiera saludó, parecía más preocupado por no haber capturado al autor de los hechos.

—Es la casa de un burgués de familia bien —explicó Gisbert—. Nadie sabe qué ha pasado, sólo la han visto fundirse poco a poco.

—¿Estaba dentro el dueño? —preguntó Emilio.

—Por lo que sabemos, no. Al menos, no ha aparecido entre ese montón de escombros..., o puede que se haya convertido en alguna de las estatuas del interior, como los habitantes de Pompeya —comentó Gisbert con ironía.

Los tres miraban los estertores de aquel espectáculo con la misma desgana. Sampedro habló sin dirigirse a nadie en concreto.

—A mí no me parece accidental —comentó—. Había muchos muebles, tejidos, vigas..., material inflamable... Quizá haya sido una bomba casera.

—Tal vez —consintió su colega—, pero habrá que esperar a saber qué dicen en el laboratorio. Por el momento, quienes hacen guardia para llevarse algunas cosas son los de la compañía de seguros.

—Habría mucha plata en las alacenas —especuló Emilio.

—Pues si al final ha sido un accidente, el dueño se va a forrar —añadió Sampedro.

—¿Y si no lo es? —conjeturó Gisbert—. Si el fuego fuese provocado, ¿quién se haría cargo de la indemnización?,

¿los ladrones?, ¿un mayordomo despedido que acudió de noche con una antorcha?, ¿una amante despechada que prendió la mecha...? Me temo que la pérdida sería irrecuperable.

El periodista sabía que ninguna compañía que estuviese en sus cabales se habría atrevido a firmar una póliza que garantizase el precio de una colección de obras de arte de contrabando. Además, aunque el propietario recuperase parte de su inversión, la codicia por atesorar piezas irrepetibles tenía un riesgo intrínseco: la imposibilidad de conseguirlas por segunda vez.

—Para mí que alguien metió una chispa en esa casa —insistía el acompañante de Gisbert.

Emilio decidió que la contemplación de un fuego terminal no merecía más tiempo.

—Por favor, Gisbert, si viene alguien del periódico no les digas que he estado aquí. Quiero aprovechar al máximo mi último día libre.

—Hecho. ¿Vas a buscar a la rubia?

—Hace días que no la veo.

—Como a mí. ¡Te lo tengo dicho: te estás echando a perder!

El periodista se giró y se encontró de frente con los últimos y desperdigados espectadores que habían acudido en busca del origen de aquel persistente olor a arte hecho cenizas. Cuando su cuerpo apuntaba ya hacia la Castellana, chocó con el hombro contra el abrigo de uno de aquellos curiosos, una prenda muy británica en el corte, con cuello de terciopelo y jalonada de bolsillos que parecían balcones cerrados.

—Lo siento —se disculpó.

—Para nada, ha sido un descuido por mi parte, don Emilio.

Sorprendido de que lo tratasen con tanta deferencia, buscó un rostro familiar en aquel hombre, pero la primera impresión no le devolvió rasgo reconocible alguno.

—¿Estaba dentro? —le preguntó el extraño.

—¿Quién, el dueño?

—No, el libro.

El redactor disponía de una completa ficha mental de cuantos maleantes, pendencieros, ricachones, putas y personajes de mala ralea se había cruzado en los últimos días, pero no era capaz de encajar los rasgos de aquel señor rubio, con bigote y gafas de montura gruesa, que sabía algo sobre el Códex Sinaiticus. Al instante, Emilio, el barbero, se dio cuenta de que aquellas tres propiedades del rostro que tenía frente a él eran precisamente tres soberanas mentiras. El pelo estaba teñido, el bigote era de pega y las gafas, innecesarias. Cuando vio cómo introducía la mano en el bolsillo terminó de reconocer al ruso que un día sacó de allí una Star.

—¡Es usted como las ánimas que deambulan por los montes de mi pueblo, siempre se presenta sin avisar! —protestó el periodista.

—Dígame: ¿estaba ahí el libro?

—¿El facsímil que yo buscaba? Allí estuvo, pero ya ha vuelto a su casa. ¿También era su objetivo? —preguntó Emilio, disfrutando de aquella terminología de espionaje que le había salido de forma espontánea.

—No se haga el ignorante. Está hablando con un profesional. ¿Lo ha visto? ¿Estaba ahí el códice?

Emilio se giró de nuevo hacia la casa carbonizada.

—Desde luego, si estaba dentro, lo estaremos respirando usted y yo ahora mismo.

—Para mi organización, un caso no queda cerrado sin que haya evidencias. Tendré que irme sin terminar mi trabajo.

—¿Irse?, ¿adónde? —le preguntó un vecino de Madrid que ya no concebía la dinámica urbana sin un espía soviético.

—A tierras menos calurosas.

—Por abrigos no será —bromeó el periodista, en tanto se preguntaba dónde habría vivido aquel hombre para que se atreviese a calificar de calurosa una ciudad que se pelaba de frío.

Ivan Kurashov extrajo un grueso sobre del bolsillo en el que mantenía su mano oculta.

—Tenga, un par de regalos de despedida. Uno es mío, el otro se lo envía Irene.

—¡Irene! ¡Qué alegría volver a saber de ella! ¿Sigue empeñada en salvar el mundo? —dijo Emilio, sin percatarse de que ese instante de evocación había sido suficiente para que el ruso se esfumase.

Impaciente, abrió el sobre y se encontró con un libro envuelto por un folio. Empezó por desplegar el papel, en el que identificó de inmediato a una vieja conocida: la carta de los hermanos Maggs que el censor había depositado en Gobernación y sobre la que habían imprimido un sello oficial de tinta azul que decía «CERRADO».

El obsequio de Irene, que había quedado al descubierto, lo dejó atónito: era el manido ejemplar de una novela que ya había estado antes en sus manos. Emilio sonrió, no sólo para sus adentros, y se encaminó a la plaza de San Ildefonso, donde esa misma tarde, o tal vez al día siguiente, o un par de días más tarde, una biblioteca ambulante abriría su puerta trasera para invitarle a un excitante viaje a oscuras que, si aquel libro de Salgari no le fallaba, le llevaría hasta María.

— FIN—

## NOTA DE LOS AUTORES

Rafael Berrocal es un prestigioso librero de antiguo de Madrid en cuyo pulcro establecimiento compramos de vez en cuando alguna relación de sucesos u otros viejos ejemplares impresos. En una visita que le hicimos en marzo de 2010 nos pidió ayuda. El anticuario quería documentar la venta en 1934 del Códice Sinaítico entre el gobierno soviético y el británico porque obraba en su poder una curiosa carta. En ella, los libreros Maggs Bross de Londres, que habían sido mediadores en la operación de compra de la Biblia, conminaban al redactor jefe del diario madrileño *La Voz* para que aclarara una información aparecida en su portada y en la que no se les citaba. Pedían al rotativo que se publicara un reportaje sobre la incorporación de la Biblia rusa al patrimonio del Museo Británico basándose en un folleto publicitario que acompañaban.

Localizar la documentación inicial a través de Internet fue un trabajo sencillo gracias a la hemeroteca digital de la Biblioteca Nacional de España (<www.bne.es/es/Catalogos/HemerotecaDigital>). En el archivo online del diario *ABC* (<hemeroteca.abc.es>) comprobamos que allí sí dedicaron un amplio reportaje a la historia de aquella Biblia y a los anticuarios londinenses. También lo hicieron *La Vanguardia* y *El Sol.* Tras una semana de entretenida investigación enviamos a Rafael unos cuantos artículos relevantes de diarios de aquellas fechas y algunas páginas de la Red con la historia del códice.

Pero a medida que nos adentramos en el descubrimiento de la Biblia sinaítica y su posterior recorrido por Europa seguimos un ovillo narrativo real de gran interés y no demasiado conocido en el mundo hispano. Los personajes que habían participado en la agitada aventura y los diferentes cambios de propiedad iban tejiendo uno de los principales hilos argumentales que se desarrollaban a través de unos extraordinarios escenarios y épocas.

El otro cabo del nudo que constituye la carta es el diario vespertino *La Voz*. Fundado por José Nicolás de Urgoiti fue un periódico que llegó a vender 130.000 ejemplares, más de la mitad de ellos en «provincias», ocupando el primer puesto en la distribución callejera. Inicialmente monárquico, al comienzo de la II República derivó hacia posiciones republicanas moderadas y progresistas. Estaba muy bien escrito, a pesar de tratar temas populares, y por sus páginas pasaron algunos de los mejores articulistas de aquellos años: Maeztu, Ortega o Pérez de Ayala. Muchas de sus fotografías pertenecen al conocido maestro Alfonso. Destaca, por supuesto, la figura de la corresponsal, Irene de Falcón, que más tarde sería mucho más conocida por su trabajo como ayudante personal de Dolores Ibarruri *La Pasionaria*.

El diario *La Voz* desapareció el 27 de marzo del año 1939, jornada en la que entraron las tropas sublevadas en Madrid.

Dos días después su rotativa arrancaba de nuevo, pero esta vez para imprimir ejemplares del diario de la Falange, *Arriba*, que a partir de entonces será el periódico oficial del régimen franquista.

**El Códex hoy**

Si tiene interés en el Códex Sinaiticus puede consultarlo on-line en la dirección web <codexsinaiticus.org/en>.

Si se acerca a Londres, puede acercarse a verlo porque actualmente es una de las joyas de la British Library (<www.bl.uk>).

La Biblioteca Nacional de España conserva —creemos ;-)— desde 1866 un facsímil que el zar Alejandro II regaló a Isabel II. La Biblioteca Nacional rusa tiene también un sitio web en inglés dedicado al Códex en <www.nlr.ru/eng/exib/CodexSinaiticus>.

Pero la historia del original continúa viva: además de alguna que otra hoja aparecida a finales del pasado siglo, en septiembre de 2009, un estudiante descubrió en el mismísimo monasterio de Santa Catalina (<www.sinaimonastery.com>) un nuevo fragmento que servía de encuadernación de otro libro y que habrá que añadir ahora a los que se encuentran todavía esparcidos entre Londres, Leipzig, San Petersburgo y el Sinaí.

Unos meses después de este «penúltimo» descubrimiento, y gracias a la minuciosidad de Rafael, fue cuando nos encontramos con estas fascinantes Escrituras. Poco más tarde apareció en nuestros ordenadores Emilio Ruiz buscando un texto sagrado en 1934 desde su cuartel general: un periódico de Madrid en la calle de Larra nº 8.

Puede conseguir más información sobre esta novela, su historia y sus autores en <www.labibliabastarda.com>.

Mario y Fernando tienen las cuentas de Twitter @mtascon y @fernandotascon.

# AGRADECIMIENTOS

Al inspirador trabajo de Irene de Falcón y Sofía Casanova, pioneras entre las mujeres periodistas de comienzos del siglo pasado. Ellas sí vivieron su oficio en tiempos difíciles.

A Ángeles Aguilera por aceptar un café, participar de nuestro entusiasmo y animarnos.

A Purificación Plaza por su paciencia y buen humor con dos escritores «digitales».

Al equipo editorial de Planeta, que apostó por un libro de autores desconocidos, sobre todo por hacerlo en estos tiempos.

A todos los que creyeron en que nuestra historia merecía publicarse.

A los padres jesuitas y trinitarios que nos orientaron y al personal del archivo general del Ministerio de Asuntos Exteriores español.

Al oficio artesano del periodismo que hemos ejercido los autores y al que tanto debemos.

A nuestros compañeros de Bierzo 7, RCE, Radio Nacional, Cadena SER, Agencia EFE, *El Mundo, El País,* Prisacom y lainformacion.com

Y, por supuesto, queremos agradecer la generosidad de nuestra familia, a la que le hemos robado tiempo por divertirnos escribiendo para así intentar entretener a otros. Para Encarna y María y nuestros hijos Mario, Marta, Lía y Sofía.

Impreso en
Rotapapel, S. L.
Móstoles (Madrid)

# LA VOZ

Redacción y Administración Calle de Larra, 8. Madrid. Diario independiente de la noche fundado por D. Nicolás M. Urgoiti en 1920. Precio: 10 céntimos. Año XV. N.º 4.068. Martes 9 enero 1934.

EN UN RAPTO DE DEMENCIA

## Un joven hiere gravísimamente a su hermana e intenta matar a su padre

CARAS DE HOLLYWOOD

Procedimientos hitleristas

## Hasta los fascistas los condenan

El rumor público

## Hay dos clases de guillotina

La cerilla verde

## Un premio a quien la encuentre

Viejos papeles

## Nicolás II odiaba a Tolstoi

LO QUE ENCUENTRAN UNOS NIÑOS

## Hallan en una alcantarilla una cinta de ametralladora y numerosos proyectiles

CARAS DE HOLLYWOOD

Ante el grave problema de la mendicidad infantil

# La labor de Clara Campoamor en beneficio de los niños desamparados

De día en día se agrava en Madrid el problema de la mendicidad infantil. No es posible salir a la calle sin sentir el ánimo atormentado a la vista de esas criaturitas, esqueléticas la mayor parte de ellas, que piden limosna en las esquinas, en las puertas de las iglesias, y más que en ningún sitio, en las escaleras del "Metro". Con ser siempre desagradable y triste el espectáculo, en invierno reviste caracteres de tragedia, pues muy duro hay que tener el corazón para no afectarse ante la desgracia de estos pequeñuelos que tiritan de frío mientras extienden su mano a los transeúntes.

Mil veces ha insistido la Prensa madrileña en que es absolutamente necesario y urgente resolver este problema, que ya va revistiendo caracteres alarmantes.

Como medio para llegar a un fin satisfactorio, el Consejo Superior de Protección de Menores habilitó el año pasado, en el cuartel de San Francisco, un local donde podían albergarse los niños a quienes se encontrase solos en la calle ejerciendo la mendicidad. Pronto se vieron los formidables resultados de aquel sistema, puesto que los chiquillos, aunque acudían allí a la fuerza, poco después, y en vista del trato cariñoso de que eran objeto, permanecían en el albergue encantados de la vida, y hasta algunos oponían resistencia cuando se les entregaba a la familia en caso de que ésta fuese habida.

LA VOZ, a quien siempre ha preocupado extraordinariamente este asunto, hizo el año pasado una información en el citado establecimiento, elogiando justamente su instalación, pero apuntando la insuficiencia del local, capaz tan sólo para un número muy reducido de niños.

LO QUE DICE LA DIRECTORA GENERAL DE BENEFICENCIA

Según las noticias de Prensa, parece que ahora, y gracias a las

gestiones de la señorita Campoamor, directora de Beneficencia, va a ser ya un hecho la recogida de niños abandonados en la calle. Desde ayer han comenzado a actuar las autoridades, con resultados positivos.

Hemos creído de interés entrevistarnos con la señorita Campoamor, la que nos ha recibido amablemente en su despacho y nos ha hecho las siguientes manifestaciones:

—Siempre me ha preocupado más que ninguno este problema, y desde mi posición de simple particular, y desde el puesto de vocal del Consejo Superior de Protección a la Infancia, he luchado en bien de los niños, lo mismo en éste que en otros aspectos.

—Ahora puede usted hacer más...

—No crea que mucho más, puesto que esta Dirección, contra lo que mucha gente cree, no tiene en su mano la solución del problema. La Dirección de Beneficencia ejerce control sobre las fundaciones y organismos benéficos; pero esto no quiere decir que ordene y disponga dentro de ellos. No obstante, yo he hecho lo que humanamente podía, que ha sido reunirme con el gobernador civil de Madrid y con el juez de menores para tratar del difícil asunto de la mendicidad infantil. Entre los tres hemos convenido comenzar cuanto antes la recogida de niños. Yo reconozco que el Tribunal Tutelar de Menores tropieza con muchas dificultades para llevar a cabo esta empresa. Las principales son la escasez de dinero y de locales y el no tener el citado Tribunal una Policía a sus órdenes que se ocupe de la recogida y de las investigaciones que es necesario realizar después.

—Ayer ya se recogieron algunos niños, ¿no es eso?

—En efecto. Nuestra reunión ha dado sus frutos. Aun no sé el número exacto de niños librados ayer del frío, del hambre y del abandono; pero el gobernador me lo comunicará en una reunión que tendremos dentro de unos momentos, y yo les prometo decírselo a ustedes en seguida. Mi deseo ferviente es que termine cuanto antes este espectáculo que trae amargados, y con razón, a todos los madrileños de buenos sentimientos.

Esto es lo que nos ha dicho la señorita Campoamor.

J. C.

INGLATERRA

## El éxito del Códex Sinaiticus

IRENE DE FALCON

DEL DIA

## El problema de la vida cara

DRAMA FAMILIAR

## Una mujer muerta y un hombre gravísimo

DETENCION DE UN ESTAFADOR

## Mediante anticipos ofrecía arreglar la documentación para ir a la Argentina

BARCELONA 9 (3 t.). — Los agentes afectos a la Comisaría de Policía del Estado central tuvieron noticia de las andanzas de un individuo que se dedicaba a visitar a las familias que tenían el propósito de marchar a la Argentina en busca de trabajo, y se ofrecía a ellas para la obtención de los documentos necesarios para efectuar el viaje. Cuando recibía anticipos, ofreciendo como garantía un depósito de 170.000 pesetas, que decía se le había hecho en el Banco de España por una casa argentina, entusiasmada por el proyectado viaje. Utilizando este segundo procedimiento ha conseguido también timar a mucha gente.

Los agentes lograron saber que el denunciado vivía con una mujer...

## De los calabozos del Palacio de Justicia se fugan cinco detenidos

EL GATO.—Cuando las barbas de tu vecino...

## Un hombre hiere gravísimamente a su esposa y se arroja al río, donde muere ahogado

## Una joven muerta

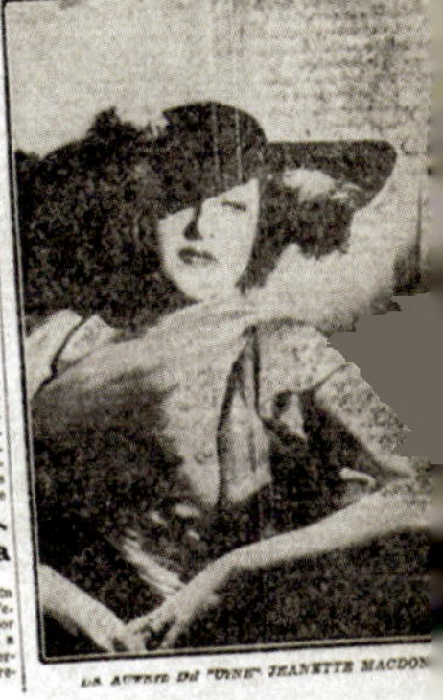

LA AUREOLA DEL "CINE": JEANETTE MACDONALD

Fué condenado por los murguistas a caminar con el brazo levantado durante doce horas y obligado a dar vivas al fascismo alemán mientras caminaba.

Un jefe fascista que acertó a pasar por la calle que recorrían los murguistas llamó al muchacho a su lado e insultó a los borrachos, diciéndoles que "en Italia no podían hacerse esas barbaridades, que constituyen un oprobio para el hombre que las comete".

CARAS DE HOLLYWOOD

## INGLATERRA

# El éxito del Códex Sinaiticus

A pesar del frío y de la niebla, todos estos días hay una cola nutrida delante del Museo Británico. A nadie llaman la atención las colas londinenses. Los ocho millones de habitantes tienen que adaptarse a la capacidad de la ciudad, y como se trata de habitantes civilizados, se adaptan ordenadamente, colocándose en rigurosa fila uno detrás del otro. La cola es una necesidad inevitable que según algunos ingleses es además muy útil, porque así como en el campo de deporte se ejercitan los músculos, en las colas se ejercita la paciencia.

Enero es precisamente el mes de las colas. Además de las que se forman habitualmente delante de los teatros y "cinemas", en este mes se puede decir que delante de cada tienda hay una cola más o menos larga, según la categoría del negocio. Enero es el mes de los saldos, y la gente ordenada se provee de gangas para todo el año, a cambio de esperar muchas horas leyendo una novela o contemplando las acrobacias de los artistas callejeros.

Sin embargo, la cola más original de todas es la del Museo Británico. No es original por las personas que la componen, ya que éstas son hombres y mujeres corrientes, sino por el fin que persigue. Los hombres y mujeres que esperan de pie a pesar del frío y de la niebla no persiguen un gabán de pieles barato ni un traje por libra y media. Quieren únicamente contemplar durante unos segundos un manuscrito amarillento y depositar unas monedas para ayudar a cubrir las cien mil libras esterlinas que ha costado esta biblia del siglo cuatro, el famoso Códex Sinaiticus. El Museo Británico ha comprado al Gobierno soviético dicho documento, que viene a enriquecer considerablemente su biblioteca, quizá la mejor del mundo. Y el público londinense agradece esta compra. Unos, porque comprenden la importancia del documento; otros, porque lo ven muy amarillo y deducen por esto que debe de ser muy antiguo.

Gran parte de los que hacen cola para contemplar el documento son muy distintos de los asiduos del Museo Británico, de esos estudiantes e intelectuales de las cinco partes del mundo que a la hora de comer se acercan disimuladamente a una de las fuentes que hay en el patio de entrada y con el vasito de aluminio sujeto a una cadena engañan al estómago durante unas horas más. Entre los de la cola hay comerciantes, madres de familia, señoras de sociedad, mecanógrafas y toda clase de patriotas.

Según ha dicho uno de los dirigentes del Museo, el valioso manuscrito está teniendo un gran éxito, y ya se ha cubierto buena parte de las cien mil libras. Y es que entre la "gente bien" ya no se pregunta: "¿Has visto a la Marta Eggerth en la película X?", sino "¿Has visto el Códex Sinaiticus en el Museo Británico?"

IRENE DE FALCON

## Ante el gra

# La labor de

# de lo

De día en día se agrava en Madrid el problema de la mendicidad infantil. No es posible salir a la calle sin sentir el ánimo atormentado a la vista de esas criaturitas, esqueléticas la mayor parte de ellas, que piden limosna en las esquinas, en las puertas de las iglesias, y más que en ningún sitio, en las escaleras del "Metro". Con ser siempre desagradable y triste el espectáculo, en invierno reviste caracteres de tragedia, pues muy duro hay que tener el corazón para no afectarse ante la desgracia de estos pequeñuelos que tiritan de frío mientras extienden su mano a los transeúntes.

Mil veces ha insistido la Prensa madrileña en que es absolutamente necesario y urgente resolver este problema, que ya va revistiendo caracteres alarmantes.

Como medio para llegar a un fin satisfactorio, el Consejo Superior de Protección de Menores habilitó el año pasado, en el caserón de San Francisco, un local donde podían albergarse los niños a quienes se encontrase solos en la calle ejerciendo la mendicidad. Pronto se vieron los formidables resultados de aquel sistema, puesto que los chiquillos, aunque acudían allí a la fuerza, poco después, y en vista del trato cariñoso de que eran objeto, permanecían en el albergue encantados de la vida, y hasta algunos oponían resistencia cuando se les entregaba a la familia en caso de que ésta fuese habida.

LA VOZ, a quien siempre ha preocupado extraordinariamente este asunto, hizo el año pasado una información en el citado establecimiento, elogiando justamente su instalación, pero apuntando la insuficiencia del local, capaz tan sólo para un número muy reducido de niños.

LO QUE DICE LA DIRECTORA GENERAL DE BENEFICENCIA

Según las noticias de Prensa, parece que ahora, y gracias a las

ma
sión
A
mun
una
guil
nece
lier
infu
fué
viej
de l
E

gestione
poamor,
cia, va
cogida
la calle.

## Media
## docur

BARCE
agentes
Policía del
ron noticia
individuo
tar a las
propósito d
tina en bu
ofrecía a e
de los docu
ra efectuar